YOKO SANO COMPLETE WORKS OF CHILDREN'S STORIES

RIRONSHA

佐野洋子全童話

刈谷政則 編

理論社

佐野洋子作品のなかで、
こどもから読める創作童話を網羅しました。
単行本未収録作品、絵本テキストも収録。

装画　佐野洋子
装幀　水戸部功

佐野洋子全童話　もくじ

童話Ⅰ

掌篇童話Ⅰ

童話Ⅱ

掌篇童話Ⅱ

絵本テキスト

童話 I

あのひの音だよ　おばあちゃん

あるところに　小さな　家が　ありました。
家の　まわりも、家の　そばに　はえている　大きな　木にも、家の　やねにも、雪が　ふっていました。
この家には　おばあさんと　一ぴきの　ねこが　すんでいました。
「よく　ふること」
おばあさんは　どんどん　ストーブを　たきます。
「今夜は　とくべつ　ひえこみそうだこと」
おばあさんは、もっともっと　ストーブを　たきます。

「おまえだって　さむいのは　きらいだものね」
おばあさんは　ゴーゴー　ストーブを　たきます。
そして　ストーブを　たく間に　おばあさんは　あみものをします。
ねこは　なんにも　することがありません。

「おばあちゃん、ぼくが　ここんちの子に　なったときのこと　話して」
「おまえ、なかないかい」
「なかない」
「おまえ、おこんないかい」
「おこんない」
「おまえ、わらわないかい」
「わらわない」
「おまえ、よろこぶかい」
「よろこぶ」
「おまえ、もんくつけないかい」
「つけない」
「むかしむかし　あるところに」

「えー　そんな　むかしじゃないよ、だって　ぼく　まだ　五才だよ」

「おまえ、もんくつけるのかい」

「つけない」

「とても　さむい日でした」

「どれくらい？」

「今日くらい」

「わかった」

「雪が　たくさんたくさん　ふっていました。あるところに　小さな　家が　あって、家の　まわりにも、家の　まわりに　はえている　大きな　木にも、家の　やねにも、雪が　ふっていました。

　この家には　おばあさんが　一人で　すんでいました。
おばあさんは、ずっとずっと　一人で　すんでいたから、一人で　すむのが　大すきでした。
雪の　ふる夜には、ストーブを　どんどん　たきました。もっともっと　たきました。ゴーゴー　たきました。雪の　ふる日は　ストーブの　ゴーゴーという　音しか　きこえません。
とても　しずかな　雪の日に　ストーブの　音しか　きこえないと、どんなに　しずかか　わかるかい」
「わかるか　わかんないか、わかんない」

「おまえ、ばかだね」

「ばかじゃないよ」

「おまえ　おこるのかい」

「おこんない」

「あんまり　しずかだから、わたしは　もっともっと　ストーブを　たいたのさ」

「いつだって　そうじゃないか、おばあちゃんは　ただの　さむがりさ」

「おまえー」

「わかった」

「すると　遠くから、カッチャンコ　ギッチンコって　ぼろの　自転車の　音がしたんだよ。雪が　ふっているから、だれかが　自転車を　おして、歩いてくるのが　きこえたんだよ。わたしは、音だけで、なんでも　どれくらい　古いか　わかってしまうから、あれは　ずいぶん　ぼろの　自転車だったね、そして　ザクザクって　足音が　大きくなって、カッチャンコ　ギッチンコって　近づいてきました。家の　前で　自転車を　止める　音がしたから、わたしは　まどから　外を　見たんだよ。おきゃくさんかも　しれないからね。そしたら　なんと　だれが　いたと　思うかい」

「わかんない」

「大きな　大きな　まっくろい　ぶたが　いたんだよ」

「ぶたじゃない　ぶたじゃない、ぼく　くまが　いいよう」

「おまえ　なくのかい」

「なかない。だけど　ぶたじゃない　くまだよ」

「でも　ぶたなのさ」

「おばあちゃん　たのむから　くまにして」

「だって、くまより　ぶたのほうが　ずっと　つよそうな　はなを　しているんだよ。くまのはななんて　ほんとうに　つまんない。そのぶたの　はなの　上にも　雪が　ふっていました。

そして　大きな　大きな　ハムみたいな　ピンク色の　はなに　大きな　二つの　あながあいていて、もくもく　汽車の　けむりみたいな　いきが　見えました。

わたしは　びっくりして、いそいで　ベッドに　かくれようとしたんだけれど、ぶたがこっち向いて『ふーっ』って　いったら、汽車の　けむりみたいな　いきが　ドーッと　ドアにあたって、ドアが　バッタンって　ひらいてしまったんだよ。

そしてね、大きな　大きな　まっくろい　ぶたが　げんかんのほうに　向かって　歩いてきてね、げんかんに　ぶつかって　あんまり　大きな　ぶただから　こっちからは　ぶたの　おへそと　おちんちんと　足しか　見えないんだよ、わたしは、まどから　くびを　出してね、

『ちょっと　むりだと　思いますよ、なにかごよう』って　きいたのさ。

『ええ、おりいって　おねがいが――』　とっても　大きな　ガラガラ声が　したんだよ。その

声で　もう　家が　ガタガタして、地しんのように　テーブルなんか　とびあがってしまったよ。
でも、わたしは　ぶたが　しんしだって　すぐ　わかったよ。ガラガラ声でも　ぼろ自転車に
のっていてもね」

＊＊＊

「ぶただって　わかりますか」

「わかりますとも。そんな　りっぱな　はな、すぐ　ハムに　なるみたいな　はなの　うさぎな
んて　いませんもの」

「ありがとう」

「どうか　なさったんですか」

「あなた　お一人で　さみしかないですか」

「いいえ　ちっとも。一人が　すきなんですよ。しずかなのが　いちばん」

「そうですか、でも　一人だと　一人ごと　いいませんか」

「いいますけどね」

「へんじしてほしかないですか」

「じぶんで　しますよ、ごしんぱいなく」

「でも、一人ごと　いって　じぶんで　へんじすると　いそがしかないですか」

「ちょっとはね。でも、うちには、あなた、入りませんよ、その　げんかんからは　むりです

わ」

「わたしではないんです。この家に　ぴったりの　大きさなんです。かわいい　かわいい　ねこなんですよ」

「ねこ？　わたし　ねこ　きらいなんですよ」

「でも　かわいい　かわいい　ねこなんですよ」

「わたし　ねこ　きらいなんですよ」

「でも　かわいい　かわいい　ねこなんですよ」

「わたし　ねこ　きらいなんですよ」

＊　＊　＊

「おや、おまえ　なくのかい？」

「ないてないよ」

ねこは、なみだを　ふきました。

「その間中、家の中は　ガタガタ　ミシミシ　ふるえっぱなしなんだよ」

＊　＊　＊

「なにか　とくべつな　ねこなんですか、てじなが　できるとか」

「できませんけどね」

「じゃ、わたしの　かわりに　あみもの　できるとか」

「できませんけどね」

「まっくろで　ふわふわで、青い目　しているとか」

「青い目　してませんけどね」

「ねずみを　とるとか」

「とりませんけどね」

「うたを　うたうとか」

「うたいませんけどね」

「なんにも　食べなくても　いつも　元気とか」

「食べないと　なくんですけどね」

「ぜったいに　びょうきしないとか」

「いま、びょうきなんです」

「なんですって？　あなた　たいへんじゃないですか、どこに　いるの、その　かわいそうな
ねこは」

「ここに　いるんです」

「この　雪が　ふる日に　しんじゃったら　どうするの、ぶたって　ほんとうに　ひじょうしき、
はやく　よこしなさい」

＊　＊　＊

「そしたらね、大きな　大きな　ぶたは　小さな　小さな　ねこを、えんとつの中　そうっと　そうっと　おろしてきたんだよ。

どんなに　小さかったか、わたしは　あんな　小さな　ねこ、見たこと　なかったよ。

その　ねこの、まあ　みっともなかったこと。

わたしはね、小さな　小さな　かごの　中に、いちばん　じょうとうの　はんかちを　なんまいも　なんまいも　かさねて、ストーブの　そばに　おいてね、ぶたに　どなったんだよ。『この　ねこ、うちの　ねこに　なりました』って。ぶたはね、『ありがとう、おしあわせに』っていって、カッチャンコ　ギッチンコ　カッチャンコ　ギッチンコって　雪の中、どっかに　行ってしまったよ。

これが　おまえが　この家の　ねこになった　日の　ことさ」

「それから、そのぶた　どうしたの」

「それっきりさ。でも　てがみが　きたよ。おまえが　元気になって　みっともなく　なくなった　日に」

「なんて」

「なんにもできない　みっともない　ねこと　いっしょに　すんでくれて　ありがとうって。

わたしは　すぐ　へんじを　かいたよ。

〈大きな　大きな　ぶたへ。

うちの　ねこは、世界で　いちばん　かわいい　ねこです。

世界で　いちばん　元気な　ねこです。

なんにもできないけど。

わたし、ほんとは　一人が　すきじゃなかったみたい。

大きな　大きな　ぶた、もしかしたら、あなた　かみさま？〉

って。おまえ　よろこんでる？」

「うん　とっても。でも　おばあちゃん　ほんとに　ねこ　きらいだったの」

「いまでも　きらいだよ。おまえいがいの　ねこはね」

「あっはははっは」

「おまえ　わらうのかい」

「わらわない」

「今夜は、ほんとに　ひえる、あったかい　ミルクでも　のむかい」

「うん、ぼく　作る。ぼく　なんにもできない　ねこじゃないから」

「ありがとう」

ねこは　ミルクを　小さな　おなべに　入れて、ストーブの　上に　おいて、大きな　ミルクカップと　小さな　ミルクカップを　テーブルに　のせます。

そして、ミルクが　あわだつのを　じっと　見ています。

雪が　ふっています。
とっても　とっても　しずかです。
ねこと　おばあさんは　あたたかい　ミルクを　のんでいます。
「しずかだね――」
「しずかだこと」
「ほんとうに　ストーブの　音しか　しないね――。　ストーブの　音しか　しないと　ほんとうに　しずかだね――」
「おまえ、ちっとも　ばかじゃないね――」
「うふふふふ」
ミルクを　のみおわって　おばあさんは　あみものをします。
ねこは　じっと　ストーブの　音を　きいています。
どんどん　雪が　ふってきます。
そのとき、遠くから　カッチャンコ　ギッチンコという　音が　きこえてきました。
ねこは　耳を　ぴくぴくさせて　じっと　耳を　すませます。
カッチャンコ　ギッチンコ。
遠くから　きこえます。

ねこは　ぞっとしました。
「おばあちゃん!!」
ねこは　ふるえながら　おばあさんを　見ました。
おばあさんも　あみものの　手を　止めて　じっと　耳を　すましています。
カッチャンコ　ギッチンコ。
ねこは　目が　だんだん　まんまるになってきます。
「シーッ」
おばあさんが　いいます。
ガッチャンコ　ギッチンコ。
「あの日の　音だわ」
「ぼくを　つれてきた　ハムみたいな　はなの　ぶたが　きたんだ」
ギッチンコ　ガッチャンコ。
おばあさんは　じっと　耳を　すましています。
「ぼくを　とりもどしに　きたんじゃない?」
ギッチンコ　ガッチャンコ。
「ぼくが　かわいくなりすぎたんで――」
ギッチンコ　カッチンコ。

だんだん　近づいてきます。
おばあさんは　じっと　耳を　すましています。
「あの日が　もういちど　そっくりそのまま　きたみたい」
おばあさんは　小さな　声で　いいます。
「そっくりそのまま？」
ねこは　ぶるぶる　ふるえながら　いいます。
「そんなら、あのぶた、ぼくを　もういちど　つれてきたんじゃない？」
ガッチンコ　ギッチンコ。
おばあさんは　じっと　耳を　すましています。
「あのぶたが　ぼくを　つれてくるんなら、このぼくは、どのぼくに　なるの？」
「シーッ」
おばあさんは　しずかに　立ちあがると　まどのほうに　歩いてゆきます。
ねこは　いそいで　おばあさんの　スカートを　つかむと　ぴったり　おばあさんに　くっついて、まどから　外を　見ました。
大きな　大きな　まっくろい　ぶたが、自転車を　おして　くらい　くらい　外に　います。
雪が　どんどん　ふってきます。
ぶたは　大きな　大きな　ハムみたいな　はなから　汽車の　けむりのような　いきを　はい

て、こっちに　向かってきます。

大きな　大きな　ハムのような　はなに　雪が　つもっています。

「おばあちゃん」

ねこは　なきだしそうな　声を　出しました。

ぶたは　げんかんより　ずっと　遠くで「ふーっ」と　いいました。

汽車の　けむりみたいな　いきは、ドアに　ドーッと　あたって、ドアが　パッタンと　ひらいてしまいました。

ザク　ザク　ザク
そして　ぶたは　げんかんに　ぶつかってしまいました。

おばあさんは、「こんばんは、おひさしぶり」って　大きな　声で　どなりました。

「ほんとうに、おひさしぶり、そのせつは」って　ものすごい　ガラガラ声がして、家の　ゆかは　カタカタ、テーブルの　上の　ミルクカップも　カチャカチャ　なりました。

ねこは、ぶたが　しんしだって　わかりました。

「ぼくが　だれだか　わかってくれて、ありがとう」

「わかりますとも」

おばあさんは　いいます。

「それから、あの日いらい　おせわに　なっています」

げんかんには　ぶたの　おへそと　おちんちんと　足しか　見えません。

「とんでもない」

「それから、ぼく　かみさまじゃないです」

「あら　そうでしたの？　見てください、この子ですよ、あの日の　この子　こんなに　大きくなりましたよ」

まどの　まん前に　ものすごい　ぶたの　はなが　にゅうーと　あらわれて、まどは　はなでいっぱいになってしまいました。

その向こうに　小さな　目が　見えます。

ねこは　目を　まんまるにして、まどいっぱいの　ぶたの　はなを　見ました。

「ほんとに　りっぱな　ねこに　なったね、よかった　よかった」

ぶたが　ものすごい声で　いったので、おばあさんと　ねこは　ふきとばされて　しりもちをついてしまいました。

「しつれい、ぼく　やっぱり　立ったまま　お話しします。いつでも　人を　ふきとばすんです」

ねこと　おばあさんは　また、まどの　ところまで　行きました。

「お二人で　さみしかありませんか」

「いいえ　ちっとも、二人が　すきなんですよ、二人が　いちばん」

「そうですか、でも　二人だと　けんかしたとき　止めてくれる　人が　いなくて　こまりませんか」

「こまりますけどね」

「それに　一人が　あそびに　いっちゃうと　一人ぼっちに　なっちゃうでしょ」

「かえってくるのが　たのしみですよ」

「そーですか」

ぶたは　すこしの間　だまっています。しーんとしています。

ねこは　小さな　声で　いいます。

「やっぱり　ぶたは、あの日と　同じ　ぼくを　もってきたんだ、このぼく　だれだか　わかんなくなっちゃうよ」

「ねこを　おすきなんですね」

ぶたが　いいました。

「わたしは　このねこだけが　すきなんですよ」

ねこは　うれしくて　ちょっと　なきたいくらいです。

「そのねこにも、お友だちが　いたほうが　よかありませんか」

「ぼくが　ぼくの　友だち？　こんがらがっちゃうよ」

ねこは　小さな　声で　いいます。

「でも　かわいい　かわいい　ねこなんですよ」

ぶたは　いいます。

「もう　ねこは　いいの」

「でも　かわいい　かわいい　ねこなんですよ」

「もう　ねこは　いいの」

「でも　かわいい　かわいい　ねこなんです。それに　とくべつな　ねこなんです」

「とくべつな　ねこなんて、なおさら　けっこう」

「てじなが　できるんです」

「てじななんて　できなくて　けっこう」

「それに　あみものも　できるんです」

「あみものなんて　けっこう」

「まっくろで、ぴかぴかの毛で、きんいろの目を　しているんです」

「ねこは　しましまが　いちばん」

「ねずみを　とります」

「ねずみは　いません」

「うたを　うたいます」

「わたしたち　しずかなのが　すきなの」

「それに　ぜったい　びょうきをしません。もう、元気で　元気で　じっとしていられないんです」

そのとき、

「うるさいな、ゴタゴタ　ゴタゴタ。

おれ　ここの家に　すむことに　きめたんだ、くろぶた、おれを　はなせよ!!」

と　キンキン声がしたかと思うと、えんとつを　つたって　なにかが　ストンと　おちてきました。

まっくろい　ぴかぴかの　きんいろの目の　元気な　ねこが　立っていました。

ねこと　おばあさんは　びっくりして、目を　まるくして　つったっていました。

ガッチンコ　ギッチンコ

ガッチンコ　ギッチンコ

古い　自転車が、まっくらな　雪の　ふる夜、遠ざかってゆく　音がしました。おばあさんは、もう　ぶたを　よびとめることも　わすれてしまいました。

「よろしく　よろしく」

くろねこは　なまいきに　かた手を　あげて　いいました。

そして　じろじろ　家の中を　見まわして

「ま、こんな　ところですね」

と　いいながら、家の中を　ぐるぐる　まわっています。

おばあさんは、あわてて、

「むさくるしい　ところで　お気にいるか　どうか」

と　いって、大いそぎで　台所に　行って　れいぞうこを　ガタガタ　いわせて、ケーキを
おさらに　入れて　もってきました。

「おすわりに　なって」

と　いって、おばあさんは　さっきまで　すわっていた　いすに　すわって、あみかけの　あ
みものを　手に　とりました。

くろねこは　いすに　すわって、ねこを　じろじろ　見ます。ねこは、なんだか　もじもじし
て、なにを　いったら　いいのか　わかりません。

「君　いくつ」

ねこは　くろねこに　ききます。

「ま、五才っていえば　五才だし、百才っていえば　百才」

と　くろねこは　いいます。

おばあさんは、きゅうに　あみぼうを　引きぬくと、

「まちがってしまったわ」

と　毛糸を　ほどきはじめます。
ねこには、おばあさんが　まるで　ちがう人に　なってしまったような気がするし、なんだか
じぶんも　じぶんで　なくなってしまったみたい。
「君、名前　なんていうの」
と　くろねこは、ねこに　いいました。
ねこは　びっくりして、
「名前っ？」
と　いいます。おばあさんは、
「この子、ねこですよ、名前なくても　まちがわないですわ。今まで　一ぴきしか　いませんでしたから」
と　いいました。
「なるほどね、ねこね」
「でも　今日からは　そうはいかないかしら、名前　つけなくちゃいけないかしらね」
ねこは　名前なんか　つけられたら　ねこでなくなるような気がして、なみだが　出そうです。
「ぼく　ねこで　いい」
と　ねこは　いいました。
「そう、じゃ　あなた　〝くろ〟に　します？」

「いいですよ」

「そう、じゃ　くろさん　おつかれでしょうから、もう　ねましょ」

「ぼく　あんまり　つかれない　たちなんですけどね、どこに　ねます？」

「お客間の　ベッドしかないんですよ」

ねこと　おばあさんは、とっても　つかれて、ベッドに　入ると　ゆめも　見ないで　ねむってしまいました。

朝に　なりました。
雪が　ふっています。ねこは　いつものように　おきて、
「おばあちゃん　おはよう、雪だ　雪だよ」
と　走って　台所に　行きました。
おばあさんは　いつものように　玉子やきと　トーストと　ミルクの　朝ごはんを　作っていました。
「おはよう。さあさ　ごはん、朝ごはん」
と　いいます。
そして　玉子やき　三つと、トースト　三まいと、ミルクカップ　三つを、テーブルに　ならべました。

くろねこは　もう　テーブルに　すわっています。ねこは　くろねこを　見るまで　くろねこを　わすれて　いつもと　同じ　朝だと　思っていました。

三人は　ごはんを　食べはじめました。

くろねこが、

「あしたから、ぼくが　朝ごはん　作ります」

「まあ、ほんと？」

おばあさんは　びっくりして　いいました。ねこは、なんだか　とても　はずかしい　きもちでした。

ごはんが　すむと、くろねこは、台所で　うたを　うたいながら、あっという間に　あとかたづけをして、おさらは　ピカピカに　光って　ふきんも　まっ白です。

おばあさんは、

「まあ　まあ、なんて　おみごと、くろさん　わたし　ほんとうに　たすかりますわ」

と　いって　くろねこの　うしろで　もじもじします。

くろねこは、

「おばあさん、どうぞ　すわって　ゆっくりしてらっしゃい」

と　いって、おばあさんを　ストーブの　前に　すわらせて、うたを　うたいながら、おそうじを　はじめます。

ねこは　なにをしたらいいのか　わかりません。
ぼくは　きのうの　いまごろ　なにしていたのかしら、そうだ、おばあちゃんが　おさら　あらうの　手つだって、おばあちゃんが、
「だめだよ、もっと　しっかり　ふいてくれなくっちゃ、でも、お前には　まだ　むりだね、あっち行って、げんかんの　前の　雪を　かいといてくれ」
と　いっていたっけ。
それで　げんかんに　行くと　あんまり　きれいな　雪だから　その上で　ごろごろ　ころがって、それから、雪に　あなほって、そこに　かくれて　雪かきが　できたかどうか　見にきた　おばあちゃんを、あなの　中から「わっ」と　おどかしていたのです。
ねこは　げんかんに　ゆきました。
げんかんを　あけると、雪は　もう　きれいに　かいてありました。
ねこは、うたを　うたいながら　家中を　ピカピカにしている　くろねこを　ぼんやり　見ています。
おばあさんは、ストーブの　前で　きのうの　つづきの　あみものをして、すこし　あんでぼうを　引きぬき、糸を　ほどいて　また、あみはじめます。そして、ときどき　くろねこのほうを　ぼんやりと　見ています。
くろねこは　ベッドを　ととのえ、ベッドの　下の　ほこりを　きれいにして、まども

キュッキュッと　みがきます。

その間、くろねこは　大きな　声で　うたを　うたっています。

そして、くろねこは　おばあさんの　そばに　きて、

「どれ、その毛糸　かしてください」

おばあさんは、ぼんやりと　オレンジ色の　毛糸の　玉と　あみかけの　あみものを　わたしました。

くろねこは、口ぶえを　ふきながら、チャカチャカ　あみぼうを　うごかしています。

そして　とくいそうに　ときどき　ねこのほうを　見ます。みるみるうちに　一まいの　セーターが　できあがります。

おばあさんは　ぼんやりと　それを　見ています。

ねこには、とても　おばあさんが　かなしそうに　見えます。

すっかり　セーターが　できあがると、くろねこは　パンパンと　セーターを　たたいて、

「これで　いかがです？」

「まあ、ほんとうに　すばらしい、くろさん、わたしって　だめな　人なのね」

「とんでもない、ただ　ぼくが、ちょっと　とくべつな　ねこなだけ」

そして　夕方に　なりました。

台所で　カチャカチャと　うたを　うたいながら、おりょうりを　はじめました。
いままで　かいだこともない　いいにおいがします。
くろねこは　てぎわよく　テーブルを　かたづけて　新しい　テーブルクロスを　出して
ローソクを　立てて、台所から　バターと　レモンの　においがする　大きな　大ざらを　うやうやしく　もってきました。
「さあさ、楽しい　ごはんの　時間」
と　いって、手を　パンパンと　たたいて　おばあさんに　いいました。
「まあ　こんなところですね、あんな　ざいりょうじゃ　こんなもんで　がまんしてください」
ねこは　こんな　おいしそうな　おりょうり　はじめて見ます。おばあさんは　びっくりして、
「これが　あの　れいぞうこに　入っていたもの？」
「そうですよ、ぶたが　いっていたでしょう、ぼく　とくべつの　ねこですよ。ま、食べて　食べて」
ねこと　おばあさんは、おさかなの　レモンバターやきを　食べました。
「おばあちゃん、すごーく、おいしい」
「ほんとに　おいしい。くろさん、あなた　どこで　おりょうりの　しゅぎょうなさったの」
「なになに　しゅぎょうなんて　ものじゃありません。ぼくは　ただ　できちゃうんです。なんでも　できちゃうんです」

「へー」と　おばあさんは　くろねこを　かんしんして　ながめ、それから　ねこの　ほうを　ちらっと　見ました。

ねこは　なんだかしらないけど、すこし　はらが　立ちました。

「おばあちゃん、おばあちゃんは　ほんとうは　ちっとも　おりょうり　うまくなかったんだよね」

「えー　そうですよ、わたしゃ　おりょうり　へたで　悪かったですね」

おばあさんは　ねこを　にらみつけて　いいました。

「それに　お前も、さらふきだって　一人前の　ねこじゃなかったね、ま、くろさんほどに　しろっていっても　むりだけどね」

「まあ、まあ、こまっちゃうなあ、君、おばあちゃんに　もんくつけちゃ　いけないよ、それにおばあちゃん、ねこと　けんかするなんて　おとなげない。

食事が　すんだら、楽しいことして　楽しい　夜にしよう」

くろねこは　きんいろの目を　ピカピカさせて　いいます。

三人は、おさかなの　レモンバターやきを　おなかいっぱい　食べました。

つぎの朝も、つぎの朝も、目を　さますと　家の中は　ピカピカで　おいしそうな　朝ごはんの　においが　しています。

ねこは　のろのろと　おきあがると、
「おはよう」
と　台所に　行きます。
おばあさんは、もう　おきて、テーブルの　前に　ぼんやりと　すわっています。
くろねこは　元気よく
「おはよう、おはよう、さあさ、朝ごはん」
と　手を　パンパン　ならします。
三人は　朝ごはんを　食べます。
「すっかり　雪が　やんでしまったわね」
ねこは　ぼんやり、まどを　見ます。
雪は　きえて、くろい　土が　ところどころに　見えています。
くろねこは　一日中、家の中を　カチャカチャ　うごきまわり、あるだけの　毛糸で　セーターを　あみ、ねこと　おばあさんは　ぼんやりしています。
「たくさん　たくさん　雪の夜が　すぎていったわね」
おばあさんが　いいました。

ある日、おいしい　夕食を　食べたあと、くろねこは

「今夜は　ぼくの　てじなを　ごらんに　入れましょう」
と　元気よく　いいました。
ねこは　ストーブの　前に　おばあさんと　ならんで　すわっています。
くろねこは　いつの間にか　シルクハットと、うらが　ピカピカ　赤く　光る　マントを　きて、きどって　おじぎをしました。

くろねこたいしょう
天でも　天才
あなたの　おのぞみ
とりだしまする
くろねこたいしょう
天でも　天才

くろねこは　それは　すばらしい　声を　はりあげて、うたいます。
ねこと　おばあさんは　パチパチと　手を　たたきました。
くろねこは　もういちど　きどって　シルクハットを　とって、おじぎをしました。
「おばあさん、くろねこたいしょう　なんでも　お目にかけます。なんなりと　おのぞみを」

「ねえ、くろさん、ぼくに　きいて、ぼくに　きいて」

「君は　なにを　おのぞみですか」

「ぼうしから　はと出して」

「そんなもの、どこかの　おまつりに　行けば、どんな　へたな　てじなしだって　やるよ」

ねこは　すこし　はずかしくなりました。

「じゃ、トランプ　大きくしたり　小さくしたり」

「君ね、ぼくは、そんな　けちくさいこと　あんまり　やりたくないんだよ、そんなもの、君だって　すこし　れんしゅうすれば　できるよ」

ねこは　もっと　はずかしくなりました。

「じゃね、きれいな　女の人　はこから　たくさん　出して」

「へいぼんすぎるよ、君は　へいぼんな　ねこだから　しかたないけど、ぼくは　なんでもできるんだよ」

ねこは、むしゃくしゃして　はらが　立って、なきたくなりました。

「そんなこといって、ほんとうは　なんにもできないんだ。なんにもできないから　いばるんだ」

ねこは　大きな　声で　どなりました。

「ぼくが　なんでもできるって、君　よく知っているじゃないか」

くろねこは　きんいろの目を　光らして　いいました。

「くろさん、あなたの　いちばん　とくいなこと　やってちょうだい。だれにもできない　てじなを　見たいわ」

おばあさんは　いいました。

「よろしい　よろしい、じゃ　おばあさん、あなたの　のぞんでいることを、お目にかけましょう」

「わたしの　のぞんでいることですって、わかります？」

くろねこは　きんいろの目を　いっそう　光らして　マントを　大きく　広げて、なみうたせました。

あたりは、マントの　うらの　まっ赤な　色に　そまって　もえあがりました。

やがて　赤い色は　ピンクになって　そして　青い空が　あらわれ、広い野原に　ちょうちょが　とんでいます。

「あっ、ぼく、知っている。

ここ、うちんちの前、まっすぐ　行った　野原だ」

「シーッ」

おばあさんは　いいます。

大きな　木に　白い花が　いっぱい　さいています。花の　いいにおい。

風が　ふいてゆきます。あったかくて　すずしい風。
そこの野原に　おばあさんと　ねこが　バスケットを　もって　歩いてゆきます。
ねこは　つりざおを　かついで、ながぐつを　はいています。
「あ、あれ、ぼく　ぼくだ」
ねこは　キーキー声を　出して　さけびました。
「シーッ」
おばあさんは　いいます。
おばあさんと　ねこは　川の　そばまで　歩いてゆきます。
ねこは、ズボンを　ぬいで　ながぐつを　ぬいで、川に　とびこみます。
おばあさんは、川べりに　白と　赤の　しましまの　きれを　しいて、バスケットから、サンドイッチと　ドーナツと　つめたい　ミルクの　入った　まほうびんを　ならべます。
「あの　サンドイッチ、玉子が　入っているんだよね」
ねこは　また　キーキー声を　出します。
「ちがうわ、ベーコンよ」
おばあさんが　こたえます。
「ね、玉子にして　玉子にして」
ねこが　いいます。

「ベーコン」

おばあさんが　いいます。

そのとき、風が　ふいてきて、おばあさんの　ぼうしが　とんでしまいました。

そして　ぼうしは　ねこが　およいでいる　川に　おちていきます。

おばあさんは　ぼうしを　おいかけて　かけだします。

ねこは、ぼうしを　つかんで　立ちあがり、大きな　声で　わらっています。

「あ、ぼく　わらっている」

ねこは　キーキー声で　いいます。

「シーッ」

おばあさんは　いいます。

そして　ねこと　おばあさんは、ぬれた　ぼうしを　木のえだに　ぶらさげて、おひるごはんを　食べています。

「あ、また　ぼく　わらっている」

「おまえ、ベーコンだって　食べるじゃないか」

「ほんとは、玉子のほうが　いいって　思っているんだよ」

ねこと　おばあさんは　わらっています。

くろねこが　きんいろの目を　ピカピカ　光らせて　立っていました。

ねこと　おばあさんは、ストーブの　そばに　すわっています。

くろねこは、とくいそうに　ひげを　ピクピクさせて、手で　しごきました。

「いかがでした。おばあさん、おばあさんの　おのぞみどおりでしたか？」

おばあさんは　うっとりして、ぼんやりしています。

「えっ、くろさん、これ　ほんとうに　てじな？

わたし、春を　まっていたの、雪が　ふりはじめると　ずっと　春を　まっていたの」

「ぼくも　ぼくも」

ねこも　さけびました。

くろねこは、

「さて、ねこ、君、わかっただろ？」

「うん、ほんとうに　君、なんでも　できる　ねこだね」

「まあね、で、君の　おのぞみは　なに？」

「ぼくも　春が　くればいい、だから、もう　てじなしてくれなくてもいい」

「くろさん、どうもありがとう。とても　楽しい　夜だったわ」

「なに、ほんとに　おそまつ」

くろねこは　とくいそうに　手を　うしろに　まわして、せのびをしました。

くろねこの　マントと　ぼうしは、どこへ　いったのか　きえていました。
そして、くろねこは　くるりと　まどのほうを　向いて　まっくらな　外を　見ています。くろねこは　なんだか　たった一人で　くらい空に　立っているように　見えました。
つぎの日の　朝、うちの中が　シンと　しています。
ねこは、のろのろと　おきて　台所に　行くと、おばあさんが　テーブルの　前に　すわって　ぼんやりと　まどの外を　見ています。
「おはよう」
ねこは　いいました。
「おはよう、これを　ごらん」
おばあさんは　一まいの　かみを　わたしました。
それには、
〈ねこと　おばあさん、ぼくは　天才だから、こんな　へいぼんな　くらしは　にあいません。
もう　春だから、たびに　出て、ぼくに　にあう　ぼうけんに　出かけます。
ふつうの　ねこと　ふつうの　おばあさん、さむい冬、ぼくを　おいてくれて　ありがとう、ぼく　さむいのが　とても　にがてなんです。
では　さようなら〉

ねこは　きゅうに　大きな　声で　いいました。

「くろさん、行っちゃったの、さびしいなあ」

「さびしいわね。ほんとうに」

おばあさんも　いいました。

「見て　見て、春よ、春に　なったわ」

野原に、みどりの草が　風に　そよいでいました。

ゆうべ　くろねこが　見せてくれた　てじなと　おんなじ。

おばあさんは　にわに　出て　大きく　春の　においを　すいこみました。
ねこも　むねいっぱい　春の　風を　すいこみました。
「さあ、玉子の　サンドイッチ　玉子の　サンドイッチ、川まで　ゆかなくっちゃ」
おばあさんは　いいました。
「ベーコンでも　いいよ」
ねこは　おばあさんに　とびついて　いいます。
「いいえ、今日は　玉子よ」
「ほんとうの　ほんとうは、ぼく　ベーコンのほうが　いいの」
おばあさんは　元気に　台所に　行って、パンを　切って　玉子を　ゆでます。

「わたし　おりょうり　じょうずじゃないけれど」
おばあさんが　いいます。
「でも、ぼく　ふつうの　ねこだから、おばあさんの　おりょうりが　いちばん　いいんだ」
おばあさんは、遠くを　見ながら
「わたしの　のぞみに　くろさん　いなかったのね。
くろさん　だから　行ってしまったのかしら。
でも　しかたないわ、わたしは　ふつうの　くらしが　すきなのよ。
くろさんは　ふつうの　くらしは　にあわなかったんだよ、大天才だもの」

ねこと　おばあさんは、バスケットを　さげて　野原の　一本道を　歩いてゆきます。
ちょうちょが　一ぴき　ひらひらと　おばあさんと　ねこの　上を　とんでいます。
あたたかい　風が　ふいてきました。
おばあさんの　ぼうしが　とびました。
ねこが　おいかけてゆきます。

ふつうのくま

じめんをあるいているものだったら、そらをとびたいとおもわなかったものはいません。

たとえば、くまのいえのゆかしたに　せんぞだいだいすんでいる　ねずみはべつですけど。ねずみは　チーズをおなかいっぱいたべると、しあわせになれましたから。

たとえば、となりのうさぎのいっかはべつですけど。あんまりこどもがたくさんいて、たんぽぽのはっぱをみつけるのに　いそがしすぎたので、そのことだけで　ぐったりねむってしまいましたから。

たとえば、やぎのおじいさんはべつですけど。やぎのおじいさんは　あんまりとしをとりすぎていたので、このじめんとすこしでもはなれているなんて　もったいないことでしたから。

たとえば、りすのむすめはべつですけど。りすのむすめは　ひとのまねをするのにいそがしかったので、おかあさんがやらなかったことなど　かんがえつきもしませんでしたから。

でも、くまはちがいます。

くまは　せんぞだいだい、どんなにはちみつをたくさんなめても、ドーナツでおなかいっぱいになっても、もしかしたら　たべればたべるほどさびしいのでした。

それは、とだなのなかにある　あかいじゅうたんのせいでした。

おじいさんのおじいさんのおじいさんのおじいさんが　そらをとんだあかいじゅうたんのせいでした。

くまのおとうさんは、しぬとき　くまにいいました。

「いっしょうかかっても、ゆうきをもつことは　むずかしいものだ。おまえがそらをとべるくまだと　わたしはうれしいけどな」

くまとねずみは、はちみつとチーズをもって　ピクニックにいくことがあります。

かわのそばの　ちょうどいいくさが　はえているところをさがして、ふたりはこしをおろします。

かぜがふいてきて、くまのむなげは　すこしだけみぎとひだりにわかれます。

「なんていいにおいなんだろう。はるのかぜのにおいと　チーズのにおいがいっしょになると、チーズは　せかいいちのたべものだな」

ねずみは　チーズのつつみをひらきながら、ひげをぴくぴくさせます。
「はちみつだって、れんげのにおいがするかぜと　いっしょにたべるものさ」
くまも　はちみつのふたをあけながらいいます。
「ああ　いきててよかったって、いまのいまのことさ」
ねずみは　チーズにかぶりつきながらいいます。
くまは　はちみつのつぼのなかに　てをつっこんで、べろべろとなめはじめます。
でも　くまは、はちみつをなめながら、はるのかぜをきもちいいとおもいながら、やっぱりどこかさびしいのです。そして、ドーナツを六こ　たべると、もっとさびしくなります。それはまだじぶんが、そらをとんだことがないからでした。
ほんとうのゆうきをもつけっしんが　つかないからでした。
「ねえ、あしたもてんきがよかったら　ピクニックにこよう。しあわせは　いまのいまにしかないから、あしたも　いまのいまになるからね」
ねずみは　うれしそうにいいました。
「きっと　てんきだよ」
と　くまはこたえると、じっとひろいそらをみて、ぶるぶるっとみぶるいをしました。そらをとぶなんて　どんなにおそろしいことでしょう。そして　どんなにすばらしいことでしょう。

くまは　めをさますと、すぐにとびおきたりしません。ゆうべから　かんがえていたことのつづきを、じっとかんがえます。

ゆうべかんがえていたことは　ひるまかんがえたことで、ひるまかんがえたことは　あさかんがえたことなのです。

くまは　ベッドからおきます。

おきながら　くびをふりふり、

「いやあ、やっぱりやめとこう」

くまは　はをみがき、かおをあらい、だいすきなはちみつパンを六こと　はちみつ入りミルクをのみます。ミルクをのみながら、

「いつまでもまようのは　おとこらしくないな」

と　つぶやきます。

それから　ぐるぐるへやのなかをあるきます。

はじめはみぎからまわり、そのうち　めがまわってくるので　まわれみぎをして、ひだりからぐるぐるまわります。そして、またまわるので　またまわれみぎをすると、きもちがわるくなって　まっさおになってしまいます。そして　どしんとすわりこみます。

くまのいえの　ゆかしたにすんでいるねずみが、その　どしんというおとで　あなからとびだしてきます。

「きょうは、一かい　ひだりまわりが　すくなかったじゃないか」

くまはすわったまま、

「ごめんごめん。ミルクがすこしたりなかったんだ」

「きょうは　すてきなてんきだね。ピクニックにいく？」

「ほんとうに　すてきなてんきだ。ぜっこうのてんきだ」

「ぜっこうって、もちろんピクニックにだろ？」

「ううん。まるで　そのひみたいなきがする　てんきだとおもうんだけど」

くまは　そらをじっとみながら、ぶるぶるっとみぶるいをしました。

「でも、あしたがそのひかもしれないよ」

と　ねずみはいいます。

「そうだね」

くまは　ほっとして、

「きっと　あしたがそのひだね。きみ　ドーナツたべる？」

「ぼく　チーズのほうがいい」

「チーズなんて　くさいだけじゃないか」

ねずみは、

「ドーナツなんて　おこさまのくいものさ」

といって、あなにもぐりこんでしまいました。


つぎのひ、またどしんと　くまはすわりこみました。

ねずみが　あなからとびだしてきて、

「きょうは　一かい　おおかったじゃないか」

「ごめんごめん。はちみつパン一こ　おおくたべたから」

「きょうは　すてきなてんきだ、ピクニックにだけど」

くまは　なにもいわないで、まどをつかんで　そらをみています。

「いいてんきじゃないか」

ねずみは　まどのふちにとびあがっていいました。

くまは　ぶるぶるふるえていました。

そして、めからなみだを　だらだらながしています。

ねずみは　びっくりして、

「どうしたの、しっかりしたまえ」

と　きいきいごえでいいました。

「きょうが　そのひだとおもうよ」

くまは　ふるえたままいいました。

「えっ、きょうがとうとう　そのひなの？」

「そうおもう」

くまは　いままできいたこともないような　ひくいこえでいいました。

「あしたかもしれないじゃないか」

「きょうだよ。ぼく　よういする」

「ぼく　チーズたべるけど　きみもどう？」

「ありがとう。でも　ぼく　やめる」

「ねえ、くま。それじゃあ　とっておきの　とうもろこしのまるごとがあるけど　どう？」

「ありがとう。でも　ぼく　やめる」

「じゃあ、ひみつのもの　ちょっとだけみせてあげる。だれにもみせたことないんだ」

「ありがとう、ねずみ。ぼくがかえってきたら　みせてもらうよ」

ねずみは　わーっとなきだしてしまいました。

「かえってくるなんて、かえるなんて。かえれないかもしれないじゃないか」

くまは　だまってしまいました。

ねずみは　じぶんのいったことにびっくりして、

「ごめんよ。かえれないかもしれないなんていって」

「かえってくるよ」

くまは　しずかなこえでいいました。
そのしずかなこえをきいて、ねずみは、くまがけっしんしてしまったことを　しりました。
くまは　とだなのおくから　トランクをだしました。
「これが　あのトランクなの？」
ねずみは　くまにききます。
くまは　だまっています。
くまは　そっとトランクをあけました。
トランクのなかに、まるめた　あかいあついきれが　はいっていました。
「これが　ほんとうに　あれなの？」
くまは　だまっています。
「だって、ためしてみたくまは　いないんだろ？　きみのおじいさんのおじいさんのおじいさんのおじいさんが　そらをとんだって、きみのおとうさんが　いっただけなんだろ」
くまは　だまっています。
「ぼくのおとうさんだって、ほんとうはそらをとびたかったんだ。しぬまで　まよっていたんだよ」
「しってるよ、ぼくのおとうさんだって、きみのおとうさんが　まいにち、しりもちついていたの」

「けっしんがつかなかっただけなんだよ、おとうさんは」

「きみは　けっしんがついたの？」

「うん」

「けっしんがつくって　どんなきもち？」

「こちんこちんのしんぞうが　できあがるみたい」

くまはだまって、はちみつパン十二こと　ドーナツ六こと　かくざとうひとはこと　はちみつひとびんを、かごにつめました。

ねずみはあなにとびこむと、いちばんじょうとうのチーズを　もってきました。

「これ、もっていってくれたまえ」

もう　くまのかごは　ぎゅうぎゅうづめだったので、ねずみは　チーズをもったまま　たってました。

くまは、トランクと、ドーナツと　はちみつパンと　かくざとうと　はちみつのはいったかごをもって　げんかんにたつと、きっとそらをみあげました。

チーズをもったまま、ねずみはぼんやりとたってます。

くまは　おおまたで　どんどんあるきはじめました。

どんどんあるくと、こちんこちんとけっしんが　からだのなかであっちこっちにぶつかって、

からだじゅうが　けっしんだらけになったようにおもわれました。
くまは　やまにのぼりはじめました。
くまは「はっはっはっ」　と、いきをしました。
「はっはっはっ」は、いきぎれのためか　けっしんのためか、くまにはわかりませんでした。
せんぞだいだい　けっしんしたくまは、どこへいけばいいのか　しっていました。
はちみつをなめてもなめても、ドーナツをたべてもたべても、さびしいきもちになるくまなら
だれでも　どこへいってそらをとぶのか　しっていました。

くまは　そこにつきました。

そこはあんまりたかかったので、くまのいえは　ちいさくちいさく　ねずみぐらいのおおきさにみえ、げんかんにチーズをもったままたっているねずみなんか　みえませんでした。

そして、はんたいがわは　うみにむかったがけでした。

がけのうえに、一ぽんの　きが　たっていました。

くまは、きのしたまできて　うみをのぞきこみました。

くまは　ぞーっとしました。

ぞーっとすると、こちんこちんのけっしんは　もうばらばらになって、とけたバターみたいにどろどろになってしまったのです。

ぐにゃぐにゃになってしまったくまは、ぐにゃぐにゃのまま　トランクをぐにゃぐにゃあけました。

そして、ぐにゃぐにゃしたてつきで　あかいきれをとりだしました。

くまは　ずっとずっと　このあかいきれにのって　そらをとぶことを　かんがえてきたのに、いまはもう　なにもかんがえられませんでした。

くまは　あかいきれをぐにゃぐにゃとひろげて、そのうえにかごをのせました。

そして　うみをみないようにして、きれのうえにすわりました。

「やっぱりやめよう。ここまできたくまだって　いなかったもの。ぼくは　ものすごくゆうきあるほうのくまだ。それに　ねずみだって、もし　ぼくがついらくしたら　いやだっておもっているもの」

くまは　ぐにゃぐにゃたちあがって、がけからうみをのぞきこんで、またぞーっとしました。

ぐにゃぐにゃになったくまは　ぐにゃぐにゃっとすわりこむと、ぐにゃぐにゃとよつんばいになって、あかいきれのうえに　ぐにゃりとすわりこみました。

「ねずみは、もしぼくがついらくしたら　いやだっておもうにきまっている。

でも、もし　ぼくがほんとうにそらをとんでかえったら、とてもうれしいかもしれないな。ねずみのこどもやまごに　じまんしてくれるかもしれない。そらをとんだことのあるくまと、ずっと　ともだちだったって。もしかしたら、しんゆうっていうかな。ときどきぼくと　ほんとうにピクニックにいったことあるなんてさ。ぼくとピクニックにいって、かぜのにおいといっしょにチーズをたべると、いまのいまが　いちばんしあわせだっておもったってさ。

もしかしたら、ぼくのこどもなんかにも　いうかもしれないな。もしも　けっこんしたらだけど。ぼくがほんとうにそらをとんで　かえってきたときのようすなんかをさ」

「ぼく、ほんとうにそらをとんでかえるとき　どんなふうにしてかえろうかな。ちょっとくらいいばってもいいかな。チーズにしかきょうみのないねずみなんて　あいてにしないっていうふうにさ。

それとも、そのへんをただひとまわりして　かえってきたってふうに、なんでもないようすのほうがいいかな。

それがいいな。そうしよう」

と　くまはいうと、とてもわくわくしてきました。

そして　うみのほうをもういっぺんみると、こんどは　ぜんぜんぞーっとなんかしませんでした。

たちあがって、うみにむかって　おおきくいきをすいこみました。

いきをすいこむと、からだじゅうがぴんぴんになりました。けまでが　ぜんぶ　ぶあっとたちあがりました。

くまは　ものすごいかおをしていました。

まるでくまみたい！

ねずみは、どんどん　おこったみたいにあるいていくくまを、チーズをもったまんま　ぼけーっとみていました。

ねずみは　はしっていって、いくのをやめてくれって　たのもうかとおもいました。おもっているうちに　くまのうしろすがたは　どんどんちいさくなっていきます。ねずみは、ただ　ぼけーっとつったっていました。

そして　のろのろとあなにもぐりこんで、いえのすみにすわりこんでしまいました。

ねずみのいえのなかは、しーんとしています。

ねずみのいえのうえの　くまのいえも、しーんとしています。

ねずみは、くまが　ぐるぐるゆかのうえをはいまわっている　どたどたするおとを、どんなにもういちど　ききたいとおもったことでしょう。

せんぞだいだい　どたどたするいえの　ゆかしたにすんでいたねずみは、まいにち　うるさいなあとおもっていたのです。ねずみのおとうさんのおとうさんのおとうさんだって、そうおもっていたのです。

ねずみは、あんまりしーんとしているので　がまんできなくなって、あなからそとへ　はいでました。

くまのいえのげんかんにたって　そらをみあげました。
そらには　三つぐらいくもがあって、あとはまっさおでした。
ねずみは　ずーっとそらをみあげてました。くものほかは　なんにもみえません。そのうちにめが　ちかちかいたくなりました。それから　くびのほねもいたくなりました。
それでも　くものほかは　なんにもみえません。
うえをみているので、ねずみはしぜんにくちをあいていました。そして、くちからよだれがたれはじめました。
それでも　くものほかは　なんにもみえません。
そらが　だんだんきいろくみえてきました。それから　だんだんむらさきいろにみえはじめ、だんだんくらくなり、なんにもみえなくなり、ころんと　ひっくりかえってしまいました。そして　なんにもわからなくなりました。

とつぜん、ねずみのおなかのうえに　なにかがおっこってきたのです。
ねずみはとびあがって、しばらく　ぼんやりしています。
するとまた　なにかがおちてきて、ころころころがって　にわのきにぶつかってとまりました。
ねずみは　めをこすって、それをみました。ドーナツでした。
びっくりしたねずみは　じぶんのよこをみました。

そこには　はちみつパンがありました。
ねずみは　いそいでうえをみあげました。
ねずみは、そらをものすごいいきおいでとんでいく　あかいきれをみました。
あかいきれは　きゅうにとまったかとおもうと、いまきたほうと　はんたいのほうに　とんでいきました。
そして　みえなくなりました。
ねずみは　ぽかんとくちをあいたまんまでした。
「くまは　とんだんだ。とうとうとんだんだ。すごいなあ、くまは　とんだんだ」
だらだらと　なみだがでてきました。
「すごいなあ、とんだんだ」
するとまた　あかいきれがもどってきました。すばらしいはやさで。そして、ねずみのうえでぴたりととまりました。
あかいきれは　きゅうにうらがえしになりました。
ねずみは　いきがとまりそうでした。
ねずみは、あかいきれに　べったりはりついた　くまをみたのです。あかいきれにはりついたまま、くまはみえなくなりました。
そらから、はちみついりのつぼが　おっこってきました。

それっきり　あかいきれはもどってきませんでした。

あたりが　ゆうやけいろにそまってきました。ねずみは、くまのいえのげんかんに　すわったまんま、ないていました。

「やっぱり、かえってこないんだ。すごいくまだけど、ぼくはすごいくまよりも、ぼくんちのうえを　どたどたあるきまわるくまのほうが、すきだったんだ。どうして　くまは、はちみつなめただけで　しあわせになれなかったのかしら。でも、すごいくまだったなあ」

ねずみのよこには、ひろいあつめたドーナツと　はちみつパンと　はちみつのつぼがありました。

「よくここにならんで、ゆうやけみたなあ、ぼくはチーズたべながら、ちょっとだけだけど。くまは　ドーナツ八つぐらいたべたな。たべおわると　くまは、ずっとゆうやけながめて　ためいきついてたなあ。ぼくは、くまがしぬまでためいきついていても　よかったんだけどなあ。でも、すごいくまだったなあ」

そのときねずみは、めのまえに　まっしろいものがたっているのを　みました。

ねずみは　おどろいてかおをあげました。

ねずみがみたものは、まっしろなくまでした。

「ただいま」

まっしろなくまは　いいました。
まっしろなくまは、だまってトランクをさげたまんま　いえのなかにはいり、とだなをあけてトランクをしまうと、ベッドにもぐりこんで　ふとんをかぶって　ねむってしまいました。

それからねずみは、まっしろいくまのいえの　ゆかのしたにすんでいます。

てんきがいいと、ねずみは　しろいくまをさそって　ピクニックにいきます。

ねずみとくまは、チーズとドーナツをたべるのに　ちょうどいい　くさのはえたところをさがすと、そこにこしをおろします。

「ねえ、くま。ちょっとだけ　さわってもいい？　すごいなあ。けが、ぜんぶひかっている。ねえ、くま。きみ、まっくろかったときと　まっしろいときと　どっちがすき？」

「どっちでもいいよ」

「ぼくは　だんぜん、しろがいいな。だって、きみが　ゆうきあるくまだってしょうこだもん」

「ねえ、くま。そらをとぶって　どんなきもち？」

くまはこたえないで、じいっと　とおくをみています。

「いいたくないんだ」

「いわなくてもいいよ。いつか　はなしてくれたら」

「うん」

くまは　ドーナツをたべます。

「ねえ、ぼくがかえってきたとき　どんなだった？　ふつうだった？　そのへん　さんぽしたかえりみたいだった？」

ねずみは、じいっとだまって　チーズをたべています。

「いいたくないんだ」

「いわなくてもいいよ。いつか　はなしてくれる？」

「うん」ねずみは　チーズののこりをたべました。

「あのね」くまは　しばらくだまっていていいました。

「あのね。そらとぶって、なにがなんだかわからなかったよ。ただ　こわかっただけなんだ。なにもみえなかったよ。ぼく　めをつぶったまんまだったからね。ぼく　ほんとうは　ゆうきなんかなかったのかもしれない」

ねずみは　くまをじっとみていいました。

「ほんとうのゆうきって　そうなんだね」

くまは　もごもごしていました。

ねずみは、しばらくだまっていて　いいました。

「きみがかえってきたときね、ぜんぜんふつうじゃなかったよ」

くまは　じっとかんがえていました。

かぜがふいてきて、くまのまっしろなむなげが　みぎとひだりにすこしだけわかれました。
「いまのいまが　しあわせだね」
ねずみが　いいました。
くまは　じっとだまっていました。

わたしが妹だったとき

はしか

わたしは病院のベッドにいます。

わたしははしかだから、伝染するので、病院にいます。

ベッドの横に窓があって、窓から、病院の庭が見えます。

病院の庭は、ねずみ色の四角い石がびっしりしいてあります。そして、庭も四角いのです。

庭のまわりに、ねずみ色のどろのへいが、ぐるっと立っています。

わたしの窓の真正面に、四角い門があります。

門だけが、ぽっこりと穴のように見えます。

お兄さんとお母さんがわたしに会いにくるから、わたしはずっと穴のような門を見ています。

もう夜になります。

わたしの部屋に電気がついたので、わたしの部屋はまっ黄色に見えます。

セーラー服を着たお兄さんと、白いひがさをさしたお母さんが、手をつないで、穴から出てきました。

お兄さんとお母さんは門からはいってきたのに、門よりずっとずっと遠くにいるようです。

二人は遠いところにいるのに、笑って、わたしに手をふっています。立ちどまって、二人でわたしに手をふっています。

わたしは窓ガラスにおでこをぴったりつけて、お兄さんを見ています。

「わたし、はしかなんだから」

わたしの心がいいます。

「いいなあ」

お兄さんの心がいっているのがきこえます。

そして、お兄さんは、お母さんの手にぶらさがって、わたしに見せびらかしています。

お母さんは夜なのに、白いレースのひがさをさして笑っています。

お母さんは、世界でいちばんきれいでやさしいお母さんに見えます。

よそゆきのセーラー服を着たお兄さんは、お母さんのたった一人の子どもみたいです。

わたしも、お母さんのたった一人の子どもになって、病気のお兄さんを遠くから見てみたいと思います。

そして、わたしにはわかります。

お兄さんは、お母さんのたった一人の子どもぶって笑っているけれど、病気になって、窓ガラスにおでこをくっつけて見たがっているのです。

そして、遠くにいる、わたしとお母さんを見たいのです。

わたしは、もっとぺったりと窓ガラスに顔をつけました。

「あっ、ぶたの顔、ぶたの顔」

お兄さんがいっています。

わたしはぐりぐり顔をつけます。

口も鼻もぺったんこになって、とてもつめたくていい気持ちです。

お兄さんはがまんできないように、心の中で叫んでいます。

「ぶたの顔、ぶたの顔」

わたしは、ぶたの顔のわたしを、窓ガラスのむこうで見てみたくてしかたありません。

部屋の電気がきゅうに消えました。なにもかもまっ暗になって、門にいるお兄さんも、ひがさをさしているお母さんも見えなくなりました。

わたしは、お母さんと手をつないで立っています。

お母さんは白いひがさをさしています。

ずっと遠くに、黄色い電気がついた窓が見えます。それは、明るい穴のように見えます。

そこに、小さなお兄さんが、白いねまきを着て立っています。

「あ、お兄ちゃん」

「ぼく、はしかなんだから」

「いいなあ」

お兄さんは窓ガラスにおでこをぴったりくっつけて、こっちを見ています。

わたしは、お母さんの手にぶらさがってあまえてみせます。

たった一人で立っている白いねまきを着たお兄さんは、とても寂（さび）しそうなのに、はしかになっていばっているのです。

お兄さんは病院の明るい穴の中で、特別の人ぶっているのです。

やっぱりわたし、病院の中からこっちを見ていたほうがよかった。

それからずっと、わたしはわたしが病気だったのか、お兄さんが病気だったのか、わからないのです。

お兄さんも、わからないのです。

きつね

わたしは、いちばんきれいな帽子をかぶって、お母さんのスカートをはいて、ピンク色のネックレスをつけました。

鏡にうつしてみると、やっぱり大人の女の人のようではありません。ハンドバッグがないからです。

わたしはいすをもってきて、たんすの上の戸だなから、金色のハンドバッグを出しました。

金色のハンドバッグは、お母さんがきつねのえり巻きをするときだけもってゆくのです。

わたしは、大きな銀色の四角い箱を戸だなから出して、ふたをあけました。

中に、きつねのえり巻きが寝ていました。

わたしはきつねの口にしっぽをかみつかせて、ぐるりと首に巻きました。

そして、金色のハンドバッグをもって、鏡のまえで、顔をあっちにむけて横目で鏡を見ました。

わたしは横目のまんま、いちばんかわいい顔をして笑いました。

そのとき、お兄さんが、ワーワー泣きながら門からはいってきました。

お兄さんは顔じゅう血だらけです。

わたしはびっくりして、「お兄ちゃん」といって、はだしのままとびだしてゆきました。

「お母さーん、たいへんだあ、お兄ちゃんが、血だらけだあー」

お母さんはいないのです。さっきおつかいにいったのです。

それでもわたしは、

「お母さん、たいへんだあ、お兄ちゃんが死んじゃうよう」

といいました。

お兄さんは、ワーワー泣いています。わたしも、大きな声で泣きはじめました。

わたしが泣くと、お兄さんは、もっと大きな声で泣くのです。

わたしは泣きながら、お兄さんのまわりをぐるぐるとびまわりました。

金色でやわらかいものが、わたしの顔のまわりでとびはねています。

わたしは、それをつかんでお兄さんの顔をふきました。

鼻から二本血が出ています。

「お兄ちゃん、鼻から血が出ているよう」

わたしは手でつかんだやわらかいものでお兄さんの鼻の下をおさえました。おさえたまま、わたしは泣いていました。

きゅうにお兄さんは泣きやんで、

「とまった」

といいました。

わたしは手でつかんだやわらかいものを、お兄さんの鼻から離しました。

「ほんとだ、とまった」

わたしはいいました。

お兄さんはそろそろ歩きだしました。

「だれがいじめたの」

「だれも」

「だって、血が出ていたよ」

「鼻くそほじる競争してただけだよ」

「みんな血が出た?」

「だれも。ぼくが血出したら、みんな逃げちゃった」

「いたかった?」

「ぜんぜん」

お兄さんは、きゅうにわたしをじろじろ見ました。

わたしはおどろいて、手につかんでいたやわらかいものを見ました。

きつねのしっぽに、べったり血がついています。

「あーあ、あーあ」

といいながら、お兄さんはべったり血のついたきつねのしっぽをつまみあげました。

「かっこいい、ほんものの血がついている。このきつね、いまうたれたばっかなんだ。

そうだ、この血のついたきつねで、きつねうちごっこしよう」

お兄さんは、お父さんの部屋からほんとうのてっぽうをもってきました。でも、あんまり昔のてっぽうだから、たまもないし、どこかこわれていて、お父さんはただかざっているだけなのです。

そしていつもぴかぴかにみがいてあって、わたしやお兄さんがさわってはいけないのです。

お兄さんは、ソファーの上にきつねを寝かせました。そして自分はてっぽうをもって、つくえの下にもぐりました。

わたしもいっしょに、つくえの下にもぐりました。

「ここはジャングルの中だからね。それで、夜です」

「きつねもジャングルの中にいるの？」

「あたりまえだよ、動物は全部ジャングルの中だよ」

「ふーん」

「夜です。まっ暗です」

「夜です。まっ暗です」

わたしもいいました。

「なんにも見えません」

「なんにも見えません」

でも、わたしにはソファーの上のきつねがよく見えます。

お兄さんにも見えます。

「悪いきつねです」

「悪いきつねです」

「こっちへきます」

「こっちへきます」

きつねはソファーの上に寝たまんまです。

「あっあっあ、おそいかかります。あっ、やられました。うーん」

お兄さんはてっぽうをもったまま、ドタリと横になりました。

「あっあっあ、おそいかかります。あっ、やられました。うーん」

わたしもドタリとたおれて横になりました。そして、目をつぶりました。

目をつぶっているのにあきたので、わたしはそうっと目をあけました。

きつねを見ました。

きつねはソファーの上に立っていました。

わたしはびっくりしてお兄さんを見ました。

お兄さんは目をまんまるくあけて、きつねを見ています。

きつねは大きなしっぽをブルンとふりました。そして、わたしとお兄さんをジロリと見ました。

きつねはゆっくりとしゃがんで、しっぽをなめはじめました。お兄さんの鼻血をなめているのです。

ピンク色の舌を出して、しっぽをなめています。

ペチャペチャと音がします。

ときどきしっぽをブルンとふって、また新しいところをなめています。

そして、もうなめるところがなくなると、ビューッとしっぽをソファーにたたきつけました。

きつねはぶるぶるっとふるえて立ちあがり、大きな口をあけてあくびをしました。

そして、わたしとお兄さんを見て、にいっと笑ったのです。


わたしとお兄さんは、しっぽのちぎれたきつねのそばに、てっぽうをもって立っていました。

お父さんのてっぽうは二つに折れていました。

わたしとお兄さんは折れたてっぽうを見て、顔を見あわせました。

それから、しっぽのちぎれたお母さんのきつねのえり巻きを見ました。

「だいじょうぶだよ、ぼくがやっつけたんだ。これはただのきつねのえり巻きだよ」

「これはただのきつねのえり巻きだよ」

わたしもいいます。

わたしとお兄さんは大いそぎできつねのからだを銀色の箱にいれ、しっぽもいれて、ふたをしました。

お父さんのてっぽうも、戸だなにいれました。

折れたところが光っていました。

お兄さんは、その上に本を開いてかくしました。

金色のハンドバッグも、うすがみにつつんで、戸だなにいれました。

かんらん車

ペスは、わたしの犬ではありません。

ペスは、お兄さんの犬です。

わたしは犬がこわいのです。

お兄さんはおやつにビスケットをもらうと、半分に割って、てのひらにのっけて、ペスにあげます。

ペスはパクンと食べて、お兄さんをじっと見ます。

お兄さんは、それから半分に割れたビスケットを食べます。

ペスは、お兄さんのひざにまえ足をかけて、もぐもぐしているお兄さんの口のまわりをベロベロなめます。

お兄さんはきゅうに笑いだして、うしろにひっくりかえって寝てしまいます。

それでも、ペスはお兄さんをなめつづけます。

お兄さんはよだれだらけになって、いつまでも寝ころがって笑っています。


夕ごはんがすむと、お兄さんは柳の木からペスを放してあげます。

ペスは庭じゅうをぐるぐる走りまわります。

わたしは、ガラス窓から暗くなった庭を見ています。

お兄さんとペスは、黒いかげになって走っています。

庭のすみに石炭の山があります。

ペスとお兄さんは黒い山の上にのぼって、しゃがんでいます。

ペスとお兄さんが黒い石炭の山にしゃがむと、ペスとお兄さんの頭の上に、白い虫がとびまわります。

ときどき白い虫は光って、ペスとお兄さんは、クリスマス・カードの天使のように見えます。

わたしは毎晩毎晩、ガラス窓の中から、黒い山の上のペスとお兄さんを見ています。

だって、ペスはお兄さんの犬だもの。

わたしとお兄さんは、まっ暗な部屋の中で寝ています。

お兄さんは、小さな声でわたしにいいます。

「さっきね、ペスとぼく、どこへいったか？」

「知ってるよ。石炭の山にのぼったの見てたもん」

「それだけ？　それだけしか知らないだろ」

「………」

「ペスはぼくの犬だからね」

「………」

「ペスはぼくの犬だからね。ペスはぼくだけいいとこつれていってくれるんだもんね」

「うそつきはどろぼうのはじまり。どろぼう、どろぼう」

お兄さんは返事をしません。もう寝ちゃったのです。

わたしも、わたしが知らないうちに寝てしまうのです。


わたしの枕もとで、だれかがピチャピチャ話をしています。

まっ暗なのに、ガラス窓のそばで、ピチャピチャ音がするのです。

お兄さんが、窓のところに立っています。

わたしは、ベッドの中から見ています。

ペスが帽子をかぶって洋服を着て、うしろ足で立っています。そして、ピチャピチャピチャピチャ、口を動かしているのです。

ペスは犬のようではなく、年とったおじさんのように見えます。

そして、とても困ったように、ピチャピチャ口を動かしているのです。

「わかった、いまいくからね」

お兄さんはパジャマのまま、庭に出てゆきました。

わたしは、そっと窓のところに立ちました。

ペスは黒い帽子をかぶり黒い服を着て、ズボンのうしろからしっぽを出していました。

そして、しっぽをふりながら、ひょこひょこお兄さんと並んで歩いてゆきます。

お兄さんはしまのパジャマを着て、はだしです。

そして、石炭の山に二人でのぼってゆきました。

二人は黒い山にのぼると、しゃがみこんで、なにかずっと話をしています。

どこからか白い虫がとんできて、二人の頭の上をとびまわりはじめました。

白い虫は、ときどき光って、まるい星の輪のように見えます。

ペスとお兄さんは立ちあがりました。

お兄さんとペスのあいだに、小さなかんらん車があるのです。

かんらん車の小さな箱に小さな光が一つずつついて、ゆっくりゆっくりまわっています。

小さな虫が、かんらん車の窓の光になってしまったのです。

かんらん車はしだいに大きくなって、黒い山の上でゆっくりまわっています。

ペスとお兄さんは、かんらん車のとびらをあけて、かんらん車にのってしまいました。

そして、かんらん車は、ゆっくりとまわりつづけます。


暗い庭の中で、黒い山の上に、黒いかんらん車がまわっています。

お兄さんもペスも黒く見えます。

窓のあかりだけが、とても明るいのです。

わたしは、ガラス窓からかんらん車を見ています。

ペスは、お兄さんの犬だもの。

ペスは、お兄さんの犬だもの。

しか

わたしは、夕ごはんのあと柿(かき)をもらいました。

お兄さんも、柿をもらいました。

お兄さんがガブリと食べたので、わたしもガブリと食べました。

「ムニユ、ムニユ」

と、お兄さんがいったので、わたしも、

「ムニユ、ムニユ」

といいながら食べました。

わたしの柿のまん中に、とんがった茶色い柿のたねが一つ立っていました。

お兄さんの柿にも、一つ立っていました。

お兄さんは、柿のたねをほじくりだして、

「これは庭にうえると、柿の木がはえて、柿の実がたくさんなるんだよ」

といって、のこったしんを、

「ムニユッ」

といって食べました。わたしも、

「ムニュッ」

といってしんを食べました。

「うえるまえに消毒しよう」

と、お兄さんはほじくりだしたたねを、もう一度口の中にいれました。

わたしも、

「うえるまえに消毒しよう」

といって、柿のたねを口の中にいれました。

わたしは口の中につばきをいっぱいためて、柿のたねを口の中でぐるぐるまわしました。

すると、つるりとたねがのどの中にはいってしまいました。

ゴリゴリ、胸の中をつっかえながら、柿のたねはおなかに落ちていってしまいました。

「ウップ」

のどのおくからへんな音がしました。

「ウップ」

お兄さんも、黒目を上のほうにして、へんな音を出しました。

わたしはなかなか眠れません。毎晩毎晩、なかなか眠れないのです。

わたしは、わたしがいつ眠るのか知りたいのです。

目がさめているとき、眠ってしまうさかい目がいつなのか調べたいのです。

それがわかったら、わたしはそのとき、「眠った」といって眠れるでしょう。

わたしはじいっと暗いところを見ています。

すると、耳のおくのほうで「ミリミリ」という小さな音がきこえてきました。

なんだか、耳のおくがすこしかゆいような気がします。

そして、とってもとっても眠たくなりました。


お兄さんがはだかで立っています。

そして、お兄さんの両方の耳から木の枝がはえています。

わたしはびっくりして、

「お兄ちゃん、みみ、みみ」

といいました。

「柿のたねがはえてきたんだよ」

と、お兄さんがいいます。

わたしは、自分の耳に手をやりました。

わたしの耳にも、柿の枝がはえています。

わたしは大いそぎでパジャマをぬぎました。おへそにもはえているかもしれないと思ったからです。

「おへそにははえていないよ。ゴミがつまっているからだいじょうぶだよ」

「お兄ちゃん、柿の葉っぱが、すこしずつ開いているよ」

「もうすぐ夏だから」

お兄さんは、わたしのベッドに腰かけようとしました。

わたしの耳の枝と、お兄さんの耳の枝がぶつかって、くすぐったいのです。

わたしはすこし動いて、枝がぶつからないようにしました。

「お兄ちゃん、耳くそとらなかったら、柿の木、耳からはえてこなかったかなあ」

「そしたら、鼻からはえてきたかもしれない」

わたしは、鼻の穴をさわってみました。鼻くそがたまっていないのに、柿の枝ははえていません。

わたしは大いそぎでエプロンのポケットをさがして、鼻がみをとりだし、鼻につめこみました。

「ほら、お兄ちゃん、これ」

お兄さんも、鼻がみを鼻の穴につめました。

「お兄ちゃん、しかみたい」

お兄さんは、じっとわたしを見ています。

「そうだ、しかになればいいんだ。二人で、しかになろう。そうすれば、お父さんもお母さんも、ぼくたちだってわからないよ」

お兄さんは、おもちゃ箱をひっくりかえして、つみ木の木でくりぬいた、くまや、りすやうさぎをとりだしました。

よつんばいになって、おもちゃをさがしているお兄さんは、ほんとうのしかみたいです。わたしもいそいで、よつんばいになりました。

「これで、ベッドを作るんだよ。そしてぼくたちのベッドの横に並べるんだよ」

わたしは、「あ」とか「き」とか書いてあるつみ木を並べて、ベッドを作りました。

わたしたちはベッドの上に、一個ずつ、くまとりすとうさぎを寝かせました。

わたしとお兄さんはベッドに寝ようとしましたが、耳からはえている枝がじゃまで横になれません。

「お兄ちゃん、花が咲いたよ」

「もう夏だから。……」

「お兄ちゃん、おしっこいきたい」

「しかは、便所でおしっこしないよ」

「庭ならする?」

「庭にまよってきたしかならね」

「わたし、まよったしかだから、庭でおしっこする。……あ、お兄ちゃん、青い実がなってきたよ」

「もうすぐ夏が終わるから」

わたしはよつんばいになって、庭に出てゆきました。

お兄さんもよつんばいになって、庭に出てきました。

お兄さんの青い実はもう赤くなっています。

「お兄ちゃん、柿が赤くなったよ」

「もう秋だから」

わたしは、しかはきっとすこし暗い木の下でおしっこをするだろうと思ったので、きんもくせいの下にいきました。

お兄さんの柿の実はすきとおるようにまっかです。

お兄さんの柿の実も、わたしの柿の実も落ちて、ぐちゃっとつぶれました。

中に一つずつ柿のたねがありました。

わたしとお兄さんはいそいで穴をほって、たねをうえました。

そのとき、わたしのつのと、お兄さんのつのがぶつかりました。すると根もとから、ポロッと、柿の枝が落ちてしまいました。

「とれた」

わたしは、もう一方の枝にさわりました。それも根もとからポロッと落ちました。

「とれちゃったよ、お兄ちゃん」

「とれたよ」

わたしたちは、フーッといいました。

「もうぼくしかじゃないから立ちしょんべんをする」

お兄さんは、きんもくせいの木の下で、立ちしょんべんをしました。

わたしもまねして、立ちしょんべんをしました。

わたしが朝おきると、ベッドの上におねしょのあとがありました。

パジャマがベッドの下にあって、わたしははだかでした。

お兄さんのベッドの下にも、ぬれたパジャマがありました。

汽車

わたしは、夕ごはんがすむと、毎日汽車を見にゆきます。

もしかしたら、汽車にのれるかもしれません。運が悪かったらのれません。

汽車を見にゆくので、わたしは、洋服をぬぎます。

パンツもぬいで、はだかになります。

そして、おふろにはいります。

いそいで、石けんでからだを洗います。

足のうらも洗います。

お母さんが、わたしの足のうらを洗うと、わたしは笑います。

自分で足のうらを洗うとき、わたしは笑いません。

笑いたくならないからです。

それから、そうっと、そうっとおふろにはいって、おふろおけに背中をぺったりはりつけます。

静かに静かにしています。

そして、水のふちを、目を細くしてじいっと見ます。

水のふちに電気がうつって、細いひものように光っています。

おふろおけは古い木だから、黒くなっていて、水のふちが光るのがよくわかります。

わたしは静かに静かにしています。

あ、汽車が遠くに見えます。

夜、広い野原のまん中を汽車が走ってゆきます。

窓のあかりが細いひものように光っています。

暗い野原だから、窓のあかりだけが見えるのです。

わたしはおふろの水を静かにゆらします。

汽車がゆれます。

ガタンゴー
ガタンゴー
汽車の音がかすかにきこえて、だんだん大きくなります。
するどい汽笛が鳴ります。
汽笛といっしょに汽車にのります。
わたしは汽車の窓から、暗い野原を見ます。
野原の遠くに、一列に並んで、家のあかりが小さく見えます。
ガタンゴー
ガタンゴー
窓ガラスに、わたしの目玉がうつっています。
横を見ると、もう二つ目玉がうつっています。
「あ、お兄ちゃん、わたし今日は汽車にのれたよ」
「うん、よかったね」
わたしとお兄さんは、並んで暗い野原を見ています。
わたしとお兄さんのほかは、だれも汽車にのっていません。
わたしもお兄さんもはだかです。
「このごろ、汽車ののりかたうまくなったね」

「お兄ちゃん、汽車ののりかたおしえてくれてありがとう」

お兄さんはずっとまえ、遠くへいってしまったのです。

お兄さんがまだ遠くへいかないとき、わたしたちはいつもいっしょにおふろにはいりました。

そしていつもいっしょに汽車にのったのです。

汽車が静かに駅につきます。

あたりがすこしうすぼんやりと明るくなります。

わたしは汽車から降ります。

お兄さんが窓に顔をくっつけて、犬のような目で、わたしを見ています。

「お兄ちゃん、あしたまた、運がよかったらね」

お兄さんの顔が、ゆらゆらとゆれて、くずれてしまいます。

わたしがお湯を動かしたからです。

お兄さんののった汽車は、水とあかりでくしゃくしゃになってしまいます。

「ふーっ」

わたしはため息をつきます。

それからザブザブとおふろから出て、新しいパンツとねまきを着ます。

あの庭の扉をあけたとき

「ようこ、散歩にゆくか？」

おとうさんがいいました。

「いく、いく」

わたしは、読んでいた本をたたみの上に置いたまま、おとうさんのほうに走ってゆきました。

わたしは、おとうさんと手をつなぎます。

「おとうさん、雨の日は散歩しないの？」

「おれはいやだね」

「わたしもいやだわ」

テニスコートの前まで来ました。

テニスをしている男の人が二人いました。

「おとうさん、むかしテニスした？」

「おれはいやだね」

「どうして？」

「あんなもの、目ん玉のうすいやつらのすることだ」

おとうさんは、外国人のことを「目ん玉のうすいやつら」といいます。

「わたし、大きくなったら、テニスしたいわ」

「おまえは、目ん玉のうすいやつらのすること、なんでもいいんだな」

「だって、かっこいいもの」

わたしは、短くて白いスカートをはきたいのです。

いつか見た女の人は、レースがいっぱいついたパンツをはいていました。

わたしは、いっぱいいっぱいレースがついたパンツをはきたいのです。

「おとうさん、レースきらい？」

「あんな、びろびろしたものはきらいだ」

おとうさんがレースが好きなら、テニスも好きかしら。

わたしは大きくなっても、テニスなんかできないかもしれません。

大きくなっても、目玉は黒いにきまっているもの。

「ようこ、寒いか?」

「すこしだけだよ。おとうさんのポケットのなかに手入れてもいい?」

「いいよ。もうすぐ春だな」

「でもきのう、すこしだけ雪がふったからまだ冬だよ」

わたしとおとうさんは、電車通りまで来ました。

「きょうは通りのむこうまでいってみるか?」

「うん、おとうさん、電車通りのむこうはお金持ちの人だけ住んでいるんだよね」

「金を持っていても、えらいとはかぎらん」

わたしにはわかりません。

大きな門があるおやしき町は静かです。

コンクリートの高い塀(へい)の上に、とげとげのある針金が何本もある家があります。どろぼうが入らないようにしてあるのです。そのむこうに椿(つばき)の花が咲いています。

「おとうさん、どろぼうはかわいそうだね。手から血が出るよ、でも手袋すればだいじょうぶだね」

「おまえは、どろぼうになるつもりなのか?」

「ならないよ」

「金持ちになると、どろぼうの心配ばかりするようになる」

坂道を新聞屋さんが自転車に乗って、ポストに夕刊を入れてゆきます。

新聞屋さんがいってしまうと、坂道はわたしとおとうさんだけになります。

「おとうさん、お金持ちは子どもがいないんだね、道で子ども遊んでいないもの。ねえ、おとうさん、うちは貧乏？」

「貧乏でも金持ちでもないだろう」

「ふつう？」


そして、わたしとおとうさんは、あの家を見つけました。

空がすこし夕焼けになりはじめています。

あの家はだれも住んでいない家でした。

二階建ての西洋館で、窓ガラスは割れています。

二階は丸い窓があって、いろんな色のガラスがはまっている窓もありました。

その窓も三角のガラスが割れていて、黒い穴になっています。

一階の窓は板がバッテン印にうちつけてあります。

割れている窓に、くもの巣がぶらさがっています。

庭は枯れた草がたくさん生えていました。こわれたベンチが一つ、置いてあります。

門は鉄のからくさ模様で、おとうさんの背よりずっと高くて、大きな鍵がくさりで巻きつけてありました。

その鍵もくさりも茶色にさびています。

「これはいい家だったろうなあ」

おとうさんは門のすきまからなかをのぞいています。

「これ、ガイジンの家なの？」

「ガイジンが住んでいたかもしれないなあ。イギリス人かもしれん」

「イギリス人もガイジン？」

「あたりまえだ」

わたしはびくっとしました。

玄関のわきの小さな窓から、きゅうに猫がとびでてきたのです。

するど、もう一匹とびだしてきました。

「おとうさん、猫」

そして、もう一匹とびだしてきました。

「おとうさん、三匹！　三匹！　三匹もいるよ」

わたしは、おとうさんの手をしっかりにぎりました。

猫は塀の破れ目から道に出て、すぐ見えなくなりました。

二階の破れた窓ガラスが、夕日で赤くピカピカ光りました。

そして、その窓から黒い鳥がパタパタとびだしてきました。

「おとうさん、あの鳥なに？」

「こうもりだ」

＊

「ようこ、おじさんの家にいくけど、いっしょにゆくか？」

夕ごはんがすんで、おとうさんがいいました。

「いく、いく」

わたしは、おとうさんと手をつなぎます。

「おとうさん、おじさんの家にゆくのは、散歩じゃないの？」

「電車に乗るのは散歩じゃない。歩いてゆくかい？」

「歩いていったら散歩？」

「散歩だと思えば散歩だ」

「じゃ歩いてゆこうか、おとうさん」

わたしとおとうさんは電車通りをよこぎります。

「おとうさん、あの家の前、通る？」

「通りたいか？」

夜のおやしき町はしーんとしています。

きんもくせいのにおいがします。

「おとうさん、夜、散歩するといいにおいだね」

「昼だって、きんもくせいは咲いているだろう」

「でも夜になると、においだけするよ」

わたしとおとうさんはだまって歩きます。

塀の上にぎざぎざの針金を巻きつけた家の前を通ります。

わたしはどろぼうのことを考えます。

大きな家にあかりがついています。でも、あかりが見えるだけで、人は見えません。

声もきこえません。

わたしとおとうさんの足音だけがきこえます。

わたしの横の生け垣のなかからきゅうに大きな犬の吠え声がして、わたしはひっくりかえりそうになりました。わたしはおとうさんにしがみつきました。

ものすごく太い声でした。

ゆっさゆっさと大きなものが生け垣のむこうを動きまわっています。

「シェパードだ」

おとうさんがいいました。

あの家のそばまで来ました。

「あっ、おとうさん、見て、見て」

あの家の二階の窓に、一つだけあかりがついていたのです。

暗くてよくわかりませんが、屋根もきれいになっていました。

一階の窓のバッテン印の板もありません。

わたしとおとうさんは、あの家の門のところで立ちどまりました。

庭は草ぼうぼうで、こわれたベンチがこのまえのときと同じところに置いてあります。

門の鉄はさびたままなのに、新しい鍵が門のまんなかにとりつけられていて、そこだけが夜なのに銀色に光っています。

わたしとおとうさんは、二階のあかりのついた窓を見上げています。

二階のいちばんはしの窓で、白いカーテンがひいてあります。

「おとうさん、とうとうだれかが住んだんだね」

わたしはきゅうに小さな声でおとうさんにいいます。

おとうさんは、暗い大きなかたまりのような家をじろじろ見て、なにもいいません。

大きな家はしーんとしています。

庭の草むらがガサガサ音をたてました。

わたしはびくっとして、おとうさんの手をにぎりなおしました。

草むらから猫がのそのそ出てきました。

「あっ、猫」

わたしの手は、にちょにちょして汗をかいたみたいです。

猫は、となりの家とのあいだの塀にとびあがってゆきました。

わたしとおとうさんは、だまって門の前を離れました。

「おとうさん、もう二匹いた猫はどうしたかしら？」

「おれは猫のことなぞわからん」

「おとうさん、あの家は子どもが住んでいるかしら？」

「わからん」

「あんな大きな家、何人くらい住んでいるのかしら？」

おとうさんはだまっています。

「あれだけ直すと、ずいぶん金がかかったろうなあ」

＊

おとうさんは調査に出かけて、いません。ときどき手紙が来ます。

手紙にはジープの絵がかいてありました。

馬の絵とラクダの絵がかいてあります。

そしていつも最後に「ねしょんべんをしてはいけません」とかいてあります。

外国の切手がたくさん貼ってあります。

わたしはそれをきれいな箱にしまっておきます。

あの家にだれが住んでいるのか、わたしは一人で見にゆくことにしました。

わたしはとってもいそいで散歩をしたので、すこし汗びっしょりになりました。

わたしは一人であの家をじろじろ見るのは恥ずかしかったので、こっち側の道にうつって歩きました。

そしてあの家が見えるところまで来ると、のろのろ歩きました。

まあ、なんてきれいなんでしょう。あの家の窓は、どの窓もかわいらしい花の鉢(はち)が並んでいるのです。

庭の草はすっかりきれいになっていました。

こわれたベンチはどこかに片づけられていました。

そして鉄の門はとりはらわれて、みどり色に塗(ぬ)った低い木の柵(さく)と木の門になっていました。

広い庭にはだれもいません。

大きな家もしーんとしています。

赤い花が並んでいる窓には白いレースのカーテンがかかっています。

わたしは、そこにだれが住んでいるのか、わかりませんでした。

＊

五月になって、おとうさんは調査から帰ってきました。

おとうさんは銀色のジュラルミンのトランクから、よごれた下着を出します。

わたしはおとうさんのそばでトランクをのぞきこみます。

よごれた下着と下着のあいだに紙で包んだものがあります。

「ほら、みやげだぞ」

わたしはいそいで紙をひらきます。

木で彫った男の子の人形が出てきました。わたしの持っている布の人形と同じくらいの大きさでした。木の人形と布の人形はきょうだいみたい。

よごれた厚いセーターも出てきます。

そのあとから、なんにも包んでいないきれいなきれが出てきます。

「これは、おかあさんだ」

「おかあさん、おみやげ、おみやげ」

そのあと、おとうさんはふとんをしいて、ぐーぐー寝てしまいました。

夕飯のあとで、わたしはおとうさんにききます。

「おとうさん、散歩にゆく?」

「ばかいえ、調査で毎日歩きくたびれたわ。しばらくは散歩なんぞ悠長なことできるか」

つぎの日の朝ごはんがすむと、おとうさんがいいました。

「散歩にでも出かけるか。おまえも来るか?」

「いく、いく」

わたしはおとうさんと手をつなぎます。

「おとうさん、散歩はゆうちょうだって、ゆうべいったよ」

「ゆうべはゆうべ、きょうはきょうだ」

おとうさんとわたしはだまって電車通りをわたります。

そしてあの家のある坂道をのぼってゆきます。

「おまえ、すこしでかくなったな」

「ほんとう？　もう肩ぐるまできないくらい？」

「しょんべんたれのけつなんか、だれが乗っけるか」

わたしは涙（なみだ）が出そうになります。

今朝もわたしはねしょんべんをしたのです。

「こんど調査にいったときは、もっとでっかい人形買ってきてやるぞ」

おとうさんはいいます。

わたしはねしょんべんのことを思い出して、だまっています。

「それとも、おかあさんのようなきれいがいいか」

「にんぎょう」

わたしはいいます。

わたしたちはあの家の前まで来ました。

わたしはびっくりしました。

あの家の垣根にまっ白な大きなバラがたくさん咲いていたのです。

「ほう」

おとうさんは立ちどまりました。

「ずいぶんきれいになったもんだなー」

とてもいいにおい。わたしの鼻の先にまっ白いバラが半分くらいひらいて、すこしゆれています。

わたしはそっと、はなびらに鼻をつけました。

「いいにおい」

「これは、ヘレン・トローベルかな」

おとうさんがいいました。

おばあさんは手にはさみを持っていました。

そのときききゅうにバラのなかからにょっきり、しわくちゃのおばあさんがあらわれました。

「知ったかぶりのはんぱもの」

おばあさんはおとうさんをにらみつけると、にこりともしないでいいました。

そして背中をむけると、ぴょこぴょこ庭のほうに歩きだしました。

すこし太っていて、大きな白い前かけをしています。

「いやなばばあだ」

おとうさんはいって歩きだしました。

ふりかえると、うすいピンクのバラが垣根の上でゆらゆらゆれています。

家の窓には名前の知らない黄色い花が、鉢からあふれるようにたれさがっています。

「ようこ、肩ぐるましてやるぞ」

「ほんとう？　わたし、しょんべんくさいよ」

「しょんべんくさくなんかあるものか」

おとうさんはわたしの前にしゃがみます。

わたしはおとうさんのおでこにしっかり手をあてます。

ゆらゆらおとうさんはゆれて、わたしはとても大きな人になります。

おとうさんのおでこの二本の横のしわが、わたしの手の下にあります。

「ようこ、あのおばあさんの家みたいな家に住みたいか」

「わたし一人で？」

「そうだ」

「わたしがおばあさんになったとき？」

「そうだ」

「わかんない」

ゆらゆらゆれながら、わたしがおばあさんになったとき、おとうさんは死んでしまうのかしらと思いました。

「おとうさん、わたしおばあさんにならないからね」

＊

おとうさんが、水色のリボンがついている麦わら帽子を買ってくれました。

夜寝るまで、帽子をかぶっていました。パジャマに着がえて、わたしはまた帽子をかぶったので、おとうさんにしかられました。

つぎの日の朝、わたしは帽子をかぶって、電車通りまでおとうさんを送りにゆきました。

「おとうさんは会社にいくから散歩でないよ。わたしはね、会社にいかないから散歩なの。だからね、帽子かぶっているんだよ」

「おまえは、おとうさんが電車に乗っても散歩の続きをするのかい？」

「うん、帽子かぶっているからね。まだあんまり人に見られてないからね」

「あのへんなばばあに、その帽子を見せびらかしにいってこい」

おとうさんは電車に乗って会社にいきました。

わたしは電車通りをわたりました。わたしはあのおばあさんには会いたくなかったけど、あの家にきょうはどんな花が咲いているのか、見てみたいと思いました。

まあ、なんてきれいなんでしょう。玄関の両わきにうすもも色のさるすべりと白いさるすべりの木がありました。

そして玄関から門まで名前の知らないまっ白な花が、じゅうたんのようにひろがっていました。

垣根にはこのあいだのバラよりも小さな、もっと色の濃いツルバラが咲いていました。

この家は花やしきになってしまうのでしょうか。

わたしは庭のなかにうしろむきになっている、わたしと同じ帽子を見ました。

おばあさんがうしろむきになって、地面を掘って白い粉をまいていました。

おばあさんはきゅうにわたしのほうをふりかえりました。そしてわたしの帽子をじっと見ます。

わたしはどきどきします。

「こんにちは」

わたしは知らない間におばあさんにいってしまいました。

おばあさんはじっとわたしの帽子を見たまま、こっちに歩いてきます。

わたしは足が地面に吸いついて動かなくなっていました。

おばあさんは軍手(ぐんて)をしたまま、わたしにいいました。

「わたしの帽子は子ども用じゃないからね」

「わたしの帽子はおばあさん用じゃないからね」

「口がへらない子だね、にくったらしい女になるよ」

おばあさんはうしろをむくと、また白い粉をまきにいきました。

「おばあさん、こんどはなんの花を植えるの？」

「植えりゃ咲くってもんじゃないからね」

おばあさんはうしろむきのまんま、いいました。

わたしは垣根のそばを離れて、帽子をうしろにずらしました。

わたしは、おばあさんみたいに見えていたかしら。

＊

その夜わたしはおとうさんといっしょに寝ました。

「おとうさん、わたしあのおばあさんと同じなの？」

「おまえは、あんなばあさんじゃないよ」

「でも同じなの」

「おまえは、あんなに花をうまく咲かせられるかい？」

「咲かせられない」

「いやなばばあだけど、たいしたばばあだ」

「わたし、いやでもたいしたでもなくて、同じなの」

「はっきりいってみろ、なにが同じなんだ」

「帽子が同じなの」

「はっはっは」

おとうさんはわたしのほっぺにゾリゾリしたひげを押しつけます。

「こんどは同じ前かけを買ってやろう」

「いらない」

「暑いな、あんまりくっつくな」

「うん、これくらい?」

どこかで蚊がチーンといいながらとんでいます。

「おとうさん、あのおばあさん一人で住んでいるのかしら?」

「そうかもしれんな、もう寝ろ」

わたしは目をつぶります。

あの家が見えてきます。

花がたくさん咲いているきれいな家。

夜きっとあの庭はいいにおいでいっぱいでしょう。

そして窓には一つだけあかりがついていて、あの広い大きな家はまっくらなのでしょうか。

「ねえ、おとうさん、あのおばあさん、いまなにしているかしら?」

「もう寝ただろ、年よりは朝早いからな。もう寝ろ」

「あした日曜だよ」

わたしは寝られません。

＊

きのう嵐（あらし）だったので、空がピカピカです。ベランダに置いてあったアロエの鉢がころがって割れています。

「おとうさん、アロエの鉢がこわれてしまったよ。葉っぱも折れている」

おとうさんは、物置から古くて大きな鉢を持ってきて、アロエを植えかえます。わたしはシャベルで庭の土を掘って、ままごとのバケツに入れて、おとうさんのところに運びます。

「あのばあさんの家も大変だったろうな」

「いってみようか？」

わたしとおとうさんは朝ごはんを食べてから出かけました。

「おとうさん、嵐ってどうしてなるの？」

「天気も腹がたつんだろ」

「天気って一人なの？」

おとうさんは答えません。

「おとうさん、天気って男？」

あの家の前まで来ました。

「あーあーあー」

おとうさんがいっています。いろんな色のはなびらがべったりと庭一面に貼りついています。

木の葉も、どこからかとんできた紙くずも、ぬれて貼りついています。

ゆりの花も名前の知らない黄色い花も、まんまるな毬のようなダリアも地面にはいつくばるように寝てしまっています。

おばあさんは長靴をはいて、たおれたバラのアーチを起こして棒に紐でくくりつけていました。

「おばあさん、ひどい嵐だったね」

おとうさんがいいました。

おばあさんはふりかえって、わたしとおとうさんを見ました。

おばあさんは、いつもよりずっとこわい顔をしていました。

そして、いつもよりずっと元気に見えました。ほっぺたがまっかだったからです。

「わたしゃわかっていたんだよ、かならず嵐は来るからね」

「まあ仕方がない。天気にゃ文句がいえないからな」

おとうさんはいいました。

「でも、わたしゃわかっていたんだ。わかっていたって、あんたどうするね」

おばあさんは、おとうさんをにらみつけていいました。

「ま、そりゃそうだ」

おとうさんは困ったようにいいました。

「嵐が来るからって、やめるわけにはいかん。来年になれば、幹がちったあ太くなる。あと五年もすりゃあ、一つや二つの嵐にゃびくともせんようになるわ」

おばあさんは怒ったようにいいます。

ほっぺたがもっと赤くなって、怒っているのと元気と同じみたい。

「手伝いましょうか」

おとうさんがいいました。

おばあさんはますますまっかになりました。

「それほど老いぼれちゃおらん」

おばあさんはうしろむきになって、ばらばらになったアーチをぐるぐる紐で巻きつづけています。

そのうしろすがたも、まっかになって怒っているようでした。

「おとうさん、人は怒ると元気が出るの？」

わたしはおとうさんと手をつないで歩いています。

「おまえはどうだね？」

わたしは考えました。

わたしはおとうさんやおかあさんに怒られるけど、わたしはおとうさんやおかあさんを怒ったことはありません。

おとうさんもおかあさんもわたしを怒るとき、元気よく怒ります。

「子どもはそんだよ」

わたしはいいました。

「でも、わたし泣くとき元気いいね。元気じゃなく泣くときもあるけど。いちばん元気が出る泣き方はね、くやしいときだよ」

おとうさんは笑いました。

「あのおばあさんも、くやしくて元気が出たんだろ」

＊

それから、わたしはジフテリアになりました。ジフテリアになったので、ずっと病院にいました。

わたしはほんとうに病気だったときのことを忘れてしまいました。

わたしはもうすっかり治（なお）ったのに、まだ病院にいます。

おとうさんは毎日会社にゆくまえに病院に来ます。

ジフテリアになったので、わたしのねしょんべんたれは治ってしまいました。

おとうさんは朝来ると毎日いうのです。

「ねしょんべんはジフテリアといっしょに治さなきゃ。ちょっとやそっとじゃ治らなかったな。よかった、よかった」

そして夕方また会社の帰りに、一つだけおみやげを買ってきてくれます。

わたしは夕方になると、窓からおとうさんが来るのを見るために、窓のところに椅子を持っていって外を見ます。

ビーズの小さい箱を持ってきてくれたことがあります。

折り紙のときもありました。

アイスクリームのときもあります。

絵本のときもあります。

ジフテリアはとてもむずかしくて重い病気なのです。だれでもかんたんになれる病気じゃないから、おとうさんはいろんなものを買ってくれるのです。

おとうさんが茶色いオーバーを着て、黒いカバンを持っていそぎ足で来ます。

おとうさんはわたしのほうを見上げます。

おとうさんは笑いません。

おとうさんはふだんは笑わないのです。

わたしはいそいでベッドに入って、ふとんをかぶって静かにしています。

おとうさんは病室に入ってくると、おかあさんに、「どうだ」とききます。

「この子は心臓が強いんですって」

おかあさんがいいます。

「ふん、たいしたもんだ」

おとうさんはわたしの頭をぐりぐりなでます。

おとうさんがそばに来ると、オーバーにとまっている冷たい風が、たばこのにおいといっしょにやってきます。

そしておとうさんは黒いカバンから絵本をとりだします。つるつるの絵本もひんやりと冷たいので、わたしは表紙をなでます。

表紙には猫とおばあさんがかいてあります。

「ねえ、このおばあさん、あのおばあさんにそっくり」

おとうさんはオーバーをぬいで、わたしを抱いて、「どれどれ」といいます。

「このばあさんは、まるでありきたりじゃないか」

「おとうさん、おとうさん、散歩している？」

「ばかやろ、散歩するどころのさわぎじゃなかったよ」

「わたしも、散歩するどころのさわぎじゃなかったね」

わたしは、なんだかえらくなったような気がして、にやにやします。

「おとうさん、帰るまえに絵本読んでくれる？」

「よしよし」

おとうさんは、わたしがジフテリアになってから、すごく優しいのです。

「ほれ、おぶされ、散歩につれていってやろう」

といいました。

おとうさんは、わたしをおんぶして病院の廊下を歩きます。

わたしは、「右」といいます。

おとうさんは廊下のまがり角にくると、「どっちだ」といいます。わたしは右と左がよくわかんないのです。

右にいくと階段があります。

「上か下か」とおとうさんが階段のところでいいます。

上と下はよくわかるのです。

「下」わたしはいいます。

階段をおりると待合室(まちあいしつ)になります。

パジャマを着た人がテレビを見ています。

「ひと休みするか？」

「しない、あっち」

わたしは病院の中庭に出るドアのほうをさします。

「外には出られないぞ」

わたしはおとうさんの背中から夕方の中庭を見ます。

「この庭ぼろくさいね。この庭ほんとうの庭じゃないよ」

ました。

「どの庭がほんとうの庭だ」

「あのおばあさんちの庭」

庭には、枯れた木と枯れた葉と、もしゃもしゃした茶色い草とがからまっています。

そして風が吹くと、枯れた葉っぱがくるくると木の下でバレリーナのつま先のように踊ってい

その夜、わたしは目がさめました。

おなかがパンパンになっていて、おへそのところをちょっとでもさわると、もれそうになります。

おかあさんはとなりのベッドでぐっすり眠っています。

病院のなかはしーんとしています。

わたしは一人で起きて、おべんじょにいくことにしました。

ジフテリアになったから、おしっこにいきたいときに目がさめるようになったのです。

わたしは、だれもいない廊下のオレンジ色のランプがついているおべんじょにいって、おしっこをしました。

おべんじょから出ると、わたしはなんだかとてもひまでした。

ひまなので、わたしは散歩することにしました。

廊下はどこまでも続いているので、わたしはどこで引きかえしていいのかわからなくなりました。

どこまでもゆくと階段がありました。

わたしが階段をおりてどこまでもゆくと、つきあたりが夕方おとうさんと来た中庭の見えるガラスのドアでした。

わたしはガラスにちょっとおでこと鼻をつけてみたくなりました。

冷たくて、とてもいい気持ち。

そしてほこりのにおいがします。

庭でカサカサと音がします。

枯れ草がゆれています。

＊

わたしが帰ろうかなと思っていると、わたしのうしろの遠くから、ペタペタスリッパの音がします。スリッパの音はだんだん大きくなります。看護婦さんが、わたしを見つけたのかしら。ふりかえると、わたしよりちょっと大きい女の子がこっちに歩いてきます。

その子は、とてもかわった寝まきを着ていました。上から下までつながっているパジャマで、ものすごくたくさんレースがついています。

お人形さんの下着みたい。

そして手にスコップを持っています。

女の子はわたしの横に来ると、わたしをにらみつけて、「どいて」といいました。

わたしは、どこかでその女の子に会ったような気がします。でも胸がもやもやしてうまく思い出せません。

女の子は、ぜんぜん病気みたいじゃありません。

「あんた、何病(なにびょう)?」

「ジフテリア」

女の子は、わたしをにらみつけたまま、いいました。

「うそ」

「うそじゃないわよ」

「だって、わたしがジフテリアだったんだから」

「わたしのジフテリアがほんとうのジフテリアで、あんたのなんか、ぼろくさいジフテリアよ」

「だって、おとうさんいってたもん。ちょっとやそっとじゃジフテリアなんかなれないって」

「ふん、おとうさんなんか」

「あんたもしょんべんたれだった?」

「もちろんよ。どいてよ、外へいくんだから」

「鍵がかかっているよ」

「平気よ」

「外、寒いよ」

「寒くなんかないわよ」

「でも鍵かかっているよ」

「平気だったら」

女の子はもういちどわたしをじろじろ見て、

「ぼろくさい寝まき」

といいました。

わたしがジフテリアになってから、おとうさんは新しい寝まきを買ってくれました。わたしはきょう、いちばんいい寝まきを着ているのです。赤と白のしましまで、ポケットのところに赤いふちがとってあるけど、レースなんか一個もついていません。

「あんた、いっしょに来る？」

「鍵がかかっているよ」

「平気だってば、わたしのいうとおりにすれば、つれていってやってもいい」

「うん」

女の子はわたしの手を引っぱりました。

「ずっと目をつぶっていないとだめよ。それでわたしがよしっていったら目をあけてもいいからね」

女の子はグイッとわたしの手を引っぱりました。

わたしはしっかり目をつぶって歩きだしました。まっくらです。わたしは、片手は女の子ににぎられて、片手で壁をさわりながら歩きだしました。

壁がまがると女の子もまがります。

ぐるぐる、ぐるぐる、わたしたちは同じところを歩いているのか、ぜんぜんちがうところを歩いているのか、わかりません。

まっくら、まっくら。

わたしは女の子がでたらめをいっているのかもしれないと思いました。

「でたらめでないからね」

耳もとで女の子がいったので、わたしはびっくりしました。

わたしは、でも、もう帰れなくなってしまわないかしらと心配になりました。

「ちゃんと帰れるわよ、ばかみたい」

また女の子がわたしの耳もとでいいます。

おかあさんがわたしをさがしていないかしら——。

「寝てるよ」

と女の子がいいます。

わたしは安心しました。

わたしは、しっかり女の子の手をにぎりなおしました。

目もしっかりつぶりなおしたので、口がイーという形になりました。

ペタペタとわたしと女の子のスリッパの音がします。わたしはもうどれくらいたくさん歩いたのか、わからなくなりました。

女の子は立ちどまりました。

そしてぎゅうとわたしの手をにぎりました。

「しっかり立っているのよ、手をはなさないでね、目をあけちゃだめだからね」

といいました。

*

真正面からあたたかい風が吹いてきました。

まっくら、まっくら。

あたたかい風は、だんだん強く吹いてきます。

頭の毛も寝まきも、うしろにどんどん吹かれてゆきます。

もう息ができないくらい。

しっかり立っていないと、うしろにたおれそうです。

わたしはゲラゲラ笑いたくなります。

まっくら、まっくら。

もう目も口もつかれちゃった。目をあけたいなあ。

「だめよ」

女の子が耳もとでいいます。

そして吹きあげるように強い風が吹いてきて、きゅうに止(や)みました。

しーんとしています。

花のにおいがしてきます。

「いいわよ、目をあけて」

女の子は手をはなしながらいいました。

わたしはそっと目をあけました。

わたしは明るい庭に立っていました。

とてもたくさん花が咲いていました。

わたしは女の子を見ました。

女の子は寝まきなんか着ていません。

ビロードのリボンのついた、とてもきれいなみどり色の丈(たけ)の長い洋服を着ています。

わたしはわたしを見ました。わたしは寝まきのまんまです。

「ほらね、うそじゃないでしょ」

「ここはどこ?」

「どこかにきまっているでしょ」

「あなたはだれ?」

「だれかにきまっているよ」

「えー、あんた名前ないの?」

「名前があればだれかなの?」

「あたりまえじゃんか、わたし、やまもとようこって人だからね。わたしは世界中に一人しかいないって、おとうさんいったもん」

「それは、あなたが一人しかいないってことでしょう。同じ名前の人なんかいっぱいいるよ、あんた電話帳で調べてごらん、すずきみのるって人、一七ページもあるよ。一七ページぜんぶぜんぶぜんぶ、上から下までぜんぶぜんぶ」

「………」

「あんたのおとうさん、ばかじゃない」

「ばかじゃないよ。だってわたしが世界中で一人しかいないの、ほんとうだもん」

「だからね、わたしはだれかだけど、わたしだって世界中に一人しかいないからね」

「あなた、名前ないの?」

「わたし名前呼ばれるのきらいなの。おとうさんおとうさんって、えばってさ。わたし名前あるけどね、それは人が勝手につけて勝手に呼んだだけよ。ほんとうの名前は自分でつけるからいいのよ」

「あんた、おとうさんやおかあさんいないの？」

「あんた、おとうさんとおかあさんがいなくて子ども生まれると思うの。いまはいるわよ」

「ふーん」

「わたし、あなたのおとうさん知ってるよ」

「そう？　おとうさん、毎日わたしのところにおみやげ持ってくるのよ」

「また自慢(じまん)する」

「……………」

「わたしね、あんたがジフテリアになるまえ、おとうさんと散歩してたの知ってるよ」

「どこで見てたの？」

「どこでもいいじゃない、さあいこう」

女の子はさっさと歩きだしました。

わたしはここがどこだかわかりません。

足もとに松葉(まつば)ぼたんがたくさん咲いています。

バラの花の垣根もあります。

白い花がいっぱい咲いている木もあります。

とてもよいにおいがします。

そこは高い泥(どろ)の塀にかこまれた小さな庭です。わたしがおとうさんと夕方見た病院の中庭のような気もするし、ちがうところみたいな気もします。

女の子は松葉ぼたんのあいだの細い道を歩いてゆきます。

そして塀のつきあたりのところにいくと、泥の塀のあいだに小さなみどり色の木の扉(とびら)があって、さびた錠(じょう)がぶらさがっています。

女の子はしゃがんで、スコップで塀の下を掘りました。土のなかから、小さな木の箱が出てきました。木の箱には金色の鍵が入っています。

女の子はシャベルをわきの下にはさむと、さびた錠に金色の鍵をさしこみました。

カチッと音がして錠があきました。

錠から茶色い粉が落ちます。

女の子はみどり色の扉を押します。

ギィーッと音がして扉があきました。

扉があくとそこは知らない部屋でした。部屋というより物置(ものおき)みたいな部屋でした。

天井がななめになっていて、ななめの天井に小さな窓が一つだけありました。

そして、いろんな荷物がごたごたたくさんあります。白い布のかかっている椅子、古い木の机、さびた鳥かご。針金のねずみとり、ほつれたバスケット、たんす、紐でしばった本、たくさん重なった箱。

女の子は白い布がかかっている椅子をパンパンとたたきました。

ほこりが煙(けむり)のようにたちました。

女の子は咳(せき)をします。

「ほ……ほらね、咳が出るでしょ。わたしジフテリアが治ったばかりだから」

わたしもいそいで咳をします。

「わ……わたしだってジフテリア治ったばかりだから」

「あなたはただのまねっこよ」

そしてその白い布のかかった椅子にどんと腰かけました。

「どこにすわってもいいわよ」

女の子はいばっていいます。

わたしは寝まきを着ているので、ほんとうは椅子に腰かけたいけど、こわれたバスケットに腰かけました。おしりがちくちくする。

「あなた強情(ごうじょう)？」

女の子は椅子にふんぞりかえって、わたしにききました。

「わたし強情なんかじゃないわ」

「そう、わたしは強情なの。強情じゃない人なんてつまらないわ」

「だって、おとうさんは強情はいけないっていつもいうもの。おかあさんは強情よ、おとうさんとおかあさんがけんかすると、おとうさんがいつもおまえは強情なやつだっていうもの」

「へー、それでおかあさん、なんていうの？」

「わたしは強情なんかじゃありませんって、どなるわ」

「あははははは、あなたのおとうさんよりおかあさんのほうがましだわね」

女の子は足をぶらぶらさせて笑っています。

「あなた、わたしがどれくらい強情だか知りたい？」

「強情っておもしろいの？」

「そりゃあ、おもしろいわよ。強情でない人がどうして生きているのかわからないわ。毎日がすごく退屈だと思うわ」

「わたし、たいくつなんかしてないわ」

でもわたしはたいくつって、ほんとうはなんだかわかりません。

「じゃあ、あなただって強情なのよ。わたしが教えてあげるもの、ぜったいにだれにもいわない？」

「わかんない」

「じゃあ、だめよ。ばかみたい」

女の子は立ちあがると古い机の引き出しをがたがたいわせて引きぬきました。

なかに古いめがねがたくさん入っています。

女の子は引き出しを机の上に置きました。

そして、なかから一つめがねを出してかけました。

それからわたしのほうを見てにやっと笑います。

「これをかけるとね、強情なわたしが見えるの。おもしろいわよ。いまはね、おとうさんがわたしを結婚させようとしているの」

わたしはめがねをかけてみたくなりました。

「あー、下の部屋でどなってわたしを呼んでるわ。でもわたしはいかないの、返事もしないんだから」

「わたしだれにもいわない。見せて」

「ああ、ドアをドンドンたたいている。わたしあけてやらないの」

「ねえ、わたしだれにもいわない。見せて」

「あんた約束する？　約束ってのはね、ほんとうに強情な人しかできないものよ。はっはっ、見て見て、おとうさん、ドアをおしりでたたいている。まっかっかになって」

「見せて、見せて」

「約束する？」

「する」

「ぜったい？」

「ぜったい」

「あんた、おとうさんになにかいわれたら、すぐごめんなさいっていうもんね」

「……」

「あっ、とうとう鍵がこわれちゃった。しりもちついてる。はっはっは。見て見て、おとうさんわたしのことをぶとうとしている。わたしぶたれても平気なんだもん」

「見せて、見せて」

女の子はゆっくりめがねをはずして、わたしにわたしました。

わたしはめがねをかけました。

ぼんやりして、なにも見えません。いつかおじいちゃんのめがねをかけたときみたい。なんだか頭がいたい。

だんだんめがねが透(す)きとおってきました。


白い部屋です。ベッドがあって、その上にまっ白なドレスが置いてあります。

ベッドの上に若い女の人が、とても若い女の人があぐらをかいてすわっています。髪を三つ編みのおさげにして、腕をくんで横をむいています。

ベッドの前に太った男の人がいて、男の人は女の人の肩をぐいぐいゆらしています。

そして大きな声でどなっています。

「おまえはなんにもわからないんだ。よくきけ、おまえの結婚相手はわたしがさがす。おまえのために世界中でいちばんいい男をわたしがさがしてやったのだ」

男の人は、ぐるぐる部屋のなかを歩きまわっています。片手をふりまわしています。

「あいつのどこが気に入らないんだ。わたしが知っているなかで、いちばん秀才だ」

「それがいやなのよ」

「ばかな男を好きだとは知らなかったね」

「秀才でもばかはいるわ」

「そんなやつにお目にかかりたいね。それに金持ちだ。そりゃ貧乏人は馬車馬のように働く。出世したいからだ。しかし貧乏人の出世なんぞたかが知れてる。なぜかわかるか。余裕がないからだ。金ばかりじゃない、気持ちの余裕がないんだ」

「でもいやなの」

「理由をいえ」

わたしは、若い女の人がだれかにとても似ていると思いますが、思い出せません。

「この人だれ？」

わたしは女の人をじっと見ながらききます。

「あら、わたしよ」

わたしのすぐそばで女の子の声がします。

「だってこの人あなたよりずっと大きいわ、ずっとおねえさんみたい」

「でも、わたしよ」

わたしは見くらべようとしてめがねをはずしました。

女の子が椅子の上で足をぶらぶらさせている物置です。

「あら、ばかね。めがねをとったら、もう続きが見られないわよ」

「なんだか映画みたい」

わたしはもういちど、めがねをかけました。めがねはぼうっとくもったままです。ぼうっと目の前の女の子が見えるだけです。

「ねえ、それからどうしたの？」

「わたし？　きまっているじゃない。家出したわよ」

「いつ？」

「結婚式の前の日よ」

「そんなにいやな人だったの？」

「ちっとも。とっても優しい人だったわ」

「ふーん、へんな顔していたの？」

「ちっとも。背が高くてスターみたいだったわ」

「じゃあ、いばりんぼだったの？」

「ちっとも。優しいっていったでしょ」

わたしにはわかりません。

「ねえ、その男の人見たい」

「だめよ、あなたそのめがねとっちゃったもの。もうすこしでこんな大きな花束持ってきて、わたしにキスするところだったのに」

わたしは男の人が女の人にキスするところなんか、テレビでしか見たことありません。キスするところ見たかったなあ。

「すけべねえ」

女の子はいいます。

いつだって女の子はわたしが思っていることをいうのです。

「ね、強情っておもしろいでしょ」

「うん」

わたしはわたしがつまんなくなりました。

「もうこのめがね、だめ？」

「だめよ。ちがうのなら見せてあげる」

女の子は引き出しのなかから黒い丸いふちのめがねを出して、自分でかけました。

そしてきゅうに笑いだしました。

そしてすぐめがねをはずして、わたしにくれました。


どこかの野原です。

大きな木が一本生えていて、すこし離れたところにこわれた石垣があります。

石垣にへばりついて男の子がたくさんいます。

石垣によじのぼっている男の子もいます。

そして大きな木の下に、体をぐるぐる巻きにしばられた小さな男の子がわーわー泣いています。

男の子をしばった紐は木の上からたれていて、木の上には女の子がのぼって、それをにぎっていました。

石垣の上にいる男の子がどなっています。

「返せ、いますぐ一郎を返せ。返さないとおまえを木から引きずりおろすぞ」

「ははは……、引きずりおろせるもんなら引きずりおろしてごらん」

女の子は紐をたぐりよせて、男の子を宙ぶらりんにしました。

男の子はヒーヒー泣いています。

「返してほしかったらね、身がわりよこすの、身がわりはね、一人でチンチン出して、はだかで来い」

男の子たちはひそひそ相談しています。

木の上の女の子は木のまんなかにすわったまんま、ポケットからチョコレートを出してベロベロなめています。

男の子たちはしばらくすると、石垣から離れてゾロゾロ歩いていきます。

一人だけすこし大きな男の子が残りました。

男の子たちは見えなくなりました。

大きな男の子は石垣の上にのぼったまま、じっとしています。

木の下でしばられた男の子はひくひく泣いています。

大きな男の子は石垣の上にのぼったまんま、じっとしています。

女の子は木の上でしーんとしています。

木の下の男の子は木によりかかって眠りはじめました。

いつまでたっても石垣の男の子と木の上の女の子はなんにもいわないで、しーんとしています。

だんだん夕方になってきて、すこし空が赤くなってきました。

「ねえどうしたの、それから」

わたしは飽きてきてしまいました。

「そのまんま、わたしは木の上で強情はっていたの」

「いつまで?」

「まっくらになってからもずっとずっとずっと」

「ずっとずっと?」

わたしはめがねをはずしてしまいました。

女の子は足をぶらぶらさせて、さっきと同じ椅子にすわっています。

「あら、あなたぜんぜん強情じゃないのね、やっぱり、すぐ飽きるんだから」

わたしはいそいで、またためがねをかけました。

でもなにも見えなくて、目の前の女の子が見えるだけです。

「もうだめよ」

「ねえ、それからどうしたの?」

「わたしはね、あの子がわたしより強情かどうかためしたかったの。それであのチビなんかつまんないから縄ほどいて帰してやったわ。チビはヒーヒー泣いて帰ったわ。男の子は木の下に来て縄のはじを持って、『おりてこい、おりてきたらふんじばってやる』ってずっとがんばったの。ずっと、ずっとよ」

「それで?」

「わたしは『チンチン出してあやまんな』って木の上でがんばったの。そのうちに、うちのおとうさんや男の子のおとうさんがさがしにきたの。

でも二人とも縄を持ったまんま、『おりてこい。おりてきたらふんじばってやる』『チンチン出してあやまんな』ってどなりあっていたわ。大人が二人を縄から離そうとしたけど、ぜんぜん相手にしないで縄を持ってがんばっていたの。大人は『ばかもんが、ひと晩中そうしてろ』って帰っちゃった。

そのうちに、二人ともつかれてきちゃって、なにもいわなくなったの。まっくらなところでしーんとしていたの。そのうちに、すこし寒くなったの、わたし。すこしぶるぶるふるえてたら、縄持っている男の子もぶるぶるふるえているの。『寒いだろ』って男の子がいうの。『寒くなんかないわ』ってわたしいったの。『寒くなんかないよな』って男の子いったの。縄、ぶるぶるふるえているのよ。

わたしはわたしと同じくらい強情な人をはじめて見たから、だんだんとてもうれしくなっちゃったの。そして朝になってから、わたし木からおりていったの。そしたら男の子、わたしをほんとうにぐるぐる巻きにしたの。ぐるぐる巻きになりながら、わたしわーわー泣いちゃったの。そしたら、その男の子もわたしをふんじばりながら、わーわー泣きだしちゃったの」

「それから?」

「それで、二人でわーわー泣きながら家に帰ったの、わたしはふんじばられたまま」

わたしはいつもいちばんいいとこ見られないんだ。わたしもっと強情はってればよかった。

「それから?」

女の子はだまってしまいました。

「このとき、あなたいくつだったの?」

「十一」

「あの男の子は?」

「十二」

女の子はだまったまま涙をだらだら流しているのです。

わたしはびっくりしました。

「ねえ、泣かないで。強情は泣かないんでしょう。ねえ、泣かないで」

わたしは女の子のそばにいって、泣いている女の子の頭をなでました。

「もちろん……」

女の子は涙を流したままいいます。

「強情はあんまり泣かないわ。でも泣きはじめると強情は強情に泣くものなの」

わたしはどうしていいか、わかりませんでした。

そして女の子は、こんどはきゅうに笑いだしたのです。

「ははは……。泣くってほんとうにいい気持ちね。とくに安心して悲しいことを思い出して泣くのはいい気持ち。そうじゃない?」

わたしはわかりません。

そのとき、めがねを入れていた引き出しがひっくりかえってしまったのです。

ほこりがボワッとたって、床の上にたくさんのめがねが散らばりました。

「あっ」

女の子が低い声を出しました。

女の子は床の上からめがねを一つ拾（ひろ）いあげました。そのめがねは片方のレンズが割れて、ひびが入っています。

女の子はじっとそのめがねを見ていました。

わたしはしゃがんで、めがねを拾いはじめました。そして一つずつていねいに引き出しに並べました。女の子はわたしがめがねを拾っているのに手伝ってもくれません。

わたしは全部拾うと、引き出しを机の上に置きました。

女の子は、引き出しのなかに、持っていた割れためがねを大切そうにもどしました。

そして「ふーっ」と大きなため息をつくと、わたしをにらみつけていいました。

「あんたなんか、つれてこなければよかった。あんたなんかつれてきて、めがねなんか見せてやんなければよかった。もとどおりにしてくれる？」

わたしは胸がぎゅうぎゅうになってきて、どきどきして泣きだしたくなります。泣いたほうが女の子が優しくなるかもしれないと思ったので、泣くことにしました。

そして泣きながら、ときどき女の子のほうを見ながらいいました。

「病院にもどって、おとうさんがあした来たら、おとうさんに直してもらう」

女の子はまっかになって、いいました。

「直せないにきまっているからね。このめがねは全部世界に一つしかないめがねなんだから。なんだって世界に同じものはないんだから。そんなこと、あんたのおとうさんがわかんないんだったら、あんたのおとうさんはただのぼんくらよ」

わたしはカーッとしてきました。

わたしは引き出しのなかから割れためがねを引きぬくと、わざと自分の顔にかけました。

片目が割れているめがねはぼんやりかすんで、ときどききっとするような強い光がさしこみ、わたしは、気が遠くなっていきました。

＊

わたしはどこか知らない公園のベンチに腰かけています。わたしは寝まきの上に毛のはえたオーバーを着ています。そしてちゃんと長靴をはいています。

わたしの横に、おじいさんが杖を持ってひなたぼっこをしています。

「さあ、もう帰ろう」

とおじいさんはわたしの手を引きました。

だれでしょう。でもわたしはおじいさんを知っているような気もするし、はじめて会った人のような気もします。ずっとおじいさんといっしょだったような気もするし、ひとりぼっちのような気もします。

おじいさんはわたしの手をにぎって、ゆっくりゆっくり歩きだしました。

おじいさんは電車通りをわたって、おやしき町のほうへいきます。

わたしはおぼえています。おとうさんと散歩した道です。でもどこかぜんぜんちがうみたい。

ぜんぜんちがうにおいがするのです。

色もすこしずつちがうみたい。

おじいさんはなにもいいません。

そして、わたしとおとうさんが散歩するときいつも立ちどまった、あのおばあさんの家の前まで来ると、鉄の扉をギィーッとあけました。

あ、鉄の扉。

おじいさんは家のなかに入ってゆきました。

家のなかはうすぐらくてあたたかでした。

玄関の洋服かけに外套(がいとう)をかけると、わたしのオーバーもぬがしてくれました。

「今夜はゆうべのシチューをあたためなおしたのでいいかい。もらいもののスモークサーモンとワインがあるからな」

そのとき二階から、男の子がおりてきました。

あの、原っぱで女の子とけんかしていた男の子です。

あのときよりずっと大きくなっています。

「おそいなあ、腹がペコペコだよ。シチューは火にかけておいたからすぐ食べられるよ」

「そうか、そうか」

おじいさんとわたしと男の子が食堂に入ると、男の子はガチャガチャお皿を並べ、

「ぼんくら、手伝え」

とわたしをどなります。

わたしはいつもそうだったような気がして、お皿をどこに並べたらいいかわかりました。

おじいさんがワインを飲んでいるあいだ、男の子はガツガツかっこむと大声でおじいさんにいっています。

「ぼくもう学校やめるからね」

「だめだよ、うちはお金がないんだ」

「こんな化物(ばけもの)やしきみたいなでっかい家住んで金がないんだから、やになるよ。だから学校やめて、働くよ」

「だめだ、貧乏だから学校にいかなくちゃいけないんだよ。学校にいかないで、おまえなにができるんだ」

「野球の選手。野球の選手って、すげえ月給がもらえるんだぜ」

「十五ですげえ月給もらっているやつがいるのかね」

「いないけどさ」

男の子はだまってしまいました。

そしていきなりわたしのシチューの皿を自分のほうに引きよせると、やけっぱちのようにむしゃむしゃ食べはじめました。

おじいさんはだまってまだ手をつけていない自分のお皿を、わたしのほうに押してよこしました。

すると男の子はそのお皿をまた自分の前に引きよせると、わざと大口をあけてむしゃむしゃ食べてしまいました。

おじいさんはずっとだまっていました。

＊

「おやすみ」

お皿洗いが終わると、男の子はふきんをわたしに投げつけて、タッタッと二階にかけあがっていってしまいました。

おじいさんはゆらゆらゆれるゆり椅子にすわって、たばこをのんでいます。

「おまえもあの子の部屋へいって、おやすみ」

とおじいさんはいいました。

わたしは男の子の部屋がどこかわからないのに、知っているような気もします。

なかでガタガタする部屋があったので、わたしはなかに入りました。

男の子が野球のピッチャーのかっこうをして、壁にむかって球を投げるまねをしていました。

「おい見ろよ、このピッチング。な、おれ野球の選手になれるよな」

わたしにはわかりません。

わたしが答えないので、男の子はドシンとベッドにひっくりかえってしまいました。

わたしはどこへ寝るのかしら。

窓の下にもうひとつベッドがあったので、わたしはベッドにはいあがって、ふとんにもぐりこみました。寝まきを着ていたから、ちょうどよかった。

「おまえまだ学校へいってないからわかんないけどさ、学校ってくだらないんだぜ」

男の子は天井をむいたまま、いいました。

「わたし、もしかしたら、あなた野球の選手になれると思うわ」

「な、なれるよな」

男の子は大きな声でいいました。

＊

わたしは食堂で朝ごはんを食べています。

おじいさんも食べています。

男の子も食べています。

でも男の子はゆうべよりずっと大人みたいになっていました。そしてずっとお行儀（ぎょうぎ）がよくなっています。

そしておじいさんはゆうべよりすこし年をとったみたいでした。

「ぼく奨学金（しょうがくきん）をもらえることになりました。それから、家庭教師もひとつ増やしました」

「そうか、そうか」

男の子はトーストにバターをつけると、

「さきに食べなよ、食べるのおそいんだから」

といってわたしにくれました。

みんなだまってごはんを食べます。

玄関で呼び鈴（りん）が鳴りました。

玄関に女の子がカバンを持って立っていました。女の子もずっと大きくなっています。

男の子はカバンを持つとさっさと門のほうへ歩いてゆきます。

「いってらっしゃい」

わたしは男の子にいいます。女の子はぐいっとなかをのぞきこみました。

そしてわたしを見つけると、

「あなた、なんでこんなところにいるのよ」

とわたしの肩をつかみました。

わたしは胸がどきどきします。

「早く来いよ」

と男の子は門の近くで大きな声でいいます。

女の子はわたしのまわりをぐるぐるまわって、わたしを調べています。

わたしは女の子のそばにいって、

「わたし帰りたいの。おとうさんとおかあさんのところに帰りたいの。帰してちょうだい」

と女の子の手をゆすってたのみました。

「だめよ、わたし知らないわ。あなたが勝手にここに来たんでしょ。帰り方なんかわたし知らないわ。わたしはどんどん大きくなっていくのに、あなたはチビのまんま。それにいまのわたしはほんとうじゃないもの、ここにあるもの全部、ほんとうじゃないもの」

「ほんとうじゃないって？」

「もちろん、うそじゃないわ。これは記憶よ。わたしの記憶にあなたが勝手に割りこんできたのよ。わたしはいまだってめがねで、あそこからこのわたしを見ているだけよ。じゃあね、わたし学校にいくわ」

女の子は門を出てゆきました。

わたしは部屋にもどって椅子にすわって、じっとしていました。

そして、椅子にすわってじっとしているおじいさんを見ていました。

おじいさんはわたしが見ているうちに、どんどん年をとってゆきます。

さっきまでは白髪がふさふさしていたのに、みるみるうちにさらさら風になびくように白髪が少なくなってゆきます。

つやつやしたピンク色のほっぺたに、くもの足が動くようにしわができて、顔の色もだんだん黄色くなってゆきます。

そしてさっきからずっと同じことをわたしにきくのです。

「いま何時かな」

「いま何時かな」

時計はどこにもないのです。

「わからない」

「わからない」

わたしは答えつづけます。

「何時かな、何時かな」

といいながら、おじいさんはしわしわになりつづけてちぢんでゆきました。

そしてもう声にもならない声で、

「何時かな」

といったとき、椅子の上にはなにもありませんでした。

＊

おじいさんのいなくなった部屋に、すっかり大人になった女の子とすっかり若い男の人になった男の子がむかいあっています。

わたしはいつも腰かけている椅子に腰かけていました。

おじいさんの椅子は、だれもすわる人がないまま、すこしゆれています。

「人はだれだって死ぬんだもの。ぼくだってきみだっていつかは死ぬよ。死んで淋しいのは、死んだ人じゃなくて、その人を愛してた人たちさ。ぼくはとても淋しいけど仕方ないよ」

「でも、わたしはあなたにだけは死んでほしくない。あなたは死なないわ」

「きみはあいかわらず強情だね」

若い男の人は女の人の手に手を重ねていいました。

「ありがとう。ぼくはたった一人になってしまった。でも、ぼくは一人じゃない。きみがいるもの。きみとぼくが野原の木に紐でくくりついていたときから知っていたつもりだよ。おじいちゃんが死んでとても淋しいけど、ぼくを邪魔するものはなにもない。ぼくはなれるかなれないかわからないけど、なりたいものになろうとしているんだ。ぼくの強情は、そのためにあったのかもしれない。きみは強情なんだから、ぼくの強情をわかってくれるだろう」

「よくわかるわ。わたしはあなたの強情がなんのためにあったか、わかったわ。わたしの強情は、あなたの強情を助けるためにあったのだわ」

＊

わたしはきゅうに、大きな声を出して泣きだしました。

「わたし帰りたい。わたし帰りたい。どうしても帰るの」

わたしはわーわー泣いているのに、二人にはわたしが見えないのです。女の人が女の子だったとき、若い男の人が男の子だったとき、二人はわたしが見えていたのに。

わたしは床（ゆか）につっぷして泣きつづけました。

二人は静かに手をとりあったまま、じっと見つめあっていました。

「おじいちゃんが死んだから、この家はもうぼくの家じゃない。ぼくはこの家で生まれて、この家がとても好きだったけど、いつかぼくが買いもどせるようになったら、きっときみといっしょに住もう。きみはぼくのかあさんがしていたように、この家を花でいっぱいにしてくれるような気がする」

「約束するわ、ぜったいに約束するわ」

わたしはわーわーわーわー泣きつづけます。

「帰りたい。おとうさーん、おとうさーん」

それでも二人は静かに手を重ねあわせていました。

「わかったぞう。あんたがだれかわかったぞう。あんたは、あのおばあさんなんだ、あの花やしきのおばあさんなんだ。ここがどこかわかったぞう、あんたなんかいなくっても帰れるよう」

それでも若い男の人と女の人はじっと静かにしてわたしを見ませんでした。

わたしは玄関に出てゆきました。

そして玄関の扉をあけようとしました。

扉はぜんぜん動きません。

わたしはもどって、力いっぱい若い女の人の肩をゆすりました。女の人は風にあたったほどもゆれませんでした。

そして、まゆをひそめて、はえでも追うように手をふりました。

そしてその手をまた、男の人の手に重ねました。

＊

わたしは部屋のなかをぐるぐる走りまわりました。

わたしは髪の毛をぼうぼうにふりたてて、わき見もせずに走りました。

「帰りたいよう、帰るよ」

部屋のなかをぐるぐるまわって目がまわりそうです。わたしは立ちどまろうとしました。

立ちどまっても、わたしはひとところでぐるぐるブンブンまわっています。わたしはコマのようにまわっているのです。

そのうちに音がしなくなって、トローンと動いていないようにまわっています。

そして、わたしは自分がぼうっと光りだしたのがわかりました。

部屋のなかがぼうっと光りはじめ、手をとりあっている二人も光っていました。

そしてわたしはコトンと倒れてしまいました。

＊

「ばかね、あんたやりすぎなんだから」

気がつくと、ほこりっぽい、物置みたいな部屋でした。

女の子が足をぶらぶらさせながら、さっきと同じ椅子にすわっています。

「あんた帰りたいの、帰りたいなら帰ってもいいのよ」

にやにや笑いながらいいます。

「まだいい。それからどうなったか知りたいの」

「ふーん、あんたは知りたがり屋なんだ」

「ねえ、あの人どうなったの。あの人はなにになったの」

「音楽家よ」

女の子はいばっているようにいいました。

「なんだ音楽家か。うちのおとうさんは、歌うたいとか役者はみんなろくでもないことしか考えなくて、結婚なんかしちゃいけないし、子どもなんか産んじゃいけない人たちだって。でもろくでもないから、何回も結婚したり山ほど子どもつくるんだって」

「だから、あんたのとうさんはただのぼんくらよ。ほんとうの音楽家を知らないのよ。ほんとうの芸術家はなにをしてもいいのよ」

わたしは、あのおじいさんといっしょに住んでいた男の子がとても好きでした。野原にいた男の子も好きでした。あの人ならなににでもなれたのに。野球の選手にだってなれたのに。

女の子は立ちあがりました。

「あの人がなにをしてもいい人だってわからせてあげる。あんたはチビだからわかんないと思うけどね」

女の子は、部屋の隅にある黒いレコードプレーヤーに、とても古いレコード盤(ばん)を置きました。そうして椅子にすわると、大事そうにレコードをそうっとかけました。はじめてきいた、とてもとてもきれいな曲が流れてきました。どの音楽とも似ていない、夜お星さまが落ちてくるような、コスモス畑に風が流れているような。

そして、女の子はひくひく泣きだしたのです。

「安心して泣いているの？」

わたしはききました。安心して泣いていたら、わたしも安心だからです。

「ちがう、ちがう」

わーわー泣くより、ひくひく泣くほうがいやだなあ。

「わたし知っているわ、あなたがだれだか。あなたはあそこんちのおばあさんだわ」

「そうだよ、あんたのいうとおりだよ」

きゅうにおばあさんの声がしました。

わたしはびっくりして女の子を見ました。

女の子なんかいませんでした。

あの花やしきのおばあさんが、白い前かけをかけて、ひくひく泣いていました。

「おばあさん、おばあさんが、わたしよ。わたしよ。いつもおとうさんと散歩していたわたしよ」

「知ってるよ。知っているとも」

「ねえ、泣かないで」

「わしゃ、泣いてなんぞおらん」

おばあさんはひくひくしながら、前かけではなをかみました。

おばあさんは、しわしわの両手でひざをなでています。

そしてもう一回チンとはなをかみました。

「もうお帰り、そして元気になったらとうさんと散歩においで。そのときはお茶ぐらいごちそうしてやろう」

「どうして帰るの、あの子がつれてきてくれたのよ」

おばあさんは笑いました。

「だって、あの子はわたしじゃないか」

おばあさんはわたしの手を引いて屋根裏部屋のドアをあけ、階段をおりました。まっくらでした。おばあさんはパチパチ電気をつけながら歩きました。そして二階の廊下を通って、もう一つ階段をおりました。わたしが知っている部屋のドアが見えます。

玄関もわたしが知っている玄関でした。

おばあさんは玄関の電気をつけると、大きなショールを戸棚から出して、わたしを包みました。そして電話をかけてタクシーを呼びました。

タクシーのなかで、おばあさんはわたしの手をしっかりにぎっていました。しわくちゃなのに、ふにゃふにゃやわらかい手です。

わたしはおばあさんといっしょに病院につきました。

おばあさんはわたしを病院の玄関のわきの非常口に押しこみました。

「ショールはお返し」

といって、おばあさんはまたタクシーに乗ってしまいました。

わたしはパジャマのままで、病院の廊下に立っていました。

＊

わたしはぐるぐる病院の廊下を歩きまわりました。なんだかとても眠くてぼうっとして、わたしの部屋がどこかあんまりわからないのです。

看護婦さんの部屋だけ電気がついていたのでわたしはドアをあけて、

「迷子になりました」

といいました。

机にうつぶせになって眠っていた看護婦さんはびっくりして、

「あらいやだ。四〇一のジフテリアじゃないの」

といいました。

看護婦さんはわたしの手を引っぱって、

「ここよ、トイレにいくときはおかあさんを起こしなさい」

と小さい声でいいました。

わたしはベッドによじのぼりました。

おかあさんは下の補助ベッドで寝返りをうちながら、

「えらいね、一人でおべんじょいって」

と眠ったまんまの声でいって、またスースー寝てしまいました。

わたしもすぐ眠ってしまいました。

＊

わたしは退院してからも、ねしょんべんは治っていました。

退院してしばらくのあいだは、おとうさんもおかあさんも病院にいたときと同じくらい優しかったけど、だんだんふつうになっていきました。

ある日おとうさんは、

「ようこ、散歩にゆくか」

といいました。

わたしは、

「どっちでもいい」

といいました。なんだかめんどくさかったのです。

おとうさんは一人でも散歩するので、やっぱりついていきました。

「ねえ、おとうさん。わたし、すごく気味わるい夢見た、あのおばあさんの」

わたしはおとうさんの手をにぎったまんまいいました。

「夢が気味わるくなかったら、つまらんもんだ」

とおとうさんがいいました。

「どんな夢だ」

「もう忘れたけど、夢みたいじゃなかった」

「目がさめたら、おれのふとんに来ればいい」

とおとうさんがいいました。

「だって病院だったんだもの。でも夢みたいじゃなかった」

「きょうはあのおばあさん、いるかな、ひさしぶりだな」

とおとうさんはおばあさんに会うのを楽しみみたいにいいます。

わたしはなんだかあんまりおばあさんに会いたくないのです。

坂道をのぼると、おばあさんの家の木が見えました。冬なので、枯れた木のあいだに白い椿が咲いていました。

おばあさんは門のところに道のほうを見て立っていました。そしてわたしたちを見ると、

「ずいぶん、ひさしぶりだね」

といいました。

「いやあ、ひどい目にあってしまった。こいつがジフテリアをやってね」

とおとうさんは自慢みたいにいいました。

「わたしもむかしジフテリアをやったことがあったよ」

おばあさんはわたしを見ていいました。わたしはなんだか胸がどきどきしました。

「病みあがりで、ちっとは女の子みたいに見えるよ」

おばあさんはわたしを見ています。

「お茶でも飲んで、休んでいくかね」

おとうさんはとてもうれしそうな声で、

「そいつはありがたい」

といいました。

おばあさんは、

「あんたが病気したんじゃないだろ。ひと休みするのはこの子だけだよ。しばらくしたら迎えにくるといい」

といって門をあけて、わたしの手をぎゅっとにぎって引っぱりました。

わたしはおとうさんを見上げて、助けてもらいたいと思いました。

おとうさんは、わたしが助けてもらいたいのをちっとも気がつかないで、

「おまえいってこい」

とすこし機嫌のわるい声でいいました。

おばあさんはわたしの手をぐいぐい引っぱって、玄関の扉をあけました。

わたしがふりかえったとき、もうおとうさんは見えませんでした。

わたしはこわいのです。ぜったいに、おばあさんの家なんか入りたくない。

おばあさんはわたしの手をにぎって、どんどん玄関のほうに歩いてゆきます。

おばあさんが玄関をあけるとき、わたしの手をはなしました。わたしはうしろむきになると走りだしました。

うしろでおばあさんが大きな声でなにかいっています。

わたしはうしろをむかないで、走りつづけました。

＊

家のそばまで来ると、のろのろ歩きました。

のろのろ歩いても家についてしまいます。

おとうさんはもうちょっとたったら、おばあさんの家にわたしを迎えにゆくでしょう。

そうしたら、わたしが逃げだしたことを、おばあさんはおとうさんにいうでしょう。

わたしは家のなかに入らないで家の塀のそばにしゃがんで、おとうさんが帰ってくるのを待つことにしました。

おとうさんはわたしを怒るかしら。怒らなくても機嫌がわるい顔をして帰ってくるでしょう。

わたしは、大人が機嫌がわるいのがいちばんどきどきします。

いつ怒るかわかんなくて、ずっと心配していなくちゃいけないからです。

わたしは機嫌が直るまでずっと心配するので、心がつかれてしまいます。

しゃがんでいる前に、まるいひらべったい石があったので拾いました。スカートでこすって泥をとって、手でぎゅっとにぎってまた手をはなすと、汗ですこし黒くなっているので、それを手でこすりました。すこし光りました。それから鼻にくっつけました。おでこにもつけました。どんどん光ってきました。

すこしなめてみました。ちょっとだけしょっぱい。

「なに食ってんだ」

ときゅうにおとうさんの声がしたので、わたしはびっくりしました。そしておとうさんの顔を見ると「わあーっ」と泣きだして、おとうさんにしがみついてゆきました。

おとうさんはわたしの頭をなでて、

「泣くことはない。泣くことはない。ばかだな、ばあさん、おまえをかわいがりたかっただけだよ」

といいました。

＊

それから、わたしは散歩にいくのをやめました。

そしておとうさんが転勤したので、わたしたちはひっこしました。

ひっこしの前の日おとうさんは、

「ばあさんに、あいさつをしてくるか。おまえも来るか？」

といったけど、わたしは「いかない」といって、じいっとしていました。

おとうさんは一人で出かけてゆきました。

すこしたって、おとうさんは帰ってきました。

そしてわたしに紙に包んだものをくれました。

それは赤いビロードでできた、小さなハンドバッグでした。

「おまえにばあさんがくれたよ。ばあさんが子どものとき使ったもんだそうだ。それにしても、物持ち（ものもち）のいいばあさんだな」

ビロードはくたくたしていたけど、新しいまんま古くなっているみたいで、ナフタリンのにおいがしました。わたしは、ボタンをはずして、なかをひらいてみました。なかに紙に包んだひらべったいものが入っていました。

それをひらくと写真が出てきました。

写真には、夜の病院でわたしを庭につれだしていった女の子が、あのときと同じ洋服を着て真正面むいてうつっていました。

わたしは泣きそうになりました。

「気持ちわるい」

わたしは写真を投げだしました。

「どれ、なんだ、へー、あのばあさんが子どものときの写真だよ。かわいいじゃないか、写真が古くなって茶色になっているだけだよ」

「気持ちわるい」

わたしはもう二度と写真を見たくありませんでした。

おとうさんは写真をまた、紙に包んでビロードのハンドバッグに入れました。

それから、わたしはハンドバッグも写真もどこにおとうさんがしまったのか知りません。

その夜、わたしはねしょんべんをしました。

＊

それからわたしは新しい町で小学校に入りました。

おとうさんは、調査にいって長いこと留守だったり、ずっと家から会社にいったりしています。

わたしは妹ができました。

妹ができると、おとうさんは、

「おまえは長女だから、しっかりしろ」

といいました。「しっかりする」のはなにをしっかりするのかわからないけど、なんでもしっかりしなくてはいけないのです。

学校の忘れものしたりするのも「しっかりしろ」、お客さんが妹にだけおみやげを持ってきて、あとでわたしが小さい声で「モモ子だけいいなあ」といっても「しっかりしろ」、ときどきおとうさんが寝るとき「きょうはいっしょに寝てもいい?」ときいても「しっかりしろ」というのです。それなのに、きゅうに「今夜はばかに冷えるなあ。どうだいっしょに寝るか」ということもあります。

わたしは、「べつに」といって知らん顔をすることにします。

おとうさんは機嫌がわるくなります。

機嫌がわるくなると、おとうさんがかわいそうみたいな、いい気味みたいな気持ちになります。

＊

雨がふっていました。日曜日でした。

となりの家の垣根に咲いたピンクのバラが雨にぬれていました。よく見るとバラの花は、ぶるぶるこまかくふるえています。

わたしは花がぶるぶるふるえるのがおもしろいので、縁側（えんがわ）のガラス窓からじいっとバラの花を見ていました。

おとうさんがわたしの横に立って、「よくふりやがるなあ」といいました。

そしてバラの花を見て、

「貧相（ひんそう）なバラだなあ。あのばあさん、どうしているだろうなあ」

といいました。

わたしはびくっとしました。

「どうだ、一度、むかしの家のあたりにいってみるか」

とおとうさんはいいました。

「いかない」

とわたしはいいました。

「おまえも一度へそをまげると強情だなあ」

「強情」という言葉で、わたしはあの強情な女の子だったおばあさんと、強情だった男の子のことを、はっきり思い出しました。

わたしは思い出したくなかったのです。

「おとうさん、強情って言葉いわないで」

「強情なら仕方ないだろう」

「それでもいわないで」

「だから、強情っていうんだ」

おとうさんはおべんじょのほうにいきました。

＊

中学二年になったとき、おとうさんはわたしにわたしの部屋をくれました。

わたし一人の部屋です。おかあさんの小さなたんすをもらったり、おとうさんの椅子をもらったりして、ひっこしをしました。妹のモモ子に命令して、ぞうきんを洗わせたり、洋服をたたませたりしました。

モモ子がたんすの奥に手をつっこんで、

「これなに？」

と白い紙に包んであるものを引っぱりだしました。

「知らない。おかあさんのじゃない？」

とわたしはよく見ないでいいました。

「わあ、きれいなハンドバッグだ」

とモモ子は大声を出しました。

あのハンドバッグでした。モモ子はさわったり、ぶらさげたりしています。

わたしは決心していいました。

「貸して、それわたしの」

モモ子はへんな顔をして、ハンドバッグをわたしにわたしました。

わたしは大きく息を吸って、もう一回決心しました。わたしはしっかりハンドバッグをつかみ、なかの写真をとりだしました。

それからしっかりと写真を見ました。

＊

「おばあさん
おぼえていますか。わたしが五歳のとき、わたしはおとうさんとときどきおばあさんの家の前を散歩してました。とてもきれいな花がたくさん咲いて、おばあさんの家はいつもいいにおいでした。

ひっこしのとき、わたしはおばあさんからハンドバッグと写真をもらいました。

どうもありがとう。

いまごろお礼をいってごめんなさい。

いつか、遊びにいっていいですか。

花やしきのおばあさんへ
ようこ」

「ようこさま
おぼえていますよ。おぼえていますとも。
大きくなったでしょうね。
　　　　はなやしきのおばばより」

「おばあさん
おぼえてくれていてありがとう。

それから、いまごろあやまってごめんなさい。ハンドバッグもらったとき、わたしお礼をいわなかったのです。

それからジフテリアがなおってから、おばあさんにお茶にさそわれて逃げて帰ってしまったことも、ごめんなさい。

わたしは十三歳になりました。

妹のモモ子が生まれて、モモ子はいま五歳です。

いまなんの花が咲いていますか。

花やしきのおばあさんへ
　　　　ようこ」

「ようこさま
庭にれんぎょうが咲きました。
遊びに来られたらいいのに。
はなやしきのおばばより」

＊

「おとうさん、わたし、むかし住んでいた町へいきたいの」

「おまえは、このまえ、いやだっていったじゃないか」

「でも、いまはいきたくなったの」

「勝手なやつだな」

「わたし一人でいけるわ。あのおばあさんに会いたいの。れんぎょうの花が咲いているって」

おとうさんはへんな顔をしました。

「もうじき、バラが咲くだろう。バラが咲いているときのほうがいいんじゃないかい」

「ううん、れんぎょうの花が咲いているときにいきたいの」

「わけのわからんやつだな。いきたいならいくといい」

わたしはおばあさんがくれたハンドバッグを出しました。そして、小さな箱に入っているガラスの馬をなかに入れました。

＊

わたしは電車をおりると、電車通りをわたって、わたしがおとうさんと散歩をした坂道をのぼってゆきました。

坂道はしんとしていました。

おばあさんの家が見えてきました。

黄色いれんぎょうが燃えるようにあふれていました。

わたしは胸がどきどきしました。

門の前まで来ました。わたしがおとうさんと散歩していたときのまんまでした。庭にはだれもいませんでした。

わたしは門の呼び鈴を鳴らしました。

玄関のドアがひらいて、おばあさんが出てきました。

まあ、なんておばあさんになってしまったのでしょう。おばあさんはむかしよりずっとゆっくり歩いてきます。

おばあさんはわたしをじろじろ見ました。

「だれ、なにか用？」

「わたしです。ほらこれ見て」

とハンドバッグを前にさしだしました。

おばあさんはそれをじっと見ていいました。

「これはわたしのものだ。あんた、これどうしたんだね」

「忘れたんですか、わたしがひっこしするときもらったのです」

「ずっとさがしていたんだ、やっぱり盗まれたんだ。あんたが盗んだんだね」

わたしは涙が出てきそうになりました。

「わけをきかなきゃ帰さないよ」

おばあさんはわたしの腕をつかんで、玄関のほうに歩いてゆきます。

「ねえ、手紙を出しました。返事ももらったわ。だから会いたくなったのよ」

おばあさんは玄関をあけて、なかにわたしの背中を押しました。

あのときのままでした。においまであのときのままでした。

「おすわり。そのハンドバッグをここへお出し」

わたしはテーブルの上にハンドバッグをのせました。

おばあさんはじっとハンドバッグを見て、ボタンをはずし、小さな箱を出しました。

「それ、おとうさんのおみやげ、よろしくって」

おばあさんは箱をあけないでハンドバッグをのぞき、紙に包んであった写真を出してじっと見て、わたしを見ました。

「あー、あの子なの。そうだったの。よく来てくれたね。大きくなったら、見ちがえちゃった。お茶を入れよう」

「手伝うわ」

わたしはおばあさんといっしょにお茶の用意をしました。

お茶をテーブルに並べて、わたしたちはむかいあいました。

「おばあさん、わたしがジフテリアやったのおぼえている？」

「おぼえているとも。わたしもむかしジフテリアをやったことがあったよ」

「わたし知ってるの。ねえ、わたし、あの写真の女の子と遊んだの。あれはあなたでしょう？」

「そう、どうしてだろう。あんたがぱったりとうさんと散歩に来なくなって、毎日とても気になってね。あんたを見ていると、自分が小さい女の子だったときのことを思い出すんだよ。ちっとも来なかったので、病気かもしれないと思ったの。そしてわたしがジフテリアをやったときのことを思い出したの。とてもはっきり。きっと小さかったときのわたしがあんたを迎えにいったんだね。

わたしが八つであんたが五つだった。二人で扉をあけたね。わたしが十六のときもあんたは五つだった。そしてあのとき、わたしいろんなこと全部思い出したの。あんたといっしょに」

「わたし知ってるわ、野原に男の子つるしたの」

「そうよ。わたしとても強情な子どもだったから」

「あの男の子も強情だったのよね」

「そう、そう、みごとなものだったわ」

「大きくなってからアイしあったんでしょう。わたし知ってる」

「大きくなってからじゃないわ、あの野原のときからずっと。ずっと、ずっと」

「いまでも？」

「もちろん」

「あの男の子どうしたの？」

「男の子のまんまだよ。死んだ人は年をとらないからね」

わたしは心臓が止まりそうでした。

「仕方がないさ、あとで見せてあげたいものがある」

おばあさんはゆっくりお茶を飲んでいます。

「結婚しなかったの？」

「知ってるじゃないの。結婚式の前の日に家出したの」

「わたし、ほんとうに夢だと思っていた。とっても気持ちわるかったの。おばあさん、なんでも知っている魔法使(まほうつか)いかと思った」

「わたしは、あんたのことなにも知らないよ。ただおとうさんと散歩してるのを見ただけ。知っているのは、あんたじゃないの。子どもだったわたしがあんたと遊びたがったんだね。わたしは七十になったけど、七十だけってわけじゃないんだね。生まれてから七十までの年を全部持っているんだよ。だからわたしは七歳のわたしも十二歳のわたしも持っているんだよ。あんただって、五歳のあんたを持っているだろう。だから八つのわたしと五つのあんたは遊べた」

わたしたちはお茶を飲んで、屋根裏部屋にゆきました。

あのときのまんまでした。

わたしは古い箱の上にすわり、おばあさんはゆり椅子に腰かけました。

そしてあの引き出しから、めがねを一つ出しました。

「かけてごらん」

わたしはかけてみました。

目の前のおばあさんと屋根裏部屋が見えるだけです。

「見えないわ。おばあさんが見えるだけ」

「そう、あんたは大きくなりすぎちゃったんだ。もう子どもじゃなくなっちゃったんだね。そのへんのふつうの人になっちゃったんだ」

おばあさんはため息をつくと、めがねを机の引き出しにもどしました。

きゅうにおばあさんはわたしにむかって、

「帰ってよ、帰ってよ。あんたはどろぼうなのよ。わたしのあの人のこと好きになったじゃない。五つのチビのくせに。それにあんたはあの人が野球の選手になればいいと思っていたんだわ」

といいました。

おばあさんの声じゃないみたい。

そしておばあさんは、ずっとむかしのまんまのぼろくさいレコードをかけてくれました。

わたしはまえにきいた曲とちがうような気がしましたが、やっぱりどの曲とも似ていない、はじめてきく音楽でした。すこし寒い、静かな暗い海みたいな、同じ形をした雲がならんでいる、底のない空みたいな。

「あの人、これつくってすぐ死んじゃったの」

女の子の声のまま、おばあさんはいいました。

ああ、わたしはもう子どもじゃなくなっちゃったんだ。

あの子は、あの病院の庭からあの扉まで、もうわたしをつれていってくれない。

「仕方ないね、あんたは大きくなりすぎたんだ」

おばあさんはおばあさんの声でいいました。

*

わたしとおばあさんは庭に出て、花を見てまわりました。

「もう今年は、だれかをたのまなくっちゃ。面倒が見られなくなっちゃった」

わたしはとても淋しい気持ちがします。

もう強情じゃなくなっちゃったのかしら。

「でも、わたしえらいと思わない？　わたし強情だから、あの人と約束したこと果たせたのよ。

この家をあの人のおかあさんがしていたみたいに、わたしはしたんだわ」

そのとき通りを中学生の男の子たちがぞろぞろ歩きながら、こっちにむかってどなりました。

「見ろよ、あのばばあ、また、へんな声出してるぞ、ぼけばばあ、ぼけばばあ」

おばあさんはわたしの耳もとで、小さな声でいいました。

「あの子らなんにもわからないのよ、かわいそうに」

おばあさんは、テーブルの上のハンドバッグをとって、わたしにわたしました。

「これは持っていっておくれ。写真もね。おとうさんにおみやげのお礼をいって」

門のところで、わたしは手をふって別れました。おばあさんはいつまでも手をふっていました。

わたしにはおばあさんに見えるけど、おばあさんは、あの庭の扉をあけたときと同じ年になっていることがわかります。

金色の赤ちゃん

わたしはとも子ちゃんがきらいです。

気持ちわるいんだもの。

とも子ちゃんは顔がぶーっとふくれていて、なんだか顔じゅう紫色（むらさきいろ）していて、いつも口が半びらきになっていて、歯がめちゃくちゃに生えています。ふつうの人より歯がすごくひらべったくて黄色くて、すじが入っています。そしてずーっとにやにや笑っています。

とも子ちゃんは、国語の時間だって、算数の本や理科の本をめちゃくちゃに出して、にやーっと笑っています。はじめは先生が、いつもめちゃくちゃの本をしまってランドセルから教科書を出してあげていました。

そのうちに先生は、とも子ちゃんをわたしのとなりの席にすわらせました。

そして、わたしに、

「あなたが、とも子ちゃんのお世話をしてあげてね」

といいました。

わたしは、すごくやだなあと思いました。でも先生が見ているので、わたしはいつもとも子ちゃんのランドセルから、教科書と下じきとふでばこを出してやります。

わたしがふでばこを出してやると、すぐとも子ちゃんはふでばこをあけます。ぴんぴんにとがって、すごくきれいにけずったえんぴつが三本入っています。とも子ちゃんは、えんぴつをふでばこから出して、ぴんぴんの芯（しん）を親指とひとさし指でさわって、わたしの顔を見てにやーっと笑うと、机にえんぴつをつきたててえんぴつの芯をぽきんと折ってしまいます。三本とも折ってしまいます。わたしは知らん顔をしています。

それからとも子ちゃんは下じきの角（かど）をかみます。すごく一生懸命下じきの角をかんで、ときどき、ちがう角をかむために下じきをまわします。とも子ちゃんの下じきの角は全部ぐねーっとまがっています。とも子ちゃんは授業中ずっとなんにもいわないで下じきをかんで、ときどきギーッと小さい音がします。わたしはずっと知らん顔しているけど、ギーッと小さい音がすると、むしゃくしゃしてわーっと大声を出したくなります。

わたしは先生が黒板に字を書いてうしろむきになっているときに、うんととも子ちゃんの足をふんづけてやります。

とも子ちゃんはぜんぜん怒りません。わたしがふんづけるときゅうににやにや笑うのをやめて、口に下じきをはさんだまんま両手を机について立ちあがって、上ばきをぬいで椅子にすわろうとします。

ちょうど字を書きおわった先生はとも子ちゃんを見て、

「とも子ちゃん、立つんじゃない」

と大きな声でいいます。とも子ちゃんは椅子の上にひざを折って、ごはんを食べるときみたいにすわって、またまだまって下じきをかみつづけます。

ときどきギーッと小さい音がします。

体操の時間、わたしはとも子ちゃんと手をつながなければなりません。

とも子ちゃんの手はぶくぶくにふくれて、いつもじとーっとぬれているみたいでなまあったかくて、へんなにおいがします。わたしはとも子ちゃんの手にさわるのがいやなので、とも子ちゃんがわたしの手をにぎろうとするとふりはらって、とも子ちゃんのセーターのそでで口をつかみます。

＊

わたしは学校の帰り道、一人で石をけって歩いていました。

わたしは、学校の門のところで、すごくまるくてひらべったい黒い石を見つけたので、ずっとけっていました。

道をわたると広い道路になります。広い道のはじに四角い穴があいているところがところどころにあるので、石が穴に落ちると困るから、わたしは、運動靴の上に石をのっけて、そろそろ歩くことにしました。

わたしがそろそろ歩いていると、「ようこちゃん」ときゅうに声がしました。わたしはだれもいないと思っていたので、すごくびっくりしました。

わたしのまん前に、とも子ちゃんのおかあさんが立っていました。わたしはぎくっとしました。

「あのね、おねがいがあるの。朝ね、学校にいくとき、とも子ちゃんのことさそいにきてくれない？」

わたしは、とも子ちゃんがわたしが足をふんづけたりすることいいつけたのかと思ったので、すごく安心しました。

だから、わたしは「うん」といってしまいました。

「とも子、学校でいじめられていないかしら、おばさんほんとうに心配なの。おねがいね。ようこちゃん」

とも子ちゃんのおかあさんは、わたしのおかあさんよりもおばあさんに見えました。

やせていて、しわがたくさんあります。

わたしは「うん、いいよ」といいました。

わたしがとも子ちゃんを迎えにいくと、おかあさんがなんだかとてもいそがしそうに出てきて、

「きょう、算数のおはじきは持っていくの？」

とききました。

「ううん、ものさし持っていくの」

とわたしはいいます。

「そう、ものさし、ものさし」

おかあさんはいそがしそうに部屋に入っていきます。

「はちまきもいるんだよ」

とわたしはいいます。

「はちまき、はちまき」

おかあさんの声がします。

とも子ちゃんはにやにや笑いながら、ずーっと玄関にランドセルをしょって立っています。おかあさんは、はちまきとものさしをせかせかととも子ちゃんのランドセルに入れます。それからしゃがむと、

「はい、はい、靴をはいて」

といいます。とも子ちゃんはおかあさんがそろえた靴のなかに足をつっこむと、わたしの手をにぎります。じとーっとしめってなまぬるくて気持ちわるい。

わたしは奥歯にぎゅうっと力を入れてがまんします。おかあさんはわたしとわたしとも子ちゃんのうしろから歩いてきて、

「ようこちゃん、ほんとうにしっかりしているのね」

といいます。わたしはにちょーっとしたとも子ちゃんの手をにぎらないようにして歩きます。とも子ちゃんはすごい力でわたしの手をにぎっています。わたしは、「早く、早く」と走ります。そして大いそぎで角をまがります。角をまがるとき、うしろをむきます。

とも子ちゃんのおかあさんは道に立ってわたしたちを見ています。ものすごく一生懸命見ているみたい。

角をまがると、わたしはぱっと力いっぱい手をふって、とも子ちゃんの手をふりはらいます。

そしてごしごしスカートで手をふきます。そうして手をかいでみます。なんだか、おさかなのにおいがして気持ちわるい。

わたしはとも子ちゃんを見ないようにして、早足で歩きます。

とも子ちゃんも一心不乱（いっしんふらん）に早足でついてきます。わたしは、いやだなあと思います。

＊

休み時間に、みんなでおにごっこをしました。はなはたくんがおにになりました。

わたしは、わざとはなはたくんにつかまるように、ちょっところぶまねをします。

はなはたくんはわたしをつかまえるかと思ったら、わたしを通りこして走っていってしまいま

した。

はなはたくんは、いちろうくんをつかまえることもできて、たっちゃんもつかまえられるのに、ずんずん通りこして走っていきます。

わたしにはわかります。はなはたくんはきぬ子ちゃんをつかまえたいんだ。

はなはたくんは鉄棒のところまで逃げていったきぬ子ちゃんを追いかけます。きぬ子ちゃんは鉄棒のまわりをぐるぐるまわります。なんだかわざとぐるぐるまわっているみたい。はなはたくんはさもつかれたようにどたっときぬ子ちゃんにかぶさります。わざとみたい。きぬ子ちゃんは「きゃーっ、いやーん」ときんきん声をあげます。わざとみたい。

わたしはすごーく淋(さび)しい気持ちがします。

わたしは、はなはたくんときぬ子ちゃんを見ないように、うしろむきになります。

さくらの木の下にとも子ちゃんがすわっていました。だれもとも子ちゃんと遊ばないからです。とも子ちゃんはわたしを見ています。

ずーっと見ていたみたい。にやにや笑ったまんま、ずーっと見ていたみたい。


学校の帰りに広っぱの木の下に友だちがたくさんかたまって、がやがやしていました。はなはたくんもじろうくんもきぬ子ちゃんもいます。いつだってわたしがいないとおもしろいことしているんだ。じろうくんはそのへんの草の葉っぱをかき集めて、みんなが集まっているまんなかに投げています。わたしはみんなをかきわけてのぞいてみました。

とも子ちゃんがしゃがんで両手で頭をかくして、まるまっています。

とも子ちゃんの上に草の葉っぱがいっぱいのっかって、なんだかとも子ちゃん、ごみみたい。

「ノータリン、バカ、おまえなんか学校来るな」

「一たす一はなんだ。こいつ一たす一もわかんねえ」

「バイキン、ほれほれほれ、うつるぞう」

「キャー、いやだあ」

きぬ子ちゃんはきゃあきゃあ声を出して、ちょっとだけ逃げます。

とも子ちゃんはまるまっているから、泣いているのかにやにやしているのかわかりません。じいーっとごみみたいになっているだけ。

はなはたくんはころがっていた棒を持ってきて、とも子ちゃんのスカートをひっかけてめくると、

「しょんべんパンツ、しょんべんパンツ」

といいます。女の子たちは、

「わーくさい、わーくさい」

といって逃げるまねをします。わたしもいっしょに、

「なーまぐさい、なーまぐさい」

と大きな声でいいました。

「こいつ泣かねえや、つーまんないから、かえろ」

はなはたくんは棒を捨てると歩きはじめます。

「からすがなくから、かーえろ」

ときぬ子ちゃんがきんきん声でいいます。

「えー、いま、からすなんていないね。かえるがなくから、かーえろ」

「えー、かえるもいないもんねー」

わたしは広っぱから道に出るとき、とも子ちゃんのほうをふりかえりました。

とも子ちゃんはさっきと同じ形でまるまっていました。

それからわたしたちは、うちの前の道で「あの子がほしい」と、かくれんぼをしました。きぬ子ちゃんがおにをしているとき、男の子たちは、かくれるふりをしてそのまんま帰ってしまいました。

それからわたしときぬ子ちゃんは、「さよならさんかくまたあした」を四回くらいして、きぬ子ちゃんは帰りました。

そのとき、

「ようこちゃん」

と、うしろで声がしました。とも子ちゃんのおかあさんの声でした。

「うちのとも子ちゃん、まだ帰ってこないの。ここにいた?」

「ううん」

と、わたしはいいました。

「どこにいったのかしら、知らない？」

「ううん」

と、わたしはいいました。

「お手伝いしてくれる？　わたし、駅のほうにいってみるから、あの子、ときどき、電車ずっと見てたりするから。ちがうところ、さがしてくれる？」

「うん」とわたしはいいました。でもやだなあと思いました。

わたしは広っぱのほうにいきました。広っぱにいって、いなかったら「いなかった」とおばさんにいえばいいもの。

それにいくらとも子ちゃんだって、いないにきまっているもの。


とも子ちゃんはまだ広っぱにいました。

さっきとおんなじところに。

一人でしゃがんでいました。うしろむきで。草いっぱいかぶったまんま。

とも子ちゃんはわたしがいっても気がつかないみたいでした。

わたしはつんつん声で、

「とも子ちゃん」

といおうとして、とも子ちゃんのえりをうしろから引っぱろうとしました。

とも子ちゃんの肩のかげに、ぼうっと光るまるいものが見えます。わたしはとも子ちゃんの肩のうしろからのぞきこみました。

とも子ちゃんは金色の赤ちゃんを抱いていました。

わたしはびっくりしてへんな声で、「とも子ちゃん」といってしまいました。

とも子ちゃんは、

「ほら、見てごらん、これ、ようこちゃん」

といいます。

「すごく、かわいいでしょう。よしよしよし、ね、わたしようこちゃんだいすき。そうっとなら抱いていいよ」

といいます。そして、わたしにそうっと金色の赤ちゃんを抱かせます。

金色の赤ちゃんはまっぱだかで、すこし透きとおっていて、よく太っているのにぜんぜん重くない。そしてわたしの顔を見て手と足をぴんぴん動かして笑います。

わたしは体じゅうがうっとりして、赤ちゃんのほっぺたに自分のほっぺたをそうっとくっつけました。やわらかくてバラのはなびらみたいにすべすべして、花みたいなにおいがします。

「これ、はなはたくん。見てごらん、ちゃんとおちんちんついているでしょ。すごく元気でしょう、かわいいな。わたしはなはたくんだいすき」

とも子ちゃんは、もう一つの金色の赤ちゃんを抱きあげてゆすっています。どこにいたのかしら、もう一人の赤ちゃん。なんだかにょきにょき生えてきたみたい。

「立たせてごらん。すぐ立つから、ほら」

とも子ちゃんは金色の赤ちゃんのはなはたくんを立たせました。おちんちんをつけた金色の赤ちゃんはよちよち歩きだしました。

わたしもわたしの赤ちゃんを立たせました。わたしの赤ちゃんははじめぐらりと動いて、それからよちよち歩きだします。

そしてはなはたくんの赤ちゃんを追いかけるように歩きはじめます。すこし歩いて、それから立ちどまって、ふりかえってとも子ちゃんを見て笑いました。

金色の花が咲いたみたい。

「これだれ？」

わたしはわたしの前にもう一人赤ちゃんが寝ているので、びっくりして抱きあげました。

「きぬ子ちゃんじゃない。わかんないの？」

わたしは金色のきぬ子ちゃんのほっぺたにも、わたしのほっぺたをくっつけます。

「じろうくんも立たせてあげるね、よしよし」

とも子ちゃんの前にも金色のちがう赤ちゃんが寝ているのです。とも子ちゃんは赤ちゃんを抱きあげます。そして赤ちゃんを立たせます。わたしもきぬ子ちゃんの赤ちゃんを立たせます。

二人の赤ちゃんは並んで歩きだします。

わたしはぼーっと金色の赤ちゃんが歩くのを見ています。

とも子ちゃんはつぎつぎにどこかからわいてくる金色の赤ちゃんを抱きあげて、そうっと地面におろします。

そして赤ちゃんは遊びはじめます。

わたしは、どの赤ちゃんがだれだかわかりません。金色に光るちょうちょみたい。はじめにはなはたくんの赤ちゃんがわかりました。赤ちゃんはおにごっこをしていて、一人の赤ちゃんが一人の赤ちゃんだけを追いかけて、その赤ちゃんにかぶさったからです。その赤ちゃんがきぬ子ちゃんだとすぐわかりました。

鉄棒のまわりをぐるぐるまわっているきぬ子ちゃん。それをじっと見ているわたしの赤ちゃん。

じろうくん、たっちゃん、やまださん、なお子ちゃん、さとうくん。

「あの子がほしい」をしている赤ちゃん。

赤ちゃんは、とも子ちゃんのまわりをぐるぐるまわりながら、あの子がほしいをして、ときどきとも子ちゃんにぶつかって声をあげて笑います。

「見てごらん、わたしとようこちゃん」

二人の赤ちゃんがしっかり手をにぎって歩いています。

とも子ちゃんの赤ちゃんがころびます。わたしの赤ちゃんはころんだ赤ちゃんをしゃがんでのぞきこんで、また二人は手をつないで歩いてゆきます。かわいい、わたしととも子ちゃんの赤ちゃん。

はなはたくんの赤ちゃんが、草をむしりはじめました。草には金色の小さい花が咲いています。ほかの赤ちゃんもみんなまねをはじめます。金色の小さい花を手いっぱいつかんだ赤ちゃんは、とも子ちゃんのほうに走ってきます。はなはたくんの赤ちゃんが、とも子ちゃんに金色の粉を投げます。しゃがんでいるとも子ちゃんの頭から金色の花をふらせます。

とも子ちゃんは、金色の花をかぶってきらきら金色に光ります。

わたしはとも子ちゃんの横にとも子ちゃんと同じようにしゃがんで、赤ちゃんたちにむかって叫びます。

「わたしにも、わたしにも」

赤ちゃんたちはまた一生懸命花をむしってわたしのほうに歩いてきます。わたしの上にも金色の花がふります。

わたしは、わたしもとも子ちゃんのように、金色に光りはじめたのがわかります。

わたしとともも子ちゃんはじいーっとしゃがんで笑っています。

＊

「なにしているの、二人とも」

きゅうにとも子ちゃんのおかあさんの声がしました。

「もう。心配したわよ。よかった。よかった」

とも子ちゃんのおかあさんは、とも子ちゃんをぎゅうっと抱きしめました。とも子ちゃんは草いっぱいかぶったまんま笑っています。

「ようこちゃん、ありがとう」

こんどは、とも子ちゃんのおかあさんはわたしを抱きしめました。

「どうしたの、二人とも、こんなに草いっぱいかぶっちゃって。ようこちゃん、とも子をさがしに来て、また、遊んでくれたの。ほらほら、頭ふって草はらいなさい」

「いいよ、このまんまで」

わたしはとも子ちゃんの手をにぎって、

「ねえ、このまんまでいいよね」

といいます。

とも子ちゃんは、わたしを見てにやーっと笑います。

そして二人で歩きはじめました。

歩きはじめると、草がパラパラ落ちはじめました。

わたし いる

ひみつ

わたしが歩いていると、女の子がみどり色の家の前でうしろ向きにしゃがんでいました。

その女の子は家のかべをじっと見ているのです。

かべはみどり色の板がはってあります。

わたしは遊ぶ人がいないので、そばに行って女の子と同じようにしゃがんでみました。

女の子はじろじろわたしを見ました。

「ここはわたしの場所だから、あっちへ行ってよ」

と女の子がわたしにいいました。

「ここ、あんたんち?」

わたしはききました。

「ちがうよ、でもここはわたしの場所なの、あっちに行って」

わたしは少し女の子からはなれて、持っていたくぎで地面をゴチゴチほじくりました。

女の子はわたしをにらんでいます。

わたしは地面をほじくるのをやめて、今度は家のかべになっているみどり色の板をひっかきました。板のほこりが少しだけけむりのように出て、ペンキの古いにおいとほこりのにおいがします。

いいにおい。

女の子はもう一回いいました。

「ここはわたしの場所だからね、ここからここまで」

と板にかぶさっていいます。

「いいもん、ここからここまで、わたしの場所だもん」

わたしはくぎで板に線を引いていいました。

「ふんそんなとこ、ただの板じゃない、だれもいないのに」

わたしはわたしの目の前の板をキョロキョロさがしてみました。

木の目がすーすーっとまっすぐついて、すじのところにほこりがたまっています。

ちょうどありが一ぴき、地面から板にのぼってゆくところでした。

「いるもん、ほら、あり、ありがいるもんね」

「ふん、ありなんて」

女の子は板にかぶさったままいいます。

「わかった、そこだって何にもないんだ、あんたただいばっているだけなんだ、うそついてるんだ」

「うそなんかついていないわよ」

「うそじゃなければ、見せてよ」

「いいわよ、見せるわよ」

女の子はいいました。

わたしは少しむねがどきどきしました。

そしておしりをぐりぐり動かして、女の子の方にいざってゆきました。

「でもだれにもいわない？」

「いわない」

「ほんと？」

「ほんとだよ」

「ゆびきりする？」

「する」

わたしと女の子はゆびきりをしました。

女の子はまわりをキョロキョロ見まわしました。

「だれもこない？」

女の子は両手でまた、板をかくしてわたしにききます。

「くるよ」向こうの方から赤ちゃんを抱いた女の人が歩いてきます。

わたしたちはじっとその女の人を見ていました。

女の人は自分の赤ちゃんだけを見て、わたしたちの方は見ないで通りすぎました。

「だれもこないよ」

わたしたちはもう一度キョロキョロしました。

「早く早く」女の子はいいます。

わたしは女の子にぴったりくっつきました。

女の子はうちの猫のボビーのようなにおいがします。

女の子はそろそろ両手をはずします。

「ほらね」

そこには木の板のもようがあるだけです。

「ここにいるでしょう、ほらすごいでしょう」

よく見ると木のもようは、鼻のたれさがった男の人の横向きの顔になっていました。

目のところにまるい木のふしがあります。

「あー、いた、ほんとうだ」

「すごいでしょ、すごい鼻でしょ」

わたしは自分の場所を見ました。すーすーした線だけでだれもいない。

「ほんとうにすごい鼻たれてるねえ、この人ピエロ?」

「ちがうわよ」

「あ、わかった、あくま」

「ちがうわよ」

「じゃ、だれ?」

「あのねえ、この人はねえー、やめた」

「ねー、だれよ」

「あのね、この人はね、この家の人だったの。でもね、板の中にとじこめられちゃったのよ」

「うそ、どうして」

「どうしてってきまってるじゃない。きまっているの」

「ふーん」

「もっとすごいもの見たい?　この人の中見たい?」

「見たいよ」

わたしはすごくむねがどきどきしてきました。

女の子はもう一度あたりをキョロキョロ見まわしました。

「ほら」

女の子は男の人のふしあなでできているまるい目を、人さしゆびでほじくりました。

目はぽこっとはずれました。

鼻のたれた、あごのとがった男の人の目が急にまっ黒になって、さっきの人よりずっとほんとうみたいになりました。

目がまっ黒になった時、とがったあごが少し動いたみたいでした。

「のぞいてごらん、すごーいから」

わたしはもじもじして少し女の子からはなれました。

「あんたっていくじなしね」

女の子は急に自分の右目を男の人の目にぴったりとくっつけました。

女の子ののどが、ごくごく動いています。

女の子ののどといっしょに、男の人ののども動いているように見えます。

女の子はのどだけぴくぴく動かして、石みたいになってのぞいています。

じっとして、いつまでものぞいています。

「わたしも見る」

「だめよ」

女の子は男の人の目に自分の目をくっつけたままいいます。

「ね、見せて」

「…………」

「ね、おねがい」

「…………」

「見せてよう」

わたしは女の子の肩を両手でゆすりました。

「…………」

わたしはもう一度、女の子をつよくゆすりました。女の子はしゃがんだまま、しりもちをつきました。

女の子の目のまわりが、男の人の目の形にまんまるくあとがついています。

「一度だけね」

わたしはわたしの目を男の人の目にくっつけました。

何にも見えません。

ただただまっくらです。

男の人の中は、ただただまっくらなのです。

はじめは目の前のところだけがまっくらでした。

でもじっとじっと目の前のまっくらを見ていると、まっくらはどんどんどんどんひろがって、世界中まっくらになってゆきます。

わたしはまっくらやみの中に、たったひとりですわっているのです。

男の人がわたしを食べてしまったのです。

まっくらやみの中にしゃがんでいる、ちいさな自分が見えました。すごく淋しくてこわい。

わたしは板から目がはなれなくなってしまったみたい。

わたしは食べられちゃったんだ。

わたしは体中が重くて動かなくなりました。

思いきって頭をうしろにひきました。

自分の目が真中からちぎられたみたいに、いたい感じでした。

世界中が急にまっ白になりました。

まぶしくって何も見えません。

まっ白の中に女の子がしゃがんでひとりぽっちでいます。

だんだん女の子が大きく見えてきて、さっきとおなじ女の子になりました。

「わたしの目もまんまるくあとがついている?」

わたしは女の子にききました。

「ついている」

わたしと女の子は、あとがまんまるくついているおたがいの片目をじっと見ました。

女の子は板の下にころげおちた男の人の目をひろって、まるい黒い穴にはめました。

「ここはふたりのひみつだからね」

わたしと女の子は、だれかこないかキョロキョロあたりをもう一度見まわしました。

じーじーかたん

学校の門を出ると、あやちゃんときぬえちゃんは「さよなら　さんかく　へのかっぱ」と、わたしに声をそろえていいました。

ふたりは、手をつないでいます。わたしに「さよなら　さんかく　へのかっぱ」という前から手をつないでいたのです。

わたしは、「ちがうもん、へのかっぱじゃないね」と、ふたりにいってやりました。

ふたりは、もうわたしの方をふりむかないで、給食袋(きゅうしょくぶくろ)をふりまわしています。

いつもふたりで同じようにふりまわすのです。

わたしはひとりでこっちの道を歩いて行きます。こっちの道をかえる人がいないから、わたしはいつでもひとりでうちへかえります。

わたしは下を向いて歩きます。

木の枝がおちていたので、わたしはひろいます。木の枝で学校のフェンスをさわりながら歩くと、ガタガタガタと音がします。

ガタガタガタ。

学校のフェンスがなくなるとコンクリートのへいをさわります。コンクリートのへいは、ズズズズズといいます。

ズズズズズ。


しんごうがあるのでわたります。さわるものがないので、おばあさんのようにこしを曲げて、枝を道にくっつけてひっぱると、シャーシャーシャーと音がします。

シャーシャーシャー。

しんごうをわたると、いけがきのある大きな家があります。わたしはいけがきを枝でひっぱたきます。

ベシャベシャベシャ。

ときどき木の葉っぱがとびちります。

ベシャベシャベシャ。

それから、あきちの方に行きます。あきちには草がぼうぼう生えています。わたしは草をひっぱたきます。

ペチンペチンペチン。

もう一かいひっぱたこうとしたら草の葉の上にてんとう虫がいました。

わたしはてんとう虫がとまっている葉っぱをそうっと折ると、てんとう虫をもったままそろそろ歩きます。

てんとう虫は葉っぱの上をゆっくり動いています。てんとう虫は葉っぱのうらがわの方に行こうとしています。

わたしはそうっと葉っぱをうらがえしにします。もうすぐ全部うらがえしになるとき、てんとう虫はフワリととんでいってしまいました。

葉っぱのうらがわは白いこまかい毛がびっしりありました。

わたしはあきちの中に、うらが白い葉っぱがまだあるかもしれないと思って、あきちの方にもどって一本一本葉っぱをしらべました。

あんまりたくさんあるので、わたしはあきちゃいます。

「ただいま」

げんかんでいいます。

あれ？　枝がない。いつ枝を落っことしちゃったのかなあ。すごくいい枝だったのに。

わたしは手がとても淋しいと思いました。

＊

学校の門を出ると、あやちゃんときぬえちゃんは「おみやげみっつたこみっつ　おまえのかーさんでべそ」と、ふたりでわたしのことひっぱたいて、逃げてゆきます。

「ちがうもんね、うちのかあさん、でべそじゃないもんね」

と、わたしは大きな声でいいます。

ふたりはまた手をつないでいる。走りながら手をつないでいる。

わたしはひとりでこっちの道を歩きます。

こっちの道をかえる人がいないから、わたしはひとりでうちへかえります。

わたしは下を向いて歩きます。

まるい石がありました。

わたしは石をけっとばします。

コーンといって、石はとびました。

よくとぶ石だからわたしは走っていって、ひろいます。石はうっすら泥(どろ)がついていたので、わたしは歩きながらスカートでこすりました。

それから、手でぎゅうとにぎって、ぱっとひろげます。汗で石が黒くなります。歩きながらわたしは石をひっくりかえして、またにぎり直して、しんごうの前で、もうかたっぽうの手に石をうつしました。

汗がジャージャーでればいいのに。

道をわたってぱっとひらくと、石は黒くなっています。

あきちの前を通ると、きのうわたしがひっぱたいて折れた草がありました。その下をありが行列していました。

わたしはしゃがんでありを見ます。ありはあきちの中にぞろぞろならんで行きます。

わたしはしゃがんだままありについてゆきます。ありの先頭は白い大きなものをはこんでいました。

死んだちょうちょでした。

ちょうちょはふわふわ動いていて、羽が折れて、穴があいています。

わたしは、ありの行列をふみつぶしました。

ありなんかかんたんだ。

わたしがありをふみつぶしたので、ちょうちょをはこんでいるありも逃げて行きます。

わたしがふみつぶしたの、どうしてわかったのかしら。一ぴきだけ気がつかないで、まだちょうちょを一生懸命はこぼうとしています。ちょうちょはぜんぜん動かない。

　わたしはずっと見ていました。


「ただいま」

　わたしはげんかんでいいます。

　あれ？　石がない。どこで落としたのかなあ。あんなにぴかぴかにしたのに。

　わたしは手をひろげると、ひろがった手が淋しいみたいにすーすーしてます。

＊

　あめが降っていました。

　学校の門を出ると、あやちゃんときぬえちゃんは、なんにもいわないで向こうに行ってしまいました。

　かさをさしていたから、わたしが見えなかったんだ。ふたりとも同じ赤いかささしている。かさしていると手がつなげないんだ。

　こっちの道をかえる人がいないから、わたしはいつでもひとりでうちへかえります。

　わたしは、ながぐつのさきっぽだけ見て歩きます。ペチャペチャ音がします。

　水たまりがあったので、わたしは水たまりの中にわざと入って、ながぐつをずーっとひきずると、水がふねのさきで分かれるように分かれます。もっと大きな水たまりがないか、わたしは地面をにらみつけてさがします。

しんごうのところまで、三つありました。

しんごうのところの道が段になっていて、段の下に水がジャージャー流れていました。

わたしはしんごうをわたらないで、ジャージャー流れている水の中にながぐつを入れて、道のはしを歩いてゆきました。

しばらく行くと、道のはしに鉄の格子がはまっていて、そこに水が流れていきました。

わたしはまた道にあがって、鉄の格子に水が流れてゆくのを見ていました。しゅるしゅるしゅるしゅる水は穴から流れてゆきます。

水はしわしわになって細くなって流れてゆきます。わたしはかさをたたんで、かさのさきを穴につっこんで水をとめてみました。

水はちがうしわをつくって、となりの穴に流れてゆきます。

わたしはしゃがんでずっと水を見ていました。

気がついたらあめがやんでいました。

水はまだしゅるしゅる流れていました。

わたしはかさを穴からぬいて、足のあいだにはさみました。まほうつかいのおばあさんがほうきをまたいでいるようにして歩いて、しんごうのところまでもどって、ずっと歩きました。

じーじーかたん　じーじーかたん。

あきちの前にくると、道がどろどろになっていて、音がしなくなりました。ふりかえると、泥にかさのあとがまっすぐな線になってついています。

わたしはまわれ右をして、さっきの線をふまないようにして、かさをはさんで歩きました。線が二本になっていました。

しばらくして、またまわれ右をしてふりかえると、線は三本になっていました。


「ただいま」

わたしはげんかんでいいます。

あれ？　かさがない。

どこへおいてきたのかしら。

わたしはいそいであきちまでもどりました。

あきちにかさはありませんでした。

泥に何本も何本もわたしがつけた線がありました。

わたしがくろうして、くねくねまがらせた線もあるのに、かさはありませんでした。

＊

「ほら、ほんとにぴったりだ。ぴったりだとわかっていたんだ。わたしにはなんでもわかるんだよ。手をちゃんとのばして。あんたが、木の枝でうちのいけがき、ひっぱたいていたのも知ってるよ。毎日毎日あきちでしゃがみこんでいたのも知ってるよ。てんとう虫をとばしたのも、ありをふみつぶしたのも知ってるよ。あごをあげて。いってごらん。いつか、穴ほってたわね。何を埋めたの。いってごらん。知ってるわよ。歯だよ。自分の前歯だよ。石はどれ位ポケットに入れたの。木の枝は？　ガラスのかけらだって持ってかえったわね。びんのふたは？　知っているんだよ。うしろを向いて。ああ、ほんとにそっくりだ。こっちを向かないで。たえ子ちゃん、たえ子ちゃん」

おばあさんが、わたしをうしろから抱きしめて泣いています。

わたしはじぃーっとしています。まほうつかいみたい。

わたしはたえ子ちゃんじゃない。

わたしにきたなくてくさい赤いレインコートを着せたのです。うらにくろいゴムがひいてあって体中が重くて首のところがきゅうくつで、体中つめーたい。

この大きなくらい家の中に、とじこめてわたしをかえさないんだ。わたしのむねのところにしわしわの手があって、しわとしわのかわのところがひかっている。

「たえ子ちゃん」

わたしはたえ子ちゃんじゃない。わたしはたえ子ちゃんじゃない。

ごりごりわたしを抱きしめると、ゴムがそこだけもっとつめーたい。

「おかあさーん」

わたしは声を出して泣きだしました。声なんか出ないかと思った。

「おかあさーん、おかあさーん」

出る。出る、声が出る。

ああ泣き声も出た。

「わーわーわーわー」

おばあさんは手をはなして、びっくりしてわたしを見てました。

「わーわーわー」

ぼーっとしてわたしを見ています。

「あー、たえ子ちゃんじゃないね。毎日外ばかり見ていたから、あの子とあんまり同じことしているから、そうよね、死んでからもう四十年もたつんだもの」

わたしは、レインコートをぬいで、くらいげんかんから大いそぎで逃げました。

「おかあさーん、おかあさーん」

一度もとちゅうでふりかえらなかった。


「どうしたの」

わたしはおかあさんにしがみつきました。

「どうしたの」

わたしはずっとしがみついて泣いていました。

「あのね、かさどっかになくしてきたの」

そうしてわたしはもう一回大きな声で泣きました。

ばかみたい

わたしがその門の前を通ると、白いワンピースを着た女の子がいました。

女の子はかぎのかかった門の鉄格子につかまって、わたしを見ていました。

わたしが門の前までくると、女の子は鉄格子をガタガタゆすって大きな声でいいました。

「あんた毎日どこ行くの」

「がっこう」

わたしがこたえると、

「ばかみたい」

女の子はいいました。

わたしは学校へ行かないなんて、ばかみたいと思いました。

ちがう日わたしが通りかかると、女の子は鉄格子をガタガタゆすって大きな声でいいました。

「あんた学校へ行ってなにするの」

「べんきょう」

わたしがこたえると、

「ばかみたい」

女の子はいいました。

わたしはべんきょうしないなんて、ばかみたいと思いました。


ちがう日女の子は鉄格子をゆすって、大きな声でいいました。

「あんたべんきょうしてどうするの」

「わかんない」

わたしがこたえると、

「ばかみたい」

女の子はいいました。

「だって、わかんないもの」

わたしはたちどまって女の子を見ました。

女の子のようふくは白いレースがたくさんついていました。

「あなたどうして学校に行かないの」

わたしはあんな白いレースのようふくを着てみたいと思いながら、いいました。

「だって、わたしねえさんを待っているんだもの。だからわたしどこへも行けないんじゃないの。ばかみたい」


ちがう日女の子はガタガタ鉄格子をゆらしていいました。

「わたしねえさん待っているんだから」

「おねえさん、いつくるの」

わたしは女の子にいいました。

「そんなことわかりっこないわ。ばかみたい」

女の子はいっそう鉄格子をゆすりました。

白いワンピースのすそがゆらゆられています。

「あなたのレースきれいね」

わたしはいいました。

「ねえさんはもっときれいなレースもってるわ」

女の子はわたしをジロジロ見ていいました。

「おねえさんどこにいるの」

わたしはもっときれいなレースを見たいと思いました。

「まいにち、でんわがかかってくるの。きのうは海のそばのホテルからかかってきたから、波の音がきこえたわ。砂がまっ白だって。もも色の貝を持ってきてくれるんだわ。あんた海へ行ったことある？」

「ことしの夏、とうさんと行くわ」

わたしはこたえました。

「行ったことないの、ばかみたい」

「あなたはどこの海へ行くの」

わたしはききました。

「わたしはねえさんを待っているんだもの、行けないわ。わたしが行かなくてもねえさんが行っているんだもの、同じことよ、ばかみたい」

わたしは、海からでんわがかかってきたらいいのに、と思いました。


ちがう日女の子は鉄格子をガタガタゆらして、わたしをよびとめました。

「ねえさんが、古い町で、金色の目をした人形をみつけたんだって。わたしがたのんでおいたの。古い町からでんわがかかってきたの。しんぶん売りの男の子の声がでんわからきこえてきたわ。

あんた、でんわかかってきたこと、ある？」

「あるわ。おじいちゃんち」

「なんの音がきこえるの？」

女の子はわたしをジロジロ見ながらいいました。

「おじいちゃんち、大工さんだもの、でんきかんなの音がきこえてくる」

「でんきかんなの音なんて、ばかみたい」

わたしは、しんぶん売りの男の子の声がする、知らないとおい町からでんわがかかってきたらいいのに、と思いました。


ちがう日女の子はなんにもいわないで、鉄格子の中からおいでおいでをしました。わたしは近づいてゆきました。

「きのうのでんわはね、なーんにも音がしないのよ。あんた、なーんにも音のしないでんわ、かかってくること、ある？」

「わかんない」

「ばかみたい。砂漠にきまっているじゃない。ねえさん砂漠にいるのよ。ねえさんの声もきこえないのよ、声を出しても砂がすいこんじゃうんだから。星がざらざら降ってくるのよ」

「どうしてわかるの」

「あんたほんとにばかね。ねえさんのこと、なんでもわかるのにきまってるじゃない。ねえさんなんだもの」

わたしは、なんにもいわないでも、なんでもわかるおねえさんがいたらいいのに、と思いました。


つぎの日女の子はいいました。すごくちいさな声でした。

「わたし耳がいたいのよ、ねえさんの声がだんだんだんだん大きくなるの。あんただんだん声が大きくなるでんわ、かかってくることある？」

「ないとおもうわ。でもどうしてだんだん声が大きくなるの」

「あら、きまっているじゃない。だんだんわたしに近づいて来ているからよ。もう、すぐそばに来ているからよ」

「どこに？」

「ねえさんはね、大きな帽子に白いレースのリボンをつけてね、うすみどり色のようふくを着てね、たくさんたくさんトランクを持って、明日来るのよ。わたしにそっくりなの」

「ふーん。明日来るの」

「そう」

「明日来たらおねえさんに会える？」

「ねえさんがあんたに会いたかったらね」

そのとき門の向こうのおやしきの中から、女の人が出てきました。

女の人は女の子の肩をやさしく抱いていいました。

「さあおひるねの時間よ、またつかれるわ」

女の子は女の人をふりはらって走ってゆきました。

わたしは女の人にききました。

「明日になったら、おねえさんに会える？」

わたしは女の子にそっくりなおねえさんに会いたいと思いました。

女の人はいいました。

「あの子にはおねえさんはいないのよ」

女の子はげんかんでふりかえって、大きな声でさけびました。

「ねえさんなんていないもん、ばかみたい」


つぎの日わたしは走って走ってあの門のところに行きました。だれもいませんでした。わたしは鉄格子をガタガタゆすってさけびました。

「うそうそ、うそつき、おねえさんいたもん。公園にすわっていたもん、あなたの来るの待ってたもん。もうすぐ来るもん。すぐわかったわ、あなたそっくりだったわ、とうとう来るわよ」

わたしはガタガタ鉄格子をゆすり続けました。

だれも出てきませんでした。


つぎの日女の子は鉄格子につかまって外を見ていました。

わたしを見てもしらんふりをしていました。

「ねえ、おねえさん来たでしょ?」

「ねえさんなんていないってば」

女の子はわたしの顔を見ないでいいました。

「だってその帽子、昨日おねえさんがかぶっていたじゃない。ほら、あなたにぶかぶかじゃない。

わたしと遊ばせたくないんだ」

女の子はわたしの顔をジロジロ見ていいました。

「ばかみたい」

絵だもん

じろうちゃんは、机の上をふきんできれいにふきました。

それから、フッウー、フッウーと机の上に息をふきかけます。

「さわるなよ」

わたしは机の前で、両手をたたみの上につけて、

「さわらないよ」

といいます。

じろうちゃんは真新しい色えんぴつを机の上にそうっとおいて、

「さわるなよ」

ともういちどいいます。

「さわらないよ」

でもわたしは、ちょっとでいいから、新しい色えんぴつのぴかぴかの箱にさわってみたいと思います。

それから、じろうちゃんは白い紙を机の上において色えんぴつのふたをパチッとあけました。

ずらーっと、色えんぴつが虹みたいにだんだん色が変わってならんでいます。

虹よりきれい。

やっぱり色えんぴつみたいだ。

ぴかぴかの色えんぴつみたいだ。

じろうちゃんは、いちばんはしの黒い色えんぴつをとりました。

「もっと、きれいな色つかえばいいのに」

わたしはいいます。

「きれいな色はもったいないだろう。さわるなよ」

じろうちゃんは紙の上に、ひこうきをかきはじめました。

「だれがのっているの」

「ぼくんちのひとぜんぶ」

じろうちゃんは、ひこうきのまどに、じぶんをかきました。

「これ、ぼく。それから、おかあさん」

となりのまどに、おかあさんをかきます。

「それから、おとうさん」

おとうさんは、ぼうしをかぶっています。

「それから、おばあちゃん」

おばあちゃんはしわだらけできたない。

「それから、おじいちゃん」

おじいちゃんは、はげています。

もうまどをかくところがなくなりました。

「あ、そうだ。もうすぐあかちゃんがうまれるから、あかちゃん」

じろうちゃんは、ひこうきのはねの上にはだかんぼうのあかちゃんを、かきました。

「あかちゃんは、おとこなの、おんなの」

「まだうまれてこないから、わかりません」

じろうちゃんは、そういいながら、あかちゃんにおちんちんをつけます。

「おとこです」

それから、ひこうきのおしりに線をシャーッ、シャーッとたくさんかきながら、

「ひこうきは、ぜんそくりょくで、とんでいます」

ほんとうに、ひこうきは、ぜんそくりょくでとびはじめました。

「あっ、あかちゃんは、おちます。おちます」

じろうちゃんは、おっこったあかちゃんを、紙の下の方にかきはじめました。

あかちゃんは、泣いています。

あかちゃんのまわりになみだを、たくさんかきます。

「あっ、死んで、しまいそうです」

じろうちゃんは、泣いているあかちゃんのすぐとなりに、死んでしまいそうなあかちゃんをかきます。

「血です。血です。あたまから血がでています」

じろうちゃんはきちんとならんでいる色えんぴつの箱の中から、まっ赤(か)な色えんぴつをつかむ

と、あかちゃんのあたまから血をパッパッとかきはじめました。

血はもったいないなくないのかしら。

「こうもりが、とんできます。こうもりはあかちゃんを食べにきたのです」

じろうちゃんは、血を出して泣いているあかちゃんの上に、ひこうきと同じ位のこうもりをかきます。

「あっ、あっ、もう一匹やってきました」

じろうちゃんはもう一匹のこうもりをかきます。

「おとうさんが今、助けにゆきます」

じろうちゃんは、まどからとび出すおとうさんをかきます。

「おとうさんはスーパーマンです」

おとうさんはマントを着ています。

「しかし、どうしたことか、マントはとつぜんもえはじめたのです」

じろうちゃんは、黒えんぴつをころがすと赤いえんぴつをつかんで、おとうさんのマントにぼーぼー火をつけてしまいました。

「おじいちゃんが、助けにゆきます」

おじいちゃんは、ただ両手をあげてまっすぐおりてゆきます。

「でも、おじいちゃんは、めがねをわすれたので、見えません」

そしてじろうちゃんは紙のはしに、足だけかきながら、

「おじいちゃんは、ぜんぜんかんけいのないところに行ってしまいました」

「おばあちゃんが、助けにゆきます」

じろうちゃんは、おばあちゃんをクロールする人みたいにかきました。

「たいへんだ、もう一匹のこうもりがおばあちゃんをさらってゆきます」

といいながら、おばあちゃんの下にもう一匹のこうもりをかきました。

おばあちゃんは、こうもりの上でクロールをしていますが、こうもりは、おばあちゃんのすすむ方向にとんでいるので、いつまでたっても、おばあちゃんは、こうもりの上でクロールしているみたいです。

もう紙中いっぱいになってしまいました。

「すっかり夜になりました」

じろうちゃんはいいながら、黒い色えんぴつで紙の中の夜のところをぬりつぶしはじめました。

黒い色えんぴつはもう芯(しん)がなくなって、キシキシ音がしてかけなくなりました。

じろうちゃんは黒えんぴつをすてると、ランドセルの中からクレヨンの箱をだして、たたみの上にぶちまけました。

「夜です、夜です」

といって黒いクレヨンをつかむと、また夜のところをぬりはじめました。

じろうちゃんは、ハッハッハッといいながら机の上にのぼって、よつんばいになって夜をぬっています。

じろうちゃんの、ハッハッという音と、ゴリゴリいうクレヨンの音だけがします。

ぜんぶ夜をぬりつぶすと、ひこうきもあかちゃんも、こうもりも、おとうさんも、まっ白に見えます。

じろうちゃんは、こうもりをむらさき色にぬりはじめました。

「ひこうき、ひこうき、ひこうきはぎん色」

じろうちゃんはぎん色の色えんぴつをつかんで、ぎん色のひこうきをつくります。

もうぜんぜんもったいなくないんだ。

それからぎん色の色えんぴつをころがすと、こんどはおとうさんをねずみ色にぬります。

おじいちゃんもねずみ色。足だけ見えているおじいちゃんもねずみ色。

おばあちゃんもねずみ色。

そして、まどの中のおかあさんをオレンジ色でぬります。

まどの中は、あかるい黄色をぬります。

じぶんも、オレンジ色です。

そしてまどの中を黄色にぬりました。

おかあさんとじろうちゃんだけ、天国にいるみたいです。

「ふーッ」

とじろうちゃんはいってひっくりかえって、

「あー、つかれた」

といいます。

あかちゃんは、まっ白なまま、ひこうきのはねの上にいます。

さむくないのでしょうか。

それから、紙の下のあかちゃんは泣いています。

さっきから、ずっと泣いています。

そして血を出しつづけているあかちゃんは、死んでしまわないのでしょうか。

死にそうなまま、いつまでも血を出しているのでしょうか。

スーパーマンのおとうさんは、あかちゃんを助ける前に、もえてしまうでしょう。

こうもりは、あかちゃんをいつだって食べられるのです。


わたしは泣きだしました。

「じろうちゃん、あかちゃん死んじゃうよ」

「死なないよ、絵だもん」

じろうちゃんはおきあがって絵をたてて見ています。

「おとうさん、もえちゃうよ」

「もえないよ、絵だもん」

わたしはもう、絵なんか見たくない。

わたしはたたみの上にかぶさって泣きます。

どんどん声が大きくなります。

「じろうちゃんなんかだいきらい。死んじゃえ」

「だいじょうぶ、絵だもん」

わたしは絵を見ないで、ずっと泣いています。

じろうちゃんは、ちょきちょき絵を切って、血を出しているあかちゃんを切りぬいてしまいました。

「ほら、助けてあげた」

そうして、泣いているあかちゃんも、ひこうきの上のあかちゃんも、切りぬきました。

「ほらね、だいじょうぶだよ」

おとうさんの火のついているマントは紙にのこして、おとうさんも切りぬきました。

おばあちゃんも、おじいちゃんも、足だけのおじいちゃんも。

穴ぼこだらけになった絵の中に、じろうちゃんとおかあさんだけがいます。じろうちゃんとおかあさんはふたりだけで、天国にいるみたいでした。

わたしは、かわいそうなあかちゃんを、もらってかえりました。

あな

わたしのふとんは梅の花のもようがついています。梅の花は白くて前向きに咲いているのがだいたいで、あと横向きが少しと、ただまるいつぼみが同じ位少しついていて、あとは全部まっ赤です。

わたしはねるとき、ほかに見るものがないので、梅の花を見ます。少し見ているとひまになるので、さわります。

さいしょは、まるいつぼみをさわります。手でとどくところ全部さわります。

横向きに咲いている花はさわりません。真中がないから、どこをさわっていいかわからないからです。それから、正面向きに咲いている花の芯のところをさわります。一個ずつていねいにさわります。

四つめ位の正面向きの花をさわったら、真中に小さい穴があいていました。よく見ると、穴はまんまんなかより少しずれていたので、わたしは少し穴を大きくすればまんまんなかになると思ったので、ひとさしゆびを穴の中におしこみました。つめのさきにふとんのわたがさわりました。わたしはくねくね、ひとさしゆびを動かして、ふとんのわたにも穴をあけました。あったかくてやわらかい。ひとさしゆびだけがわたの中に入っているのに、体中がおふとんの中にもぐりこんだみたいにいい気もち。しばらくひとさしゆびをくねくね動かして、そうっとぬいてみました。ゆびをひきぬくとき、きれがゆびにくっついてきて外側にとび出してきてしまいました。

梅の花の芯のところだけちょうど穴があいていました。それからわたしはとびだした切れた布を真中におしつけて、穴がめだたないようにしました。それからねました。

みかんを食べようとしてみかんをよく見ると、みかんの真中にまるいちいさいおへそみたいなものがありました。わたしはひとさしゆびのつめでおへそをひっかくと、ちいさくてまるいおへそは、ぽこっととれました。とれたおへそはまんまるでした。おへそがとれたあとが、ちいさい穴になっていました。わたしは穴にひとさしゆびをぎゅうと入れました。みかんはひとさしゆびにぶらさがりました。下向きにしてもみかんはとれません。ひとさしゆびのまわりに、つめたいみかんがぴっしりしがみついているみたいでした。わたしはみかんをひとさしゆびにぶらさげて歩いてみました。おちない。おちない。

歩いているうちに、ひとさしゆびにべったりくっついているみかんは、なまあったかくなってゆきます。

わたしは、ひとさしゆびをひきぬいて、ゆびの先を見るとつめの先が黄色くなっていました。

それから、穴のところから皮をむいて、みかんを食べました。

ねっころがっていたら、目の前にしょうじがありました。しょうじに、庭の木の葉がうつっていました。こまかい葉っぱが重なったり、ばらばらになったりして少しねずみ色に見えていました。

細くうつっているのや、線みたいにうつっているのや、少しまるくうつっているのがありました。その中に一個だけまんまるくうつっているのが見えました。

風が吹いてきたら、まんまるいのは急に細くなりました。風がやむとまたまんまるくなります。また風が吹いてきたら細くなってしまいます。わたしはひとさしゆびをペロリとなめました。そしてまんまるく見えているかげのところに、そろそろとゆびをつっこみました。ひとさしゆびのねもとのところで、ちょうどかげと同じ大きさになりました。

しょうじの向こうで、わたしのひとさしゆびは、すーすー涼しい。すーすー涼しいので、とても淋しい気もちになりました。ひとさしゆびを、まげたりのばしたりしました。のばしてもまげても涼しくて淋しいので、わたしはそうっと、しょうじ紙からひとさしゆびをひきぬきました。

かげと同じ大きさの穴がまるくあいています。でも、もうかげには見えないで、穴にしか見えませんでした。穴があいて向こうが見えると、わたしは淋しい気もちが、穴からすーすー行ったり来たりするみたいになりました。

ゆびも、まだすーすーするのでわたしはひとさしゆびをスカートでぐるぐるまきにしました。

庭のきんもくせいの下を見たらちいさな穴があいていました。わたしはしゃがんで穴をよく見ました。もしかしたらみみずの穴かもしれない。もしかしたら、女王ありの穴かもしれない。中はまっくらでわかりません。わたしは、細い木の枝をひろって、穴につっこみました。全然底にとどかない。木の枝をぐりぐり穴のところで動かすと、穴がだんだん大きくなりました。枝をぬいてじっとまっていました。なんにも出てこない。ひとさしゆびを入れるのにちょうどいい大きさの穴。でももしかしたら、ぎざぎざの歯がある黒い虫がいるかもしれない。ぬるぬるのみみずがいるかもしれない。

わたしはびっくりしました。わたしのひとさしゆびはしぜんにのびたりまっすぐになったりしています。わたしがまげたりのばしたりしようと思っていないのに。

なお子ちゃんが新しい赤いセーターを着てきました。なお子ちゃんは一生懸命ノートに字を書いています。

わたしは、なお子ちゃんのセーターの背中を見ています。なお子ちゃんのセーターはすごく太い毛糸であんであって、穴がたくさんあいています。穴から、下の白いブラウスがすけて見えています。わたしのひとさしゆびはしぜんにくねくねまがったりのびたりしながら、なお子ちゃんのセーターにちかづいていきます。そして、穴の中にしぜんに入って行ってしまいました。少しきゅうくつだったけど、穴はぐっとのびて、わたしのひとさしゆびはなお子ちゃんの背中にさわってしまいました。

なお子ちゃんはきゅうにふり向いて「何するのよ、やめて」と大きな声でいいました。みんなが、じろじろなお子ちゃんを見ました。

わたしのひとさしゆびは、わたしが気がつかないうちに、穴があるとひとりでに、穴の中にくねくねでかけて行くようになりました。

えほんを見ていると、きゅうにひとさしゆびがまっすぐになってしまいました。ひとさしゆびのまわりがつめたくてきゅうくつでくるしい。

わたしはいそいで、ものおきを見にゆきました。わたしのひとさしゆびはものおきの中のコーラのびんの中に入りこんで、ぴったりすいついてしまっています。

わたしは、コーラのびんをもちあげると、コンクリートにたたきつけました。

きゅうにわたしのひとさしゆびは、やわらかくなりました。

わたしのひとさしゆびのねもとのところが、きゅうにくるしくなりました。ひとさしゆびの先はくらいところにいます。

わたしは一生懸命走って、わたしのへやの机のひきだしのところに行きました。ひきだしをあけると、わたしのひとさしゆびはひきだしの底のふしあなにつまっていました。

わたしはひきだしをぬいて、えんがわの上から庭にさかさまに中身をこぼしました。

わたしのひとさしゆびのねもとは、きゅうにらくになりました。


わたしのひとさしゆびはくねくねくねくねして、どこかに行きたがっています。

わたしは外へ出ました。

そらをみるとそらに、星が出ていました。

星は、そらに穴をあけたみたいでした。わたしはその穴の一番大きな星に向かってひとさしゆびをのばしました。

スッポンと音がして、ひとさしゆびがボールペンのキャップのようにぬけて、ぐんぐんぐんぐんとんでいきました。

わたしはいつまでもいつまでも、星をゆびさしていました。

気がついたらうでがだるくなっていたので、手をおろしてそっとひとさしゆびを見るとひとさしゆびは、ふつうになっています。

「直っちゃった」

わたしは、ポケットの中に手を入れてうちにはいりました。

「よう子ちゃん、このごろわたしのセーターにゆびつっこまなくなったね」

学校のかえりに、なお子ちゃんがわたしの手をふりまわしながらいいました。

おかあさん

わたしは、押し入れをぱっとあけました。

積み木が箱のあつさと同じにきっちり、ひらべったく並んでいます。そして一つだけ四角くぽこっと穴があいています。

「た」の字がどこかへいってしまったのです。さいしょのうちは、その穴を見るとわたしはどうしていいかわからなくなって、むねがどきどきしました。

それからむしゃくしゃしてひっくり返って、かべを足でどしんどしんけりました。

するとおかあさんがきゅうにふすまをあけて「何するのよ」と大きな声でいいました。そして
「ごろごろしてないで外に遊びに行きなさい」といいます。

わたしの顔のずっとずっと上の方におかあさんの顔があって、わたしはおおとこみたいだと

思います。わたしはもっとむしゃくしゃして「やだ」といって泣きました。

おかあさんはぴしゃりとふすまを閉めて、見えなくなりました。

おかあさんはどうしていつもきゅうに出てくるのだろう。

わたしは泣くのにあきたので、かべをつめでほじくりました。白い粉が少しだけ落ちてきます。

わたしはつばをつけて、もう一回ほじくりました。かべがうす黒くなりました。

それからそこをなでました。

わたしは、ぱっとふりかえって積み木の箱を見ました。もしかしてわたしがこっちを見ている間に「た」の字はちゃんともとどおりになっているかもしれない。

でもやっぱり「た」の字のところは穴のままでした。

それからわたしは、ときどきぱっと押し入れをあけて見るのです。

いつでもやっぱり「た」の字のところだけが穴になっていました。

わたしはのろのろとふすまを閉めました。


おかあさんがかがみの前でおけしょうをしはじめました。大きなクリームのびんから、びっくりするほどどっさり白いクリームをひとさしゆびにつけて、ひたいと鼻の上と両方のほっぺたとあごにくっつけて、きゅうに両手でぐるぐると顔中をかきまわしました。顔は、ぎとぎとのてらてらになりました。顔がいつもより黄色くてきたなくみえます。それからガーゼで顔をふきはじめました。ものすごく、ごしごしこすってって、こするたんびにガーゼを見ます。ガーゼがねずみ色になっています。おかあさんは口の下をふきはじめました。おかあさんは鼻の下のかわの中に、したべろを入れたので、鼻の下がふくらんでものすごく長くなりました。

わたしはおかあさんの顔を見ていると、自分もおかあさんと同じように、したべろを鼻の下のかわの中に入れたけど、きっとわたしはおかあさんみたいにものすごくかわがのびたりしないんだ。

おかあさんはまたねずみ色になったガーゼを見て、きれいなところをさがしています。

おかあさんの顔は、もうてらてらのぎとぎとでなくて、少し赤くなっています。

そしてかがみを見て、目をパチパチさせました。わたしも目をパチパチさせました。

それからおかあさんは四角いわたをちいさな箱から出して、ピンク色のびんをぜんそくりょくでふりまわしました。おかあさんは口をへの字に曲げてびんをさかさまにすると、四角いわたにたたきつけました。への字に曲がった口の下のところが、うめぼしのたねみたいにぼこぼこになっています。わたしの口もへの字になっています。でもわたしの口の下は、うめぼしのたねみたいにぼこぼこになっているかどうかわかりません。

おかあさんは四角いわたを顔のところにもっていきながら、きゅうにわたしを見ました。

「あんた、何しているのよ、いやな子だわね、あっちへ行きなさい」

といいました。

わたしはとなりのへやへ行ってまどのところに足をあげてねっころがりました。

横を見ると、いつかわたしがつめでひっかいたあとがありました。ほじくったまわりがうす黒くなっています。

わたしはそれを見ると、押し入れの中の積み木が見えます。

押し入れの中はいまはまっくらだ。まっくらの中では、あの「た」の字の積み木はなくなったところからもどってきて、へいきな顔をしているんだ。積み木の箱はちゃんと穴がなくて、ぺったんこになっているんだ。

だからわたしが、ぱっと押し入れをあけるといつかは、どっかにかくれるのにまにあわなくてちゃんと「た」の字がいるかもしれないんだ。

いつかぜったいにみつけてやる。わたしは、ほじくったつめのあとを見ています。まわりのうすぐらいところ、おかあさんのガーゼと同じ色している。

となりのへやでたんすをあける音がします。それから少したつとしゅるしゅる、おかあさんがくつしたをはく音がきこえました。

それからもうちょっとたつと、ハンドバッグをあけるパチンという音がしました。もうおかあさんはようふくを着ちゃったんだ。

わたしはふすまをあけました。

おかあさんはいちばんいい黒いビロードのようふくを着て、かがみの前でくねくねしています。すごくきれいにおけしょうをして、ぴかぴかに新しくなっていました。

古いおかあさんはいつどこから新しいぴかぴかなおかあさんになっちゃったのかなあ。わたしはなんだかはずかしくて、あんまりよくぴかぴかのおかあさんがみられません。わたしは下を向いてにやにやして、おかあさんのまわりをぐるぐるまわります。すきとおったくつしたをはいているおかあさんの足はぴかぴかひかって、なんだかほんとの足みたい。いつもの足は、あれはほんとうの足じゃないんだ。

おかあさんはぐるぐるまわっているわたしを見て「何しているの、変な子ね」といいます。さっきの顔とぜんぜんちがう、やさしいおねえさんみたいな顔をしています。

「いい子にしているのよ。もしかしたら、おみやげかってきてあげるわ」

わたしはそうっと、おかあさんのスカートにさわりました。すべすべしていて、つめたいみたいであったかいみたいでした。

「きたない手でさわらないの」

おかあさんは椅子(いす)にかけてあった毛皮のショールをもって、ハイヒールをはいて、げんかんからでていきました。うしろを向いて歩いていくおかあさんは、うしろ向きもやっぱり真新しくてぴかぴかでした。

古いおかあさんからいつ、真新しいおかあさんになったのかな。

学校からかえるとき、なお子ちゃんと手をつないでかえります。

つないだ手をまえとうしろに振ります。そしてときどき「それっ」とわたしがいうと、なお子ちゃんは手をぐるっと大回しにします。わたしとなお子ちゃんは笑います。笑っているとき、きゅうにまたなお子ちゃんが、「それっ」といったのでわたしはいそいで手を大回しにします。

ふたりでげらげら笑います。げらげらがとまんなくて、おなかのかわがいたくなりました。

わたしとなお子ちゃんは、しゃがみこんで笑いました。

それからふたりとも笑うのがしぜんにやみました。なんだかきゅうにひまになってしまいました。

下を見ると、葉っぱが一枚おちていました。わたしはそれをひろって、ちょっとなめてみました。

「よう子ちゃんのおかあさん、きつねみたいだね。きのうおでかけするのみちゃった。毛の中から顔がでていたよ」

わたしは、うちのへいが見えてくるところまでくると、そうっと歩きました。

そろそろそろそろ歩きました。

門のかぎを、そうっと音がしないようにあけました。それから、げんかんの前も、そろそろ音がしないようにちびちび歩きました。うちの中は、しーんとしています。

わたしはそろそろと、あまどのとぶくろにちかづきました。うちの中はしーんとしています。

そしてぱっと首を出して家の中をのぞきました。

おかあさんは、机の前で本を読んでいました。

そしてわたしを見て、「あんた何してるの」といいました。

おかあさんが台所でごはんのしたくをしています。トントントントン音がします。わたしはじいっと台所の音をきいています。それからそうっとそうっと音がしないように台所にちかづきます。

そして台所のドアに耳をくっつけました。おなべのふたをとる音がしました。

わたしは、ぱっとドアをあけました。

おかあさんのうしろ向きが見えました。

そしてふりかえって、「おどかさないでよ。いやな子ね」とふつうの声でいいました。

おかあさんはせんたくものをたたんでいます。わたしはえほんを見ています。

おかあさんが見えないように、うしろ向きにすわって、えほんを見ています。

いまおかあさんはわたしがえほんを見ていると思ってゆだんしている。

そしてぱっとふりむきました。

おかあさんは、せんたくものをたたんでいました。

わたしがきゅうにふりむいたので、おかあさんは「あんたこのごろどうしたの、おかしいんじゃない」といいました。


わたしは押し入れのそばにそろそろちかづきます。それからぱっと押し入れをあけました。

やっぱり「た」の字は気がついてさっと逃げていました。でもいつかきっとつかまえてやる。


おかあさんはほんとうはきつねなんだ。いつもはおかあさんのふりをしているんだ。わたしが見えているところでだけ。

でもいつか、わたしが見てないかと思って、きつねのまんまで、あんしんしているところを見てやるんだ。

しみ

おふろのお湯から首だけだして、わたしは大きな声でいいます。

「でるよ。でるよ」

台所で水道をだしながら、おかあさんはおちゃわんを洗っています。きこえないんだ。

「タオルー。タオルー」

わたしはもう一回いいます。

きゅうに水道の音もカチャカチャいう音もしなくなって、しーんとしました。

するときゅうに、くもりガラスの向こうにぼわわんとした白いかたまりがみえました。白いクマだ。大きい白いクマだ。

ガラガラとガラス戸があいたら、おかあさんがわたしのバスタオルを持って立っていました。

わたしは、ばしゃーっとおふろの水がいちばん大きな音がする立ち上がり方で立ちました。いちばんきゅうに立ち上がらないと、ザヴォーッという音がしないのです。

そして、大いそぎでおふろのふちを両手でつかんでまたぎます。わたしは小さいから、またのところにぴったりおふろおけのふちがはさまって、ようやく足のおやゆびが洗い場のタイルにつきます。

おかあさんはわたしにすっぽりタオルをかぶせます。

ごしごしごしわたしをふきます。

ぐるぐるわたしをまわしてふきます。

それから、さいごにわたしの足のうらをふいたので、わたしは、フェッフェッと笑ってわざとおかあさんにしがみつきました。

わたしは、ピンクの水玉もようのパジャマをひとりで着て、ちゃのまにいきました。

おとうさんが、ねっころがって足をうらがえしに折って、しんぶんをよんでいました。わたしは走っていって、

「えいっ」

といいながらおとうさんにまたがりました。

「うっ」

とおとうさんはいったまま、まだしんぶんをよんでいます。

わたしはおしりを、どん、どん、どん、どん、と上げたり下げたりして「うまです。うまです。うまが走ります」といいます。

おとうさんは、しんぶんをよんだまま、おしりを、びくびくびくと動かしてくれます。

「あばれうまです。あばれうまです」とわたしはいいながら、こんどはとびあがって、どんとおとうさんの背中におっこちます。

きゅうにおとうさんは、首をぎゅうと曲げてわたしを見て「ふざけるな」とすごいこわい顔でいいました。

わたしのからだはこちんこちんになって、しんぞうも、こちんこちんになってしまいました。

わたしは、おとうさんにまたがったまま、じいっとしています。

おとうさんもしずかにしんぶんをよんでいます。わたしは、いつおとうさんの背中から立ち上がっていいのか、わからなくなりました。

わたしはじっとしています。

「ほれ、どけ」とおとうさんはいいながら、しんぶんをもって立ち上がりました。

わたしはずるずるとたたみの上におちました。

おかあさんが、台所から、ハンドクリームをつけた手をこすりながら、はいってきました。

「ほら、もうねなさい」

といいます。

わたしは、わざとげんきにとびおきて、わざと、ふつうみたいな声をだして「はーい」といいます。

おかあさんは、わたしのふとんのかたのところを、ぎゅっぎゅっとおします。わたしはいそいで、あごだけふとんからだします。

「あごんところ、あごんところ」

とわたしがいうと、おかあさんはあごの下のふとんもぎゅっとおしてくれました。

それから、おかあさんはスイッチをパチンと切って、ちいさいくらいでんきにしました。

わたしのへやはしずかになります。

わたしもしずかにしています。

わたしはぜんぜんねむたくない。

わたしぜんぜんねむたくない。

となりのへやで、サイドボードのちいさいひきだしをあける音がします。あそこにはトランプが入っているんだ。

わたしがいなくなったから、おとうさんとおかあさんトランプをしてあそぶんじゃないかしら。

「はんこ、どこだ」というおとうさんの声がします。

「いやだわ、そんなとこじゃないわよ」

こんどはたんすの上のちいさい戸だなをあける音がします。

たんすの上のちいさいひきだしに、はんこははいっています。

でも、そのちいさいひきだしの上には、おかあさんのよそいきのハンドバッグが入っています。

はんこだすふりして、おとうさんとおかあさんは、えいが見にいっちゃうんじゃないかしら。

わたしはもっとよくきこえるように、少しあたまを上の方にだします。

となりのへやからときどき紙をめくる音がします。

いまはしーんとしています。しばらくしたら、バリバリバリバリ紙をはがす音がしました。

なんか、つつみ紙をやぶっているみたい。

もしかしておとうさんが、チョコレートおみやげにかってきたのかもしれません。

わたしがねたと思って、ふたりで食べるんだ。

わたしはそうっとおきます。

そして、ふすまのところにそろりそろりと行きます。

ふすまはほんのすこしだけあいていて、となりのへやのひかりがほそい線になって見えます。

わたしは首をよこにしてすきまのところに目をくっつけました。

なんだ、おとうさんが、新しい十個入りのたばこの紙をはがしたんだ。

おかあさんは、白い毛糸であみものをしています。わたしは、ふすまのところに目をつけたままそうっとねころがります。

いまチョコレート食べなくても、もしかして、れいぞう庫の中にケーキがあるかもしれない。

おとうさんがライターでたばこに火をつける音がします。

きゅうに目の前に毛糸の玉がころがってきました。

おかあさんがわたしの方をジロッと見ました。

わたしのしんぞうがどきんとします。

おかあさんが毛糸をひっぱったので、毛糸は見えなくなりました。

わたしがずっとみはっているのに、おとうさんもおかあさんも、だまったまんま動きません。

わたしはあきてしまいました。

わたしは立ち上がると、ぱっとふすまをあけました。

おとうさんが、わたしをジロッと見ます。

「おしっこ」


わたしはぜんぜんねむくありません。

ぜんぜんねむくない。

となりのへやから、おとうさんのせきばらいの声がきこえて、それからしーんとしています。

もうおとうさんとおかあさんは、こんやはなんにもしないんだ。

でもわたしはぜんぜんねむくない。

わたしはかべを見ます。

かべにしみが一つあります。

見るものがないので、わたしはしみを見ています。

よーく見るとしみは、ぼうしをかぶった男の人が横向きに立っているかたちをしています。

鼻がたれています。ながいコートを着てかばんをもっています。

どこかりょこうに行くみたい。

わたしは、目をじいっと大きくして、もっとよく男の人を見ようとして少し動きました。

そのひょうしに男の人は少し動いたのです。そうして、かべの中からぬけでてきます。男の人はわたしのふとんの上を歩いて行きます。ぜんぜん重くない。

男の人はわたしのベッドの上にかばんをおいて、うでをふり上げて、とけいを見ました。うすぐらいので男の人はかげえみたいに見えます。「あと二分だ」と男の人はいいました。それからぼうしをなおしました。

とおくででんしゃの音がしました。

けいおうせんがはしの上を走っていく音がします。

でんしゃの音はどんどんどんどん近くなってきます。

ホームに立っているとき近づいてくる音と同じ音がします。でんしゃはわたしのへやへきて男の人をのせてゆくのです。

「早くしなさい」と男の人はわたしを見ていいます。

でんしゃはキキキーッとブレーキの音をさせてわたしのへやの前にとまりました。男の人は「早く」といいながら、わたしの机の上にとびのり、それからまどガラスをぬけて見えなくなりました。まどガラスが水みたいにゆれています。でんしゃがだんだんとおくに走ってゆく音になりました。

わたしはまどガラスを見ています。

そのときちいさいでんきがふうっと切れて、わたしのへやはまっくらになりました。

わたしはくらくなったへやの中から、まどガラスの外を見ます。

おつきさまのひかりで、まどガラスの外は少し青く見えます。

しーんとしています。
とおくで、たまがわをわたってゆくでんしゃの音がします。

みちこのダラダラ日記

×月○日

きょうは何もしませんでした。

なぜかというと、やよいちゃんとけんちゃんがあそんでくれなかったからです。

給食の時間にやよいちゃんに「きょう、あそべる？」といったら「きょうピアノ」といったので、けんちゃんに「けんちゃんあそべる？」ってきいたら、「おれ、くもん」といいました。

だから、きょうは、何もしなくて、つまんなかったです。

あんまりやることがなかったので、クロにのみがいるかと思って、クロをつかまえて、ねかして、ひらべったくしてばんざいみたいなかっこして、おなかののみをさがしました。足とかのつけねのところの毛がうすくなっていて、ときどき、そこにのみがいると、つかまえやすいのです。

でもきょうにかぎって一ぴきもいなかったです。だから、きょうはねこののみとりもしませんでした。クロはそのまんまのかっこでねてしまいました。

わたしは何もすることがなかったので、クロの横でクロと同じかっこをしてねこのまねをしてみました。でもわたしは毛が生えていないのでつまりません。しっぽもないしつまりません。見たら、クロはねながらしっぽのさきだけピュルピュル動かしています。だから、わたしはほんとうはねこのまねもほんとではありませんでした。

すごくつまんなかった。つまんないけど何もすることがないので、ずっとクロのまねしていたら、うちのまえでやよいちゃんと、けんちゃんが、「ピーピーヒャララ、ピーヒャララ」と大声でうたっているのでびっくりして見たら、二人で手をつないでうたっていました。

「やよいちゃんのうそつき、あそべないっていったくせに」とわたしはまどからどなりました。

そしたら、

「うそなんかつかない、今、ピアノのかえりだもん。ねえ、けんちゃん」といってわざとつないでいる手をふりました。けんちゃんはだまっていて、あんまりわらっていなかった。

「けんちゃんも、くもんのかえりだもん、ね、けんちゃん」とやよいちゃんは、大げさにけんちゃんの顔の下に顔をもっていきました。

けんちゃんは、「おれ、かえる」といって、やよいちゃんとつないでいた手をはなして、一人でスタスタ家の方にかえりました。やよいちゃんは少しぼうーっとして立っていました。いいきみだとわたしは思いました。

やよいちゃんは「あ、そうだ、ピアノの前にシュークリームたべるのわすれてた。シュークリームシュークリーム」と大きな声だして走っていきました。

わたしもシュークリームが急にたべたくなったので冷蔵庫を調べました。その時おにいちゃんがキッチンに入って来て、「何しているの」ときいたので「シュークリームあるかな」とわたしはいいました。おにいちゃんは、「おまえぼけてるんじゃねえの、何でシュークリームがあるんだよ」といって、わたしをつきとばして、自分は牛乳を箱からじかにゴクゴクのみました。口から牛乳がたれて、Tシャツもぬれてしまいました。「あーあー口のみした。お母さんにいいつけてやる」とわたしがいうと、「おまえものめよ、ほらほら」とわたしの口に牛乳の箱をおしつけました。わたしが牛乳きらいなのを知っているくせに。

きょうは何もしなくてつまりませんでした。

×月○日

お父さんが、おにいちゃんに野球のバットを買って来ました。ぎんいろでピカピカ光っています。おにいちゃんは家の中でバットをふり回して、お母さんにしかられました。おにいちゃんは、ねているクロの上をバットをころがしてクロをのして、またお母さんにしかられた。

お父さんは、「あしたの朝学校へ行く前に公園でバッティングの練習をしてやろう」といいながら、ビールをのんでいたら、お母さんが「あなた、こどもとやくそくしたら、やくそくを守るのよ」といったので、わたしも「お父さんこどもにうそついたらだめだよ」といったら、お父さんは「おんなは、うるさいな、なあヒロシ」といったら、おにいちゃんは、バットをもったままお父さんにもたれかかって、にやにやわらって「おんなはうるさいよね」といったので、わたしは、お母さんにうしろからだきついてやりました。

そしてから、「お母さん、お父さんはおとこだから、おにいちゃんにバット買ったでしょ。だから、わたしにお母さん、リカちゃんにんぎょうのピクニックドレス買って」といったら、「何でよ、さっさと宿題してしまいなさい。ヒロシもいつまでもバットもっていないで、勉強してしまいなさい」といいました。

おにいちゃんは、こどもべやに来てもぜんぜん勉強しないで、ずっとバットをさわってきれでふいてばっかいました。「これさわるなよ。さわったらしもんつくからすぐわかるぞ」といった。「えー、しもんなんか、けいかんじゃなくちゃわかんないんですからね」といったら、おにいちゃんは「バカここみてろ」といってピカピカのところにおやゆびをおしつけました。そして、でんきの下にそーっともっていって「みてみろ。これがおれのしもんだ」といったので、わたしがみたら本当にしもんがついていた。

「ほんとだ、すごい、わたしもしもんおさせて」といったら、「一回十円」といったから、わたしはひきだしの中のおさいふから十円だして、しもんをおさせてもらった。でんきの下で見たら、わたしのしもんが見えた。わたしははんにんとけいかんにいっしょになったみたいな気持ちでほれぼれした。

まだバットにしもんがついていないピカピカのところがたくさんあった。

「おにいちゃん、足にもしもんある?」ってきいたら、おにいちゃんはくつしたぬいで自分の足を調べた。「ある」といった。わたしは「じゃ、足のしもんもつけさせて」といったら、「足は五十円」といった。「えー高いじゃん、一回だから十円だよ」とわたしがいったら、「足はきたない」といった。「じゃあいい」とわたしはいった。いつかおにいちゃんがいない時、思いっきりつけてやる。

おにいちゃんは、自分の足のしもんをつけるためにバットの上を歩いたら、バットがころがってたおれて、かべにあたまがあたって、ものすごい大きな音がした。

お父さんが来て、「何しているんだ。バカヤロー」とどなった。

わたしとおにいちゃんはそれから二人でバットをタオルでふいてピカピカにしました。

×月○日
きょうわたしは、こどもべやで、リカちゃんにんぎょうのようふくのせいりをしました。ぜんぶで四まいしかありません。やよいちゃんはピクニックドレスをもっています。わたしやっぱりピクニックドレスほしいです。

おにいちゃんが入って来て、わたしがすわっているところをわざと通って「どけ、どけ」といいました。そしておしいれのものをぜんぶ外にほうり出しはじめました。

そして、「おまえもてつだえ」といったから、わたしはてつだいました。きっとおいしゃさんごっこをするのだとわたしはおもいました。お母さんは学校からまだかえってこないから、わたしははやくやるように、いっしょうけんめいだしました。

おにいちゃんは「ふとん」といったので、わたしはベッドからずるずるふとんをはこびました。すごく重くてあせびっしょりになりました。おにいちゃんは、おしいれの中にびっしりふとんをしいて、「かけぶとん」とわたしにめいれいしました。「なんで?」とわたしはききました。だっておいしゃさんごっこで、かけぶとんはいらないからです。

「いいから、かけぶとん」とおにいちゃんはまたいいました。わたしはしんしきのおいしゃさんごっこだと思って、かけぶとんもはこびました。「まくら」といったので、まくらももって来ました。おにいちゃんは、「よし」といいました。わたしは「どっちが、さき?」とききました。いつもさきにおにいちゃんがおいしゃさんになるので、わたしは、もうパンツを半分ぬぎかけていました。おにいちゃんは、「おまえへんたいじゃないの。すけべ」といっておしいれの戸をしめて半分だけ顔を出して、「ぼくはきょうからここでねます」といってこんどはぜんぶ戸をしめてしまいました。

わたしはすごくはずかしかったです。

おにいちゃんは、少し大きくなったから、もうおいしゃさんごっこはしないのだと思います。

わたしは、ほんとはおにいちゃんじゃなくて、けんちゃんとおいしゃさんごっこをしたいなあと思ったけど、けんちゃんは、そんなことしないと思うし、ほんとにおいしゃさんごっこをしたら、けんちゃんはすけべだと思います。

でもけんちゃんはやよいちゃんとおいしゃさんごっこをしたかもしれないなあと思いました。もししたら、やよいちゃんがすけべでやらしいと思います。

きゅうにおにいちゃんがおしいれをあけて、「ふーっちっそくした」といっておしいれから出て来てバタンとたおれました。

見たら白目になっていました。わたしはびっくりして「おにいちゃん、おにいちゃん」とおにいちゃんをゆすりましたが、おにいちゃんは白目のまま「死んだ」といったので、わたしは、本当に死んだと思って、「死んじゃだめ、死んじゃだめ」といったらじぶんでないていました。そしたら「バーカ」といっておにいちゃんはおきあがって、にやにやわらっていました。わたしはすごくはらがたったので、八じょうのへやの真ん中に、なわとびのなわをひいて、「こっちからこっちはわたしのところだから」といって、そこからはみ出しているおにいちゃんのものをぜんぶ、なわのむこうにほっぽりなげてやりました。グローブもテディベアもほっぽりなげてやりました。テディベアがおにいちゃんにあたったら、おにいちゃんは「あっ」といっていそいでテディベアをひろって、赤ちゃんみたいにだっこして、「おーよちよち」といったので、わたしは「へーんだ、おにいちゃんまだ、ぬいぐるみなんかであそんで、ちいさい子みたい。へーん」といってやりました。

それにテディベアはそこらへんがすり切れて、まっくろけで、毛なんかよれよれで、きたないです。首のリボンも半分くらいすり切れて、かぐとくさいです。

「あそんでなんかいないだろ、おれのこどもが生まれたら、せんぞだいだいのたからにする」といいました。「おにいちゃんはおとこだから、こどもなんかうめないくせに」といってやりました。「おれうむもん」とおにいちゃんはいいました。

その時お母さんがかえって来ました。

わたしは「お母さん、おかえり」といって、お母さんにとびついて行きました。お母さんは、両手にスーパーのふくろをさげていたので、「あ、あ、かんべんかんべん」といって、キッチンに行きました。

わたしは、お母さんが、スーパーのふくろからにんじんとかたまごを出すのをてつだいました。それから、おにいちゃんのことをいいつけました。おかあさんは「ほっときなさい。すきなところにねかせればいいわ」といいました。「でも、ちっそくするんだよ」とわたしはいいました。「だいじょうぶよ。あのおしいれは、たてつけが悪いから、どこからだって空気が入っていくわ

よ。そのうち、あきるわよ」といいました。その時おにいちゃんが、キッチンに入って来て、

「おれ、かねもちのうちに生まれてきたかったなあ、谷川のうちは社長だから、あいつ一人べやだもんなあ」といいました。お母さんは「どうぞ、おかねもちのうちの養子にでも行きなさい。今から谷川さんちにいってたのんでくれば」とわらっていいました。

「うち、びんぼうじゃないよねえ」とわたしはお母さんにききました。わたしはびんぼうかと思うとしんぱいになったからです。

「うちはふつうです」とお母さんはいって、ようふくをとりかえにいきました。

×月○日
きょうは、けんちゃんとやよいちゃんと三人でさいしょはあそびました。

公園で、あそびました。

さいしょはブランコでぶっつけっこをしました。

それから、ひみつきちごっこをしました。

貝がらおすべりの下のあなをきちにして、草とか、葉っぱとか、えだとか、ダンボールとかを集めて来て、ひみつきちがばれないようにしました。あなの中はくらくてかっこよかったけど、すごくせまいので、やよいちゃんとけんちゃんとわたしはおしくらまんじゅうぐらいで、わたし

はけんちゃんとぴったりくっついていたら、けんちゃんのいきがかかってきて、けんちゃんはねぎくさかったので、「けんちゃん、おひるにざるそばたべた？」ときいたら、「たぬき」といいました。

「おれはうちゅうパイロットだから、かせいたんけんにゆく」といったら、やよいちゃんは「あら、ここは、ひみつのおうちで、わたしはお母さんで、けんちゃんが、お父さんで、みちこちゃんは、赤ちゃん」といったので、「わたしもお母さんがいい」というと、けんちゃんは、「ここはうちゅうだから、ぼくたちもうちゅうじんなんだよ」「じゃあわたしうちゅうじんのお母さん」といいました。

「うちゅうじんはおんなとか、おとことかはなくて、ただのうちゅうじんなんだから」といいました。

「じゃあ、赤ちゃん生まれないよ。そしたらじんるいはほろぶってお母さんがいっていたもん」とやよいちゃんがいいました。

「ほろぶってなに」とわたしがきいたら「わかんない。でもほろぶんだから」とやよいちゃんはまたいいました。

「ぼくはいまからかせいじんです。うちゅうたんけんにいって、かせいじんをいっぱいつれてきますから、まっててください。ぴゅーん」というとけんちゃんは、ひみつのきちのあなからとび出していきました。あたまとか、足とかに草や木のえだがくっついているのに、けんちゃんは

「ぴゅーん」「ぴゅーん」といってジャングルジムの方に走っていきました。

ジャングルジムではゆたかくんと、ゆたかくんのこぶんたちが、あそんでいました。やよいちゃんは「あら、あら、お父さんだめねえ、おうちがこわれてしまったわ、赤ちゃんだけど、みちこちゃんてつだって」というので、「ここはうちじゃなくて、きちだよ」というと「いいの、ここはうちですよ。みちこちゃん、げんかんをきれいにしておいてね、けんちゃん、あっちがう、お父さんがもうすぐかえって来ますからね、きょうはボーナスの日です。ビフテキをごちそうしましょう」とやよいちゃんはひとりで、お母さんぶってえばっているので、わたしはむしゃくしゃしました。

「お父さんがけんちゃんで、お母さんがやよいちゃんなら、けんちゃんとやよいちゃんはけっこんしているんですか、こどものくせに、けっこんなんかするとふりょうですよ」とわたしがいうと、「けっこんはもっと大きくなってからするもん。もうわたし、けんちゃんとけっこんすることにきめてるもん」とやよいちゃんはぜんぜんへいきっぽくいうので、わたしはやよいちゃんはずうずうしいと思います。

「あのね、」やよいちゃんはわたしのすぐそばによって来て、みみのところで「ひみつのことおしえてあげるね」といったので、やよいちゃんのなまのいきがわたしのみみの中にぼよぼよはいって来たので、ほんとにひみつっぽいので、わたしは、ひみつをききたいとおもいました。でもやよいちゃんはすごくいやらしい目をしていたので、少しやだなと思ったけどやっぱりひみつはききたかったです。「だれにもいっちゃだめだよ」ぼよぼよのなまぬるいいきのまんまやよいちゃんがいったので「うん」とわたしはいいました。

「あのね、けっこんって、おまんこなんだよ」とぼよぼよいきでやよいちゃんはいいました。やよいちゃんはすごいやらしいとおもいます。「えー、うそだもん、お母さんにきくもん」とわたしはいいました。「きいてもいいもん、ほんとだもん」とやよいちゃんはへいきでいいました。でもわたしはそんなやらしいことお母さんにきくとおこられるからききません。やよいちゃんがやらしいこといったので、わたしのみみの中がやらしくなったみたいだったので、わたしは、こゆびをみみの中に入れて、みみくそをとるまねをしました。

そしてこゆびをふっふっとふいて何回もみみをきれいにしていると、やよいちゃんは「みちこちゃんてぶりっ子してる」といいました。

その時けんちゃんが、ゆたかくんやゆたかくんのこぶんをつれてどたばた来て「どけどけ、ここはかせいじんのきちだ。おんななんかどけ」といいました。ゆたかとゆたかのこぶんたちも「どけどけ、おんななんか、あっちいけ」といっしょになっていいました。

わたしたちは、「いーだ」「いーだ」といってきちを出ました。

けんちゃんは一人だとすごくやさしいのに、おとこの子となかまになると、すごくやばんじんみたくなります。わたしはけんちゃんがひとりでいるときだけすきです。それにけんちゃんはほかのおとこの子といるときわたしとやよいちゃんのこと、わざとともだちじゃないふうにします。

わたしとやよいちゃんはすることがなくなってひまになったので、二人ともうちにかえりました。

×月○日

お父さんとお母さんがごはんを食べながらけんかをしました。

わたしはむねがどきどきして、だまってごはんを食べました。おにいちゃんもだまって食べました。

なぜけんかしたかというと、おとうさんがビールをのみながら、「たまにはおからが食いたいなあ」といったからです。

お母さんは「おからは朝のうちにおとうふやさんにいかないとないの。しごとのあと、わたしはスーパーに行くんです」とぷんぷんしていいました。お父さんは「おふくろの味が食いたかっただけさ」といったら、お母さんは「わたしは、あなたのおふくろではありません。日本のおとこはこれだからいやになる」といいました。あーけんかになるとおもってわたしはむねがどきどきしました。

「ざんねんながら、おれは日本のおとこでございますよ」とお父さんもいいました。

「あ、な、た」とお母さんはばかにしずかな声でおはしをおいて、お父さんをにらみつけました。

「あなたが、おからが食べたかったら、じぶんで作って下さい。わたしだけが家事をやるやくそくではなかったでしょう」

お父さんはわざとゆうかんをバリバリ音をさせて、ゆうかんをみながらごはんを食べていました。

「あなた、わたしがいまがっきまつなのをしっているでしょう。わたしはごはんのあとさいてんをするのよ」

お父さんはゆうかんをみたまま「あーえらいですよ、あなたはえらいですよ」といったら、お母さんはお父さんのゆうかんをつかんでやぶってしまいました。

「そのいいかたはなに」といってお母さんはなきだしてしまいました。

わたしとおにいちゃんは、おちゃわんとおさらとおわんを流しにもっていってそっと二人であらいました。

お父さんは「わかりました。わかりました。やればいいんでしょう、やりますよ」といってのこりのおさらやおはしをガチャガチャさせて流しであらいました。

お母さんは、学校のしょるいが入っているかばんをもってバタンとじぶんのへやにはいっていってしまいました。

わたしとおにいちゃんは、こどもべやでじいっとしていました。

片方のみみたぶだけ、やたら大きくなってこどもべやのそとへむかって行ってしまっているみたいでした。

しーんとしているのでわたしとおにいちゃんは時々顔を見合わせて、だまっていました。しばらくすると、げんかんのドアがバタンとしまりました。

わたしとおにいちゃんはびくっとして顔を見合わせました。

お母さんが家出したのかなあとおもってげんかんにいったら、お父さんのくつがなかったので、お父さんが家出した。

わたしはお母さんのへやの前でじっと立って音をきいていたら、シャーシャーとえんぴつの音がしてペラペラ紙の音もしたので、お母さんはしごとをしているのがわかったので「お母さん」ってそうっといったら「いまいそがしいの!!」とお母さんはおこっていました。

わたしはベッドに入ってなきました。

「りこんするのかなあ」とおにいちゃんはおしいれのふとんの中でバットをタオルでふきながらいったので、わたしは「しないっ」といってもっとふとんにもぐりこみました。

おにいちゃんは「りこんしたら、おれとおまえはばらばらになるのかなあ」といったので「やだ」とわたしは大声でどなりました。

「でも母さんよくきくぜ、お父さんとお母さんとどっちすきとかさあ」

「やだっ」とわたしはいって、ベッドから出ておしいれのおにいちゃんの手にかみついてやりました。

おにいちゃんはわたしがかみついてもだまっていたのですごくしんぱいになったので、わたしは、ベッドからふとんを下ろして、おしいれの前にしいて「こんやはここでねてもいい」といったら「うん」とおにいちゃんがいったのでわたしはせかいじゅうでおにいちゃんとふたりぼっちになった気がしました。

おにいちゃんも、だまって、パジャマを着てだまってしんけんな顔しておしいれの天井みていた。わたしとおにいちゃんは、手をつないでねました。

ふたりともぜんぜん勉強しなくて、とくしました。

×月○日

「おきろ、おきろ」とお父さんの声がしたので、わたしとおにいちゃんは、すごくうれしくて、すぐおきていきました。お父さんはエプロンをかけて、たまごをやいていました。「ヒロシ、ゴミ出してこい」とお父さんがいったら、おにいちゃんはいそいでゴミぶくろを二つもってでていってはあはあいってかえって来た。わたしは、テーブルに、めだまやきようのおさらを四つ出して、おはしとか、マグカップとかいわれないでも出しました。お父さんは、フライパンの中のめだまやきをおさらにうつしました。一つくずれているのは自分のおさらに入れました。おにいちゃんはハムを一まいずつめだまやきのそばにおいたので、わたしはタッパーの中のポテトサラダをその横につけました。三人で競争してごはんのしたくしてるみたいで、三人ともうきうきしているみたいでした。

お母さんはせんたくものを、かんそうきに入れながら、「ああおけしょう、おけしょう」といって、すごくきげんがよかった。

おけしょうをしながら、お父さんに「ねえ、あなた、このグリーンのスーツ少しはでかしら」とかいっていたので、わたしはあたまがこんぐらかった。

お父さんは「あなたは少しはでくらいがにあうよ、きれい、きれい」とかいって、ミルクをわかしている。

お母さんはおけしょうがすんでから、ポーズをつくってわたしたちに「どう、わたし『学校で一番きれいな先生は、山口先生ですよ』っていつも生徒にいわせているのよ、どう」とかいっていた。見たら本当にきれいだった。

「さあさあ、食っちゃお、食っちゃお」とお父さんはエプロンをとりながらすわって、「美人のつまを持つと、おっとはしんぱいなものです」といっている。

お母さんは、コーヒーをのみながら、「その上、わたしはのうりょくもある、フフフ。みちこ、ミルクぜんぶのんで。おまけにわたしはユーモアがある」とどんどんじまんしてました。

お父さんは食パンにかぶりついて、「どうせわたしはじょうぶなだけですよ」といいました。

「ていしゅはじょうぶでるすがいい」とお母さんはいって「あなたるすしないからすきよ」とへいきでいっています。

でもゆうべるすにした。

「お父さん、ゆうべどこにいっていたの」とわたしがきいたら、「パチンコにきまっているわよ、それで、すって来たのよね」とにやにやしていっていました。そしたらお父さんは「ぼくだって、あなたをうらぎることがある」とお父さんはめだまやきのおさらを両手にもって黄味のところをチューッとすいこみました。

お母さんはパンを口に入れる前で、食べるのをやめてお父さんを見てました。いつもは、お父さんのめだまやきの食べ方がきらいで、「それだけは、やめてよ」というのに、きょうはいいませんでした。

「パチンコではありません。ぼくはカラオケに行きました」

お父さんはしたでベロベロくちびるをなめながらいいました。

お母さんはだまって、お父さんを見たままパンを食べました。それから何かずっと考えているみたいにじっとジャムのビンを見てしずかになってしまいました。

わたしはお父さんがカラオケに行くなんて一度もしらなかったのでびっくりしました。「それで、何うたうの、あなた」とお母さんは黒目を上の方にしてお父さんを見ました。「ほねまであいして」とお父さんはいったら、お母さんはまっかになりました。何で赤くなったのかわたしにはわかりません。

「あなた、カラオケはうそです」とお母さんはいったら、「はいうそでした」とお父さんはいいました。

お母さんは、食べた食器を流しに出すと、「わたしは、行きますよ、行っちゃいますよ」とハンドバッグとふくろをもってバタバタ歩くと「はいはい、おおかみちゃんに気をつけて」とお父さんがいったら、お母さんはお父さんの方にほっぺをつき出したら、お父さんはチュッと音だけのキスをしました。

わたしとおにいちゃんはゆうべしんぱいしたので、すごくがっかりしたようなうれしいようなそんしたような気がしました。

いつなかなおりしたのかなあ。

×月○日
お母さんが「日記つけてるの」といった。

しらべてみたら二年のときはぜんぜんつけてなかった。

「日記をつけつづけると、かんどうをすなおにぶんしょうにできるのよ、じぶんひとりのせかいをもつことはたいせつなことよ」と先生みたいにいうのでむかついた。

うちで先生するのはやめてほしい。

「おにいちゃんつけてない」とわたしはもんくをいったら「おにいちゃんは、勉強がいそがしいの」といった。

わたしは、勉強するのと日記をつけるのをくらべたら、日記をつける方がまだましかと思っているので、日記をつけている。

おにいちゃんは、ぜんぜん勉強なんかしていなくて、教科書とマンガを重ねてよんでいて、お母さんが来ると、さも勉強しているふりをする。

それからやたらバットもみがいているし、まだ、おしいれの中でねていて、ねるときスタンドをおしいれの中にひっぱって行きます。それで「せんとうひこうき」というざっしをかくれて見ているのです。

それには、ベトナム戦争の時のひこうきとか、むかしの日本の戦争のときののったらそのまま死んでしまったひこうきとかがでているのです。それから、ミサイルとかもでているので、お母さんにかくしています。みらいの戦争用のひこうきなんかも出ているのです。

お母さんは、「世界に平和を、戦争から子供を守ろう」とかいうグループでざっしを作ったり会合に出たりしています。

わたしはおにいちゃんが、そんなひこうきのざっしをねっしんにみているとしんぱいになります。おにいちゃんは戦争がもしかしたらすきなのかもしれないと思うし、人なんかころすのかとか。それよりも、戦争で死んだらやだからです。

ずっと前、そのざっしをおしいれの中でみてたのはじめてみたとき、わたしはびっくりして

「にいちゃん、戦争すきなの」ときいたら「ばかやろ、かんけいねえよ」といいました。「なんで、こんな写真みるの」「かっこいいからにきまってるだろ。みろよ、すげえかっこいいだろ」といったけど、わたしはぜんぜんかっこいいと思いませんでした。「お母さんにいいつけるから」とわたしはいってやりました。

「いったら、なぐるぞ」とおにいちゃんはいった。それで、そのざっしは、みおわるとふとんの下にしくのです。わたしはおとこは戦争すきなのかと思ったので「にいちゃん、戦争にいきたいの」ときいたら「やだ、たまにあたったらいたいもん」といった。

そんなことぜんぜんお父さんしらないもんだから、ばかみたい。「ヒロシ勉強もいいが、ほどほどにしろよ」だって。

でもおにいちゃんは、テストはぜんぶ一ばんか二ばんなのでお母さんは「ヒロシ、お医者さんにならない？　まだ、さきだけど、もくひょうをつくっておくほうがいいわね」とまた先生みたいにいった。わたしはひとのことなのにむかついた。このごろわたしは、お母さんがむかつく。

お母さんは、わたしよりおにいちゃんの方がすきだと思う。

けさもめだまやきのくずれてる方わたしの方にだまっておして来た。

わたしは知らん顔しておにいちゃんのめだまやきとかえた。

牛乳の古いパックがコップ一こでなくなって、新しいのをあけた。お母さんは、古い方の牛乳をわたしの方においた。わたしはそれもしらん顔して、おにいちゃんのとかえてやった。お母さんは自分で気がつかないでしぜんとそうするのだと思う。だからしってやっているよりも、おにいちゃんのことすきだとわたしにはわかる。

きょうお母さんは、奈良の正子おばさんにでんわして、「そうなのよ、おとこの子の方が、デリケートなのよね、むずかしいわ、そうそう、おんなの子の方が育てやすいわよ」とかいっていた。

お母さんはじぶんがおんなで、おとこになったことないのに、なんで、おとこの方がデリケートなのかわかるか、へんだと思います。

わたしのこと育てやすいなんていったので、わたしのことかるく見ていると思う。わたしはこころの中で「中学いったらぐれてやる」と思ったけれど、となりのせい子さんみたいに頭そめるのはかっこわるいから、ふくそうとか、頭とかはふつうにして、こころの中だけでぐれてやる。

×月○日

きょうおしいれの中に古いアルバムがあった。びっくりした。お父さんお母さんが、わかいときの写真がいっぱいはってある。写真はカラーじゃなくて、お父さんのスボンは下の方で、やたら太くなっていて、お父さんは首に、バンダナなんかまいていて、すごください。お母さんのかみのけも、やたらくるくるしていて、お母さんはすごいだらだらしたスカートをはいていて、それでお父さんが、お母さんのかたに手をかけて、二人ともわらっている写真ばっかだった。研究日でお母さんが家にいたので、アルバムもっていって見せた。お母さんは「あらあら、わたし、わかかったわねえ」とわたしよりねっしんに見はじめた。

「ねえ、これ、けっこんする前?」「前よ」「どこで、お父さんとしり合ったの」「ドウジンシ」「ドウジンシって」「あれでお父さんはむかしブンガクセイネンだったのよ。詩なんかかいていたんだから」わたしはドウジンシってわかんないから何かと思ってきこうと思ったらお母さんが、「あらあ、みやしたさんがいる」「みやしたさんて」「ふ、ふ、ふ、みやしたさんはお父さんのライバルだったの」「どれ?」ときいたら、ふとってめがねをかけている人をゆびさした。

「お父さんの方がかっこいい」「でもこの人さいのうあったのよ」

「お父さんの方がいい」「でも、この人の手紙はすてきだったわあ」

「お母さん、この人とキスした」とわたしがきいたら、おこるかと思ったけど、お母さんは、「ふ、ふ、ふ」とわらってこたえなかった。

「ああ、せいしゅん、せいしゅん、わたしもてたんだわ」といった。

ぜんぜんお母さんぽくなくて、先生ぽくもない顔をしていた。

「いいわね、みちこは、これからだもん」とまたじぶんの写真をすごくねっしんにみている。わたしは、みやしたさんがもっと大きくうつっている写真をさがした。「お母さん、この人、わたしすきじゃないよ、お父さんの方がすきだ」「そう?　でもおとこは顔じゃないのよ」「お母さん、この人の方がすきだったの?」「だから、なやんじゃったのよ、せいしゅんのクノウだったわあ」とまだいっていた。

「でも、お父さんの方がすきだったからけっこんしたんだよね」

「お父さんは、すごいタックルだったんだもん」と気持ちよさそうにお母さんはいっている。

「ねえ、お母さん、おとこは顔じゃないけど、おんなは顔?」わたしはしんぱいになった。だって、わたしよりやよいちゃんの方がかわいいもん。だけど、やよいちゃんはときどきすごくいじわるする。

「そりゃ、ぶすより、美人の方がだれだっていいでしょ」お母さんはじぶんが美人と思っているのがわかった。お母さんはすごくいい気になっていると思った。

わたしはぶすなんて、いうのよす。だって、だれかにいわれたらいやだもん。

やよいちゃんは、わたしよりかわいいけど、わたしは、たえこちゃんよりかわいいと思うけど、たえこちゃんのことぶすというのはやっぱ悪いけど、ぜったいに、わたしの方がかわいい。でもやよいちゃんの方がもっとかわいい。わたしはずっとぼうーっとかんがえていたらきゅうにお母さんがアルバムをパタンととじて「ああせいしゅんはさりぬだわあ」といった。「おかあさん、もう、せいしゅんじゃないからお父さんのことあいしてないの」「えっ」とお母さんはわたしの顔を見てきゅうにしんけんな顔をした。

「みちこ、お母さんとお父さんは運命なの、運命だってわかるシュンカンがあるの」「お母さん、しあわせ」「もちろん、こんないい子がいるもん」とわたしのことぎゅっとだきしめた。

何か、そういうことじゃないような気がした。

お母さんのにおいがした。このごろあんまりお母さんのにおいかいでない。きょうは、わたしはお母さんのにおいが少しむうっとして、もっと小さい時の方がお母さんのにおいがすきだったなあと思って、きょうのお母さんはお母さんじゃなくて少しともだちみたいな気がしました。

×月○日
きょう、おふろにはいろうと思って「はいるよー」といってようふくぬごうとしたら、「バカヤローだめだ」とおにいちゃんがどなったのでわたしはびっくりした。おにいちゃんはおふろの水をバシャバシャそこらじゅうにひっかけてヒステリーみたいだった。
わたしはそれでもおにいちゃんがふざけていると思ったので、いそいでようふくをぬいでまっぱだかになって「よーし、わたしも、しゅうげきしまーす」といってどんどんおふろの戸をあけようとしたら、おにいちゃんがおふろの戸を中からひっぱって「ばかやろう、入ったらころすぞ」とどなって、なきそうな声を出していて、ちょっと変だったのでわたしは「お母さーん、おにいちゃんがいじわるしまーす」とおふろの戸をひっぱりながら大声をあげたら、お母さんが「何しているの」といっておふろ場に来た。

「入れてくれない」とわたしは少しさむくなっていったら、お母さんはしばらくだまっておふろのドアを見ていて「みちこ、あとで、母さんといっしょに入ろう」といった。

わたしは、おにいちゃんがいじわるなのに、いつもお母さんはおにいちゃんの味方するのですごくむかついた。

おふろにも入らないで、ただはだかになってもういちどようふくきるの、からだのかわがさむいみたいで、すごくへんな気がした。

もういちどようふくをきてリビングに行ったら、お母さんがお父さんの方にかぶるみたいにひそひそ話をしていた。

「おまえも、うかつだな」とお父さんは、つめを切りながらいった。切ったつめがぴーんといってじゅうたんにおちたら、「ん、もう」といってお母さんはクリネックスをお父さんにわたして「ひろっておいてよ。だってわたし、おんなだもん、気がつかなかったわよ」そして二人でジローッとわたしの方をむいた。

「でも、おれは、小学校六年の終わりごろ、ひょろーっと一本生えて来たんだがな、少し早いんじゃないか」

「このごろの子は栄養がいいのよ」

「だいたいおまえきょうしだろ、学校でセイキョウイクしてないのか」

「保健の先生がしています」

お父さんが、「みちここっち来い」とつめを集めてクリネックスにつつみながらいった。

「にいちゃんはな、大人になりかかっているんだよ、もう、妹とふろに入りたくなくなったんだ」といった。「だって、お父さん、大人だけどわたしと時々おふろに入るじゃない」わたしは、おにいちゃんがおちんちんに毛が生えだしたのがはずかしくなってきたのがわかったけど、わざと赤ちゃんぽくいってやった。

「おにいちゃんははずかしいんだよ」「何が」わたしはまたわざといった。「あのな、おとこはそういうもんなんだ」「えー、おにいちゃんまだおとこみたくないよ。おにいちゃんはただのおにいちゃんじゃない。それにまだこどもだよ」「だから、こどもだからだんだんおとこになるんだよ」「えー、おにいちゃんは生まれた時からおとこですね」わたしは自分がいっていること、ちょっとこんぐらかっていると思ったけど、そー思ったことといったら、こんぐらかった。

お母さんが、「あなた、ヒロシのセイキョウイクはたのみましたよ。あなたのしごとですよ」と、先生っぽくいった。わたしはお母さんが先生っぽくするのがだいっきらいだ。

お母さんは、テレビのリモコンをお父さんからひったくってテレビのリモコンをパチパチやりはじめた。

「しぜんがいちばん」とお父さんは、「あなた、これはまじめなことなのよ」「そんなこと、おれはけったくそわるくてできるか。おれのおやじ、おれにセイキョウイクなんかしなかったぜ、この通りりっぱなおとこになったよ」「そういう時代ではありません」「わかった、わかった」とお父さんはいったけど、お父さんはただめんどうくさくなったみたいです。

おにいちゃんはおふろから、パジャマ着て出て来て、ぜんぜんふつうで、バスタオル丸めて、わたしに投げつけて「ストライク」といったので、わたしも、バスタオル丸めて、おにいちゃんになげつけたら、おにいちゃんは、よこにとびのいて、はいつくばって「セーフ」といった。

「どたばたするな、もうねろ」とお父さんがどなった。

わたしは、おにいちゃんのおちんちんの毛見てみたいと思います。

わたしは、きょうはお父さんとおふろに入りました。いままではぜんぜん気にならなかったけど、きょうは、お父さんのおちんちんともじゃもじゃの毛ばっかじろじろみてしまった。わたしは、お父さんのおちんちんをひっぱってみました。ぐねぐねしていました。

「おにいちゃんのおちんちん、もっと先が細くて、白いよ」「だんだんこうなる。ばか、そんなにひっぱるな」といったからやめた。

おふろの中でわたしはお父さんにだっこしてもらった。「かたまで、かたまで」といってお父さんは、わたしのかたを手でおさえた。目の前に、水の上にちぢれた毛がういていた。わたしはそれをつまんでよく見た。「お父さん、おちんちんの毛パーマかけるの」「しぜんにそーなる、バカ、そんなものすてろ」「何でしぜんにちぢれるの」「わかるもんか、しぜんにそーなる」「何で、あたまの毛はまっすぐなのに、おちんちんの毛、ちぢれるの、何でもっとぼうぼう長くならないの。お母さんのもちぢれてる？　でもお母さんパーマかけてるから、区別できないね、わたし、こんなもの生えてきたら、やだな、きったないもん、おまんこのところ、きたないかんじするよ、みちこはつるつるのおまんこのまま大人になるんだ」と一人でしゃべっていたら、「よくまあおまえはしゃべるなあ、さあでるぞうー」とお父さんがどなったから、お母さんが、バスタオルでおふろから出て来たわたしをくるんでくれた。わたしは、バスタオルにくるまれる時、赤ちゃんになったみたいでうれしいです。

おにいちゃんはおしいれにまだねていて、スタンドひっぱってマンガよんでいた。

わたしはおにいちゃんに、「えー、毛が生えました。毛が生えました」といったら、おにいちゃんはまっかになって、よんでいたマンガの本をわたしに思いっきりなげつけた。そしたら、マンガの角がちょうど目にあたったので、わたしは「ひえーっ」と声が出て、目から火花が出たみたいだった。血が出たかもしれないと思って、わたしはわーわーないたら、お母さんがとんできた。

「なにするのよ、目だまがきずついたらどうするのよ」とお母さんはわたしの目を調べながらいった。おにいちゃんはふとんをかぶってしまった。わたしはなきながら、「わたし……ほんとの……こと……いっただけだもん……」「何のことよ」とお母さんはいったので、「ただ、毛生えたっていっただけだもん」といってなき続けたら、お母さんは、うそっぽくやさしくなって、「みちこ、きょうは、お母さんとねよう」といったので、わたしは、おにいちゃんに「いーだ」をしたけど、まだおにいちゃんはふとんをかぶったまんまだった。

×月○日

わたしはずっと日記をつけませんでした。

わけは、すっごくむかついていたからです。わけは、おにいちゃんは新しい勉強べやを作ってもらって、大工さんが毎日来てうちの中が、ごちゃごちゃになって、わたしは勉強とか、ぜんぶダイニングでする事になって、ダイニングで勉強したり日記つけたりすると、お父さんが、おさけのみながら、テレビの野球とか見て、うるさいので、あんま、勉強なんかしなくてよかったです。

おにいちゃんはずるいと思います。

お父さんもお母さんもおにいちゃんをひいきしていると思う。

わたしは、「何で、おにいちゃんなの。じゃんけんしてかった方にしたらこうへいだよ」といったら「おにいちゃんは、もうすぐじゅけんだからよ」

「じゃあ、わたしがじゅけんのときわたしのへやたててくれるの」「あなたは、今までのへやに一人でいられるんだから必要ないでしょ」「でも古い。それでおにいちゃんはほんとのベッド買って、わたしは二だんベッドでこどもっぽい」ってわたしはずっともんくをいっていたら、お母さんは「うるさい子ね、あなた、学校に行けるだけでも幸せなのよ。フィリピンのこどもなんか、学校へも行けない子がたくさんいるのよ。ごはんだって、たべられないこどもがせかいじゅうにどれくらいいるかしってるの」「かんけいないよ」とわたしはいったらお母さんが、「ちょっと、みちこ、かんけいないってどういう事、そこにすわりなさい」とはっきょうした。

はっきょうしたときのお母さんは、人のいう事なんかきかないからわたしはだまっていた。

「ね、わかったでしょ」とお母さんはかってに、わたしがだまっていたのでいい子になったかと思っている。それで、一人でじぶんにうっとりしている。

「ね、せかいじゅうの人が幸せにならなくちゃ本当の幸せはないのよ。みちこは、かしこいからわかるわね」わたしは「うん」といわないとお母さんがうるさいから「うん」といった。だいたいわたしはせかいじゅうの人が幸せになるなんて、何だかむりのような気がする。そしたら、そこへお父さんが出て来て、「どうしたどうした、おひめさまは、ごきげんななめなのか」といったら、「パパ、みちこはいい子です」といったので、お母さんは何もわかっちゃいない。

なぜ、わたしが、日記をまたつけはじめたかというと、お父さんが、大工さんにたのんでわたしのへやもきれいにしてくれたからです。二だんベッドをとって、わたしも、本当のベッドにしてくれて、かべがみもぜんぶわたしのしゅみに合わせてくれた。わたしとお父さんは、デパートに行って、「赤毛のアンシリーズ」の家や木なんかがすごくかわいくついているかべがみをえらんだ。おしいれは、ふすまをとって中を洋服ダンスにして、ひき出しもつけてくれて、それもまっ白い戸にしてくれたら、もうぜんぜんま新しくなって、おにいちゃんのへやよりずっとロマンチックになった。

かべがみと合わせて、カーテンも、白地にグリーンの木のえだのついているのにして、レースのカーテンも木のえだが同じもようのがあったのでそれにした。お母さんはおにいちゃんのへやにむちゅうになって、お父さんは「みちこはおれとしゅみが合う」といって、うちの中が二つに分かれて、二つに分かれてもどっちもすごくきげんがよくて、よかったです。わたしは、およめに行くまで、ずっと、ここにいることになるんだって。

お父さんとお母さんは「ボーナス、すっからかん」といっていた。

こどもはお金がかかるんだって。でも、わたしは、おにいちゃんと、何だか、少したにんになったみたいで、前みたいにふざけなくなったので、つまらないときもあります。だいたいおにいちゃんは、わたしのへやにあそびにこない。

二人でいっしょにいた時はけんかばっかしていて一人べやになりたいと思っていたけど、一人でいるとやたらにひまみたいで、そのへんきょろきょろみてもひまです。

ひまだと勉強する気がぜんぜんおこらない。

このあいだおにいちゃんのへやいってみたら、おにいちゃんもひまみたいで、ベッドの上で一人でねっころがって、まくらを足でくるくるまわしてあそんでいた。

それでわたしがいったら、「あっちに行け」とどなった。

×月○日

おにいちゃんは、しりつの中学に行くので、お母さんがじゅくをさがして来た。

じゅくに入るのにもしけんがあって、そのしけんにうからないとじゅくに入学できないのです。お父さんとお母さんはそのことでけんかした。お父さんは「おまえは、こうりつの中学のきょうしなのに、こどもをしりつに入れるのはへんだ。おまえは、じぶんのしごとにプライドをもっているんだろ」といったら「りそうとげんじつはちがうのよ」とお母さんはいった。

それでもいつかお母さんは、P・T・Aでふけいに「先生のいっていることは、りそうじゃないんですか」といわれたとき、「きょういくはりそうをもつことです」といってそのふけいをやっつけたとじまんしていたことがあったので、本当にお母さんはおかしいと思います。でもおにいちゃんは、じゅくのしけんに行って、とくしんコースというのに入れたので、お母さんはすごくうれしそうでした。十ばいのばいりつで、とくしんは二十人に一人しか入れないので、わたしはおにいちゃんはすごいあたまがいいと思います。だからおにいちゃんは日曜ごとにおべんとうもってテストに行くので、わたしは、おにいちゃんともうぜんぜんあそびません。それからおにいちゃんは、あんまりわたしと口をききません。お母さんやお父さんともあんまり口ききません。お母さんはおにいちゃんのテストをぜんぶファイルしておれせんグラフにしています。

お父さんは、おにいちゃんのこと、かんけいないみたいな顔していて、お母さんのことむししていて、お母さんはむししているお父さんをむししています。

わたしはやだなあと思います。うちはおにいちゃんがじゅくに行くようになったら、みんな、しずかになってしまいました。

お父さんは本ばかり読んでいます。

わたしはお母さんに、「わたしもしりつに行くの」ときいたら、「その時になったら、お母さんが考えてあげます」といって、わたしをむしした。

×月○日
きょう学校にいったら、みんながけんちゃんのまわりに集まっていた。やよいちゃんもけんちゃんの前にいた。すごくひみつぽかった。ゆたかが「おまえ、ほっかいどうはすげえさむいんだぞ、雪がこのへんまであって、雪の中でいねむりしたら、手とか足とかくさっちゃって、くさったところバキッてちょん切っちゃうんだってよう。おまえ、雪んなかでねるなよ」といっていたのでわたしはいそいで、けんちゃんのところにいって、やよいちゃんに「けんちゃん、どーしたの」ときいたら「あーみちこちゃんしらないの、わたし一週間も前にしっていたけどけんちゃんがひみつだっていってたから、だまっていたんだけど」といってもったいぶっていたので、わたしはけんちゃんに「けんちゃんどっかいくの」ときいたら、ゆたかが「ほっかいどう、さっぽろ、てんきん」とまるでじぶんみたいにいっていた。けんちゃんはやたらつくえの上をさわりまくっていた。わたしはどきどきしてしまった。「そんで、いつかえってくるの」ときいたら「わかんない」とけんちゃんは下ばっか見ていた。「いつ？」ってきいたら、「なつやすみになったら。もうお父さんは三月からたんしんふにんしているんだよね」とやよいちゃんがさも何でもしってるみたいにいったので、やよいちゃんは、けんちゃんのこと、じぶんのものみたいにいったので、わたしはおなかのところがすーすーした。

じゅぎょうちゅう、わたしはけんちゃんばっか見ていた。けんちゃんはふつうにしていた。なつやすみまでかんじょうしたら十三日あった。わたしはけんちゃんのこと見ないようにすればするほど、けんちゃんを見たくなってこまった。

やすみ時間に、またみんなけんちゃんのまわりに集まっていた。雨がふっていたからだれも外へいかなかったので、教室の中はワンワンうるさかった。わたしはけんちゃんのそばに行く気がしなかったので、じぶんのせきにすわって、いすをうしろのつくえにくっつけて足ブラブラさせて、遠くからけんちゃんをみていた。ゆたかが、「おまえ、とくするよなあ、なつやすみの宿題やらなくてもすむじゃん。おれもてんこうしてえなあ」といっていた。

ゆたかんちはお米屋さんだから、てんきんなんかないので、わたしはゆたかが、けんちゃんのかわりにてんこうすればいいのにと思ったけれど、むりだとわかっていたので、ずっとけんちゃんを見ていた。やよいちゃんは「ほっかいどうって、外国みたいに広ーいんだよね。わたし、らいねんのなつやすみにお母さんとあそびに行くんだ。お母さんがけんちゃんのお母さんとやくそくしたもんね、ね、けんちゃん」とやたらしゃべくっていばっていた。わたしは、今までの中で、やよいちゃんが、いまいちばんきらいだとわかった。そしたらゆたかが、「おれ、しんこんりょこうに行くぜ」といったのでみんなが「わおー」とか「ひゃおー」とかはやしたてた。

「おまえだれと行くんだよ」とゆたかのこぶんののぶひろがいったら、ゆたかはきょうしつをぐるぐる見まわして、わたしのこと見て「おれみちこと行く」といったので、わたしはしんぞうがとまるかと思うほどびっくりして、まっかになってしまった。みんなわたしを一せいに見て、また「うっひょー」といった。けんちゃんまでいっしょに「うっひょー」といってわたしを見ていた。わたしはそのけんちゃん見たら、なきそうになってしまったけれど、ゆたかがにくったらしかったので、ふでばこつかんで、ゆたかのところにいって思いっきりぶんなぐってやったら、ふでばこのふたがあいてえんぴつとかけしごむがふっとんで、気がついたら、わたしはなみだがだらだら出ていた。

そしたら、また、「うっひょおー」とみんながはやしたてた。けんちゃんが、「あ、みちこちゃんないてる」といったらすかさずやよいちゃんが、「ないているからみちこちゃんはゆたかがすきなんだ」といったから、わたしはやよいちゃんにとびかかって、あたまの毛ひっぱってぐいぐいやったら、やよいちゃんはドタンとひっくり返って、「ひえーっ」となき出した。ゆたかが「お、いいぞ、みちこ、もっとやれぇー」といったので、わたしはこんどは、ゆたかにとびついていってひっかいてやった。もうきょうしつじゅうが集まって来た。ゆたかはわたしがひっかいたのに平気で、「よう、よう、みちこ、はっきょうしたぜ」といったら、ゆたかのこぶんが「みちこ、はっきょう、みちこ、はっきょう」と大声で、声をそろえて、手までそえてたたきはじめた。わたしは、えんぴつとけしごむひろってふでばこに入れて、じぶんのせきにいって、つっぷしてないた。その間じゅう「みちこ、はっきょう、みちこ、はっきょう」とみんなずっといっていた。わたしはなきながら横目でけんちゃんを見たら、けんちゃんはないているやよいちゃんのそばで、やよいちゃんのかたに手をかけて、何かやさしそうなことをいっているみたいだった。

その時、先生が入って来て、「何しているんだあ、うるさい!!」とどなった。みんなしーんとした。

のぶひろが「ゆたかくんと、みちこちゃんは、あいしあっていまーす」といったら、せんせいは「そうか、なかなかいい組み合わせだな、けっこんしきには、おれもよんでくれ」といった。みんな、また、わらった。けんちゃんとやよいちゃんもわらった。わたしは　死んでやろうと思った。

わたしは、一人でかえった。だれもわたしとかえろうといわなかった。わたしは死んでやろうと思った。一人で下むいて、くつばっか見て歩いた。わたしは死んでやろうと思った。

わたしはうちへかえって、一人でげんかんのかぎをあけた。いつも一人でかぎあけるのがさびしかったけど、きょうは、うちにだれもいなくて、お母さんがおつとめしているのうんがいいと思った。わたしはじぶんのへやに入って、すぐベッドの中に入ってないた。かべがみとか、カーテンとか、新しくてきれいなのが、わたしとかんけいないみたいで、しばらくしてなき終わって、わたしは、木の下にみどり色の家がいんさつしてあるかべがみをいつまでもさわっていたら、ねてしまった。

「あんた、ひるまっから、何でねているのぐあい悪いの」とお母さんの顔がすぐそばにあったのでわたしはぎょっとして、「あ、ねてしまった」とわざと元気よくいった。もうゆうがたで少しくらかった。「おとーふ買って来てよ」とお母さんがいったので、わたしはむりして「うん」とげんきにいった。

おとうふやさんでおとうふとあぶらげ二まい買って家の方に歩いていたら、うしろから、チリリンチリリンとベルがなって、すごいいきおいで、じてんしゃが通りすぎて「みちこ、きょうはごめんな」とゆたかがどなっていた。

ゆたかは、すごいいきおいでじてんしゃこいで、かいうん寺の角まがってみえなくなった。

わたしはぼーっと立っていた。

おとうさん　おはなしして

おはなしなんかしらないよ

——おとうさん、おはなしして。

——おはなし？　おとうさん、おはなしなんかしらないよ。

——えっ、おとうさん、おとななのに？

——おとなだから、いそがしいのさ。

——だって、さっきいってたじゃないか。あー、たいくつだなあー。雨になったから、ゴルフがお休みになっちゃったから、あてがはずれちゃったって。

——そうだな。おはなしか、こまったな。

――わかった。おとうさん、おはなしのしかたがわかんないんだ。

――おまえは、わかっているのかい。

――まあね。

――じゃあ、おしえてくれよ。

ルルくんは、あたりをキョロキョロみまわしていった。

――おしえてあげてもいいけどね、ないしょだよ。だって、ほんとうは、おとなが子どもにしてあげることにきまっているんだからね。ぼくが、おはなしもしらないおとうさんの子どもだなんて、ミミちゃんやククちゃんにしられたくないからね。

ルルくんはかなしそうにいった。

――ミミちゃんやククちゃんがきみをばかにするのかい？

――きまっているだろ。ミミちゃんの、おとうさんの靴が、ぼくのおとうさんの靴より大きいっていばるんだよ。おんなは何でもいばりたがるんだ。

――それは、たいへんだ。よし、おとうさんは本当はおはなしなんか山ほどしっているのさ、もうかくしておくのが大変なくらいなんだぜ。

――そーだと思ったよ。

――本当はおとうさんはお医者じゃなくて、おはなし屋っていってもいいくらいなんだ。

――えっ、そうだったの。そーだと思ったよ。

——じゃあ、始めるよ。イマハムカシ。

——何だよ、それ。おはなしは、そんなヘンなことばで始まるもんじゃないよ。

——じゃあ、何なんだい。

——だから、ないしょにしていてよ、むかしむかしっていうの。

——むかしむかし。

——あのネ。

ルルくんはきのどくそうにまたいった。

——ぼく、本当はね、むかしむかしにはちょっとあきているんだ。

おとうさんはすっかり考えこんでしまった。

そしていった。

——そんなムカシじゃないころだった。あるところに。

——ちょっと。

ルルくんはまたきのどくそうにいった。

——あのね、あるところっていうのも、ぼくあきあきしているの。

——わかった。きのうのことだった。たま市れんこうじ五の四の十七に男の子が一人住んでいた。たった一人で住んでいたんだ。

一人で起きると、男の子はきまって、ねしょんべんをしているんだ。

――それ、ぼくじゃないよね。

――あわてるなよ。一人で住んでいるんだから、だれも、しかる人はいない。しかる人がいないかわりに、ぜんぶ自分で始末をすればいいのさ。

きのうも一人でふとんをほしていた。けっこう力がいるんだ、おしっこでふとんが重くなっているからね。男の子はふとんをほしながらいった。

「あーあー、ふとんをほすけらいがいたらなあ」

するとどうだい。男の子のとなりに、ものすごい大男がいたのさ。そして、大男はいった。

「ルルさま、ふとん係です。どうぞ、朝ごはんをめしあがっていてください」

男の子はびっくりしたが、大男にばかにされないように「エッヘン」といって、台所に入って、朝ごはんのしたくをしはじめた。男の子は、ミルクとホットケーキとやさいジュースで朝ごはんをたべることにきめていたんだ。何しろ一人だからホットケーキを四まい、ビチャビチャにはちみつをつけてももんくをいう人はいない。

でも今日はちっとも上手にホットケーキが焼けないのさ。まっくろけになったり、ものすごく大きいのやものすごく小さいのや、男の子は粉だらけになってすっかりはらをたてた。

「ああ、ごはんをつくってくれるけらいがいたらなあ」

するとどうだい。ものすごくふとったおばさんがまっしろな大きなエプロンをつけて男の子のそばに立っていたのさ。そしていった。

「ルルさま、わたくしがごはん係です。世界一のお料理づくりです。どうか、おすわりになって」

男の子はびっくりしたがばかにされないように「エッヘン」といってテーブルについた。そしてホットケーキ十まいにはちみつ一びん全部かけてたべた。

でも気がついたら、男の子は、おねしょがかわききっていないパジャマを着たままだったんだ。男の子はパンツとパジャマをぬいでせんたく機にほうりこんですっぱだかになった。せんたく機はきのうとおとといのパジャマとパンツと、どろんこのズボンやシャツで、もう山もりいっぱいになっていた。男の子はうんざりした。そしていった。

「あー、あー。せんたくしてくれるけらいがいたらなあ」

するとどうだい。うでまくりをしたわかい男が、そばにいるじゃないか。

「ルルさま、クリーニング係です。わたくし、世界パジャマアイロンコンクールで優勝したものです」

男の子は、いつもアイロンなんかかけたことなかったのさ。それでもえらそうにいわなくちゃならないだろ、だからいったのさ。

「とくに、ポケットにしわがないようにね」

でも本当に心配だったのは、パジャマが全部おしっこだらけだったことなんだ。すっぱだかのまんまの男の子は、いそいでオチンチンを手でかくしてクリーニング係にそっといった。

「きみ、ひみつ、まもれる?」

クリーニング係は口をくいしばって、コックンとうなずいた。

それから男の子は、洋服を着るために自分の部屋に行った。

すごいんだ。かいじゅうやら、ヨーヨーやら、おれたクレヨンとか、男の子の部屋はまるでゴミ屋と同じなんだ。レゴはビルになりかけで、そこらじゅうレゴだらけなんだけど、そのレゴはぬぎちらしたシャツやズボンやくつしたの下にあるもんだから、ビルはいつまでたっても完成しない。それから、男の子は何でもひろってくるくせがあるから、窓のへりに石が大きい順にならべてある。ならべきれない石は、まだ、そのへんにころがっていて、絵本の上にもゴロゴロころがっているから、絵本のつづきはよめないんだ。洋服ダンスの引き出しは全部開きっぱなしで、その一つはすっかりからで、死んだトンボとか、くわがたとか、めすのカブト虫とか、ひからびたやもりなんかが入っているんだ。もうおとうさんは、男の子の部屋のことといちいちいってられないよ。それだけで夜中までかかっちゃうからね。

男の子はたいしたものさ、そのゴミの山の上をふとんひきずってほしに行くんだからね。

それから、パンツをまずさがした。パンツはかべとベッドの間にはさまって、四つも出てきた。

それからTシャツをさがした。Tシャツはイスの上に山づみになっていた。

男の子は青のシマシマにしようか、赤のシマシマにしようかいっしょうけんめい考えて、青のシマシマのTシャツを着た。デニムの半ズボンが、昨夜ぬいだまんまのかっこうでベッドのわきのピカチュウのぬいぐるみの横に、どうぞすぐ足をつっこんでくださいって形であったから、男の子はそれに両足をつっこんで、半ズボンをはいた。

それから、はらばいになって、チャンバラ用の刀をさがした。刀といっても、おとうさんにはただのぼうとしか見えないけれどね。刀はベッドの下にあった。

それをベルトにはさむと、こんどは悪モン用のぼうしをさがさなくちゃいけない。

男の子はどういうわけか、正義の味方より悪モンの方がカッコイイと思っているのだ。

ぼうしは、窓の下のクマのぬいぐるみがかぶっていた。それから悪モン用のバンダナをさがさなくちゃいけない。バンダナはふくめんをするためさ。

男の子は四つんばいになったり、とび上がったり、引き出しをひっかき回したりした。くつしたが四足半出てきたから、ついでにそれもはいた。くつしたには、ドングリの実が三つも入っていたから、くつしたをふり回したら、ドングリの一つはかべにあたって、はねかえって、男の子のひたいに命中した。「クソッ」と男の子はまっかになってどなった。もうそのころには男の子はあせだくさ。でも、バンダナはみつからないんだ。男の子はあせをふこうと思って、半ズボンのポケットに手をつっこんだら、ハンカチがまるまって入っていた。男の子はそれであせをふいた。見たら、それがバンダナだったんだな。

よごれたバンダナで、あせをふくなんて悪モンらしくていいだろ。

男の子は、それを三角におって、ふくめんをしてかたをゆすって、ドシドシ廊下を歩いていった。

でも、小さい悪モンが一人できあがるまでに、くたくたであせまでかいて、おまけにドングリに命中されて、男の子はムシャクシャしていた。

そこで、廊下のまんなかでさけんだ。

「おそうじ係がいればいいなあ!!」

すると、どうだい。男の子の前に、小さい白いぼうしと小さいエプロンをかけたおねえさんが、立っていたんだ。おねえさんは、スカートを両手でつまんで、片足を後ろに引いてにっこり笑った。

男の子はいった。

「あの、くわがたとか、すてないでね」

おねえさんはまたにっこりスカートを両手でひろげて、おじぎをした。

「あの、石も大事なんだ。それからドングリはすてていいよ。おもいっきり、地面にたたきつけていいからね」

それから男の子は庭に出ていって、悪モンといいモンのたたかいをすることにした。でも、庭にはだれもいないんだ。男の子のねしょんべんぶとんが、お日さまのあたたかい光を受けて、かわきかけているだけなんだ。

——あの、おとうさん。大男のふとん係がいただろ。

——けらいは用がすむと、すーっと消えてしまうんだ。だって、用もないのに、大男がいたりするとじゃまだろ。何しろ、そんなに大きな家じゃないからね、それに大男はすごく大食いなんだぜ。

——あの、その男の子はお城じゃなくてふつうの家に住んでるの。

——そうさ。だって、男の子は、お城がほしいなんて思いつかないのさ。だってずっとその家がじぶんの家だったし、そういうもんだと思いこんでいるからね。

——ぼくだったら、ちょっと、小さいお城がほしいと思うけどな。

——それで、男の子は、ほあんかんと、たたかいたいわけだ。でも本物のほあんかんはおとなだろ、おとなのほあんかんだったら、本物のピストルを持っているだろ。男の子は、「ほあんかんがいたらいいのになあ」といわなかったんだ。

——わかった、男の子はともだちがほしかったんだ。子どものね。

——そのとおり。で、いったんだ。「ぼく、ほあんかん用のともだちがほしいなあ」。すると、目の前に、ほあんかんのかっこうをした男の子が立っていた。

バッジのかわりに、ひとでを胸につけていた。かわの長靴のかわりに、黄色いゴムの長靴をはいていた。そして、ちゃんとプラスチックのおもちゃのピストルを右手のひとさしゆびにつっこんで、それを、くるくる回して、「ふっふっふ。リトル・ルルもねんぐのおさめどきだぜ」って正義の味方のいい方でいった。

そこで男の子はいかにも悪モンらしく、「おふくろにサヨナラのキスをしてきただろうな」とベルトのぼうをひきぬいて、両手でぼうをかまえた。そして、そのままゆうかんにも、ほあんかんのおなかめざしてとびこんだ。すると同時にほあんかんの男の子はパンパンパンと口でいいながら、ピストルをぶっぱなした。そして、二人とも「ウッ」といって、ひっくり返って死んだまねをした。

そして、二人で、同時にいった。

「てきながらあっぱれ」

そういって二人ともカックンと首を死んだかたちにして、目をつぶった。

あたりはシーンとしている。どこかの木でせみが、ジージーと鳴いていた。せみがジージー鳴くと、よけいにシーンがめだつんだ。

男の子は死んでいるのにちょっとあきたので、うす目をあけたら、ともだちのほあんかんはまだ死んでいるので、いそいでまた、目をつぶった。男の子が目をつぶった時に、ともだちのほあんかんも死んでいるのにあきたので、ちょっとうす目をあけたら、悪モンが目をつぶって死んでいるので、またいそいで目をつぶった。二人でかわりばんこに目をあけて、いそいで目をつぶるから、二人は、いつまでたってもずっと死んでいるんだ。

おひさまは、トットトットとどんどん高くなって、死んだ二人めがけて、光をどんどん送ってくるので、だんだんあつくなってくる。

でも、死んでるんだから、うごけないだろ。二人とも、意地のはりっこしているから、もうあつくてあつくてあせびっしょりで、どんどん日にやけてヒリヒリしてきた。

目をつぶったまま、男の子はいった。

「ここは、砂漠だからね」

「サボテンなんかはえてるのかな」

「わかんない、死んでるから」

「セーノで目をひらいて、死ぬのやめようか」

男の子はさすがともだちだと思って大よろこびで「うん。いっしょにセーノっていおう」といって、「セーノ」を声をそろえていって死ぬのをやめて、キョロキョロあたりを見まわした。本当に砂漠だった。サボテンもちゃんとはえていた。

二人は、ザクザク砂漠を歩きまわった。でも、サボテンのほかに何にもないのさ。おまけに、ほあんかんのともだちの黄色い長靴の中にあつい砂が入りこんでくるので、ともだちはしょっちゅうすわりこんで、長靴をさかさにして砂をこぼさなくっちゃならない。もう砂がすごくあついから、二人はぴょこぴょこかえるみたいにはねまわらなくっちゃいけない。はじめのうちは、サボテンをエイッとたたいたり、パンパンとサボテンをうつまねなんかしていたけど、もうあつくてあつくて、のどがカラカラにかわいてきた。

「うちの台所のれいぞう庫に、オレンジジュースも氷もどっさり入っているんだ。きみオレンジジュースと氷とどっちがいい」

「おれ、コーリ」

そこで男の子は「台所でコーリをしゃぶりたいナア」といったんだ。

二人はその時台所のれいぞう庫の前で、大きなボールの中の氷を口いっぱいにつめこんで、ほっぺたがボコボコになっていた。

それから口の中のしたが、氷でしびれてきた。二人は流しに行って口の中の小さくなった氷をペッとはいた。

「あついのもつめたいのもヤダネ」とほあんかんのともだちはいった。

さすがともだちだ。同じことを考えると男の子はとてもうれしかった。

「きみ、くわがたほしい?」

「うん」とともだちはいった。

二人は男の子の部屋に行った。

部屋はおそうじ係がピカピカにきれいにしてくれたので、男の子は、やっぱきれいだとともだちにはずかしくないなあと、まるで自分できれいにしたみたいに、胸をそっくり返して、引き出しを元気よくあけた。いろんな虫がきれいにならべてあった。

「すげえ」

ともだちは目をピカピカ光らせた。そしてひからびた、やもりをじっとみた。

「おれ、くわがたより、これがいいなあ」

「でも、しっぽの先が少しおれてるよ」と男の子はいった。

でも、おれてなんかいないのさ。本当はやりたくなかったんだ。

「それでもこれがいいや」

ともだちはいった。男の子はすごく考えた。

「きみ、けっこうけちなんだ」

ともだちはばかにしたようにいった。

「こうかんならいいよ、きみ、何か宝物もっている？」

もっているはずがないよなと男の子は思っていた。ともだちはポケットに手をつっこむと、ピンクのまき貝を出した。それをテーブルの上においた。それから次から次へとポケットから、いろんな貝をどんどんならべるんだ。

「この中でいちばんいいの、あげるよ」

男の子は細いすじが入ったふくらんだ形をした二枚貝がほしかった。それはパチンと音がして二つにわれて、中がにじ色に光っていた。それからうすいすきとおるような小さいおひめさまのつめのような貝もほしかった。

「どれでもいいよ」

ともだちはぜんぜんけちじゃないみたいだった。

男の子は、さいごにともだちの胸についているひとでをじっとみた。

じいーっとみているとともだちは気がついて、いそいでいった。

「あ、これ、ここの先がちょっとわれて、こわれているんだ」

でもこわれてなんかないのさ。ともだちも、本当は、やりたくないと思っていたんだ。だから男の子はよけいにほしかった。あれがあれば一人で悪モンと、ほあんかんがいっしょにできると思ったんだ。だから、男の子はけっしんした。

「やもり、あげる」

するとともだちは、ひとでのバッジをはずして、とってもおしそうに、男の子のてのひらにのせた。

男の子は、ニヤニヤするほどうれしかったから、ニヤニヤしながらTシャツの胸にひとでをつけた。ともだちは、ひきだしの中のやもりをとても大切そうにそーっともち上げると、

「きみ何か箱ない?」

男の子はチョコレートの箱をさかさにして、二つのこっていたチョコレートをゆかの上にこぼして、箱をともだちにわたした。ともだちはやもりを箱に入れるとニヤニヤ笑った。男の子はともだちがニヤニヤ笑ってくれたので自分もニヤニヤ笑って、ともだちっていいなあと思った。

その時、台所から大きな声がした。

「ルルさま、おひるのおしょくじでーす」とコックのふとったおばさんの声がした。

「きみ、いっしょに」と男の子がいった時、ともだちは、黄色い長靴の方から消えかかっているんだ。

「ごはん」といった時は、チョコレートの箱をもっている両手のところまで消えていた。

「たべようよ」といった時は、もうあたまのてっぺんしかなかったんだ。

男の子は、「あっ、きみ」とともだちの方に手をのばした。でも、もう何もないんだ。

男の子はしくしくなきだした。

ルルくんはいった。

――もう一回、ともだちほしいなあっていえばいいのに。

――だめなんだ、さっき男の子は、ほあんかん用の子どものともだちがほしかったから、用がすんだら消えたんだ。

おとうさんはルルくんに、いった。

――じゃあ、ごはんいっしょにたべるともだちを出すかい。

――ううん、いらない。だって、ともだちだったら、ずっとつづきじゃなきゃ、ともだちじゃないじゃないか。いっしょに、砂漠とかでくろうしたし、ひとでとやもりこうかんして、ニヤニヤ笑ったつづきで、ごはんをいっしょにたべるからうれしいんだろ。

ルルくんはじっと考えている。おとうさんはつづけた。

――男の子は、一人でごはんをたべた。男の子の好きなハンバーグ、すっごくでっかいやつだ。でも、男の子は半分はともだちの分にとっておいた。男の子はともだちがいなくても半分残しておきたい気分だったんだ。デザートのすもものシャーベットも半分とっといた。シャーベットはすぐにトロトロにとけてしまった。男の子はとけたシャーベットをおさじでいつまでもぐるぐるかき回していた。コックのふとったおばさんは、さっさとお皿をかたづけ始めた。そして台所をぴっかぴっかにすると、あっという間に消えた。

男の子はぶらぶら歩いて庭に行った。すごくあつかった。

「プールで泳ぎたいなあ」と男の子はいった。すると目の前に水色のプールが小さい波を光らせてあらわれた。そして黒い海水パンツをはいて水中めがねをかけたおにいさんが立っていた。

「ルルさま、クロールをおぼえなくちゃいけないナ。ぼく指導員だから、ルルさまとはいえ、きびしくシゴクぞ、よろしく」

「ぼく犬かきできるから、クロールできなくてもいい」

「とんでもない。もしも敵に、犬かきしかできないことがばれたら、戦争が始まりますよ」

「ぼくこんな小さいのに戦争なんかしないよ」

「小さい時からくんれんしてりっぱなつよい大統領になるのです」

男の子はどぶんと水にとびこんでピチャピチャ犬かきをした。いい気持ちだった。指導員のおにいさんは、男の子をわきにかかえて、クロールのストロークはこうやって、とギュウギュウに手をうごかせようとして、「ちがうちがう、足はバタ足」とかいうんだ。男の子はぜんぜん遊んだ気がしない。

「もうプールはやめ」

男の子はどなった。プールも指導員も消えた。

男の子は一人で、庭のまんなかで、水道のホースにシャワーの口金をつけて、一人で水遊びをした。でも何だかつまんなかった。

そして、家の中のおふろに入って、シャンプーをふろおけに入れて、両手で犬かきをすると、あわが山のようにもり上がってきた。

「すごいすごい」

男の子は、いっしょうけんめい犬かきをつづけた。

「出るヨウ」というと、お部屋係のおねえさんが、シャワーできれいにあわを流して、まっしろなタオルでくるくるふいてくれた。

「ごはん」

男の子がいいながら台所に行くと、コーンスープとさけのバター焼きとサラダができていた。

「ぼくさかなたべたくない」

本当は男の子はさけのバター焼きが大好きだったのに、何だかムシャクシャしていたんだ。

すると、ふとったコックのおばさんは、中華風肉ダンゴ甘酢あんかけと、トウフとキュウリのサラダとたまごスープをならべた。

男の子は「やっぱり、焼きおにぎり」といった。ふとったコックのおばさんはあっという間に、焼きおにぎりとトウフとワカメのみそしるると、あまいたまご焼きと、ほうれん草のおひたしを出した。

男の子は焼きおにぎりをたべた。半分たべると「もう、たべたくない」といって、焼きおにぎりをゆかに投げた。

――まずかったの？

――いいや、焼きたてのホカホカで、ほっぺたが落ちるくらいおいしかったのさ。

――じゃあ、おばさんおこっただろ。

――ぜんぜん、だまって、ひろって、さっさとかたづけるだけだ。

――むかつくね。

――なにしろ、わがままだからな。

――ちがうよ、むかつくのは、おばさんだよ。悪いことしても子どもをおこらないと、むかつくよ。

――へーそうかい。でもおばさんは、何しろけらいだからね。

それから男の子はリビングのソファーの上でテレビのリモコンをパチパチやって、おもいっきりテレビを見た。

そとはすっかり暗くなっていた。

男の子は、ベッドに入ってねることにした。けらいのわかい女の人がピンピンにシーツをしいてくれて、ふとんはけらいがふかふかにほしてくれて、部屋はピカピカに整理せいとんされて、まるで男の子の部屋じゃないみたいだった。

男の子はねむいと思ったのに、ねむれないのだ。何か、たりないんだ。男の子はふとんをかぶって、シクシクなきだした。

——たりないものを命令すればいいじゃないか。

とルルくんはいった。

——でも男の子は命令しなかったんだ。命令で出てくるものじゃないものがたりなかったんだ。

——ぼく、何だか、わかってるな。

ルルくんはいった。

——そうなんだ。それなんだ。

二人は声をそろえて「セーノ」といった。

——こもりうた。

二人の声はぴったりそろってしまった。

——男の子はシクシクないていると、すぐそばで、きこえた。「ねんねんよう、おころりよ」。

そして、やさしい手が、やさしく男の子のふとんをたたいていた。

ふとんから顔を出すと、かあさんが、もちろん本物のかあさんが、こもりうたをうたっていた。

男の子はぐっすりねむった。おしまい。

——ふーん。

ルルくんはいった。

――ぼくなら、それから夢を見るな。また、ともだちと遊んだりする夢。

――夢用のともだちかい？

――ぜったいにちがう。本物のともだち。

――夢の中でも本物なのかい。

――本物だから夢に出てくるんだろ。

ルルくんは、目をつぶって本当にねむろうとしたが、また目をあけていった。

――ねえ、おかあさんて、おとうさんと、ぼくのけらいみたいだね。それに一人で全部どれいするから本物のけらいより大変だね。

そういって本当にねた。おとうさんはぎょっとした。そうして、おふろをあらっているおかあさんをじぃーっと見ていた。

とても小さいお城で

――おとうさん、おはなしして。

――むかしむかしじゃないとき、あるときじゃないとき、あるところじゃないところに、とってても小さなお城があった。お城では、一人の王子さまが犬をかっていた。王子さまは毎日犬と遊んでいた。

——けらいは何人ぐらい？

——小さなお城だからけらいはいないんだ。

——じゃあ、犬がけらいだったんだね。

——そうかもしれない。そうじゃないかもしれない。だって、その犬はちっとも王子さまのいうことききかないんだ。王子さまがおすわりをおしえてもコロンとひっくりかえるし、お手っていってもコロンとひっくりかえる。王子さまがお菓子をたべていると、王子さまにのっかってペロペロ王子さまの顔をなめて、ぱくんとお菓子半分たべちゃうんだ。王子さまは小さい金のかんむりをかぶって、白い毛皮に黒いてんてんのあるケープを着ているんだけど、犬のおかげで金のかんむりはコロコロ、毛皮のケープはどろだらけになってしまう。だから、おかあさんのおきさきさまは毎日せんたくするのに大変なんだ。夜になるとおとうさんの王さまは、金のかんむりをトントンたたいて、ごしごしみがかなくっちゃならない。

ある日おきさきさまは、王さまにいった。

「うちのルルには、おともだちがいるわ。一人っ子ですから、ぜひともおともだちがいるのよ」

「もっともなことだ。ルルにはともだちがいる。さっそくともだちをさがさねばなるまい」

「あなた、明日さがしてきてくださいな」

つぎの日、王さまは出かけていった。

お城の門を出るとすぐ前にふつうの家があった。

王さまはそこの庭にしのびこむと家の中をのぞきこんだ。小さな女の子が二人で、おにんぎょうあそびをしていた。

「もしもし、おじょうさん」

王さまは窓をトントンたたいた。

二人の女の子は、「あ、王さまだ。どうぞおあがりください」といった。

王さまは、窓から家の中に入った。

「あの、おちゃになさいますか、おさけになさいますか」

二人の女の子はきいた。

「うん、おさけにしよう」と王さまはいった。

「ちょっとおまちになって」と一人の女の子はいった。もう一人の女の子は「どうぞおかけください」と食堂のイスをもってきた。

王さまはビールをのんで、ビールのあわを黒いてんてんのついている毛皮のケープでふいた。

「さて、おねがいがある。うちのルル王子のともだちになってもらいたい」と王さまはいった。

二人の女の子は「はいわかりました」とすぐいった。

「うちのルル王子のことはしらないかもしれないが」と王さまがいうと、二人の女の子は「しってるもん」「いつもお城の門から中見てるもん」「いつも犬とゴロゴロころがっているもん」といった。

「それはけっこう」と王さまはいうと三人でお城に行った。

ルル王子は、小さなお城の小さな広間で、小さなイスにすわって、王さまとおそろいの小さなケープを着てきどっていた。犬も少しはきどってイスの横にすわっていた。

「ではなかよく遊びなさい」と王さまはいうと、王さまは王さまのおしごとをしに行った。

二人の女の子は王子さまのまわりをぐるぐるまわって「王子さまってあんがい小さいのね」「それに髪の毛クルクルじゃなくて、チリチリじゃない」といって、髪の毛やケープにさわってみた。

「きみたちはどこのおひめさまですか」と王子さまは二人の女の子にきいた。

「おひめさまじゃなーい」

二人の女の子は同時にいった。そして「そこ」と二人の女の子はゆびさした。

「えっ、子どもでもおひめさまじゃない子どももいるの」と王子さまはびっくりしてきいた。

「おかあさーん、おひめさまが二人も来たよう」と王子さまがさけぶと、おきさきさまが走って出てきた。

「まあ、まあ、ようこそ。あらあら、おひめさまなら、おひめさまのようふくを着なくてはいけないわ」というとおきさきさまは二人におひめさまのようふくを二つもってきて、小さなガラスのかんむりももってきた。

二人のおひめさまと一人の王子さまは「はじめまして」とあいさつをした。

「おなまえをどうぞ」

「ミミちゃん」と一人の女の子はいった。

「ミミひめさまですね」

「わたしはククちゃん」

「ククひめさまですね」

そして三人は「お庭にまいりましょう」というと、しずしずと小さなお城の小さなお庭に出ていった。犬もついてきた。

「はくちょうをごらんになりますか」

王子さまはいうと小さな池の小さなはくちょうを見せた。

「まあ、きれいなはくちょうですこと」とミミひめさまとククひめさまはじょうひんに小さい声でいった。三人でぐるぐる小さい池を回った。

それから、おきさきさまは、三人に「おしょくじをしましょうね」といいに来た。三人は小さなお城の小さな食堂でごはんをたべた。

「ぼくにんじんきらいだ」とルル王子はいった。

「王子さま、にんじんはえいようがあるのよ」とミミひめさまはいった。

「じゃあ、ぼくのぶんもたべてよ」

「あら、わたしだって本当はきらいだわ。でも、王子さまやおひめさまはやさしくてがまんづよいものなのよ」とミミひめさまはいうとにんじんをぱくりとたべて目をつぶってのみこんだ。

「やっぱ、にんじんはきらいだ」とミミひめさまはいった。

三人はだまってにんじんをみていた。

「わたし、やさしいおひめさまやめる。ふつうのおひめさまになる。ククちゃんもふつうのおひめさまになろうよ」というと、三人でにんじんをエイエイと窓からすてて、すきなものだけぱくぱくたくさんたべた。犬が窓からすてたにんじんをたべた。

三人は「アハハハ犬のロロがにんじんたべてる」といって、ごはんのあと犬をおいかけてあそんだ。

「わたしはふつうのおひめさまだから、いじわるしてもいいんだ」

「わたしもふつうのおひめさまだから、やさしくなくてもいいんだ」

二人の女の子は「ルル王子さま、木にのぼりなさい」とめいれいした。ルル王子さまは木にのぼっていった。

「すぐおりなさい」

二人のふつうのおひめさまはいった。

ルル王子さまはまたすぐおりてきた。

「ボールけりしましょう」と二人の女の子はいうとルル王子さまのかんむりをとって、カーンとけとばした。三人はカーンカーンとかんむりをけとばして小さな庭を走りまわった。犬がかんむりを口でくわえると小さな庭をぐるぐる走り出した。三人はアハハハハとそれを見て笑った。そして犬は大きな木の下にあなをほるとかんむりをあなにうめてしまった。

「アハハ、王子さまかんむりがなくなった。もう王子さまじゃなーい」

二人の女の子はいった。

どこかで、からすがないた。

「からすがなくからかーえろ」と二人の女の子はいうと、おひめさまの洋服をぬいで、かんむりもとってどんどん門の方に歩いていった。ルル王子さまは、追いかけていって、「また、あしたもあそぼう」というと、おしろの門のそばにさいていた花をおって一本ずつミミちゃんとククちゃんにあげた。

「うん、また、あした、あそぼ」と二人の女の子は大きな声でいった。

「それからね、わたしたち大きくなったら、ルル王子さまのおよめさんになってもいいよ」と二人で声をそろえていった。

――それから。

――それから、おきさきさまは三人ぶんのおせんたくをした。

――それから。

——それから王子さまは「あーおもしろかった」というと、ぐっすりねむった。

——それから。

——それから、おきさきさまは王さまににっこり笑って「やっぱり、ルル王子にともだちはひつようですわね」といったのさ。

——かんむりはどうしたのさ。

——王さまがかいちゅうでんとうをもってさがしてきた。

——じゃあ、めでたしめでたしだね。

毛がはえている

おとうさんは、夕ごはんのあと、ねっころがって夕刊をよんでいた。

ルルくんが、おとうさんのすねをそうっとなでていた。何回も何回もそうっとなでていた。

おとうさんは夕刊をよむのをやめて、ルルくんにいった。

——ルル、何をしているんだ。

——毛がはえている。

おとうさんはルルくんのつるんつるんの手や足を見て、それから自分の足を見た。本当に毛がはえている。

——おとうさん、ぼくも毛がはえているといいのに。

ルルくんは、おとうさんのすねをなでつづけながらいった。

——おとうさん、いつ毛がはえたの。

おとうさんは、いつはえたんだろうと、自分のすねの黒い毛を見ながら考えた。

——気がついたらはえていた。

——おとうさん、おとうさんがもっと大きくなったら、もっともっともしゃもしゃになる?

ルルくんははらばいになって、おとうさんの毛にフウーッフウーッといきをふきかけた。毛が、野原の草みたいにゆれている。

——おまえは、おとうさんが、ゴリラみたいにけむくじゃらになってもいいのかい?

ルルくんはおとうさんを見ていった。

——おとうさん、ゴリラなんかなるはずないよ。毛のはえたおとうさんになるんじゃないか。

——おとうさんはもういちど、おまえみたいにつるつるでやわらかくなりたいよ。

ルルくんは自分のつるつるでやわらかいうでをのばしていった。

——こんなのたいくつでつまんないよ。つるんつるんなんて。

ルルくんはそれからおふろに入って、パジャマを着て、歯をみがいておやすみをいいに来た。

おやすみとおとうさんはいった。

——うん。おとうさん、いっしょに来たら今夜はぼくが、おはなししてやるよ。

——なんのはなしだい。

——毛のはなしだよ。

おとうさんは、ルルくんのふとんのそばまで行った。ルルくんがいった。

——おはなしは二人ともふとんに入ってないとだめだろ。

おとうさんはルルくんのとなりのおかあさんのふとんに入った。ルルくんはふとんの上にのっかって、おとうさんのあごの下のふとんをぎゅっぎゅっとおしつけた。

——よし、もそもそうごいちゃだめだよ。

それからルルくんは自分のふとんに入った。


——むかし、むかし、ぼくがまだ生まれてなかったとき。

とルルくんはいった。

——へえ、その時おとうさんとおかあさんはどこにいたんだい。

——なにいっているの、自分たちで、いちばんよくしっているだろ。あ、ちょっときくけど、ぼくすぐ生まれてきた？

——なかなか生まれてこなくておかあさんはたいへんだったよ。おとうさんもすごく心配したよ。

——そうなんだ、ぼくなかなか生まれられなかったんだよ。

――へー、なぜだい。

――あのね、ぼく生まれようとした時、ぼく生まれる国にいたんだよ。生まれる国はね、生まれようとしている赤ちゃんばっかりいるところなんだよ。ミミちゃんもククちゃんもいっしょにいたの。しらない赤ちゃんもいっぱいいたよ。それでね、生まれる前に神さまにごあいさつに行くの、今から生まれにいくって。

――へえ、神さまどこにいるの。

――山の上のね、高いところ。すごくたくさん花がさいていて、すきとおるみたいな木がいっぱいはえているの。神さまはもう光ばっかでできているすごく大きなまぶしい家にいるんだよ。だけど、生まれる国でしょ、もうすごくこんでいるんだよ。神さまの家の前の広場ごちゃごちゃなの。

――へえ、みんな早く生まれたがっているのかい?

――うん、いろいろなの、ぐずぐずしている赤ちゃんとか、早く生まれたがってないている赤ちゃんとか。とちゅうでやめちゃって、ずっと遊んでいる赤ちゃんとか。それでね、まっているあいだに、あながあいているところがあってみんなのぞきにいくの。なりたい家のおとうさんとおかあさんをきめにいくんだよ。おとうさん、ぼくがのぞいているのわかった?

――いやー気がつかなかったなあ。

――そう、でもぼくすぐわかったよ。おとうさんとおかあさんも、ぼくのこと自分の子どもにしたがっていたもの。いいんだよ、そんなこと、赤ちゃんのほうがよくわかっているんだから。

——へえー、あぶなかったな。もしかしたらククちゃんがうちの子になったかもしれないのかい？

——ううん、ククちゃん、ぼくがきめたあとだったから。それに、ククちゃんのおとうさんとおかあさんだってククちゃんのこと自分の子どもにしたがっていたもの。

ぼくとククちゃんがあなをのぞいたら、まっくろいねこの赤ちゃんが生まれようとして下のあなをのぞいてたんだよ。ククちゃんがいったの、「ここはにんげんの赤ちゃんの生まれる国だから、だれも毛なんかはえてないのよ。ねこの生まれる国にいかなきゃだめ」って。

そしたらねこの赤ちゃん、「ぼくここのほうがいいんだもの」ってなきだしたの。

ぼくかわいそうだから、ねこの赤ちゃんなでてあげたの。びっしりやわらかい毛がはえていてすごく気持ちよくてあったかいの。その時ぼく毛がすきだってわかっちゃった。だからねこの赤ちゃんだいてあげたの。

ククちゃんは「神さまにいいつけてやるから」っていって、自分の番になったから神さまのところに行っちゃった。神さまの家の前でククちゃん手をふっていったんだよ。「待ってるわね、すぐいらっしゃいね」って。

ね、おとうさん、ククちゃんのほうがさきに生まれてきただろう？

——そうだね、ククちゃんのほうが早かったな。

──でも、ククちゃん神さまにいいつけたんだよ。ぼくが神さまによばれた時、神さまいったもの。

──なんていったんだい。

──ルルくん、うしろにかくしているもの出しなさいって。ぼく、ねこといっしょに生まれようとしていたんだよ。神さまだましちゃいけないって、ぼくすごくこまっちゃった。それでね、またあとにしますって。もう一回広場にもどっていったの。

──そうか、生まれそうで生まれなかったのは、その時だったんだ。

──わかった？　ぼくねこの毛ぜんぶとって、丸はだかにしたの。それでね、その毛ぼくの背中にびっしりはやしたの。だってどうしても毛はやしたかったんだもの。それでね、ねこにいったの、生まれたあとで、返してやるから、ぼくといっしょに生まれようって。

──毛むしるとき、ねこいたかったんじゃないかい。

──そうかな、きっとがまんづよいねこだったんだ。ねこね、毛とっちゃうとすごく小さくなってめだたないの、もう見えないくらいなの。

でね、ぼくもう一回神さまのところに行ったの。その日しめきりのぎりぎりのときだったから、神さまもうつかれてぼんやりしていたんだ。ねこはね、もう見えないくらい小さくて、ふんふんふんなんてまるでねこじゃない風にしていたの。

神さまはね、ぼんやりして「ルルくんかい、ひと回りしてみせてごらん」っていったんだけど、ぼく、気がつかないふりしてね、「おとうさんとおかあさんまちくたびれているみたい。今日までにあってよかったなあ」なんてうしろ向かないでいったんだよ。神さまもうはんぶんねていてね、あくびしながらぼくのあたまなでたの。

「いい子になるんだよ、うそをつかない子になるんだよ。おめでとう」って。

それから、おおいそぎでぼく生まれたの。ねこもいっしょに生まれたんだけどいっしょじゃなかった？

——いや、ルルくんひとりだったよ。

——ふーん。よかった。まだ毛返さなくてもいいもの。ね、だからぼく背中に毛がはえているでしょう？　なでさせてやるよ。ふふふ、くすぐったいな。

——じゃあきみは、神さまだまして生まれてきたのかい？

——だって毛がほしかったんだもの。ふふふ、おとうさん、毛のなでかたうまいよ。

——しかし、つやつやしてやわらかくてまっくろでびっしりはえていて、本当に気持ちがいいなあ。

——ぼくに毛がはえていてうれしい？

——うん、うれしいよ。

——毛さわっているとたいくつじゃないでしょ。

——うん、たいくつじゃない。背中だけっていうのがまたいいな。

――でも、あのねこまだ丸はだかかなあ。

――いいじゃないか。こんな気持ちいいもの。おとうさんのごわごわで、まばらなすねなんか、つまらない。

――でも、あのねこさむいかな。

――そりゃあさむいだろ。それよりみっともないだろなあ、毛のないねこなんか。

――ねこともだちにいじめられるかなあ。毛のないねこ、だれもねこと思わないもの。

――でもルルくん毛がほしかったんだろ。

――うん。

ルルくんはしばらくだまっていた。

――おとうさん、ぼくの毛おもいっきりなでてよ。

――こうかい。

――うん、ああいい気持ち。毛って、なでてもなでられてもいい気持ちだね。

おとうさんはルルくんのやわらかい毛をしずかになでてやった。二人ともだまっていた。

――おとうさん、ぼくもう毛返してやるよ。

――そうかい。あれ、あれ、毛がどんどんなくなっていくよ。

――ほんと?

――ほらわかるだろ、もうつるんつるんだ。

――ほんと？　もうあのねこ毛がはえたと思う？

――すっかりはえたみたいだよ。

――そう、ぼくつるんつるんだ。

――つるんつるんだ。

――じゃあぼく神さまにうそついてないよね。

――だいじょうぶだと思うよ。おとうさんは神さまはぜんぶごぞんじだったんだと思うよ。

――そうだよね。神さまだものね。ぼくの毛のはなしおもしろかった？

――まあ、まあね。

――あーつかれちゃった。おとうさん、おやすみ。

――おやすみ。

ジンセイのヨロコビ

「おとうさん、ジンセイのヨロコビってなに」ときいたら、おとうさんはおかあさんのほうをむいて、目をぎょろりとさせた。おかあさんは口をあけて、ルルくんを気持ちわるそうに見た。

――おまえ、どこでそんなことばおぼえたんだ。

――ん？　テレビ。

おとうさんはきゅうに、にこにこして、「そーか、そーか」というと、ルルくんをひざにのっけて、「たとえばのはなし」といった。

――ジンセイのヨロコビのはなし？

――ん、まあな。


――あるところにシャツ屋があった。シャツ屋は、赤いシャツ、青いシャツ、小さいシャツ、大きいシャツ、中ぐらいのシャツを、店いっぱいならべて売っていた。そこへ、くまがシャツを買いにきた。

――あ、くまのはなしね。

――いや、シャツのはなしだ。くまは、店のなかをぐるぐるまわると、まっしろのパリパリのシャツの前で、じっとシャツを見た。見られたシャツは、どきどきした。くまになんか着られたくなかったのさ。

――じゃ、だれに着られたかったの。

――たとえば、スーパーマンとかウルトラマンとかさ。

くまは、シャツを手にとると、ひろげて、かがみのまえで自分にあてると、うっとりした。

「いやだ、いやだ」とシャツはからだをよじってさけんだけど、くまにも店のご主人にもきこえないのさ。

「ぼくにぴったりかしら」

くまは、うれしそうにいった。

「ぴったりです」

「じゃあ、これをもらおう」

くまはいばって、さいふからお金をだした。

「いやだよう」と、シャツはいったけど、しかたがない。

くまは、シャツをいれたふくろをかかえて、野こえ山こえ、自分の家に帰っていった。

――ふくろの中のシャツは？

ふくろの中はまっくらだから、どこをあるいているのか、どこへつれていかれるのかわからない。でも、ないたりしなかった。男らしくがまんしたのさ。

そして、きゅうにあかるいところへ出てきた。くまのかぞくが集まって、シャツをのぞきこんでいるのさ。

「まあ、あなた、すてきなシャツ」

おくさんはいった。

――くまのうちって、くさいと思うな。どうぶつえんでくまの前行ったらくさかったもの。

――そりゃ、くまのうちだもの、くまくさかったさ。りんごの家はりんごくさい。

「とうさん、着てみせて」

子ぐまもいうのさ。

くまはシャツをひろげて、シャツのそでの中に、毛だらけのうでをつっこんだ。そして、毛だらけのからだにシャツをまきつけて、ボタンをきっちりかけた。もう、くまくさいのなんの、おまけに、毛はごわごわにつきさささってくる。たすけてくれえって、シャツはさけんだ。

「かっこいい、とうさん」

「あなた、すそはズボンの中にいれるものよ」

おくさんはいった。

うそだろってシャツは思ったけど、くまはそうかそうかって、ズボンの中にシャツをおしこんだのさ。

——おとうさん、ズボンの中のほうがくさいの？

——もちろんさ。そして、くまは一日じゅうシャツをきて、どこへでも行った。

たぬきのうちのおよばれにも、行った。たぬきのおとうさんも、シャツをほめた。

「いやいや、くまくん、いいシャツではないですか」

「いや、やすものですよ」と、くまのおとうさんは、いばっていった。

シャツはおこった。

「おれは、やすものじゃないぞう」ってどなったけど、だれにもきこえない。

それから、ハイキングにも行った。かぞくじゅうでね。おとうさんは子ぐまをかたぐるまして、木にのっけてやったりした。

——子ぐまもくさいの。

——おとうさんほどじゃないけどね。

シャツは、スーパーマンがぼくを買ってくれたら、いまごろ空をとんでいたのに、そして、悪者をたいじしたんだ、スーパーマンといっしょに、と思っているのに、もう、くまはあせびっしょりさ。くさいの何のって。三びきもかたぐるましたり、子ぐまとかけっこしたりしたからね。

おまけにくまは、すべってころんで、シャツをどろだらけにしてしまった。

もうシャツは、くたくたのどろだらけさ。おまけに、子ぐまの一ぴきは、かたぐるましたとき、おもらしまでしたんだぜ。

——もう、さいていだね。

——いや、さいていは、それからだった。

つかれてねむっていたシャツは、とつぜん、ガーッという音で目をさました。水の中で、シャツはぐるぐるものすごいいきおいで回っているのさ。

アップ、アップ、くるしいくるしい、いたいいたい。

水が回るのがとまって、ふーっとシャツはためいきをついたとたん、また、水が、ガーッとはんたいに回りだした。

よじれて、よじれて、シャツは、きぜつした。

それから、あまりのいたさで目がさめた。くまのおくさんが、ばか力で、シャツをしぼりあげていたのさ。もう、シャツはヒーッとも声がでなかったね。

それから、くまのおくさんは、また、ばか力で、パッパッとシャツをふりまわした。そして、庭のロープに、シャツをほしたのさ。

おひさまはかがやき、空はピカピカだった。おまけに、風までふいてくるのさ。

シャツは、のびのびとからだをロープにぶらさげて、風がふくたびに、ヒラリヒラリと、からだをはためかせた。

おお、なんていい気持ちだ。生きていてよかった。これこそ生きるよろこびだ、なんてシャツは思ったのさ。

そして、ぬれていたからだは、パリッとかわいて、おまけに、すっかりあせもどろもにおいもしなくて、おひさまのにおいだけがするのさ。そして、日がかたむくまえに、くまのおくさんは、シャツをとりこんだ。

シャツは、とてもしあわせだった。

そして、あしたがまちどおしかった。くまが、はやくじぶんを着てくれるのをまったのさ。


——それから？

――それから、シャツはくまの一家がすきになったのさ。たとえ、せんたく機の中できぜつしてもね。

おてんきの日に、ハタハタと風にはためくしあわせをかんがえるとね。

――くまが、くさくても？

――うん、それはかぞくのにおいだからね。

――シャツは、くまのかぞくのつもりになったんだ。

――つもりじゃなくて、もうかぞくになったのさ。

――これ、シャツのはなし？

――いや、ジンセイのヨロコビのはなしさ。

てんらんかいの絵

「ねえおとうさんおきてよ、ねえってば」

「きょうは日曜だろ、もう少しねかしてくれよ」

「おきてってば」

「きのうは、十五時間の手術があったんだ。くたくたなんだよ」

「だって、もう十時だよ」

「うるさい。あっちに行ってくれよ」

「だって、おなかすいたよ」

「おかあさんに、そういえよ」

「おかあさん、みちこおばさんたちと、おんせんに行ってるんだよ。おかあさんがいないときは、おとうさんが子どもを守るんだろ」

「れいぞう庫に何かあるよ、自分で何かつくってろよ」

「えっ、いいの」

「いいよ、いいよ」

「ほんとうに？　何でも？」

「そうそう何でもいいから」

「やったあ、ほんとうだね」

「ちょっとまてよ、何をつくるんだ」

「ケンタッキーフライドチキンだよ」

「そんなもの、どうやってつくるんだ」

「テレビでやってたもん。こういう形のお肉、骨がついてるのに粉つけて、油おなべいっぱいにして、火つけるだろ。それから、こうやって指と指にそのお肉はさんで油にいれるの。手ではさんだまんま油につっこむのさ、その時笑うの、〝カーネルくん〟ってね、かんたんだよ」

「おまえ、手までフライになってしまうぞ」

「ほんと？　それじゃあ、手もたべられちゃうね。ぼく、いままで、自分の手たべられるなんて思わなかった。ぼくの手おいしいと思う？」

「そりゃ、いちかわのおじいちゃんの手よりやわらかくてうまいだろうよ」

「骨までたべられる？」

「骨はむりだろ」

「そうか、骨はとっておいたほうがいいね。あとでつかえるもん。ねーえ、こっからさき、お肉たべたら、ほら、手だけがいこつになるよね。かっこいいなあ、じゃあ、待っててね」

おとうさんはふとんをかぶってまたねてしまった。しばらくすると、

「ね、おきてよ、ぼくまだおなかがすいてるんだよ」とルルくんの声がした。

「う・う…うん」

「それに、見てよ、ぼくの手、両手とも骨ばっかになったよ、ほら、ほら」

おとうさんは、何だかおはしが何本も顔の上を行ったり来たりするみたいにカラカラするので、片目をあけてみた。

ルルくんは、白い骨ばっかになった両手でおとうさんの顔をなでてた。

「おい、つめたいよ、はっはっは、おまえ、ずいぶん、おかしなかっこだな、生まれてはじめて、

見たよ、うちの研究室にもないよ、手だけのがいこつは」

「もっと何かたべたいよ、けっこうぼくの手おいしかったんだ」

「そうかい、そうかい、もうちょっとねかしてくれよ」

「じゃあ、こんど、お魚の塩やきたべてもいい？」

「魚なんか、あったかい」

「なくていいんだ、ほら、ぼくの足、お魚のしっぽに似てるだろ」

ルルくんは両足そろえて、足のゆびをうごかした。

「おまえ、塩のふりかげんわかるのかい」

「わかるよ、おかあさんがするの見ていたもん。とくにしっぽのところはお塩たっぷりつけるんだよ。じゃあね」

ルルくんは両手をカタカタ鳴らしながら、歩いていった。

おとうさんは、もう一度ふとんをひっぱりあげてねた。

しばらくすると、

「ねえ、とうさん、もっとおなかすいちゃった。ねえ、見てよ、ぼくの足」

おとうさんは、ふとんから目だけ出してルルくんを見た。ルルくんの半ズボンの下から骨だけになった両足が見えた。

「うーん、なかなかいい骨をしてるね、かんせつをうごかしてごらん」

ルルくんは、へいたいのようにおとうさんのベッドのまわりを歩いた。

「りっぱ、りっぱ。こんど学生に論文を書かせよう」

「そう？　ぼくのこと研究室につれてってくれるんだね。でもこれじゃあ、カンペキながいこつじゃないね。それに、おなかがすいているんだよ。そうだ、うでをやきとりにしてもいい？」

「おまえ、たれのつくりかたしっているのかい？」

「しっている。おしょうゆに、みりんを入れるんだよ。やきあがったら、七味とうがらしをパラパラふるんだ」

カタカタカタカタ、ルルくんは走っていった。おとうさんはねがえりをうって、ふとんをひっぱりあげた。

しばらくすると、ルルくんの声がした。

「もっと、おなかすいたよ。それにぼくのこと見てよ、けっこうカンペキながいこつになったよ」

おとうさんはうしろ向きのままもぐもぐいった。

「もうちょっとだよ。まだあたまの毛も生えているし、そんなふっくらしたほっぺたしたがいこつはいないぜ」

「でもぼく、あたまの料理しらないもん」

「かぶと煮ってやつがあるよ、あたまをしょうゆとおさとうとお酒で煮るんだよ」

「ほんと？　お酒、おとうさんのお酒つかっていい」

「いいよ、たっぷりつかえよ」

おとうさんは、すっぽりふとんをかぶりながらいった。

「ほんと、ありがとう」

カタカタ音がして、ルルくんは台所の方に行ったみたいだった。

ふとんの中からおとうさんがいった。

「しょうがをたっぷり入れるんだぞ」

「わかった、しょうがだね」

遠くからルルくんがどなっていた。

しばらくすると、

「ぼく、おなかぺこぺこなんだ。ちょっと見てよ、ほら、もうカンペキだよ」

おとうさんは、ごそごそうごいてこっち向きになり、ルルくんを見た。

そして、大声を出して笑いだした。

「ハッハッハッ、ガイコツがTシャツと半ズボンはいてるのは、こっけいだぜ」

「おとうさんの学生も笑う?」

「もちろんさ、ハッハッハッ」

「じゃあ、残りは何にすればいいのかな、教えてよ」

「そうだなスープ、スープ」

「そうか、スープがいいね」

カタカタ音がしてルルくんは台所に行った。

「Tシャツと、ズボンは、うまくないぞ」

おとうさんは、ふとんをあごの下にしっかりおしこみながらいった。

「わかっているよ、もうパンツもぬいだからね」

ルルくんの声が遠くからした。

「こしょうは、つぶのまま、げっけいじゅの葉っぱは二まいだぞ」

おとうさんはどなった。

「火は？」

ルルくんの声がした。

「よわび、よわび。たっぷり二時間は煮るんだぞ」

「わかった」

おとうさんはたっぷり二時間ねた。

二時間たっぷりとねたおとうさんは、ルルくんの声で目がさめた。

「おとうさん、ぼくおなかすいてんだかすいてないんだかわかんないよ、いぶくろまでたべちゃったから」

おとうさんは目をあけてじっくりルルくんを見た。

「うーん、そういうもんかい。いやあ、でもりっぱながいこつだなあ。かわいい。とくに、あばら骨はせんさいでうつくしい」

「そう？　研究室につれてってくれる？」

「もちろん。いや、ほんとにきれいで、かわいいがいこつだ。ひと回りしてみてくれよ」

ルルくんはうれしそうにおとうさんのまわりをとびはねた。

するとどうだ。骨と骨はぶつかって、すんだきれいな音がするんだ。

遠くでトライアングルが鳴っているようなかすかな、きいたこともない音楽がきこえる。

「あれ」

ルルくんは耳をすました。

「ほう」

おとうさんも耳をすました。

ルルくんが立ち止まると、音楽は、きれいに音をひびかせて、遠くへしずかに消えていった。

「すてきだ」

おとうさんはうっとりして目をつぶった。

「ぼく、おどりながら、おとうさんのすきな音楽えんそうしてあげる」

「ムソルグスキーのてんらんかいの絵」

「あれか。じゃあ、はじめはしずかに歩くからね」

ルルくんはしずかに歩いた。それからくるくるとび上がって、しゃがんだり、手をひらひらしたりした。

おとうさんは目をつぶっていたので、きいたことのない楽器がえんそうする「てんらんかいの絵」の音楽だけがきこえてきた。遠くで、すきとおったガラスのようなトライアングルがたくさん風に吹かれているようだった。

とつぜん音楽は遠く遠く消えていった。

「おとうさん、ぼくうごくとさむいよ、風がスウスウとおっていくよ」

「そうだろうな、じつにさむそうだ」

「ねえ、おふとんに入れて」

「よし、よし」

ルルくんはおとうさんのふとんに入った。

「ああ、あったかくなった。あれ？　あったかくなったところにお肉がついてら。ね、あたまさむいからおふとんにもぐっていい？」

ルルくんはあたまもふとんの中につっこんだ。

おふとんからあたまを出した時はふさふさの毛が生えているいつものルルくんだったとさ。

それから、おとうさんとルルくんはおきて、ミルクとホットケーキをたべてやさいジュースをのんだ。

ほんとのはなし

――おとうさん、おはなしして。

――じゃあ、今日はほんとのはなしをしよう。

――えっ、いままでのはなし、うそばなし。

――うそでもある。ほんとでもある。でも今日はほんとのはなしだ。となりのやまださんち、ひっこしていっただろ。

――うん、犬のタローもひっこしていったね。やまださん。どこにひっこしていったの。

――やまださんのおじさん、ていねんたいしょくだっただろ。いなかに帰ったんだ。

――いなかどこ？

――ぐんまけんの山の村だって。

――やまださんのおじさん、そこで生まれたの？

――そうだ。ふるさとに帰ったわけだ。

――ふるさとってなにさ。

――生まれ育ったところさ。

ルルくんはじっと考えて、

――じゃあ、ぼくのふるさとって、ここなわけ？

――そういうことだ。

――じゃあ、やまださんのおじさんはふるさとに帰ると、ともだちがたくさんいるんだ。小さい時のともだちとかさ。

――いるかもしれないし、とうさんみたいに、とうきょうに出てきたともだちもいるかもしれない。

――おとうさんのふるさとは、どこ？

――きまっているだろ、おかやまのおじいちゃんのところだ。

――そこで、おとうさん子どもの時何していたの。

――となりに同じとしの男の子がいてね、毎日、遊んでいた。

――何して。

――魚つりとかさ、あなほりとかさ。そうだ、木の上にひみつのきちとかもつくったな。

――えーっ、えいがみたいだな、いいなあ。すごいなかよしだったんだ。

――そうだね。だから、毎日けんかしていた。

――えーっ、ともだちなのに？

――ともだちだからさ。ともだちだから、安心して、けんかしたんだと思うな。

――じゃあ、けんかごっこなんだ。

――ごっこじゃないよ、本気だよ。ここに、ほら、しろいむらむらがあるだろ。

おとうさんはうでを見せた。

――ここはとなりの男の子がかみついたところさ。

――えーっ、じゃあ、血がでた？

――あんまりでなかったけど、すごくいたかったな。

――それで。

――そーしたら、たけしがなきだしたんだ。

――おとうさんじゃなくて。

――うん、それでね、たけしがなきながら、おれの耳かませてやるって耳つきだしたんだ。

――それで？

――だから、おもいっきりかんでやった。

――それで？

――それで二人でわーわーないた。耳の方がたくさん血がでるんだ。

――それで。

――となりのじいさんが出てきて、二人ともすごくぶんなぐられた。

――それから。

――だから二人で、川の方ににげていった。手をつないでさ。それから、石をひろって、じいさんをやっつけることにした。

——やっつけたの。

——いや、石集めるのにむちゅうになって夕方になっちゃった。そしたらじいさんが、もう、めしの時間だってむかえに来たんだ。柿二つもってさ。だからたけしと二人で柿食いながら、ゆうやけこやけのうたうたいながらじいさんと三人で帰ってきた。それで、じいさんに、一番かっこいい白い石とひらべったい黒い石をあげたんだ。たけしはけちして、二番目の石をやったの、とうさんはしってたけどだまっていた。

——ふーん。ともだちって、けんかするんだ。ぼくもけんかしたいや。

——ククちゃんとミミちゃんとしょっちゅうけんかしてるじゃないか。

——口げんかしかできないだろ、おんなだもん。かくとうぎっぽいけんかしたいよ、ほんとのともだちとさ。

——それでさ、今日、となりのやまださんちのあとに、あたらしいおとなりさんがひっこしてくるんだ。

——ほんと?

——ほんとだ。

——それで?

——それだけだ。ほんとのはなし、おしまい。

ほんとだった。となりのうちに、トラックが来てひっこし屋さんのおにいさんが、たくさん、大きな荷物をはこびこんだ。たくさんたくさんダンボールをはこんだ。ベッドとか、じてんしゃとかもあった。でもルルくんは、その日歯医者さんに行く日だったので、歯医者さんから帰ってくると、もうトラックはいなくて、ひっこしをぜんぶ見られなかった。となりはしずかだった。車庫を見たら、赤い車があった。

おとうさんとおかあさんとルルくんが、おやつのトウモロコシとミルクをのんでいると、ブザーが鳴った。ルルくんがすっとんで行った。ブザーが鳴るといつもルルくんがすっとんで行くんだ。ルルくんは「どなたですか」というのが好きだった。だからルルくんは「どなたですか」と大きな声でいった。すると「となりにこしてきた、みやもとです」という女の人の声がきこえてきた。

ルルくんは「はーい」というと、おとうさんと、おかあさんのところに走っていって、「ひっこしてきた人、ひっこしてきた人」といった。

「はいはい」とおかあさんが、げんかんのかぎをあけた。女の人と、男の人がいた。そしてその間に男の子が立っていた。

みやもとさんのおくさんは、お菓子の箱みたいなものをおかあさんにわたして「どーぞ、よろしく」とか「あらぼっちゃんですの」とかいった。

おかあさんは「ごえんりょなく、なんでもきいてくださいね」とかいっていたが、ルルくんは、それどころじゃなかった。

ルルくんは男の子を見て、ポカンと口をあけて、目がとび出したみたいだった。

男の子は、みじかいジーンズのベストにひとでのほあんかんのバッジをつけていたんだ。そして黄色い長靴をはいていて、プラスチックのおもちゃのピストルをクルクル回してじいーっとルルくんを見ていた。

お菓子はルルくんの好きなヨックモックだった。でもルルくんはヨックモックなんか見向きもしなかった。

ルルくんはとなりの男の子と自分の部屋に入ったきり出てこなかった。

ルルくんは、その日おふろから上がるとパジャマを着てリビングにあらわれた。

胸にひとでのバッジをつけていた。

——おとうさん、となりのぺぺくんは本物だったよ。遊んだあとも消えないんだ。ずっと生きているって。だからぼくも本物だろ、ずっとともだちでいるから、ぼくもずっと生きていくの。

あした、ぺぺくんと、遊んでいい。

——ああ、よかったな、元気に遊べよ。

——ちょっとないしょだけどさ、あした、ぼく、ぺぺくんの耳かんでやるんだ。

——おい、おい。

――でも、そのまえにぺぺくんがぼくの手かまないとだめだな。そのまえにあななんかほろうかな。そのまえに、ほあんかんごっこしなくちゃな。そのまえに、おやつとジュースだな。あーいそがしい、いそがしい。

おとうさん、ぼく、あしたいそがしいから、今日はおはなししなくてもいいよ。

ルルくんはかんしんにも一人でベッドに入っていった。

掌篇童話 Ⅰ

はこ

「おとうさん、たばこのはこくれる?」

ルル君はリビングルームで爪を切っているおとうさんにいいました。

「まだ、たばこがのこっているよ」

「いいの、いいの」

「いいのって、おまえ」

ルル君は、たばこを持って走っていきました。しばらくするとたばこのはこを四本テーブルに並べて、たばこのはこを持って走っていきました。しばらくすると、もどってきたルル君はおとうさんにいいました。

「ちょっと、ティッシュのはこも欲しいんだけど」

おとうさんは、切った爪を、ティッシュに包んで、捨てるところでした。

「まだ少し残っているよ」

「いいの、いいの」というと、ルル君は、はこからティッシュを引き抜きました。

引き抜いたティッシュをたたむとルル君は「はい、とうさんかふん症だろ」といって渡しました。

「しょうのない奴だな」とおとうさんはティッシュをポケットに入れました。

ルル君はティッシュのはこをかかえて玄関から出ていきました。ルル君は何だか急に大きくなったようにおとうさんには思えました。

「あいつも、大きくなったなあ」とおとうさんはいいました。

おとうさんはしょさいに入って、本の整理を始めました。

しばらくするとルル君が、しょさいに入ってきていいました。

「とうさん、ダンボールばこくれる?」

「ダンボール? ああこの本の整理が終わったら、

ちょうどあくところだ」

ルル君は、「わかった」というと、せっせと本をはこから出し始めました。

「おい、おい」おとうさんがいいます。

「いいの、いいの」ルル君は一度に五冊の本を両手でかかえて、はこから出していきます。

「ルル、お前、ずい分大きくなったなあ、手なんか、とうさんと変わらないぐらいじゃないか」

「まだ、まだなんだ」ルル君はいうと立ち上がりました。

「おまえ、いくつなんだい?」

ルル君は小学校六年生位に見えます。

「十二歳」ルル君はいうとダンボールを持って出ていきました。

おとうさんは笑いました。

「昔はかわいかったなあ、たばこのはこを欲しがっていたもんなあ」

おとうさんは、リビングルームに戻ると、テーブルの上を見ました。

テーブルの上には、たばこが四本並んでいました。

おとうさんは、それを見て、急いで、ポケットに手をつっこみました。

ポケットから、たたんだティッシュが出てきました。

ティッシュを見て、おとうさんはじっと、考えこみました。

その時、ルル君が来ました。

ルル君はおとうさんにいいました。

「机をもらっていくよ」

ルル君は中学生になっていました。

おとうさんはだまっていました。

中学生のルル君は、おとうさんの机のひき出しをさかさにすると、ザアーッと床にぶちまけました。

「おい、おい」おとうさんはあわてて、いいました。

「なんなんだよ」とルル君はおとうさんをじっと見ました。

おとうさんは、ルル君をはりたおそうとして、ルル君のシャツのエリをつかみました。

ルル君は、片手でおとうさんをふりはらうと、机をかついで、リビングルームのガラス戸から出ていきました。

おとうさんは、しょさいの中で、机のひき出しから出てきたものの中に、すわりこみました。

しばらくして、おとうさんは、のろのろと立ち上がると、れいぞう庫の戸をあけて、ビールを出して、ゴクゴクと飲み始めました。

そして、ドタッと椅子にこしかけて、ボーッとテーブルの上を見ました。たばこが四本並んでいます。

ルル君が入ってきました。

「れいぞう庫もらうよ」ルル君はいいました。

ルル君は大学生でしょうか、まばらにひげが生えています。

おとうさんは、ただルル君を見ているだけでした。

ルル君は、れいぞう庫を横だおしにすると、れいぞう庫の中身をキッチンの床にぶちまけました。

卵がわれました。ジュースがこぼれました。

ビールのかんはゴロゴロとリビングルームまで、ころがっていきました。

あじのひらきもひき肉もキャベツも床に落ちました。

ルル君は、れいぞう庫をひょいとかつぎあげて、ガラス戸から出ていきました。

「そうだ、あいつはアパートでも借りたのかもしれない」とおとうさんはいいました。

おとうさんは、ころがったビールをひろうと、プチッと音をさせてかんをあけ、立ったままビールを飲みました。

片手で口のそばのビールのあわをふきました。

するとそこへルル君が戻ってきました。

「おやじ、車をもらうよ」とルル君がいいました。

ルル君は背広を着ています。

ルル君は、鍵ばこの中から車のキーを出すと、ジャラジャラさせて、「じゃーな」といって玄関から出ていきました。


しばらくすると、エンジンの音がして、車が車庫から出ていきました。

おとうさんは、まだ昼間でしたが、ベッドに入って、ふとんをかぶって目をつぶりました。


しばらくするとドタドタと何人もの足音がきこえました。

「まあ、何て、ちらかりようなの」と若い女の声がします。

「わー、ジュースがこぼれてら」と小さい男の子の声もします。

「待てよ、まだおやじがいるよ」とルル君の声がしました。


ルル君はベッドルームに入ってくると、おとうさんのふとんをはいで、おとうさんをつまみあげました。


ルル君のそばには奥さんと小さいルル君がいました。

「ルル」おとうさんはかすれた声でさけびます。

「おやじ、おれたち、家がいるんだよ。もらうからな」

「待て、待て」おとうさんはパクパク声にならない声をあげました。


リビングルームのガラス戸から、太陽の光が、おとうさんの目の中に、どーっと入ってきました。

パチパチと黄金色（こがねいろ）の星があたり一面に散り、あとは真っ白になり、おとうさんは、ぐんぐん下の方へと落ちていきました。

おとうさんは庭に立っていました。

おとうさんは、花水木（はなみずき）の木の下に立って、白い花水木の花を見上げていました。

「くしゃん」おとうさんは、くしゃみをしました。

おとうさんはポケットに手を入れました。「あれ？ さっき、クリネックスをルルがくれたんだけど」といって、おとうさんは、急にあたりを見回しました。

そして、いそいで目をつぶりました。

それから、そろそろと目をあけました。静かな、日曜日の昼間でした。

庭から見えるリビングルームは、しーんとしています。

はちがジーンジーンととびまわり、おとうさんの鼻先にぶつかると、あわてて家の中にとびこんでいき、しばらくすると、また、大いそぎで屋根の上へ、とび去りました。家の中はきちんと片づいて、それは静かでした。

おとうさんは、ガラス戸からリビングルームの中に入りました。

テーブルの上にたばこが四本並んでいました。

おとうさんは、そっと、しょさいをのぞきました。ダンボールのはこの中にたくさん本がつみ重なっています。

「くしゃん」もう一度おとうさんはくしゃみをしました。

ティッシュのはこが、テレビの上にありました。

おとうさんはティッシュを引き抜くと、はなをかみました。

そして、ソファにすわりきょろきょろしました。

その時、「ただいま」とルル君の声がしました。

おとうさんはビクッとしました。

「はい、おみやげ」ルル君はおとうさんにたばこのはこをさし出しました。

泥だらけのルル君の手は、ぽちゃっとしてえくぼがあります。

「おまえ、本当は何歳なんだい」おとうさんは、ルル君をじろじろ見ていいました。

「何で？　五歳にきまっているだろ、いいから、早く中みてよ」

　おとうさんはたばこのはこをあけてみました。小さな赤いてんとう虫が三匹入っていました。

「かわいい、てんとう虫だ」おとうさんはいいました。

「おうちの中に入っている、かぞく」ルル君はいいました。

「おうち？」おとうさんは天井を見たり窓を見たりしていいました。

「そう、僕、今におとうさんとおかあさんに、でっかいでっかい家を建ててやるからね。

　真っ赤な車もかってあげるね」ルル君はあたりを見回して、

「新しいれいぞう庫もー、机もね」

「はっはっは」おとうさんは笑いました。

　ルル君は、おとうさんをにらみつけていいました。「こどもをしんようしろよ」ルル君は、たばこのはこをのぞき込みながら、「ねー、てんとう虫が大きくなったら、もっと大きなはこいるね、そうだ、ティッシュのはこがいい」

白いちょうちょ

れんげ畑で、やすえちゃんは踊ります。

れんげの匂いの中で、やすえちゃんは、小さな花がゆらゆら、ゆられるように踊ります。

やすえちゃんはききます。

「わたし、ちょうちょみたい？」

「ううん、やすえちゃんみたい」

わたしはこたえます。

麦畑の中で、やすえちゃんは踊ります。

風が吹いて麦畑が光ります。

ひばりのように、やすえちゃんは、麦畑の中で、急に見えなくなったり、急にあらわれたりします。

「わたし、ちょうちょみたい？」

「ううん、やすえちゃんみたい」


ある日、二人はりんごの木の上で枝をゆらしていました。やすえちゃんは枝の上に小さな足をのせて、踊りはじめました。

りんごの花と、やすえちゃんは、いっしょに大きくゆれました。その時、やすえちゃんのはだしの足は、枝からはなれました。

大きな白いちょうちょが、りんごの木から、ひらひらと空の中にとけてゆきました。

やすえちゃんは、りんごの木の下にたおれていました。散って汚れたりんごの花びらの上で、やすえちゃんはとても静かでした。

わたしは、やすえちゃんの肩をゆすりました。やすえちゃんは、口をゆがめて、うす目をあけていいました。

「わたし、ちょうちょみたいだった？」

「ううん、みたいじゃなかったよ、ちょうちょだったよ」

おばあさんと女の子

夕日に燃える草原でした。

大きなまっ赤な夕日が沈もうとしています。

空も赤く、見わたすかぎりの地平線も赤く、そして近くの草が金色に光っています。そして、地平線に一列に並んでたくさんのきりんが赤いかげになって、ゆっくりゆっくり歩いてゆきます。

風が吹いて、ざわざわとゆれました。そこに白い帽子をかぶった半ズボンの女の子が立っています。

女の子はてっぽうを持っています。そしてゆっくり歩いていくきりんに向かっててっぽうを向けました。

「ズドーン」

大きな音がして、きりんのかげが一つくずれました。

きりんはぐちゃぐちゃにかたまったり、ばらばらになったりして一目散にかけだし、赤い地平線は一本の線になってしまいました。

女の子がふりかえって笑いました。

女の子はおばあさんでした。女の子だった時のおばあさんでした。

「やめてちょうだい」おばあさんがさけびました。

赤い草原は消えて、黒ねこが金色の目をぴかぴか光らせて立っていました。

「わたし、あんなことのぞんでいなかったわ」

「いいえ、おばあさん、あなたはあみものをしながら、いつも考えていたじゃないですか。アフリカの夕日に染まるたくさんのきりんが見たいって。もっと若かったら行けたのにって」

「ええ、考えていたわ。でもただそれだけよ」

「そして、本当にあなたが若くて、本当にのぞみ通りのアフリカにいたら、あなたはてっぽうでうちたくなっちゃうんですよ」

おばあさんはしくしく泣き出してしまいました。

釘（くぎ）

七月十五日　はれ
　とうさんが、べっそうの柵（さく）をなおしました。わたしは口の中に釘をたくさんたべて一個ずつとうさんにわたしました。

「オオウアン、アンデ　ヘッソウノイオハ　ヒフンエ、アオアナイアカ」

「ばか、釘を口の中に入れてしゃべるんじゃない、はき出せ」

　わたしは口の中の釘を手の上にはき出して、つばもたらしました。

「ばかやろう、きたないやつだ、つばまで出すな」

「ねえ、とうさん、なんでべっそうの人は自分で、なおさないだか？」

「えれえ、学者さんだもん、こんなこたあ、やらなくていいだ」

「ふーん」

とうさんは、わたしの手からつばきにぬれた釘をトントントントン柵にうちつけます。

「学者だから、けんたろうさんのおとうさんだれとも口きかんの？」

とうさんはだまって、トントン釘をうちつけます。

「けんたろうさんはね、かぶと虫くさいってさわらないんだよ、きっとこわいんだ」

「けんたろうさんもえれえ頭がいいってこった」

けんたろうさんは、夏になると白い日傘をさしたおねえさんみたいにきれいなおかあさんと、黒い帽子をかぶった、目ばっかぎょろぎょろして笑わないおとうさんと一しょに、黒い車でやって来ます。

すると、二、三日たって、おくのべっそうの京子さんとかすみさんがひらひらリボンのいっぱいついた洋服を着て、やっぱり黒い車で来ます。わたしはいつもこの柵から見ています。けんたろうさんは京子さんとかすみさんとしかあそびません。京子さんとかすみさんとけんたろうさんは、あんまりべっそうのにわから出て来ません。わたしが見ていると京子さんが来ていいます。

「あっちへいってちょうだいよ」

わたしは、つかんでいる蛙をおもいっきり京子さんになげつけます。

京子さんは大きな声で「おかあさまあ」となきそうになります。

わたしは「オカアサマアー」と大声でいってやります。

そんな時、セーラー服を着ているけんたろうさんは目ばかり見開いて、棒くいのようにつったっているだけです。早く来るといいなあ。

わたしはへびのぬけがらを木のうろにいっぱい、

かくしてあります。早く来ればいいのに。

七月二十三日　あめ

　かあさんが「あめがふっているから牛乳をべっそうにとどけろよ」といいました。けんたろうさんはふつうの日はブリキの牛乳入れをもって、「おばさま、牛乳いただきにきました」といって、そうっと土間（どま）に入ってきます。わたしは毎日びっくりします。おばさまってかあさんがいわれるからです。かあさんは、毎日、おばさまっていわれてもじもじして、わたしは毎日びっくりします。かあさんはぜったいにおばさまではないからです。

　あめにぬれるとけんたろうさんはねつをだすのです。

　わたしは、傘（かさ）をささないでけんたろうさんの家のえんがわからガラス戸をドンドンたたきます。机にむかってうしろむきになっていたけんたろうさんがガラス戸をあけました。

　わたしは「ほれ」といって牛乳入れをわたしました。けんたろうさんは、ありがとうといいます。

「きみ、ねつがでるよ」とわたしを見ていいます。わたしはにやにやします。にやにやなんかしたくないけど、にやにやしてしまいます。わたしはぜったい「きみ」ではないし「ねつ」なんかでないのです。

「きみ、しっている？　うちゅうってどこまでつづいているか、いま、うちゅうにかんする本読んでいるんだ」

　わたしはにやにやしたまんま、だまってかえって来ました。

　わたしはよるねるとき、ばあちゃんにききました。

「ばあちゃん、うちゅうってしっている？」「しらん、早くねろ」とばあちゃんはいいました。

八月一日　はれ

きょう、すごくきれいなへびのぬけがらをみつけました。まっ白でかさかさしていて、どっこもやぶれていません。わたしはひみつのうろにかくしにゆきました。それから、けんたろうさんのべっそうの柵のところにすわってじっとしていました。

京子さんとかすみさんは、白いレースをひらひらさせてピンポンをしています。

けんたろうさんは、そばのいすにすわって、足をぶらぶらさせています。

わたしはじっとまっています。かすみさんと京子さんはすぐあきるのです。そして二人でぶらぶら川の方にゆきます。川のすぐそばの花をとりにゆくのです。すぐとれる地べたにさいている花を。わたしはがけにさいている赤い百合（ゆり）だってとれる。

わたしは二人のあとを、きどりんぼの京子さんのまねをしながらつけてゆきます。

わたしをふりかえって二人はかわりばんこに「しっしっ」といいます。

わたしはかけだして、へびのぬけがらのかくしてある木のうろにかくれて、一番きれいなぬけがらをのこして、あと全部を両手でかかえて、二人が木のまえをとおりかかった時なげつけてやりました。

二人は「キャー」といってなきだしました。そして、「おかあさまあ、おかあさまあ」といってべっそうの方にはしってゆきました。

わたしはだまって木のうろから出て来てはしってゆく二人を見ていました。

よるねながら、けんたろうさんがいった「うちゅう」ってなんだろうと思いました。なんだかくらいところみたい。

八月三日　はれ

きょうはなんにもすることがなかったのでうらのがけの上の木にのぼりました。

わたしは、どんどんのぼることができます。ぞうりをはいたまま。

たかくのぼると、木の葉でかくれてわたしはだれにも見えません。

わたしはゆらゆらゆれながら、ひるねをすることができます。

下の川原で石をなげる音がしました。

見るとけんたろうさんがパンツ一つで川原に穴をほっていました。わたしはびっくりしました。けんたろうさんがパンツをはいているなんて、ようふくをぬぐなんて。

けんたろうさんはひょろひょろやせていて、なまっ白（ちろ）くて、骨がみえます。

骨がみえてひょろひょろしているのは上品だなあと思いました。

穴からすこしはなれたところに、セーラー服がきちんとたたんであって、同じくらいの大きさの丸い石を四つセーラー服の上において、その真ん中に本がありました。

そばにハンカチがひろげてあって、そこには石が一つおいてあります。

そして、けんたろうさんはときどき穴をほるのをやめて、ハンカチで手をふきにゆきます。

それから、本をひらいて一生けんめい見ています。そしてまた、穴をほりにゆきます。変なかたちの穴。

けんたろうさんはもう学者になりかかっているので、穴をほるのにも本をしらべるのかしらん。

穴にはどんどん水がたまってゆきます。

けんたろうさんは石を川の中になげて、穴を大きくしてゆきます。変なかたち。しゃがんだ時、パンツが水にぬれました。けんたろうさんは、パンツのゴムをひっぱって、パンツの中をのぞいています。そしてパンツをぬいでしまいました。

　ひょろひょろのけんたろうさんに、おちんちんがついています。

　だれもまもってあげてないおちんちんをつけたけんたろうさんを見て、わたしはなきたくなりました。

　けんたろうさんはセーラー服を着て、ぬれたパンツをはかないで、半ズボンをはいてくつもはいて、パンツをぶらさげてかえってゆきました。

　わたしは夕方くらくなるまで、木の上にじっとしていました。

　よるねようと思って目をつぶったら、はだかんぼうのおちんちんをつけたけんたろうさんが見えました。

　けんたろうさんはくらいところにまっ白けのひょろひょろのはだかんぼうで一人で立っています。

　あんなくらいところが、ずっと前、けんたろうさんがいっていた、「うちゅう」なのかしら、わたしはふとんをかぶってなきました。

八月四日　はれ

　とうさんが、あたらしい帽子を町でかってきてくれました。でも男の帽子だったので、黒いリボンがついています。

　わたしは、黒いリボンはとってしまいました。どっかにいこうと思ったけど、どこにもいくところがないので、おくのべっそうの前をいったりきたりしたけどだれもいません。

　わたしは、へびのぬけがらをかくしてある木のところにいって、いちばんきれいなとっておきのぬけがらをとりだしました。

　おひさまにすかして見ると、むらむらにひかってとってもきれい。帽子にリボンのかわりにまきました。

　帽子はすごくりっぱに見えました。

　それから、川にゆきました。きのうけんたろうさんがほった穴がそのまんまになって水がたまっていました。水にさわると、水はお湯みたいにあったかくておふろみたいでした。穴はなんだか人のかたちみたい。両手をひろげて両足をひろげた人のかたち、ちょうど、わたしぐらい。

　わたしは洋服をぬいで、パンツもぬいでその上に帽子をおいて、帽子の上に石ものっけて、はだかになりました。

　そして穴にそうっと入りました。

　あったかい、わたしは穴のかたちにからだをひろげて目をつぶりました。あったかい水が、ぴちゃぴちゃ、からだじゅうにかぶさって口やはなもぬれてしまいます。

　わたしは、じっとしてはなの中に水が入らないようにして口をあけました。口にもあったかい水が入ってきて、いいきもち。

　おひさまが、まぶしくて、目をつぶっているとだんだん世界じゅうがまっかになってきました。わたしはいつまでもいつまでも、この穴の中にからだをひろげていたいなあと思います。

　なんだかすうっとすずしいみたいな気がしてわたしは目をあけました。まぶしくって目がいたくてなにも見えません。

　だれかいるみたい。

　しばらくすると、ぼうっとむらさきいろのかげのようなけんたろうさんが立っていました。

八月五日　あめ
　あめがふっています。かあさんが「牛乳をとどけろよ」といいました。
「やだ」とわたしはいいました。かあさんはびっくりしてわたしのかおを見てだまってわたしの手に牛乳のカンをもたせました。そしてじろじろわたしを見ます。わたしはのろのろあるき出しました。

わたしはべっそうのガラス戸のところまでいってだまって立っていました。

けんたろうさんがうしろむきになって机にすわっています。わたしはガラス戸をあけてだまって牛乳カンをえんがわにおきました。けんたろうさんは石のように机にへばりついてうしろをふりむきません。

わたしはガラス戸をしめてはしりました。はしり出したら、いつとまっていいのかわからなくなりました。

わたしはどんどんはしりました。あめがパチパチかおにあたっていたかった。

わたしははしりつづけてうろのある木までいってうろの中に入ってまんまるくなってじっとしていました。いつまでもじっとしていました。

じっとしているといつじっとしているのをやめたらいいかわかりません。

ずっとじっとしていました。

あめがやんで、日がさしてきました。

わたしはきのう帽子をわすれて来たことをおもいだしました。

とうさんは気がついたかしら。

わたしはがけを下りて川の方にゆきました。帽子をおいたところに帽子はありません。そしてあのいちばんきれいなへびのぬけがらだけがありました。

きのうの穴は川の水がふえてかたちがくずれていました。その上をきれいな水が大いそぎではしってゆきます。

わたしは、へびのぬけがらをひろってていねいにひとさしゆびにまきつけました。

ぐるぐるまきにしたすこしぬれているへびのぬ

けがらをわたしはじっと見ました。

そしてベロリとなめてみました。

なんにもあじがしない。わたしはへびのぬけがらをほどいて川にながしました。

ぬけがらは生きているへびのようにくねくねしながら大いそぎで流れてゆきました。

いまとか あしたとか さっきとか むかしとか

ふみ子とお父さんは散歩に行きました。風が吹いて、木の葉が、きらきら光ってゆれていました。ふみ子は木の葉を見ながら言いました。

「お父さん、風は見えないけど見えるね」

「そうだね、ふみ子はなかなか詩人だな」

「シジンってなに?」

「詩を作る人だよ」

「詩ってなに」

お父さんは、ちょっともごもごしました。

「うーん、まあ、何だな、見えない事をことばにする人かなあ」

「ふーん」

「子どもはみんな詩人だよ」

「なんで」

「うーん、なんでだろうな、ふみ子はなかなか哲学者だなあ」

「テツガクシャって、なに？」

「うーん。なんでだろうなあって、いつも考えている人だよ」

「お父さんもてつがくしゃ？」

「は、は、は、お父さんは忙しくて、哲学するひまがないよ」

「じゃあ、ひまな人がてつがくしゃになるんだね。てつがくしゃは、お金持ちなんだね」

「お金持ちじゃなくても哲学する人はいるんだ」

「仕事もしないで？」

「それが仕事なんだ」

「ふみ子、ふつうの人になる。てつがくしゃになったら、びんぼうになるよ」

「うーん」

お父さんはだまってしまいました。


木の葉がまた、きらきら光りました。

「あ、また風が吹いてきた」

二人は木の下に来ていました。

ふみ子は手をひろげました。

こもれ日がこぼれて、光の玉が、ふみ子の手のひらで、あっちに動いたり、こっちに動いたりしています。

ふみ子は、光の玉が動く方に手を動かして、

「あは、は、あは、は。おもしろーい、ほらほら、見て」と言いながらお父さんを見ました。

「お父さん、変だよ、ぽちぽちのはんてんだらけだよ、ほら、ひょうみたいだよ」

「お前だって、ぽちぽちだらけだよ」

ふみ子は、急いでお父さんの手をひっぱってブランコの方に走っていきます。

お父さんは、おひさまの中で、もとどおりになりました。

「あーよかった。直らないかと思った。わたし、

やだもん。あのね、たっくんはね、あたまにはげがあるの、三つもあるの。わたし手とか、足とか、顔とかはげるとやだもん。さっき、お父さん、はげみたいだったよ。もう、木の下行っちゃ、だめだよ」

お父さんはベンチにすわって、たばこをすっています。ふみ子は、ブランコにのって、いっしょうけんめいゆらしています。ゆれると、ふみ子のスカートがふんわりとふくらみます。まえにうしろにふくらみます。

「お父さーん。ほら、ほら、風が生(は)えてきたよ。見て見て」

「気をつけろよ」

お父さんはふみ子を見ないで、遠くを見たままです。

「見て、見て」

「わかったよ」

お父さんは、ちょっとだけふみ子を見て、また遠くを見てたばこのけむりを出しています。

「さ、帰ろう、母さんが待ってるからね」

「うん、帰ろう」

二人は手をつないで、家の方に向かいました。

「お父さん、さんぽって、たのしいね」

「そうかい」

「こんど、いつ、さんぽする?」

「いつかね」

「いつかって、いつ?」

「また、こんど」

「こんどって?」

「こんどだよ」

「こんどといつかと同じ?」

「ちがうけど同じだ」

お父さんはすこしおこったみたいな声で言いました。ふみ子はお父さんの顔を見て、だまってしまいました。

二人はだまったまんま、家へ帰りました。

おひるは、オムレツでした。

「わーい、わーい、オムレツだあ」

ふみ子は、黄色いふんわりしたオムレツを見てにこにこしました。

「ケチャップ。ケチャップ」

ふみ子は、ケチャップを黄色いオムレツにたっぷりかけました。

「あら、あら、そんなにかけたら、オムレツの味がしなくなるわ」

お母さんが言いました。

「お前は、オムレツが好きなんじゃなくて、ケチャップが好きなんだな」

とお父さんが言いました。

「うん。オムレツも好き、ケチャップも好き」

「ソース」

お父さんが言いました。

お父さんは、オムレツにソースをかけました。

「そんな、ソースでびしょびしょにしないでよ」

お母さんは、なんにもかけないで食べています。

「ねえ、オムレツ、玉子だよね」

ふみ子はききました。

「そうよ」

お母さんは、サラダをパリパリ食べながら言いました。

「あのさあ、同じ玉子なのに、ゆで玉子ぜんぜん味がちがうね、なんで?」

「まぜるからよ」

「なんでまぜると、ちがう味になるの?」

「なんでもよ。それに、こしょうとかお塩を入れるから味がつくでしょう」

お母さんは、めんどくさそうに少しおこって言いました。

ふみ子は、だまってオムレツを食べました。

ふみ子は半分残っているオムレツを見ながら、言いました。

「あのさあ、ゆで玉子に、お塩とこしょうつけても同じ味にならないよ」

「だから、まぜるからよ」

「なんで」

お母さんはだまっています。ふみ子は残りのオムレツを食べました。

食べ終わってからふみ子はお母さんの顔を見て、「なんで、まぜるとちがう味になるの」ともう一回言いました。


夕ごはんのあと、ふみ子は、絵本を見ています。お父さんとお母さんはテレビを見ています。コマーシャルを見ながらお母さんが、「あら、いまは本当になんでもあるのね、むかしは考えられなかったわ」と言いました。

ふみ子はお母さんを見て、「むかしって」とききます。

「お母さんが子どもだったとき」と言いました。

「ふーん、むかしって、お母さんが子どもだったとき?」と言って、「あのね、むかし、むかしはいつから?」とききました。

「もっとむかしよ」

「そうか、むかし、むかし、あるところに、王さまとおきさきさまがいました。これ白雪姫だよ」

お父さんはテレビを切りました。

「むかし、母さんもおばあちゃんに読んでもらったわ」

お母さんが言いました。

「そのときは、むかし一個だった?」

「えっ」とお母さんはふみ子の顔を見ました。

「はっはっは」お父さんが笑いだしました。

「むかし、むかしはずっとむかしむかしだよ」

「なんで」とふみ子はききます。

「なんでって言っても、そうなのさ。いろんなむかしがあるのさ。遠いむかしもあるし近いむかしもあるんだ」

「じゃあ、昨日もむかし？」

「昨日はむかしじゃないな。でもふみ子が大人になったら、今は、むかしになるよ」

「なんで、ねえなんで」

二人ともだまっています。

「ふみ子が、赤ちゃんだったとき、むかし？」

「あら、昨日のことのようよ」

とお母さんがふみ子を抱っこしてぎゅうーと抱きしめました。

「こーんなに、ちいさくて、手の爪なんかこれっくらいしかなくて、ふみ子かわいかったのよ。爪なんかね、ピンク色にすきとおっていて、あんよもこんなで、やわらかくって、ほっぺなんか、ほーんとにふわふわで、ほら、食べちゃうぞう」

お母さんはふみ子のほっぺをガブリと食べる真似をしました。ふみ子は、きゃっきゃっと笑いながら逃げました。

「わたし、赤ちゃんじゃありませんよーだ」とふみ子は言ってから、「ねえ、なんでわたし大きくなるの？」

「たくさん、ごはん食べるから」

「お母さんだって、食べるのに、なんで大きくならないの？」

「大人だから」

「大人はなんで大きくならないの？」

お父さんが言いました。

「大きくならないけど、時間がたって、一年一年としとるのさ」

「ねえ、時間って見えるの？」

「時間は見えない」

「見えないけどあるの？」

「あるっていうのか、今がつみかさなって時間になるんだよ」

「ねえ、いまって、いまのいま？」

「そうさ、いまのいまだよ」

「でも、いまって、ほんとはないよね、いまいまって言ったら、もういまじゃないもん。いまって、ないよ」

ふみ子はきゅうにきょろきょろしだしました。

「ほら、いま」とテレビの方を見て、「ほらいま」と言ってお母さんを見て、「いま」と言ってお父さんを見て、「ほらいま」と言いました。

そして「きゃーっ」と言って、頭をぶるんぶるんとふり出しました。

お父さんがびっくりして、「ふみ子」と言ってふみ子の肩を抱きました。

「きゃーっ、きゃーっ」とふみ子は言って、「いま、いま、いま」と頭をぶるんぶるんふりつづけました。

「いまなんてほんとはないんだなあ」

ふみ子がねています。ぐっすりねむっています。

「ふみ子ちゃん、ふみ子ちゃん」

ふみ子は、遠くでよばれているような気がしました。

「ふみ子ちゃん、ふみ子ちゃん」もっと近くでよばれました。

「なに?」ふみ子は目をさましました。

「ふみ子ちゃん」

ふみ子のベッドのそばに、すきとおったきらきら光る長いドレスを着た女の人が立っていました。

「だれ?」ふみ子はたずねます。

「わからないの、わたしよ」ふみ子はじっと女の人を見ました。

暗いふみ子の部屋の中で、女の人だけぼうっと光ってきらきらしています。

「きれい」

ふみ子は、きらきら光る女の人のドレスをそっとさわりました。つめたくって、シャワシャワしている。

「ふ、ふ、ふ。きれいでしょう」

女の人は笑いました。笑うと女の人は、ぱ

あーっともっと明るくなりました。

「声がお母さんに似ている」

ふみ子は女の人を見たまま言いました。

「そうだけど、そうじゃない」

女の人はうたうように言いました。

「わたしね、ふみ子ちゃんのお母さん、やになったからやめたの」

女の人は言いました。

「なんで」

「だって、ふみ子ちゃん、〝なんで〟〝なんで〟ってばっかりきくんだもの。もうつかれちゃった。お母さんって、大変なんだもの。だから、むかしのわたしにもどったの。わたし子どもなんかいないんだ。だから、わたしのことお母さんって言わないでね」

女の人はそう言うとくるっと一まわりしました。長いスカートはふわっと光ってゆれました。

「わたしのことは、まゆみさんって言って」

「わかった」

とふみ子は言いました。

「ふみ子ちゃん、たのしいことだけしよう。いっしょに、いいとこ行きましょう」

「いいとこって？」

「いいところ」

「だって、わたし、パジャマだもん、おでかけできないよ」

「なに着たいの？」

ふみ子はまゆみさんを見て言いました。

「まゆみさんと同じお洋服あったらいいなあ」

「なんだ、ほら。見てごらんなさい」

ふみ子はベッドから立ちあがって、手をひろげて自分をしらべました。ふみ子はまゆみさんと同じすきとおったきらきらした長いドレスを着ていました。まゆみさんと同じ銀色の靴もはいています。

「まゆみさん、いつこのドレスもって来たの？」

「いつなんてないの、時間なんかないの。時間がないとすてきなんだから。わたし、ぜったいに年とらないんだ」

「わたしも？」

「そう、すてきでしょう」

　ふみ子はすてきなようなきもちになりました。

「わたし、絵本の中のてんしみたい？」

　ふみ子は、くるくるまわってみました。

「は、は、は、見てごらんなさい」

　まゆみさんは言いました。ふみ子は背中が、もぞもぞかゆいような気がして、うしろをふり向きました。まっ白な羽根が、ゆっくり動いています。

「わたし、本当のてんしになった」

「もちろんよ、すてきだわ」

　見まわすといちめんに、いろんな花が咲いている野原でした。野原の向こうに、すきとおった青い木が銀の粉をふりかけたようにきらきら光っています。花のにおいが、ちいさいつぶつぶになって、ゆらゆら流れています。

　シロフォン*を遠くでたたいているようにきれいな音がきこえて来ます。野原の花の中を小川が流れている音でした。

「ここどこ？」

「どこもないの、ここもないの」

「あそこは？」

　ふみ子が、野原の向こうの青い木の方をゆびさしました。

「あそこもないの」

　まゆみさんが言いました。

　二人は青い木の下にいました。

　青い木はガラスのようにすきとおって、ふかい水色の木の葉が、サラサラとゆれています。青い木の向こうに同じような青いすきとおった木が並んで、遠くは、うす紫色の森でした。

「ほらね、あそこもここもないの、時間もないし、ばしょもない」

*シロフォン　木琴の一種。

まゆみさんは、きれいな声でうたうように言います。

〝とりなんかもいるのかなあ〟とふみ子は思いました。ふみ子の前にまっ白なくじゃくが二羽ゆっくり羽根をひろげて立っています。

すごい、ライオンなんかもいるのかなあ。

ふみ子は、赤い夕日の草原に立っています。銀色のたてがみのライオンが、ふみ子の横にすわって、遠くを見ています。

銀色のたてがみがふわふわと夕日をうけて、オレンジ色に光っています。

まゆみさんが、ライオンのそばにねころんで、夕日を見ています。ライオンはまゆみさんの顔をゆっくりなめ始めました。

「やめてよ、くすぐったい」

とまゆみさんは笑いながら、ライオンのたてがみの中に手をつっこんで、銀色のたてがみをつかんでいます。

「いいなあ。わたしもライオンとあそびたい」とふみ子は思いました。

ふみ子はライオンにまたがって夕日の草原をゆっくり進んでいきます。まゆみさんが、ライオンの横を、草を一本ひきぬいて口にくわえて歩いています。

ふみ子は、ライオンのふわふわしたたてがみをつかんでいます。

「は、は、は、きもちいい、まゆみさん、まゆみさんものりたい？」

「べつに」

まゆみさんはゆっくり歩きながらもう一本、草をひきぬいて葉っぱをふうっと吹いています。

いつまでもこうしていたいなあとふみ子は思います。その時、ふみ子は、いつまでもいつまでもライオンの背中でゆれていることがわかりました。まゆみさんはふうふうと草を吹いています。ライオンが歩くと、ライオンの背中がゆらりゆらりとゆれます。なんだかねむくなりました。同じところをライオンは歩きつづけています。こくんこくんとふみ子はいねむりをします。時々目をあけると、ライオンは、夕日の草原をさっきと同じところを歩いています。いつまでもいつまでも同じところを歩きつづけて、まゆみさんは、草をふうふうと吹いていきます。ふみ子は、つまんなくなりました。

「なんだかあきちゃった」

ふみ子は、ふうふう草を吹きつづけているまゆみさんに言います。

「そう?」

「まゆみさんは?」

「べつに」

まゆみさんは草を吹きつづけています。

またふみ子は、こくんこくんといねむりを始めます。

時々目をさまして、あたりを見回します。ライオンは夕日の草原をさっきと同じところを同じように歩きつづけ、まゆみさんはふうふうと草を吹いています。

「どっかで休もうよ」

「どっかなんかないって言っているのに」

まゆみさんは草を吹きながらふみ子に言います。

ふみ子とまゆみさんは、浜辺にいます。青い海がどこまでも続いて、目がいたいほどです。ザブーンザブーンと波がよせて来て、白いレースのようにひらひらくねくねずるずる動いています。

まるくて白いあわが、レースの穴のようにはじけて、いろんなもようになって、消えてはあらわれ、消えてはあらわれていきます。

まゆみさんは、両ひざをたてて、両手で砂をすくってはさらさらと落としています。

「わたしはまだ、羽根生えている?」

ふみ子はまゆみさんにききます。

「生えているわよ」

まゆみさんは、砂をすくいながら言います。

ふみ子は背中の方をふり返ってみました。ゆっくり白い羽根が動いています。

「わたし、ずっとてんしのまんま？」

ふみ子はききます。

「ふみ子ちゃんが、そうしたいなら」

まゆみさんは砂をさらさら指の間から落としています。

「わたしがてんしのまんまだったら、まゆみさんはまゆみさんのまんま？」

「そうよ」

「ずぅーっと？」

「ずぅーっとなんて、時間はないの、いまがあるだけ」

ふみ子は、手をひろげて、自分の手をながめます。

「この手もずぅーっと、大きくならないの？」

「ならないわよ」

ふみ子はじっと手をひろげて両手を見ました。

「ふみ子ちゃん、わたしといっしょじゃつまんないの？」

まゆみさんは砂をすくいつづけながら言いました。

「わかんない」

「ばかね」

「わかんない」

「わたしは、いまのまんまがいいわ、だってくろうが、ぜんぜんないもの」

「くろうって？」

「くろうはくろうよ」

「わたしが、なんでってきくから？」

「まあね、それもあるわ。それからいろいろしんぱいがあるのもいや」

ふみ子は立ち上がって、波うちぎわまで行って、小さい銀色の靴をぬいで白いあわの中に立ちました。

「ふみ子ちゃん、靴ぬいじゃだめよ」

まゆみさんは砂をすくいながら言っています。

「くすぐったくてきもちいい」

ふみ子はあわの中を歩いていきました。

「ふみ子ちゃん、靴ぬいじゃだめよ」

ふみ子ははだしのまま銀色の靴をぶらさげて、まゆみさんのところにもどりました。

「なんで、靴ぬいじゃだめなの？」

「なんで、なんて言わないの、言ったってむだよ」

「なんで？」

まゆみさんはこわいかおをしてふみ子をにらみました。

「なんでなんでってきくなら、あなた一人でもどりなさい」

「どこへ？」

「そう、どことか、そことか、ここととかがあるところよ」

「いつ、いま？」

「そうよ、いまとか、あしたとか、さっきとか、むかしとか、いつとか、こんどとかがあるところよ」

「まゆみさんは？」

「わたしは、もどらないわよ、ずっとらくちんだけしていたいの」

「どうやったら、もどれるの？」

「靴を返して、その羽根を折ってしまいなさい」

ふみ子はきらきら光る小さい靴を見ました。ほんとにかわいくてきれい。

「あそこにもどったら二度とその靴ははけないんだから」

ふみこは、こんなきれいでかわいい靴を返すのはもったいないと思います。

まゆみさんはにやっと笑いました。

「ほらね。ふみ子ちゃんは、その靴好きなんだ」

まゆみさんはすわったまま自分の足をのばして

高くあげました。

　青い海の中にぽっかりとまゆみさんの銀色の靴がつき出して見えます。

「いつまではいていても、しんぴんのおろしたてなのよ。きれいだわ、ぜんぜん見あきない」

　ふみ子はまゆみさんの横にすわりました。

　銀色の靴を自分の前に並べておきました。

　まゆみさんは足を下ろして、両足をそろえました。きらきら光る銀色の靴が並んでいます。

「わたし、なんだか、さびしいもん」

　ふみ子は言いました。

「靴をぬいだからよ」

　まゆみさんは言いました。

「そうみたい。靴ぬいだらさびしくなった」

「早くはけばいいのよ」まゆみさんはねっしんに言います。「ね、早くはきなさい」

　ふみ子はじっと小さいかわいい銀色の靴を見ます。

「わたし、はかない」

　まゆみさんはこわい顔をしました。

「羽根を折ってもいいの？」

　まゆみさんはこわい顔のままです。

「ただのふつうの女の子になってもいいの？　学校行ったら、いじめっ子にいじめられるかもしれないわ。大きくなったら、赤ちゃん産むのよ。痛いんだから。その靴はけば痛いことなんか、なーんもおこらないわ」

「痛かったらがまんする」

「ばかね」

「ばかでもいい」

「本当にばかね、その赤ちゃんがふみ子ちゃんぐらいになったら、毎日百回もなんでなんでってきくのよ」

「きいてもいい」

「くたびれるんだから」

「くたびれてもいい」

まゆみさんは、首をふりました。

「もう、どうしようもないわ」

「どうしようもなくてもいい」

ふみ子は泣いていました。

「ほら、泣いたりして。靴はけば、泣くことなんかなーんもおこらないのに」

「わたし泣きたいとき泣く」

「わかった、わかった」

まゆみさんはしかたなさそうに言いました。

そしてしばらくずっと遠くの海を見つめました。

「ふみ子ちゃん、わたしのこと好き？」

まゆみさんはふみ子にききました。

「わかんない。でもお母さんは好き」

「そう」

まゆみさんは静かにこたえました。

「ふみ子ちゃん、羽根折ってあげるわ、こっちにいらっしゃい」

ふみ子はまゆみさんのそばに立ちました。

まゆみさんはふみ子の肩に手をおいてじっとふみ子の顔を見つめました。

「わたしはね、ふみ子ちゃんが大好き」

そう言ってふみ子をしっかり抱きしめました。

まゆみさんは花のにおいでいっぱいでした。

それからまゆみさんは、ふみ子のほっぺに自分のほっぺをくっつけました。

「ふみ子ちゃん、さよなら」

そう言うとまゆみさんは、ふみ子の羽根をむしり取りました。

二つの羽根が砂の上に落ちました。

「まゆみさん、さよなら」

ふみ子は小さい声で言いました。


ベッドのそばにお母さんが立っていました。朝の光が、みどり色のカーテンをすかしてふみ子の部屋にさしこんでいました。

お母さんは心配そうにふみ子のひたいに手をお

いていました。

「お母さん？」

ふみ子はお母さんに呼びかけました。

お母さんはふみ子を見て笑っていました。

「なかなか起きないから心配しちゃった」

「なんで？」

「だって、もう九時半なんだもの」

ふみ子は、お母さんの首に手をまわして「起こして」と言いました。

「あら、赤ちゃんみたい。よいしょ」

お母さんはふみ子を起こしながらベッドに腰を下ろしました。

「は、は、は、は」二人で笑いました。

「ねえ、お母さん、むかし、まゆみさんだった？」

「あら、いまだって、お母さんはまゆみさんよ」

「ちがうんだよ、むかしのまゆみさん」

「むかしのまゆみさんねえ、そうねえ、むかしのまゆみさんもいたわ。お母さん、むかしきれいだったんだ」

「知ってる」

「あら、なんで？」

「お母さんもなんでってきくね」

「あら、そうよ、なんで？」

「なんででも。ねえ、お母さん、わたしがなんでってきくときらい？」

「だって、しかたないわよ、子どもだもの、なんで、なんでってききながら、大きくなるものだわよ」

「でもときどき、おこるじゃない」

「だって、めんどくさい時だってあるわ。それに、むずかしくってわかんない時だってあるもの」

「えー、大人だって、わかんないことあるの？」

「あたりまえよ、わかんないことだらけです」

ふみ子は、パジャマをぬいで、ジーンズとTシャツを着ながら言いました。

「わたし、銀色の靴はかないよ」

お母さんはきこえなかったみたいでした。

「ねえ、お母さん、わたしお父さんとさんぽする時、ズックだけはいていい？」

「なんで？」

お母さんは、ふみ子のパジャマをたたみながらきいています。

童話 Ⅱ

北京（ペキン）のこども

一

母は巨大な乳房（ちぶさ）を持っていたのに、初めての子供だった兄にお乳（ちち）が出なかった。

兄は赤ん坊の時、グリコーゲンのミルクを飲んでいた。

私は母の巨大な乳房から母の乳を飲んだ。

私が乳房をつかんでもむと、母の乳はいつまでも出てきた。

私は自分が歩き出しても母の乳房をつかんでいた。

父は早くやめさせようとした。

父は母の乳首（ちくび）に黄色いカラシをつけた。

私は黄色いカラシがついているのを見ると、飲むのをやめた。

そしてカラシのついていないときは、母の乳首をくわえていた。

「しぶとい子だな」

と父が言った。

父は墨とすずりをとり出し、母の乳房もとり出した。

母の乳房はどってりと二つ並んで広々としていた。

父はその乳房の二つに、筆でねずみを描いた。

二匹のねずみは私にもねずみに見えた。

私はヨタヨタと立ち上がり、隣の部屋に二つ並んだホーローの洗面器のところまで行き、下にかかっていたタオルを引き抜くと、タオルのはじをぬらした。

そして母の乳房のねずみを消した。

ねずみは灰色に溶けて、二つの乳房の上で汚ないしみになった。

それから母のひざにのっかって乳を飲んだ。

これは私がしっかりした子供であるという認識を父に与え、その認識以上のものをいつも私に見ようとしていた父の、最初のできごとだった。

それが二歳だったのか一歳半だったのか覚えていない。

しかし、どってりと二つ並んだ母の乳房の上のねずみを、私はいつまでも覚えていた。

グリコーゲンの缶が家にあった。

紫色の丸い缶は金色の線が入っていて、ピカピカ光っていた。

兄はもうミルクを飲んでいなかったが、家にいくつかあった紫色のグリコーゲンの缶は、私に兄に対する羨望(せんぼう)と尊敬をもたらした。

「ええ、この子はグリコーゲンだけで育てました」

と母は言い、英国製の紫色の粉ミルクが大変高価だったことを強調した。

それによって兄もまた高価な子供になるのだった。

兄は虚弱なだけではなかった。

兄は内臓が裏返しになっており、心臓弁膜症(べんまくしょう)であった。

やせて大きな目と紫色の唇を持っていた。

父も母も、最初の男の子の心臓が右にあることを、しばらく知らなかった。

風邪(かぜ)をひいた兄を北京大学の病院に連れて行き、兄はそのまんま大学病院の学生の教室に連れて行かれて、真ん中の台に裸のまんまのせられて教材になった。

母はその話を何度もした。

そしてそのたびに涙をぬぐった。

「裸のまんま、まるでモルモットのように」

私は、それをほれぼれきいた。

少し寒くなると紫色になる唇と爪の兄を羨しく思い、そして胸の底からの切なさが、私の胃袋の上を痛くした。

私は風邪さえひかず、医者にかかったことがなかった。

私が母の巨大なおっぱいから際限なく母の乳を飲んだことは、乳房のねずみを消したことと重ねて、笑い話になっていた。

一歳の誕生日に私は片手にゴボウの天ぷら、片手にアイスキャンデーを持ち、それを交互に食べて下痢もしなかった。

父は、

「こんな太いくそをする子供は見たことがない」

と私をひざにのせて、ひげでざらざらするあごを私の顔にこすりつけた。

母は毎日兄が便所から出て来ると、

「ビチビチ?」

ときき、兄は、

「ビチビチ」とか「ビチビチじゃない」

とか言っていた。

そして兄と私に、ハリバというオレンジ色の甘い丸薬とワカモトを飲ませた。

母は私に、

「ビチビチ？」

と一度もきかなかった。

私は丸々と太って、ぴったりと兄にくっついていた。

北京の家で私と兄に外界（がいかい）はなかった。

二つ違いの私達は、家の中と庭だけで生きていた。


庭は真四角（ましかく）に泥（どろ）の塀（へい）に囲まれていて、空も真四角だった。

私と兄は二つ並べたふとんに手をつないで寝た。

兄と手をつなぐと、体中が安心した。

私と兄は笑い出すことがあった。

笑うまいとするだけで、笑いが凶暴な動物のようにあばれまわり、身をよじって笑いころげて、おへそのまわりの皮がかたくなった。

私達はいつ眠るのか知りたいと思った。

だから先に眠った方が、

「ねた」

と言おうと兄が言った。

私達は眠ろうとする。

「時」をつかまえようと、じっと目をつぶり静かにした。

「ねた」

と兄が言う。

私は目をつぶった兄の顔を見て、

「ほんとうだ」

と思った。

先に眠ってしまった兄に、私は闇の中に残されて不安になり、手を握り直した。

兄は眠ったまま握りいいように手を組みかえてくれる。

そのうちに握っていた兄の手がほどけてくる。

もう一度握りかえしても、兄の手はダランとして握れない。

私は兄の人さし指をしっかり握って、暗い闇の中をじっとしている。


闇の中に橋が見えてくる。

絵本で見た牛若丸(うしわかまる)が飛び乗ったような橋である。

橋が見えてくると、遠くから、ほんとうに遠くから、かすかにでんでん太鼓(だいこ)の音がしてくる。

かすかなでんでん太鼓は、とても哀しい音にきこえる。

でんでん太鼓の音は、だんだん近づいてきてとてもこわい。

私は身動きもできない。

でんでん太鼓の音は私の耳もとまで来て、頭が割れそうになる。

ついに頭の中に入ってきて、それから頭を通り抜けて、また遠くへ遠くへとかすかな音となって
消えていく。

私は闇の中に残される。

私は疲れ果てる。

そして、いつも知らないうちに眠ってしまった。

パジャマをぬぎながら、私は兄にきく。

「夜寝る時、でんでん太鼓の音がきこえてくる？」

兄はぐるぐる回る大きな目で私を見る。

そして、

「うん、きこえてくる」

と言った。

私はとても安心する。

「こわいねェ」

「あれは、死んだ人が鳴らしているんだぞう」

と兄が言う。

私は死んだ人なんか一人も知らない。

「死んだ人ってこんなだぞう」

兄は目を真っ白にして、手をブランと下げて、口を半開きにして、私の目の真ん前に、真っ白にひっくり返した目を近づけてくる。

私は兄が死んだらほんとうに目が真っ白になってしまうかと思って泣き出す。

二

兄は電気機関車を持っていた。

電気機関車は火花を散らして走った。

兄はだだっ広い板の間にレールを丸くつなげたり、くねくねした形にしたりして、床に顔をこすりつけて、走る機関車をながめていた。

兄は電気機関車がレールの上だけを走るということが理解できなかった。

兄は電気機関車を庭の砂場に持って行き、トンネルを掘った。

そして砂場中に道を作った。

私はしゃがんで兄のすることを見ていた。

私は電気機関車が電気で走ることなど知らなかったが、砂場で電気機関車を走らせてはいけないと思った。

しかし、砂場を電気機関車が走ったらいいのにとも思った。

電気機関車は動かなかった。

兄は機関車を砂に強く押しつけ何度も押した。

そしてあきらめた。

電気機関車はもう板の間のレールの上でも走らなくなった。

父は板の間にあぐらをかいて、つまった砂を洗い出そうとした。

父は母に、大きな紺色(こんいろ)の梅の花のどんぶりに、アルコールをなみなみと満たさせた。

そして歯ブラシをアルコールにひたして電気機関車にこすりつけたり、機関車をどっぷり、どんぶりの中にひたしたりした。

父は何度も、

「馬鹿めが」

と言った。

父が「馬鹿めが」と言うと、兄は「馬鹿め」というものになってしまった。

私も兄と同じ「馬鹿め」になった。

突然、電気機関車から火花が散った。

どんぶりにものすごい火柱が立ち、天井までとどいた。

父は火柱の立ったどんぶりを持ち上げ、板の間からたたきを通って、庭にどんぶりを投げた。

庭に火が広がり、どんぶりからこぼれたアルコールが板の間にめらめら燃えて走っていった。

母は私を横がかえにし、隣の部屋の押し入れを開けた。

いちばん上に、紫とオレンジ色の客用のふとんがあった。

母は私を横がかえのまんま、そのふとんをはたき落とし、その下にあった木綿のふとんをひきずり落とした。

私の記憶はそこまでしかない。


見たこともない大きな火柱(ひばしら)を初めて見、床をはう火が生き物のようであったのに、それはあわい写真のようにしか記憶がない。

私が色あざやかに覚えているのは、アルコールが入っていたどんぶり鉢(ばち)の藍色(あいいろ)と、そこに白く染め抜かれていた梅の花の模様である。

そして母がはたき落とした絹の客用のふとんの手ざわりと、紫色とオレンジがかった大きな格子(こうし)柄(がら)をありありと思い出す。

その二つだけが、炎よりも極彩色(ごくさいしき)に私にやきついた。

電気機関車が再び動くことはなかった。

父は兄に電気機関車を与え、それは兄の電気機関車であったはずなのに、私にはそれが父の電気機関車のような気がした。

兄が、砂場でトンネルの中を走らせようとした子供らしさを、父は許していなかったような気がする。

「馬鹿めが」と何度も腹立たしげに兄を非難しながら電気機関車を直そうとしていた迫力は、たかが子供のおもちゃを直すということを越えた、執念とか真剣さで私たちを圧倒した。

兄はたくさんのおもちゃを父から与えられ、板の間にはスベリ台もあった。

おもちゃがこわれると、父は自分の器用さを誇るように、

「こんなものは、いっぺんに直してやろう、見てろ」

と言いながら、直した。

普段より、むしろ機嫌がよかったかもしれない。

私たちがこわれたおもちゃを父に持って行くとき、父はそれをたちまち解決する全能の人だった。

あるいは、

「こりゃあだめだ」

と言えば、父が言った瞬間から「こりゃあだめだ」になるのだった。

しかし、何でアルコールだったのか。

それも、なんであの大きなどんぶり鉢いっぱいのアルコールだったのか。

三

日のあたる座敷で、母が座って何かしていた。

母のお腹はまん丸だった。

どうして母のお腹がまん丸なのか、不思議とも異常とも思わなかった。

母のお腹が三角でも、母であることに何の異常も感じなかったと思う。

私は母のそばで寝ころがっていた。

「この中に赤ちゃんが入っているのよ」

母がとても優しい声で言った。

「えっ、ほんと？」

私はそんなとき驚かねばならないということを、何かから命令されて知っていたような気がする。

「だからね、あなたはお姉ちゃんになるの」

私は俄然（がぜん）、お姉ちゃんという身分に興奮した。

「いまわたし、もうお姉ちゃん？」

「まだよ、生まれてきたらね」

「でも、もう赤ちゃんはお腹の中にいるんでしょ？」

「そうよ」

「じゃあ、わたしはもうお姉ちゃんだよね」

「生まれてきてからよ」

母はまだ何か言ったかもしれない。

そのときから私は、自分のことをお姉ちゃんと名のった。

私は、父にも母にも兄にも、お姉ちゃんと名のった。

父も母もはじめはあきれてそれを黙認（もくにん）し、そしてそれは、ほぼ永久に固定してしまった。

私はそれ以前、自分のことを何と名のっていたか覚えていない。


私は生まれてきた弟に、ほとんど興味を持たなかった。

弟は病院で生まれたのか家で生まれたのか。

気がついたときは、木の赤ん坊用のベッドにいた。

ベッドの奥の壁に、父の書いた漢字を並べた白い大きな紙が二枚たれていた。

生まれてきた子を祝う、漢詩のようなものだったのかもしれない。

私は弟を見ないで、その読めない字をしげしげと見た。

ある日、赤ん坊のベッドの横に大きなざるが置いてあり、その中に小豆(あずき)が入っていた。

兄はその小豆を一つぶ、赤ん坊の鼻の穴の中に押し込んだ。

赤ん坊はくしゃみをして、小豆をはじき飛ばした。

私と兄はゲラゲラ笑った。

兄はもう一つざるの中から小豆を持ってきて、赤ん坊の鼻の中に押し込もうとしたが、小豆が大きすぎて入らなかった。

兄はそれを、自分の鼻の穴の中に押し込んだ。

そして、「フン」といきんで、小豆を飛ばした。

水(みず)っ鼻(ぱな)もいっしょに飛んだ。

私たちはゲラゲラ笑った。

今度は兄は、ざるの小豆の中に顔を埋め込んで、思いっきり小豆を吸い込んだ。

兄の鼻はぐっと横に広がって、ボコボコして見えた。

兄は「フン」といきんだが、小豆はただボロボロと鼻から落ちただけだった。

そして兄は異様な顔つきになった。

鼻のうんと奥に、一個だけ小豆が入り込んでしまったのだ。

鼻の上から指で押さえたり、小指をつっ込んだりしたが、小指をつっ込んだので、さらに小豆は奥に入った。

兄は息を吸い込んで吹き出させようとしたが、小豆はもっと奥に吸い込まれてしまった。

兄の目は恐怖で次第に見開かれ、私は兄が死ぬと思い、心臓がきしみ出すほど痛くなった。

私は床に土下座（どげざ）して、頭を床に何度もぶつけて泣き出した。

まるで、自分の鼻の奥に豆が入って、床に頭をぶつければ小豆はとれるかもしれない、と思ったようだった。

私の泣き声で、兄はほえるように泣いた。

鼻の穴を天井に向けたまま。

その小豆がどうやって出てきたか覚えていない。

よく日のあたる暖かい日、庭で、声をあげて笑うようになった弟を、母がしゃがんで抱きあげていた。

母は、弟のお腹に顔をうずめてくすぐった。

弟は身をそらして笑った。

ふたりのころがるような笑い声は空に吸い込まれて、くり返しくり返し湧（わ）きあがっていった。

私はよく笑う太った弟を、初めてかわいいと思った。

そして、その弟のお腹に顔をうずめて弟といっしょに笑う母を、絵本の中の優しいお母さんみたいだと思った。

のけぞって笑う弟の鼻の穴が、しゃがんでいた私から見えた。

その弟の鼻の穴を見て、喜びがふきあがるように湧いてきた。

それは鼻の穴に小豆を入れた弟が無事だったということではなく、兄が、あの一つぶの小豆を鼻から出して、今もちゃんと生きているという安心感だった。

四

父は市街電車に乗って会社に行った。

電車通りにびっしりと屋台が並んでいて、支那人のわんわんした気配があった。

壁に白いかたまりを投げつけてあめをつくるあめ屋もいた。

三角の馬ふん色をした蒸しパンを並べている屋台もあった。

蒸しパンの中に干したなつめが入っていて、そこだけ光っていた。

大きな鉄のなべを地面に置いて火をたき、とうもろこしの粉をこねたものを、あっという間に二、三十個なべの内側に等間隔に「ペチャッ、ペチャッ」と投げつけるパン屋は、手品つかいみたいだった。

もち粟の中にあんこを入れて揚げるチャーガオ屋には、人が行列していた。

ハエがぶんぶんまっ黒にむらがっていた。

どこから来るのか、ラクダが長い足を折って、泥の壁のそばに静かに座っていた。

ラクダは全体が黄色いほこりにまみれていて汚らしく、長い白っぽいまつげにも、黄色いほこりがフワッとついていた。

ラクダが静かにゆっくりまばたきをすると、私は淋しかった。

おばあさんの卵屋が地べたにしゃがんでいた。

平べったい大きなざるに、薄茶色の卵を山盛りにしていた。

卵屋のおばあさんは、紺色の木綿のみじかい支那服を着て紺色のズボンをはいていたけれど、支那服の胸ははだけていた。

首に大きなこぶがだらりとたれていて、首のボタンがはまらないのだ。

そのこぶは、ちょうど大きめな卵が中に入っているくらいで、丸くて日にやけた皮膚がぴかぴか光っていた。

洋服からはみ出している皮膚が、どこもかしこもしわしわなのに、こぶだけは、つるりんとして、しわがぜんぜんなかった。

私は卵屋のおばあさんは、あのこぶの中に卵を入れているのだと思っていた。

だから並べてある卵は、おばあさんがこぶから産むのだと思っていた。

支那人のざわめきと食べ物の濃い匂いが、電車通りにぎゅっと押し込んだようにあふれていた。

ときどき阿媽*が、私を乳母車に乗せて買い物に連れていった。

＊阿媽（アマ）　当時日本人家庭に雇われていた中国人のメイド

私は乳母車の中から電車通りを見ると、わくわくした。

ハエがわんわんむらがっている食べ物は、私がまだ食べたことがないものばかりだった。

私は何でもいいから食べてみたかった。

なかでも我慢できないほど欲望をそそられるのが、わらの筒（つつ）にさしてある、鮮やかなピンク色の果物を三つか四つ串ざしにして、てかてかにあめをからめてあるものだった。

それはどんな遠くからでも、私の目に飛び込んできた。

私はどんな目つきをしてそれを欲しがっていたのか。

阿媽はその前を通るとき、首を横に振った。

私は食べたくて食べたくて、身もだえせんばかりだった。

それはいつも遠ざかっていった。

私は乳母車のへりにつかまって、遠ざかっていくピンクの玉を、切なく思い切れなかった。

ある日、阿媽はその前で止まった。

そして一本を買ったのだ。

興奮で世界中がワナワナふるえ出した。

ワナワナふるえていたのは私だった。

串を手にしたまま阿媽は、お母さんに言ってはいけないと言った。

私は大きく何度もうなずいた。

やっと私が串を手にしたとき、乳母車が動いた。

そして串は地面に落ちた。

私は声も出なかった。

地面に落ちたピンクの串は、遠ざかっていった。

阿媽がそれに気がついて、私を見た。

私は黙って阿媽の目を見た。

阿媽は落ちたピンクの串を見て、舌打ちをして、そのまま乳母車を押しつづけた。

私はいつまでもいつまでも、落ちたピンクの玉の串を見ていた。


父が財布(さいふ)を忘れて、会社に出かけたことがあった。

母は財布をつかんで父を追った。

母が帰ってきて、大きな声で私と兄に言いつけた。

「お父さんはチャーガオ屋にいた。チャーガオをフウフウ言って食べていた。財布を忘れたまんまで」

私はそのとき、父をとても好きだと思った。

五

私たちの外界のはじまりは、路地の門をくぐると開ける小さな広場だった。

大きななつめの木が、四本並んでいた。


家にいると、キーコキーコと音がする。

私と兄は路地を走って見にいく。

なつめの木の下に、茶碗屋がいた。

茶碗屋は、割れた茶碗に小さな穴をあける。

細長い金属で茶碗に穴をあけるとき、キーコキーコと笛のような音を出した。

私と兄はその前にしゃがみ込む。

茶碗屋は、二つに割れた茶碗の両方に穴をあけ、それに金色の真鍮（しんちゅう）の小さな留め金をさし込む。

茶碗は、手術のあとのお腹のようになった。

床屋も来た。

床屋は、赤い箱を、赤い天秤棒（てんびんぼう）の両方にぶら下げて来た。

赤い箱には引き出しがあり、その中にバリカンやはさみが入っていた。

箱の一つにお客が座ると、床屋は引き出しの中から白い布を出して、お客の首に巻いた。

私と兄は、しゃがみ込んでずっと見ている。

兄は私の肩に手をかけ、私はその手を自分の手で握っていた。

私は握っている手が疲れると、別の手にかえた。

兄の手の爪が見える。

兄の爪は薄い紫色をしていた。

私はときどき、床屋を見ないで、兄の爪を見ていた。


父が会社に行くとき、私はなつめの木の下まで、父と手をつないで行った。

そして、なつめの木の下で手を振った。

手を振り終わると、私はすることがなかった。

私は、なつめの木にしがみついた。

ざらざらした木の幹に顔をこすりつけると気持ちがよかったので、私は幹にしがみついたまま顔を動かした。

そして、いつ幹から顔をはなしていいのか、わからなかった。

シーンとして誰もいない。

誰か通りかかればいいと思いながら、私はいつ幹から離れてよいかわからないまましがみつきつづける。

シーンとしている。

自転車に乗った中国人の女学生が二人、通りかかった。

女学生は私の方を見る。

私はほっとして、幹からからだをはなして家に帰った。

夏になると、なつめの実が落ちた。

私はひろって食べる。

茶色い実もまだ青い実も、どこか虫がくっていた。

そこをよけて、しゃがんで、いつまでもなつめの実を食べた。


一日おきに、水屋（みずや）が水を売りにきた。

北京は水のない町だった。

水屋は一輪車に、丸い木の風呂桶（ふろおけ）のような桶を一つのせて、なつめの木の下に止めた。

母は、針金に通した小さな竹の札を何枚か水屋にわたす。

竹の札は黒光りし、カタカタ音がした。

水屋は札と同じ数だけの水の入った木の桶で、家の台所の水がめに水を満たした。

一輪車の水桶の下の方に丸い穴があいていて、ぼろきれを巻いた太い木で栓（せん）がしてあった。

通りかかった支那人がときどき、水屋が私の家の方に行っているあいだにその栓を引き抜いて、飛び出してくる水に口をつけて飲み、また栓をした。

父がしたのを見たこともある。

ある日、私もそれをやってみようと思った。

ぼろに巻かれた栓は、なかなか抜けなかった。

私は、こん身（しん）の力をふりしぼって引き抜いた。

水がまるで石のかたまりになったように飛び出してきた。

私は、はじき飛ばされそうになって、少しだけ水をなめた。

水はかたい棒のようであり、私は棒の外側をなめただけだった。

私は、ぼろきれを巻いた栓を、また穴につっ込もうとした。

水は栓をはじき飛ばし、私をはじき飛ばした。

私は栓を捨てると逃げ出した。

遠くで、水屋のどなる声がきこえたような気がした。

兄はいなかった。

それから私は、あまり行ったこともない路地から路地を歩いた。

ときどきしゃがみ込んで、地面をこすって穴をあけた。

水桶は、からっぽになってしまっただろうか。

水屋は母に言いつけるだろうか。

地面に、折れたくしが落ちていた。

私はそれをひろって、手で汚れをきれいに落とした。

くしの目と目のあいだの汚れは、折った木の葉っぱをつっ込んで落とした。

折れたくしは、あめ色に光った。

私はそれを持ち、それまで行ったこともない朝鮮人の洗たく屋に行った。

そしてその家の、私より年かさの女の子にそのくしをあげるから遊ぼうと言った。

女の子はくしの裏表をとっかえひっかえ調べてポケットに入れ、

「遊ばないよ」

と言った。


私はのろのろ家へ帰った。

明るい真昼だった。


お汁粉(しるこ)の匂いがしていた。

兄はもう食べたあとらしかった。

「いったいこの子は、どういう子だろう」

母は私をにらみつけ、汁粉の入ったお碗とはしをくれた。
私は部屋の隅に行き、隅に向かって泣きながら汁粉を食べた。
水桶はからっぽになってしまったのだろうか。
兄はにやにや笑いながら、私の後ろを行ったり来たりした。
水桶はからっぽになってしまったのだろうか。

それから私は、水屋が来ると家の中で息をころしてじっとしていた。
水屋は、来るたびに私をさがしてつかまえようとしているような気がした。

六

家の門を開けると、泥の塀に囲まれた細い路地が右にのびていて、路地の入口にも屋根のついた門があった。
私の家はどんづまりから二番目だった。

隣の隣の家には支那人が住んでいて、いつも門が開きっぱなしだった。
そして中庭であひるを飼っていた。

あひるは自分の家の門を越えて、路地まで出ていることがあった。

私はあひるが路地に出ていると、辛抱強く、あひるがいなくなるまで待った。

あひるは、ぶ厚いもえるようなくちばしをしてヨタヨタ歩き回っている。

ある日私は路地から家へ向かっていた。

振り向くと、あひるがオレンジ色のくちばしで私のおしりにかみつこうとしていた。

私はギョッとして走り出した。

あひるも私のおしりから一ミリも離れず走ってくる。

私は大声をあげて泣きわめき、持っている力のかぎりで逃げた。

私は首を後ろに向けたまま逃げた。

あひるはグワッグワッと鳴きながら、ほとんど私のおしりにかみついているのと同じだった。

しかもあひるの方が、明らかに私より体力の余裕がありそうに見えた。

私は家のお碗型のチャイムにぶら下がっている輪っぱを、飛び上がって鳴らした。

私が飛び上がると、あひるも飛び上がる。

のんびりした支那人の阿媽が、ガラガラと四角いかんぬきを引き抜く時間の長さといったらなかった。

門が開くと同時に、私は庭に飛び込んだ。

阿媽は大口を開けていつまでも笑っていた。

あのあひるは、私と全く同じ背の高さであり、あのオレンジ色のプラスチックのようなくちばしは、私のおしりをひとくわえできるほど大きかったと今でも思う。


家の門は八角形だった。

八角形でグリーンのペンキが塗ってあった。

路地側から見ると、門と続きの塀には細いななめの桟（さん）が菱形（ひしがた）に打ちつけてあり、それもグリーンだった。

そして内側の泥の塀とのあいだに、二〇センチほどのすき間があった。

夏のあいだ、菱形の桟に朝顔のつるが巻きついていた。

私と兄は、ときどき、菱形の桟と桟のあいだに棒をつっ込んでかき回した。かき回しても何があるわけでもなく、中は暗いだけだった。

ある日、その桟から蜂が何匹も出たり入ったりしていた。

兄はランニングに半ズボンをはき、長い棒を持ってきた。

「この中に蜂の巣があるんだ。蜂は悪い奴だから、たいじする」

兄は長い棒をめくらめっぽう桟の中に入れてかき回した。

何かがストンと落ちたと同時に、塀のあいだから、何百匹という蜂がかたまりになって飛び出してきた。

空が暗くなった。
兄は棒を捨てて門の中に逃げ込んだ。
私は門を抜け、家の玄関に飛び込み、ガラス戸を閉めた。
兄は一生懸命八角形の門を閉めて、太いかんぬきをかけようとしている。
蜂は塀の上を飛び越えて、兄の頭の上でうず巻いている。
私は玄関から大声で兄を呼び、ガラス戸の中にひっぱり込んだ。
兄の頭に何本もの蜂のやりがつきささり、しばらくすると頭はボコボコになった。
兄はずっと泣いていた。

父が会社に出かけるとき、私たちは門のところまで行って手を振った。
会社に行くとき、父は立派な人だった。
黒いシボシボのあるカバンは、何が入っているのかわからなかった。
そして灰色と茶色のまざったコートを着て、ピカピカにみがいた靴をはいた。
私は毎朝、父が靴をはくのをしゃがみ込んで見た。
足が靴べらで靴の中に押し込まれるのを見ると、とても充足(じゅうそく)した。
父は泥の塀に囲まれた路地を、細長い体をゆらしながら、路地の門で消えた。

七

冬、朝起きると、窓ガラスにレースのような氷の模様ができていた。

小さく区切られたガラス窓は、一枚一枚ぜんぶ違う連続模様がびっしりできていた。

私と兄はそれを爪でこすり取った。

生まれて初めて、私はほんとうに不思議なものを見た。

毎朝毎朝、不思議であった。

昨日と同じものは一つもない。

何枚もの違う氷の模様の中で、私と兄は、たちどころにいちばん美しい一枚を選び出すことができた。

あるいは兄が選ぶものに、私は何の疑いも持たずに同意したのかもしれない。

あるいは兄が選ぶものが、私の中でいちばん美しいものになったのかもしれない。

そしてその一枚に、どちらが先に爪を立てるかあらそってけんかをした。

朝ごはんがすむと、私と兄は、吸入器の前に首のまわりにタオルを巻いて座った。

アルコールランプをつけると、ガラスの筒から湯気がシューシュー汽車の蒸気のように出てきた。

その湯気の真ん中に口を開け続ける。

口からだらだら水がたれて、それを銀色の皿に受けた。

実に苦痛であった。

口がくたびれるのである。

コップ一杯の水が湯気になってなくなるまで、口をダーッと開けて、目ばかりキョロキョロさせていた。

終わって母がタオルでごしごし顔をふいてくれると、ひび割れてガサガサしている自分のほっぺたが、つるりとしているのがわかった。

私は、何のために吸入器の前に毎朝座るのかわからなかった。

考えもしなかった。

「きゅうにゅう」というものは、世界中の子供が受けねばならぬ難行苦行なのだと感じていた。

私は、兄以外の子供をほとんど知らなかった。

兄と私がすることは、子供ぜんぶがすることだと私は思っていた。

家の前の路地に、荷車を引いて来た馬がおしっこをするのを見た。

馬は、触ればはじき飛ばされそうな太いおしっこをしていた。

湯気が出ていて、くさかった。

おしっこは地面にとどくまでに凍って、地面に氷レモンのようなサクサクする氷の山ができていた。


夕方会社から戻って来ると、父は外の寒さのかたまりのようになって、家の中に入ってきた。

父が歩くと、冷たい風が動いた。

父のオーバーに顔を近づけると、冷たい膜が父をしっかり包んでいるのがわかった。

見上げると、父の鼻毛の一本一本に白い霜がびっしりついていた。

私は、自分に黒々とした鼻毛がないのが残念だった。

それが溶けると、父は鼻みずをたらし鼻をかんだ。

私は、火の玉のように胴をオレンジ色にして燃えているストーブのある家で、近よると寒い父の側によったり離れたりするのが面白くて、父が寒くなくなるまでまとわりついていた。


冬になると、乞食が急にたくさん現れた。

乞食は、空缶に針金をつけたものだけを持っていた。

朝ごはんを食べていると、門で物乞いをする乞食の声がきこえてくる。

長く音をひっぱる泣き声がまじる支那語は、うちの支那人の阿媽のしゃべる声と別であった。

私は、乞食は乞食用の声を持っていて、ほかに声がないのだと思っていた。

乞食の声がきこえると、阿媽は台所から出ていって、門でどなっていた。
しばらく静かになり、阿媽は台所に戻る。
またきこえる。
父が舌打ちしながら、いきおい込んで立ち上がる。
私には父が待ち構えていたように思える。
父は門のかんぬきを引き抜いて、その長い棒を振り回す。
そして静かになった。
父がある日帰って来て、なつめの木のある広場で年とった乞食が死んでいると言った。
出かけていくときはまだ生きていた。
長い爪で、凍った地面をひっかいたあとがあったと言った。
父はそばに寄って調べたのだろうか。

ある朝、女の乞食の声がした。
女の声に、細い声がいくつもまじっていた。
子供の声だった。
阿媽は門の内側でどなっていた。
女の声も細い声もやまなかった。

父が出ていった。

窓から門が見えた。

赤ん坊を抱いた女の乞食がかきくどいていた。

その周りに、小さな何人もの子供が、泣き声とも叫び声ともつかない声を出していた。

それは抑揚のない、一本の糸のようにきこえた。

父はかんぬきを振り回した。

声は次第に遠くになったが、調子は低くも高くもならず、切れ目もなかった。

そして、やがて消えた。

たくさんの乞食を見た。

しかし私は、小さな子供が何人もまとわりついていた乞食を見たとき、息が止まりそうだった。

兄と同じくらいの子供も、私と同じくらいの子供も、もっと小さな子供もいた。

私と兄は、こすり落とした美しい氷紋(ひょうもん)の溶けたあとの窓ガラスにへばりついて、見ていた。

ストーブが火の玉のように燃えている部屋の窓から、ただ見ていた。

門が閉まったとき、私の目を見た兄の目を、何と表現したらいいのか。

私は成長するにしたがって、子供をたくさん連れた女の乞食を思い出すことに強い苦痛を感じた。

馬のおしっこも凍る北京の寒さの中で、どこかに消えていった調子の変わらないあの家族の声を思い出す苦痛とともに、父が特別に残忍な人だったのではないか、という疑いを持つ苦痛であった。

そして、何も言わずに私の目を見た兄の目を、忘れることができない。

八

万寿山(まんじゅさん)に行った。

父と母が、両手をつかんで私を歩かせた。

水たまりがあると、父と母はそのまま私を持ち上げた。

私は体中がうれしかった。

お弁当を食べた。

写真を撮った。

写真には、二歳になっていないくらいの私が、あらぬ方を向いて、エプロンをかけて、赤ん坊用の帽子をかぶっていた。

私はその写真をたびたび見た。

写真を見ると、そこへ行くまでに、父と母が水たまりで私をつるし上げてくれたことを思い出すことができた。

私は、写真を見るたびにそれを思い出した。

天壇（てんだん）に行った。

天壇を後ろにして写真を撮った。

その写真を見ると、モノクロームであるのに、私は天壇の青とグリーンのまざったような、輝くような丸い屋根を思い出すことができた。

三歳のときも、五歳のときも、今も。

父が兄の三輪車を買ってきた。

写真を撮るので、私と兄は、空のリュックサックをしょった。

兄が三輪車にまたがり、私は三輪車のサドルについている金具につかまって、三輪車の後ろにしゃがんで乗った。

その写真がよく撮れているので、大きく伸ばした。

いつもの小さな写真は表面がツルツルしていたが、大きな写真は、ザラザラしていて茶色かった。

私はその写真を見ると、髪の毛がつむじから流れている自分の頭を思いおこした。

そのときいっしょに撮った写真に、私がひとりで砂場にしゃがんでいるのを、真上から撮ったのがあった。

同じ洋服を着ているので、同じ日だということを覚えていたのだ。

砂場でしゃがんでいる私の写真を見ても、よく撮れた三輪車のことは思い出さなかった。

もっと大きくなってよく撮れた三輪車の写真を見ると、乗って乗って乗り疲れさせた三輪車が、サドルの前で真っ二つに割れた日のことを思い出した。

三輪車に乗って遠出した兄が、二つに分かれてしまった後輪と前輪を両手にひきずって、泣きながら門の前の路地を帰って来た。

その時の兄の靴を思い出した。

太いベルトについている二つのボタンを留(と)めないではいていた兄の靴が、パッカンパッカンと動いていた。

靴下をはかないやせた兄の足のかかとが、その靴からはみ出したり、見えなくなったりした。

何でもないのに、庭で写真を撮ることがあった。

みんな洋服を着替えて帽子をかぶった。

私はどうにかして、自分ひとりだけで写真を撮ってもらいたいと思った。

頭の真上からなんかでなく。

着物を着た母を、父は写真に撮った。

母を、門のわきの塀の前に立たせた。

塀にからみついたつるに、花が咲いていた。

母が正面を向いて立つと、父は後ろを向けと言った。

後ろを向くと、片方の足をななめ後ろに出せと言った。

母は不機嫌になり、父は、

「そうじゃない」

と舌打ちをした。

母の着物は、グレーに黒い竹の葉っぱがついていた。

顔のまったく見えない後ろ向きの母の写真を見ると、私は父と母の不機嫌な気配を思い出した。


日本からときどき小包が来た。

人形と雑誌が入っていた。

座敷に正座して、兄は雑誌を持ち、私は人形を抱いた。

父は雑誌の表紙をカメラの方に向けさせた。

そして私に、人形もカメラの方を向かせて抱けと言った。

そんな風に人形を抱くのは嘘みたいだと私は思った。

実に私がかわいく写っていたが、その写真を見ると、嘘くさいことをやったもやもやしたいらだちがよみがえってきた。


会ったこともないおじいちゃんから、振袖の着物が送られてきた。

私は興奮した。

ついに私も、隣のひさえちゃんのような、にぎにぎしい着物を着ることができる。

紅色（べにいろ）にごちゃごちゃ模様のついた着物が出てきて、それに触ったとき、私はばく然とがっかりした。

手ざわりが、ひさえちゃんの着物と少しちがうのだった。

私はひさえちゃんの着物がほんとうで、私の着物はほんとうではないのではないかと思った。

帯が出てきたときは、はっきりとがっかりした。

ひさえちゃんの帯のように、かたくてゴソゴソしている帯ではなく、薄い一本の布だったからだ。

それに金色の刺繍（ししゅう）がついていなかった。

ところどころにぶつぶつがあり、手でひっぱると、そこはゴムのように伸びた。

それから、小さな赤いエナメルのハンドバッグがあった。

私は興奮した。

口金（くちがね）に、丸い赤いセルロイドの玉がついていた。

開けるとパチンと音がした。

私は力を込めて閉めようとした。

ピーンと音がして、赤い玉は天井に飛んで行ってしまった。

私はぼう然とした。

それを着て写真を撮った。

着物に手を通すと、人形になったようにうれしく、満足して、口を閉めようとしても横に広がってしまうほどうれしかった。

父はたもとをたたみに流して、その形をあれこれ変えた。

そして、ついにひとりで真正面から写真を撮ってもらった。

それから、兄に新しくできたオーバーを着せた。

父は、兄と着物を着た私を、八角形の門のところに立たせた。

兄は帽子をかぶり最敬礼（さいけいれい）をした。

ふたりで並んだが、兄は明らかに私のそえものであった。

私は満足し、兄にすまないような気がした。

その写真を見ると、私は初めて触った着物の肌ざわりを思い出した。

そして、もやっとした不満を思い出すのだった。

九

よそ行きの洋服を持っていたから、よそへ私は行った。

しかし、よそがどこだかいつもわからなかった。

知ろうともしなかった。

よそ行きは突然だった。

突然よそ行きの洋服が出されると、もうそれだけで興奮した。

私はどこへ行くのかききもせず、ひたすら、いちばんよい帽子と靴とケープを着たかった。

私は夏でもフェルトのブドウ色の帽子をかぶりたがり、母が、

「馬鹿な子だね」

と取り上げて、夏用のピケの帽子を頭に押しつけると、欲求不満でむしゃくしゃした。

私は執念深くフェルトの帽子をかぶりたいと思った。

よそ行きのとき、家中がバタバタわき立って、ときどき父と母がどなり合ったりした。

母は化粧で華やかになり、黒いビロードの支那服など着ると、私は晴れがましくうれしく、きつねのえり巻きもレースのパラソルもぜんぶ身につければよいと思い、そばへ行って触りたくなった。

私は母のきれいなものを見るとかならず、

「これ、私がお嫁に行くときちょうだいね」

と言った。

母と父が玄関を出ようとして言いあらそっていた。

父は母に、黒いハイヒールをはけと言い、母は歩きにくいと言い、父は恐ろしい顔をして不機嫌だった。

私はわくわくして、ハイヒールをはけばいいと思った。

私はしゃがんで、母が靴をはくのを見た。

母の足は私の目の前で巨大であった。

そして親指のつけ根のところの骨が、丸く大きく出っ張って、よそ行きの絹の靴下を透かして、
そこの皮膚だけが光っている。

黒いハイヒールは、母の足よりずっと小さく優雅に見えた。

その骨の出っ張った足がハイヒールに押し込められる瞬間、胸がドキドキした。

母の足は、ハイヒールの中に入るとにわかに小さくなり、母は完璧なきれいな人になるのだった。

夕暮れはじめた庭は、よそ行きのとき、いつも青く透き通っていたような気がする。

そして、それからどこへ行ったか思い出せない。


私は鴨（かも）がぎっしりつまっている網の前にいた。

鴨はねずみ色をして、網の中でひしめいて、騒々（そうぞう）しく鳴いていた。

父と母と安藤さん一家が、網の前で立っていた。

私と兄と安藤さんちの孔（こう）ちゃんは、大人たちの前で網にへばりついて鴨を見ていた。

孔ちゃんは、おしめでふくらんだおしりを何度も地べたに落とした。

大きなレンガに囲まれた部屋があって、下から火がオレンジ色の炎を出していた。

オレンジ色の炎のために、レンガが赤く光っていて、部屋中オレンジ色だった。

そして天井から毛をむしられて丸裸になっている鴨が、だらんと首を下にして、何匹もぶら下がっていた。

いま毛をむしられたばかりの白っぽい鴨から、茶色に光って汁をしたたらせている鴨まで、ぎっしりとぶら下がっていた。

とり肌立っている鴨は、寒そうで暑そうだった。


私たちは鴨が焼けるあいだ、金魚を見にいった。

大きな赤茶色いかめが、見わたすかぎり並んでいるところだった。

私には、背の高いかめの中は何も見えなかった。

かめはざらざらして、ところどころに白いしみがあった。

父が私を抱きあげて、かめをのぞかせてくれた。

かめの中に、赤や白や黒のぶちのある金魚が、ぐっちゃり泳いでいた。

目をあげると、かめの丸いふちが延々とどこまでも広がっている。

隣のかめまで、父は私のわきの下をはさんで移動した。

かめの中は真っ黒だった。

よく見ると、真っ黒で目が飛び出して黒いひらひらがたくさんついている金魚が、何重にも重なって動いていた。

私は汚ない金魚だと思った。

目をあげると、かめの丸いふちが延々と広がっている。

無数のこのかめの中に、ぜんぶ金魚が入っているのか。

かめの終わりはない。

どこまでもどこまでも広がっている。

私は、父が私をはさんで、永久に金魚をのぞかせてくれるといいと思った。

私は金魚が見たかったわけではない。

父に、わきの下をはさまれて、抱きあげつづけてもらいたかった。


私と兄は、高い椅子のある部屋のじゅうたんにころがって、待ちくたびれていた。

鴨が焼きあがらないのだ。

床にころがるたびに、

「汚ない、立ちなさい」

と言われ、私は、

「まだ？　まだ？」

ときつづける。

私は待って待って待ちつづけた。

グリーン地に金色の模様のある椅子張りの生地(きじ)しか見えない。

私はもう、自分がよそ行きの洋服を着ていることの興奮などなくなって、ひたすら退屈していた。

私は永遠に北京鴨(カオヤーズ)が焼きあがるのを待ちつづけたのだ。

十

隣の小母(おば)さんは三味線(しゃみせん)をひいた。

毎日ひいていた。

だからいつも和服を着ていた。

歳は母よりずっと上だといま思うが、子供のとき、大人の歳というものはみな同じだと思っていた。

父が、

「芸者(げいしゃ)だったんだろう」

と言った。

私は芸者が何だかわからなかった。

ときどき三味線を持った、ものすごくきれいな着物を着た女の人が何人か、隣の家の門から中に入っていった。

ものすごくきれいな着物を着た人たちは、ものすごくきれいに見えた。

私は着物と中身の区別がつかなかった。

とてもきれいな着物は、からだから生えてきているみたいに見えた。

ある夜、隣の小母さんと、ものすごくきれいな着物を着た人がふたり、家へ来た。

私はとても驚いて、とてもうれしかった。

その人たちと、父と母と隣の小母さんが何をしたのか、私は知らない。

お茶を飲んで話をしたのかもしれないし、みんなで三味線をひいたのかもしれない。

私がびっくりしたのは、そのうちのひとりの、ものすごくきれいな着物を着たものすごくきれいな人が、鼻血を出して、父のひざの上であお向けになってしまったことだった。

私は、そばにぴったりへたり込むようにして、その人の顔を見た。

卵のようにきれいな肌と言うが、卵だってよく見るとこまかいざらざらがある。

その人は、どんなこまかいざらざらもない、つるんつるんの真っ白な肌をしていた。

そして鼻から真っ赤な透き通るような血を、つーっと流していた。

母と隣の小母さんは、脱脂綿(だっしめん)をさがしたり、爪楊子(つまようじ)を出したりしていた。

真っ白な脱脂綿を、父が鼻の穴につめた。

すると、その真っ白な脱脂綿の真ん中から、花の芯が開くように、真っ赤な血がにじんで広がっていった。

私は息をのんだ。

私は血がにじんで広がるのを、何度も見たいと思った。

その通りになった。

父は、何度も脱脂綿を、卵よりつるんつるんの人の鼻の穴につっこみ、血は何度もパアーッと広がっていった。


隣の小母さんとものすごくきれいな人たちが帰ってから、父と母はけんかをした。

母は泣いていた。

「何もあなたがわざわざすることはない」

と母が言った。

「馬鹿野郎」

と父が言った。

私は、ものすごくきれいな人の顔が父のひざのあいだにあお向けになっていたことが、やはり悪いことのような気がした。

きれい過ぎて、父と似合わないような気がしたのだ。

でも、私は真っ白い脱脂綿にパアーッと真っ赤な血がにじんでいくのを見られて、すごく得をしたような気がした。

私は初めて、父が母をなぐったのを見た。

その前から母は泣いていた。

父が、

「あやまれ」

と言った。

「あやまったじゃないですか」

と、母は前かけで鼻をふきながら言った。

「いつあやまった」

「だからさっき、ああそうですかと言ったじゃないですか」

「ああそうですかが、あやまったことか」

母は横座りになっていた。

父は立ちあがって、母の左手を持ちあげ、わきの下を何度もなぐった。

母は、グレーの上着を着ていた。

それから私は、母がその上着を着ているのを見ると、父になぐられた母のわきの下が目の前に浮かんだ。

「ああそうですか」

ということは、あやまったことではないということが、私にわかった。

私は電車通りまで、ときどきひとりで遊びに行った。

途中に、いろんな色のタイルを張って、ステンドグラスもある家があった。

私は、その四角いいろんな色のタイルを、しゃがんで一枚一枚触るのが好きだった。

二センチ四方ぐらいの水色とグリーンのタイルが交互に並べてあり、私は人さし指でいつまでもなでてあきなかった。

どの水色も、少しずつちがう色をしていた。

あるとき、ステンドグラスがはまっているドアが急に開いて、ものすごくきれいな着物を着た、ものすごくきれいな人が出てきた。

いつも三味線を持って隣に来る人だと思ったが、その人が鼻血を出した人かどうか、わからなかった。

ものすごくきれいな着物を着た人たちは、みな同じに見えて、顔の区別ができなかった。

その人は、とても優しく私に笑いかけ、白い紙に包んだピンク色のお菓子をくれた。

私は何度か紙に包んだお菓子をもらい、とても優しい笑顔を見た。

ある日、母がそれを知った。

母は、

「あの家には行っちゃあだめよ」

と言った。

私はそれからその家の前を通るとき、タイルを見ないようにした。

そして、タイルにとても触りたかった。

十一

また、母が赤ん坊を産んだ。

すぐ下の弟が生まれたときは、母のお腹が丸かったのを覚えているが、次の赤ん坊は突然ベッドの中にいた。

その赤ん坊は、くったりしていた。

隣の小母さんは、くったりしている赤ん坊の前で首を振った。

そして私を連れてデパートに行った。

小母さんはガラスケースの前を行ったり来たりして、

「どれがいいかしら、洋子ちゃん」

と私に、大人に相談するように言った。

ガラスケースの中に、箱に入った赤ん坊の着物が並んでいた。

小母さんは、レモンイエローの綸子の着物の前で、

「これがいいわね、男の子だから」

と私に同意を求めた。

青い色が男の子の色だと思っていたが、くったりした赤ん坊だからレモンイエローなのかと私は思い、

「うん」

と言った。

レモンイエローの着物に幅の広い羽二重の白いひもがついていて、ひものつけ根が、絹糸で麻の葉の形に留めてあった。

私はそれに感心した。

赤ん坊は鼻からコーヒー色の血を流した。

血の中にコーヒーのかすのようなぶつぶつがまざっていて、母がふいてもふいても止まることなく流れた。

隣の小母さんは、

「かわいそうに、かわいそうに」

と赤ん坊のベッドの前にひざまずいて泣いた。

小母さんが泣いたので、私は赤ん坊が死ぬのだと思った。

赤ん坊は泣きもせずに、くったりしたまま、鼻からコーヒー色の血を流していた。


門からいちばん近い応接間で葬式をした。

私と兄は、その部屋に入れてもらえなかった。

庭にも人が大勢立っていた。

天気のよい、明るい真っ昼間だった。

私は庭へ飛び出して、立っている人のあいだを走りぬけたり、応接間の入口でうろうろしたりした。

扉が突然開いて、きんきらきんの赤いものを着た坊さんがニューッと現われた。

きんきらした赤い前かけのようなものの上に、紫色のきんきらしたたすきがかかっていて、手には透き通ったネックレスのようなものを持っていて、それにもびらびらと糸がたれていた。

私は龍宮城のようだと思った。

私は立っている人の足もとにもぐり込んで、応接間を庭の方からのぞいてみた。

高いところに小さな棺桶(かんおけ)があり、緑色の布がかかっていて、それにも金色の模様がついていた。

私は初めて棺桶を見た。

その横に、見たこともないほどの山盛りになったまんじゅうがあった。

母はハンカチを持って、人と人とのあいだで、

「はい、三十三日目でした」

と言っていた。

誰にでも、

「三十三日目でした」

と言っていた。

庭に、グレーのスカートをはいて、白いブラウスを着た若い女の人が立っていた。

母は、

「三十三日目でした」

とハンカチをくしゃくしゃに握りながら庭に目をやり、そばにいた父の同僚の親しい奥さんに、
せき込んだ声で、

「ちょっと、あの人だれよ」

と言った。

三十三日目でしたという声とぜんぜんちがう声だった。

奥さんは庭に目をやり、

「知らないわネーェ」

と言った。

誰もいなくなって、私と兄はまんじゅうを一つずつもらった。


小さな白木の位牌をかざった棚を、板の間につくった。

位牌の横に小さな小さな骨箱があった。

骨箱は白い布にくるまれて、てっぺんに白いひもが花模様のように結ばれていた。

私はそれに感心した。

その横に、隣の小母さんがくれたレモンイエローの着物の入った箱が立てかけてあった。

隣の小母さんが座って泣いていた。

小母さんは、レモンイエローの自分の買った着物を見て泣いた。

大人は、死ぬのがわかっている赤ん坊のために、急いできれいな着物を買うのだと思った。

箱に入っているきれいな赤ん坊の着物は、死んだあと飾るためにあるのだと私はずっと思っていた。

真っ暗な闇の中に、鮮やかな緑色のきんきら模様の布をかぶせてある棺桶が、宙に浮いている夢を見た。

夢の中では、母が死んで入っているのだった。

目をさますと真っ暗だった。

私はびっしょり汗をかいていた。

私は暗闇の中で目をこらした。

すると夢と同じ、きらきら光る緑色の布をかぶせた棺桶が、宙に浮いてゆらゆら動いていた。

十二

たたみの部屋の、高いところに神棚があった。

父は朝起きて洋服を着ると、それに向かってパンパンと乾いた音をたてて拝んだ。

私も目がさめると、手を二度鳴らして、目をつぶって拝んだ。

何のためにするのかわからなかったけど、それをしないと一日がスタートしない儀式だった。

私は、私の鳴らす音が父のように立派でないのが残念だった。

私はときどき昼寝からさめると、ぼーっとしたまま神棚のところへ行って、手をたたいて目をつぶって頭を下げた。

私の手の音で、私が寝ぼけていることが家中にわかった。

裸にパンツ一枚で昼寝をしていた。

目をさますと、腰から下がびっしょりぬれていた。

隣の部屋に黄色い電気がついて、ざわざわと夕食のはじまる気配がして、茶碗がぶつかる音がした。

私のことを起こさないで、自分たちだけでごはんを食べようとしている。

私はむしゃくしゃ腹が立った。

自分のねしょんべんのことも、むしゃくしゃした。

私はかけていたタオルの毛布を肩にしょって、パンツを見られないようにして起き上がり、神棚に向かって手をたたいた。

隣の部屋で笑い声がおきた。

「ほら、また、寝ぼけている」

「朝かと思っているんだよ」

私は空色のタオルをズルズルとひきずって、板の間をつっきって、むっとしたまま食卓に近づいた。

丸い座卓を家族がぐるりととり巻いて、私のところだけが空いていた。

そこに、小さな柳の木でできた椅子があった。

私と兄と弟のために、父が小さな椅子の足をさらに切って、小さなまな板のような椅子をつくってくれた。

そして墨で、おしりのあたるところに名前を書いた。

父が名前を書くとき、兄と私はしゃがんで、とてもおごそかな気分になった。

「漢字にするか、ひらがながいいか、カタカナがいいか」

と父は言った。

「漢字、漢字」

私は言った。

「洋子」と黒々と、板いっぱいに書いた。

私は初めて、自分の名前が書かれたものを自分のものにした。


私はむっとしたままそれに腰かけた。

ぬれたパンツがベタッとおしりにくっついた。

「タオルをとりなさい」

と母が言った。

私はどこかをにらみつけたまま、タオルにしがみついた。

そんなことをしたら、ねしょんべんがばれてしまうではないか。

「ほっとけ」

父が言った。

私はごはんを食べはじめた。

気がつくと、私の肩からタオルははずれていた。

そして、私はいつのまにか機嫌が直っていた。
夕食はすんだ。
満ちたりた私は、食卓をあとにして立ちあがった。

「あれ、ごらんなさいよ」
母が高い声で言った。
私は何かと思って振り返った。
「お前、ねしょんべんしたな」
父が言った。
父と母は笑い出した。
パンツはほとんど乾いていた。
私は急いで体をひねって、自分のパンツを見た。
「洋子」という字が裏返しになって、パンツにぺったりはりついていた。
椅子が見えた。
椅子の字は私のおしっこに吸いとられて、すっかりおぼろにかすんでいた。
いつまでたっても、私の椅子の字はかすんだままだった。

それぞれの椅子が黒ずんで古びても、兄と弟の椅子の字は黒々としていた。

それを見るたびに、それが日に十度でも、私は自分が昼寝のときにねしょんべんをしたということを律儀（りちぎ）に思い出した。


しばらくして、兄の椅子の名前が書いてあるところがこわれた。

父はいらなくなった積木の箱のふたをこわして、こわれた椅子の部分にはめこんだ。

積木の箱は、鮮やかな緑色のペンキが塗ってあり、黒いぶちのある白い牛がいた。

兄の椅子は、名前の代りに派手派手（はでで）しい板になった。

私は兄の緑色の板を見ても、自分がねしょんべんをしたことを思い出すのだった。

十三

私はタオルのねまきを着ていた。

ねまきのひもは、後ろでかた結びになっていた。

私はふとんの上にペッタリと座って、かたくなって指の入らなくなった結び目をほどこうとしてじれていた。

ふとんの上で洋服に着替えていた父が、

「こっちへ来い」

と言った。

私は父を無視した。

私は泣き出して、そして手を後ろに回したまま、どんなことをしても結び目をとこうとした。

「こっちへ来い」

父の声が荒くなった。

私は泣き声に変化をつけず、そして微動(びどう)だにしなかった。

「ほどいてやるから、こっちへ来い」

父は、

「こっちへ来い」

と言いながら私に近づいてきた。

私は体を左右に激しく動かして、父を拒否した。

父は激怒した。

私の右手をひきずると板の間にころがし、私のねまきをむいた。

パンツも引き抜き、私の手をひきずって、庭の柳の木の下のたらいの中に座らせた。

そして台所からバケツに入れた水を持ってくると、私の頭からぶちまけた。

そのあいだ、私は切れ目なく低く泣いていた。

父はもう一杯、頭から水をかけた。

十一月の北京は、ほとんど水が凍っていた。

母が、

「やめなさい、やめなさい」

と叫んでいた。

父が何杯水をかけたか覚えていない。

父は、水をかけてもしぶとく同じ声の低さで切れ目なく泣いていた私が憎らしかった、とあとになって言った。

私の強情が人を怒りにかりたてることを、私はずっとあとになって知った。

私の左手の薬指にとげがささって、パンパンにはれて、膿(う)んで黄色くなっていた。

爪の根もとのところは紫色になっていた。

「このせいだ」

と父が言った。

「痛いか」

と父がきいた。

「痛くない」

私はたらいからひきずり出されて洋服を着せられても、同じ声の低さで泣いた。

私はいつ泣きやんでいいかわからなかった。

「こんなにはれて痛くないわけがない。強情な奴だ」

私はまた父に怒りが湧きあがっていくのがわかった。

私は膿んだ指が重苦しくはあったが、痛いとは思わなかった。


母は私によそ行きの洋服を着せた。

母もよそ行きの洋服を着た。

私はウキウキとはしゃいだ。

母は門の前にヤンチョ（人力車（じんりきしゃ））を呼んだ。

私は母のきれいな洋服のひざに抱かれて、ヤンチョにゆられて走って、ただただうれしかった。

車をひく支那人は、音もなく走った。


大学病院で指を切ったことは覚えていない。

私は薬指にピンポン玉のように巻かれた包帯を、病院の庭でほれぼれとながめた。

私はそれを高々とさしあげた。

空が真っ青だった。

みがきあげたようにピカピカと青かった。
病院の花壇のわきに、私は立っていた。
母が、
「ここで待っているのよ。動いちゃだめよ」
としっかり言った。
私はしっかりうなずいた。
母がいなくなって、私はひとりになった。
花壇のわきに、女の子がひとりしゃがんでいた。
私はしっかり動かないでいようと決心したのに、少しぐらい動いてもいいと判断した。
私は、私以外の女の子がめずらしく、憧れていた。
私はそばにしゃがむと、
「あんたいくつ」
ときいた。
「五つ」
とその子が答えた。
私はその子が五つであることに、たいへん満足した。

「わたしは四つ」
とにやにや笑いながら答え、その子もにやにや笑った。
笑い合ったとき、女の子と私のあいだに、あたたかい海のようなものが広がった。
名前なんかきかなかった。
私たちはしゃがんだまま、花壇に咲いていた花をむしった。
(北京の十一月に、花なんか咲いていただろうか)
母が私を呼んだ。
「待っててね。待っててね。きっと待っててね」
私は女の子に言った。
女の子はくそ真面目な顔をして、強くうなずいた。
私は手をひっぱられたまま、女の子を振り返った。
母は、待たせてあったヤンチョに私を押し込んだ。

十四

犬が死んだ。
犬の記憶はほとんどない。

犬が死んだ瞬間のことだけ覚えている。

夏の夕方だった。

父と母の食事がつづいていて、私と兄は窓ぎわにいた。

ほとんど暮れて、庭が深い青色に見えた。

私と兄はふざけて笑っていた。

家の中で声を出して笑っているのに、私には、庭が恐ろしく静かだったような気がする。

突然、

「キャーン」

と、ひと声だけ犬が鳴いた。

家の中が、しんとした。

鳴き声の余韻が、細い形になって、夕暮れの空に吸い込まれて消えたような気がした。

私と兄は顔を見合わせた。

私は兄の目を見たとき、犬が死んだことがわかった。


犬は死んだ。

阿媽が首輪のくさりのとめ金の位置をまちがえたので、餌の皿に近づこうとして、首がしまってしまったのだ。

父は、死んだ犬の首輪をはずし、犬をひっくり返した。
犬が死んでも誰も泣かなかった。
私と兄は、大事件が起きたので、わくわくしていた。
父は、死因をつきとめて満足しているように私には思えた。
母は、ただ黙って死んだ犬を見ていた。
父はシャベルを持ち出して、ぶどうの根もとに穴を掘った。
非常に元気よく穴を掘った。
犬はつっぱって、硬直していた。
犬の上にシャベルの土が落ちたとき、私も兄もしんとした。
犬は見えなくなった。
つばきがたまって、私はそれを飲み込んだ。

父がブランコを作ってくれた。
深いちりとりのような箱を、ぶどう棚からロープでつるした。
わたしはお菓子をもらうと、わざわざブランコに座りにいった。
そして、ゆらゆらゆれながら、お菓子を食べた。
いつまでもブランコに乗っていると、頭のてっぺんが熱くなった。

私は頭のてっぺんを触ってみる。

熱ければ熱いほど満足した。

そして、いつか触れないほど熱くなればいいのにと思っていた。


森があった。

森に行くには、なつめの広場を右手に折れて、泥の塀ぞいに歩き、カトウくんの家の庭を通っていった。

どこからか、子供がたくさん集まってきていた。

兄と私が、いちばん小さな子供だった。

大きな石から飛び降りる競争をした。

兄はひるんだ。

私はその石によじのぼり、飛び降り、蛙のようにはいつくばった。

そして、いつまでも胸が痛んだ。

兄のことを、仲間が弱虫だと思ったのがわかって。

それから、壁ぞいに、森のはしを歩いた。

壁に窓があり、のぞき込むと、私の家の台所だった。

台所は穴の底のように見えた。

穴の底を、阿媽が行ったり来たりしていた。

私はとても驚いた。

家と森の関係が、まるっきりわからなかった。

それからぞろぞろ列になって、小さい石の神様を見にいった。

神様は四角い石だった。

何か字が書いてあった。

「これにしょんべんかけると、ばちがあたって死ぬんだから」

年かさの男の子が言った。

「キャー」

と言って、みんな逃げた。

それから、木にからまっているつるから、大きな刀のような形をした豆をむしって遊んだ。

誰かが、

「カトウくん、神様にしょんべんかけた」

と言った。

みんながカトウくんをとり巻いて、半ズボンのおちんちんのあるあたりをじいっと見た。

「チンポコがくさってくるぞ」

と誰かが言った。

私は兄を見あげた。

兄は、カトウくんの半ズボンの真ん中を、じっと見ていた。

私は、兄は弱虫だから、おしっこをひっかけたりしなかっただろうと思って、安心した。

安心したが、また胸が痛かった。

私は自分の元気がなくなっていくのがわかった。


夕方だった。

庭が夕焼けで赤く見えた。

カトウくんがブランコに乗っていた。

父がブランコの横にしゃがんでいた。

カトウくんは、右の足首の上を包帯で巻いていた。

包帯がずれて、赤チンがついているオデキが半分見えていた。

「どうしたんだ」

と父がきいた。

「おでき」

「痛いか」

父はカトウくんの足を指で押した。

「痛くない」

ブランコから立ち上がって、カトウくんは帰った。

次の日、カトウくんが死んだ。

隣の小母さんと母は、庭で興奮していた。

何で死んだか、まるっきりわからないのだった。

「だって、昨日ここでブランコに乗っていたのよ」

私はブランコを見た。

ブランコは一ミリも動いていない。


葬式があった。

子供がたくさん集まってきた。

葬式は門の中で行なわれていて、子供はカトウくんの家の前の広場で、

「あの子が欲しい、この子はいらない」

と花一匁(もんめ)をして遊んだ。

「オカマかぶって逃げといで」

「キャー」

カトウくんの家の人が、ピンク色のまんじゅうを、子供に一つずつくれた。

子供たちは、ピンク色のまんじゅうにむらがった。

夕方で、広場も子供も赤く見えた。


家に帰ると、母が兄を呼んで、おそろしく真面目な顔をして、

「坊や、神様におしっこかけなかったでしょうね」

と言った。

兄は、

「かけないよ」

ともじもじして答えた。

もしかして、兄はかけたんじゃないかという疑いが、私をおそった。


次の年、ぶどうがなった。

私はブランコに乗って、ぶどうを食べた。

「今年はいやにぶどうがでかいな」

父はぶどうを食べながら言った。

「犬のこやしがきいてきたんだ」

十五

汽車に乗った。

汽車はどこにも行かなかった。

ただただ同じ場所を走っているのだった。

空と地面が真っ二つになっていて、空の下は、ずっとずっとコウリャン畑で、窓からはそれしか見えなかった。

真夏だった。

私は眠った。

目がさめると、汽車は同じ所を走っていた。


溶けたアイスクリームがあった。

小さな紙のカップの中を、薄い木の小さな匙(さじ)でかき回しても、ほんの小さなかたまりさえなかった。

「捨てなさい」

と母は言った。

私は執念(しゅうねん)ぶかく、小さなカップをかき回しつづけた。

兄が私の寝ているあいだにアイスクリームを食べたと思うと、むしゃくしゃして仕方なかった。

窓から母がカップを捨てた。

私は身をのり出して、消えていく白いカップを見送った。

ベルトにサーベルをつけ黒い長靴をはいて、鼻の下にひげを生やした軍人がいた。

軍人は股のあいだに刀のようなものを立て、それに両手を重ねて、目をつぶってシートにそっくり返っていた。

私と兄は汽車の中を走り回り、軍人さんのそばを通るときは、息をひそめて、そっくり返った軍人さんの顔をそっと見た。

軍人さんはいつも同じ姿勢で目をつぶり、ほんの少しも動かなかった。

父が、

「展望車(てんぼうしゃ)があるぞ。行ってこい」

と言った。

私と兄は、展望車に行った。

展望車は、コウリャン畑をかき分けるようにして動いていた。

展望車のいちばん前の座席に、軍人が座っていた。

私たちは、そばまで行った。

軍人は、私たちの客車の軍人とまったく同じ姿勢をして、そっくり返って目をつぶっていた。

通路をへだてた座席にも軍人が座っていて、まったく同じ姿勢をしていたが、目はつぶっていなかった。

カッとまっすぐを見て、目玉はぜんぜん動いていなかった。

その隣の席も空いていた。

私と兄は、息をつめて、父のところにソロリソロリと戻った。

父は機嫌がよかった。

「どうだ、すごいだろう」

父は展望車を、自分のもののように言った。

「座ってきたか」

「兵隊さんがいたもん」

父は舌打ちをして不機嫌になった。


コウリャン畑が真っ赤になった。

空も真っ赤だった。

そしてコウリャン畑の上の空に、もっと真っ赤っかな、まん丸な球（たま）が見えた。

球はどんどん大きくなって、窓からはみ出しそうになった。

球は少しずつコウリャン畑にかくれて、下の方が半分見えなくなった。

私は、あんな真っ赤っかな風景を見たことがない。


汽車を降りた記憶はない。

白っぽい泥の塀がコウリャン畑の中にあって、門があった。

泥の塀から屋根が見えていた。

あたりはシーンとしていて、ほこりっぽかった。

その家のほかに、どこにも家は見えなかった。

家の裏に、泥の倉庫がいくつもあって、中に小豆の袋がつみ重なっていた。

黒いブタが何匹もいた。

大きな平べったいざるに、白と黒の縞(しま)のあるひまわりの種が、たくさん広げてあった。

黄色いまくわうりを食べた。

歩きはじめたばかりの弟は、まくわうりの皮まで食べた。


ひょいと後ろを向くと、真っ黒なピカピカひかる大きな山のようなブタが、私の後ろにいた。

ブタの鼻が顔の真ん前にあり、その鼻は、鮮やかなピンク色をしていた。

ハムを庖丁(ほうちょう)でスパッと切ったようだった。

ブタはそのハムのようなものを、ぐいぐい私に押し付けようとしていた。

声を出す時間すらなかった。

「ウッウッ」

と言いながら私は走ったが、走っても走っても同じところで足ぶみしているようだった。

「オッオッ、ウッウッ」と私はあえぎ、振り返ると、ヌルヌルぬれたピンクの鼻が、私の顔にくっつきそうにある。

私はそのまま顔をもとに戻すことができず、ブタの鼻と私の顔は向きあったままだった。

走っても走っても、ブタの鼻は私の顔にぴったりくっついていた。


帰りの汽車の記憶はない。

父の満鉄（まんてつ）のパスを使って旅をしたのは、そのときだけだった。

あとになって、もうそんなパスが不要になってしまったとき、タンスの引き出しから、そのパスが出てきたことがあった。

三十九歳と、父の名前のあとに書いてあった。

十六

阿媽と母が、支那靴をつくった。

板を立てかけて、木綿のぼろきれをのりではりつけるのである。

一枚はって乾くのを待ち、また一枚はりつける。

それを根気よくくり返し、厚さ七ミリぐらいの布の板をつくる。

それを木綿糸でチクチクと、びっしりと刺した。

阿媽と母は一枚ずつ板を持ち、日あたりのいい玄関の石に腰かけて、母は阿媽の手もとを見て同じように刺した。

私は新聞紙の上に立ち、母は鉛筆で私の足にそって型をとった。

くすぐったくて気持ちいいので、一回でおしまいになったとき、私はもう一回ぐらいやってもいいのにと思った。

そしてそれを布の板にはりつけて、足の形に板を切り、その上にビロードの綿入れの靴の甲をくっつけた。

でき上がるのを、私は阿媽にへばりついて見ていた。

でき上がった靴をはくと、パッタンパッタンかかとからぬけ落ちた。

そのうちに私はかかとをふんづけて、スリッパのようにしてしまった。

一軒おいた隣は、支那人の家だった。

ときどき支那人の家の門が開いていると、中庭が見えた。

庭の中をあひるがバタバタ走っていたり、たくさんの支那人が、中庭の真ん中にテーブルを出して食事をするのが見えた。

食事のとき、私の家の匂いとぜんぜんちがう匂いがした。

支那人の庭の真ん中で、男の人と女の人が立ったままどなり合っていた。

顔がくっつきそうになりながら、ふたりはどなり合っていた。

いつまでもどなっていた。

すると突然、女の人がはいていた靴を片手でぬぐと、その靴で思いっきり男の人の横っつらをはったおした。

そしてその靴をだらんと持ったまま、

「ヒイーッ」

と女の人は顔を空に向けて泣きだした。

私がはいている支那靴より、ぴったり足にくっついている靴だった。

支那靴があんなにしなしなとやわらかいのは、顔をひっぱたくためなのだと思った。

「ヒイーッ」

と泣きつづけている女の人と、ぼーっと立っている男の人の前を、あひるがせかせか歩き回っていた。


支那人の家の前に、ヤンチョが止まっていることがあった。

私は誰が出てくるか、いつもヤンチョが走りだすまでしゃがんで待っていた。

たいがいは少し太った大きな小父（おじ）さんが、だぶだぶのすその長いよそ行きの洋服を着て出てきて、ヤンチョに乗った。

黒い丸い帽子や、ぺったんこのカンカン帽をかぶって、広い袖口（そでぐち）に両手をつっこんでいた。

小父さんがヤンチョに座ると、ヤンチョ屋さんは前の幕をたらした。

黒い繻子（しゅす）の布の支那靴だけが、幕の下から見えた。


ある日、家の門を出ると、支那人の家の前にヤンチョが止まっていた。

私は走っていった。

走っているうちに、ヤンチョ屋さんは幕をたらしてしまった。

幕の下から、目のさめるようなバラ色の支那靴が見えた。

しゅるしゅる光った絹の地に、ぐにゃぐにゃした花模様のグリーンの刺繍がしてあって、目がちかちかするほどきれいだった。

ヤンチョはすぐ走っていった。

私は家に帰って、

「クーニャン見たよ、クーニャン見たよ」

と言った。

クーニャンは若くてきれいな女の人のことだった。

私はクーニャンの靴だけ見たとは言わなかった。

あんなきれいな靴は、けんかする時には使わないでとっておくのだろうと思った。


支那人の家で誰かが死んだ。

黒い舟のような形をしたお棺が出てきた。

男の人がおおぜいでかついでいて、とても重そうだった。

お棺はでこぼこと一面に彫刻してあった。

彫刻してあるところは、てらてらと光っていた。

なつめの木の下に、大きな大八車（だいはちぐるま）のような木の車が止まっていて、その上にぎっしりと、白い着物を着た女の人が横座りになったりあぐらをかいたりして、ワーワー泣いていた。

ときどき泣き声が低くなると、また急に高くなって、涙をじゃーじゃー流していた。

「泣き女だ、泣き女だ」

と言いながら、兄が車のまわりをぐるぐる回っていた。

お葬式に泣き女をやとう支那人はお金持だ、と父が言っていた。

自分の家の人が死んだんでもないのにワーワー泣くのは大変だなあと思ったけど、ほんとうに涙がじゃーじゃー出ているから、気味悪かった。

女の人はみんな白い靴をはいていた。

白い靴が車の上にびっしり並んでいた。

よく見ると白い洋服も白い靴も少し汚れていて、貧乏そうだった。

十七

兄が幼稚園に行った。

兄の幼稚園がどこにあるのか、私にはわからなかった。

兄は、母が作った布の小さなかばんを肩からななめにかけて、毎朝、阿媽に手をひかれて門から出て行った。

しばらくすると、兄はひとりで出かけて行った。

私は、なつめの木がある広場まで兄といっしょに行き、兄は右の方に歩いて行った。

もう少したって、私はなつめの広場よりもう少し先まで兄と手をつないで行き、すぐにひき返してきた。

それ以上行くと、もう家に戻れないかもしれないと思ったからだった。

ある日、兄が、

「いっしょに幼稚園に行こう」

と言った。

私は兄の手にしがみついて幼稚園に行った。

なつめの木の広場を右手に折れると、広っ原（ひろっぱら）のようになり、そこはぱあっと白く明るかった。

それから先は、どうなっていたかわからない。

幼稚園につくと、ますますしっかり兄の手をつかんだ。

子供が集まってきて、私をとり囲んだ。

兄が、

「イモウト」

と言った。

集まってきた子供が、

「イモウト、イモウト」

と言った。

兄は「イモウト」を見せびらかしているようであり、他の子供たちは、「イモウト」を羨ましがっているようだった。

私はそこから家に帰った。

胸がドキドキしっぱなしだった。

帰れるかどうか自信がなかったのだ。

なつめの木の広場にたどりついたとき、緊張と疲れと安心で、胸が痛かった。

私はなつめの木の広場に戻ってきても、自分がどこをどう通って帰ってきたか、わからなかった。

確固(かっこ)たる目じるしや道筋や記憶は、何もなかった。

犬が戻ってくるように、私はひたすら足もとをにらみつけて帰ってきた。

そして、自分をはげましつづければ何でもできるのだという不遜(ふそん)な自信が、私を満たした。

母も阿媽も、私がどこに行ったのか知らなかった。


私は、庭でひとりでしゃがんで、遊んでいた。

庭には誰もいなかった。

シーンとしていた。

私は幼稚園の兄のところに行こうと思った。

そのときも、道がどのように幼稚園につながっているか、わからなかった。

どれぐらいの時間がかかるかも考えなかった。

あたりを見回したり、後ろを振り返ったりしなかった。

後ろを振り返る余裕すらなく、ひたすら足もとをにらみつけて歩いた。


私は、またもや犬のように幼稚園の兄をかぎわけて、つき進んでいった。

幼稚園につくと、私は教室のガラス戸を開け、兄のところに、わき見もせずに近づいた。

おおぜいの子供が重なって並んで座っていた。

そのおおぜいの子供の中で、兄だけが飛び出して見えた。

兄は私の手を握った。

きれいな若い女の先生が、兄の横の席をつめて私を座らせた。

先生が私の名前をきいた。

兄が、

「ヨーコ」

と言った。

「ヨーコちゃんも、いっしょにやりましょうね」

と先生はきれいな声で言った。

子供たちがいっせいに私を見た。

私の心の中は、よろこばしい気持ちでいっぱいだった。

先生がオルガンをひいた。

「むすんでひらいて手を打って」

とみんながうたった。

「その手を、アタマに」

と誰かが言うと、みんな手を頭にのっけ、私も手をのっけた。

「その手を」は、だんだん体の下の方にいった。

「その手を、おヘソに」

と誰かが言うと、子供たちは大きな声で笑った。

そして誰かが、

「オチンチンに」

と言った。

教室中がくずれて笑った。

私の両手はしっかり下着の上の、股のあいだに重なっていた。

幼稚園て、なんて素敵なところだろう。

そのとき突然、教室の窓に阿媽の顔が現れた。

それは大きな額縁に入った肖像画のように、巨大に見えた。

私は阿媽に手を引かれて、家に帰った。

阿媽は何度か強く私の手を引っぱりながら、ずっと文句を言っていた。

しかし、その歩いていた道がどうなっていたのか、思い出せない。

まぶしいくらい明るい、何もない、だだっ広いところしか思い出せない。


母が叱(しか)った。

私は泣いた。

泣きながら、どうして幼稚園に行ったことが悪いのか、さっぱりわからなかった。


父が帰ってきて、母は私の悪いことを報告していた。

母は興奮していた。

父はあぐらをかいて、私を後ろ向きに抱きかかえ、

「そうか、そうか」

と私のほっぺたに顔をこすりつけた。

ひげがゾリゾリと私のほっぺたをこすった。

私がひとりで幼稚園に行ったことを、父が喜んでいるのがわかった。

父は私をしめつけ、私は父の胸とあぐらのあいだで、父が、兄よりも母よりも私が好きなのだと

感じた。

私は勝ちほこったような目で母を見て、にやっと笑った。

十八

私と兄は並んで寝た。

はじめは真っ暗でなにも見えなくて、それから、少しずつ薄ぼんやりと、いろんなものが見え出した。

「窓が見えた」

ひそひそ声で兄が言う。

「私だって見えたもん」

窓ではなくて、ガラスを通して、外が少しだけ見えていた。

「手、見えるか」

私は暗い中に自分の手を広げる。

何も見えない。

「見えるもん」

「じゃぼくの手、何の形をしているか」

私には何も見えない。

「きつね」

「きつねじゃないね。あぁうそつき。見えないのに見えるふりして言った」

兄の声は、ひそひそ声でなくなっている。

「うそじゃないもん」

私はもう大声で言っている。

隣の部屋から、

「寝ろ！」

と父の声がして、私たちはびっくりする。

そして、しばらく身動きをしない。

そのうちに兄が、私のわきばらをこちょこちょ触る。

私は声を出さないように、体をよじって我慢する。

兄はもっとくすぐる。

体中が、笑いたいのと泣きたいののかたまりになって、我慢できなくなる。

私は爆発して笑い出して、すぐ泣く。

「いいかげんにしろ」

という父の声と黄色い光がいっしょに飛び込んできて、私も兄も、コチンコチンにかたまってしまう。

私はカンカンに腹を立てているのに、くすぐられて体がぐにゃぐにゃして、眠たくなって、兄と手をつなぐ。

私は生まれる前からずっと、兄と手をつないでいたのだと思っていた。

私はいつ寝てしまうのか、毎晩不思議だった。


朝目がさめると、私と兄は、ばらばらになっている。

私はいつ手がほどけるのか、知りたかった。

庭のすみに巨大なくもの巣がかかって、巨大なくもが、くもの巣を破いた夢を見た。

破れかけたくもの巣に、大きな白いちょうちょが落ちてきた。

くもはちょうちょに近よっていく。

とてもこわかった。

朝目がさめてもこわかった。

私は、

「大きなくもが出てきた夢を見た」

と兄に言った。

「ぼくも見た」

と兄は言った。

「それから、ちょうちょが出てきただろ」

と兄が言った。

「そう、白いの」

「白いの。同じ夢見たんだ」

私はすごくうれしかった。

私はずっと、私と兄は同じ夢を見るのだと思っていた。


家に誰もいないと、お医者さんごっこをした。

庭から、松葉ボタンの葉っぱと、朝顔の葉っぱを取ってきた。

私はひっくり返って待っている。

「パンツをぬいでください」

と兄が言う。

私はパンツを足の途中までぬいで、待っている。

「ちゅうしゃをします」

兄は私のおなかを、松葉ボタンで押す。

「痛いですか?」

「痛いです」

「もうすぐです」

兄はじいっと、松葉ボタンのとがった葉っぱを押しつける。

私は頭をもたげて、自分のおなかを見ようとする。

「それでは股を開いてください」

私は足を広げて、頭をもたげつづけてそこを見る。

兄は朝顔の葉っぱをペロペロなめて、私がおちんちんと言っているところにぺたりとはりつける。

生ぬるいんだか、冷たいんだかわからず、それから、葉っぱの細いうぶ毛がチクチクしてかゆくなる。

首の骨が痛くなって、私はガクンと頭をたたみに落とす。

「終わりました」

私はパンツをはく。

「今度は僕です」

兄はズボンとパンツをぬいで、たたみにころがる。

しぼんだ朝顔みたいにやわらかそうなおちんちんがむき出しになった兄を見て、私は急に兄がかわいそうになり、泣きたいみたいな気持ちになる。

そして私も、朝顔の葉っぱをペロペロなめる。

十九

私の人形は布でできていて、のっぺりしたまん丸い顔をしていた。

目は大きなのの字だった。

布の太い手足がブランブランしていて、手の先も足の先もまん丸だった。

体中におがくずがつまっていて、触るとゴリゴリしていた。

そして、みじかい赤い洋服を一枚ペロンと着ていた。

それがめくれると、太い足の根もとが丸見えになった。

私はそれをひもで一日中、背骨にくくりつけて、くくりつけたまんまごはんを食べた。

写真を撮るとき、私は人形をわざわざひっぱり出して、人形を抱けば、抱かないより自分がかわいく人が思ってくれると考えた。

私はその人形とハンカチを一枚持って、隣のひさえちゃんのところに行く。

私が人形を持って行くと、ひさえちゃんは自分の人形を持ってきて、たたみの上に寝かせる。

ひさえちゃんの人形は着物を着ている。

そしてかたい、幅の広いきんきらした帯をきつく巻きつけている。

卵よりつるんつるんの顔をしていて、口も鼻も、ほんとうの人間のようにでっぱっていた。

くちびるに細いすじがついていて、そのすじが、かすかに濃い紅色(べにいろ)をしていた。

ほんとうの髪の毛がどさっとあって、頭のてっぺんに、つむじまであった。

目はガラスで、まつ毛があった。

寝かせると、まぶたがグルリと動いて目をつぶった。

赤いちりめんの着物には、桜の花やこまかい模様がごちゃごちゃあり、その着物の袖から小さな手が出ていて、その手には指が五本あって、爪まであった。

着物の裾(すそ)には綿がつまっていて、ふわふわ厚くなっていて、そこから小さな足が出て、その足にも爪があった。

人形は目をつぶるとき、カシャと小さな音をたてた。

私はどうして人形が目をつぶるのか、わからなかった。

ひさえちゃんの人形は生きていた。

人のようにではなく、人形のように生きていた。

私たちは自分の人形の手足を動かして、

「こんにちは、おくさま。オホホホ」

と言った。

かがんで、人形をたたみの上にちょんちょん動かして、

「トコトコトコ、お出かけしましょう」

と座敷をひと周りして、また寝かせた。

ひさえちゃんの人形は、カシャカシャと目をつぶる。

それから、私は持ってきたハンカチを細長く四つにたたむ。

ひさえちゃんもハンカチを四つにたたむ。

私は息をつめて、ひさえちゃんの人形の帯の下のあたりを見る。

胸がドキドキする。

「アレアレ、いけない子ねえ」

ひさえちゃんは人形の着物を裾から開いて、まくりあげる。

人形は、着物の下に真っ赤な長襦袢(ながじゅばん)を着ていて、ぺったんこの白い紙の筒が見える。

帯のところまで裾をまくりあげられた人形を見て、見てはいけないような気がするのに、私はカッと目を見開いて、ひさえちゃんが、紙のまわりにハンカチを巻きつけて、赤い長襦袢を下ろして、着物をていねいに重ねるまで、身じろぎもできない。

そして私は、自分の人形の足を思いっきり開いて、足と足のあいだにハンカチをつっこんで、ペランとした洋服をかぶせる。

私の人形は、ハンカチのおしめを丸出しにしている。

お正月に、ひさえちゃんと並んで撮った写真がある。

ひさえちゃんは着物を着て、たたみつきのぽっくりをはき、頭に馬鹿でかい、のりでかためたリボンをつけて、きんきらきんのかちかちにかたい帯をしめ、胸に金色の筥迫*を入れている。

ぴかぴか光る真っ黒なおかっぱ頭で、口をおちょぼ口にして、いまにも笑いそうである。

私は毛糸の洋服を着て、毛糸のレギンスをはいている。

そして手に凧(たこ)を持って、じつに不機嫌な顔をしている。

ひさえちゃんはひさえちゃんの人形にそっくりで、私は私の人形にそっくりであった。

二十

父はときどき出張に行った。

出張に行くと、字の読めない私と兄に、絵のついた手紙が来た。

絵と少しのカタカナで描かれた父の手紙を見ると、私は父が明るくて軽やかな人みたいな気がして、現実の父とちがうみたいな気がした。

牛や馬や、奥地の支那人の子供が鉛筆で描いてあった。

その絵は、赤鉛筆と青鉛筆で色がぬってあった。

私は、絵の横についているカタカナは兄のために父が書いたものだと思っていたので、絵は私の分だと思っていた。

＊筥迫(はこせこ)　女性が着物のふところに入れて持つ箱型の紙入れ

出張から帰ってくると、父はリュックサックからいろんなものを出した。

人形の形をした白いやわらかいあめがあった。

中にごまのあんが入っていた。

真っ白な馬のしっぽを竹の棒にくっつけた、巨大なはたきみたいなものがあった。

何に使うものかわからないので、父はそれを振り回して、ハエを追っぱらった。

そのうちに母も、ハエを追っぱらうのに白い馬のしっぽを振り回した。

母がハエを追っぱらうとき、私は心から父を偉いと思って、誇らしかった。

父は一匹残らずハエを追い出すことができ、母は二、三匹のハエはあきらめて、窓を閉めたからだ。

彫刻してある鉄製の馬のあぶみを二個持ってきたこともある。

父はそれを灰皿にした。

応接間の丸いテーブルの真ん中に、いつもそれがあった。

それを見ると私は、モーコとかヒゾクとかいう言葉を思い出したが、それが何だかはわからなかった。

トラックの絵のついた手紙が来た。

私には、トラックに乗っている父がわかった。

帽子をかぶって横を向いていた。

「お父さんはトラックから落っこちてしまいました。でもだいじょうぶです」

私はそれをカタカナで読んだのか、母が読んでくれたのか思い出せない。

病院の庭にヤンチョが並んでいた。

母はヤンチョに乗らないで、自動車が並んでいる方に行った。

えんじ色の自動車のドアが開き、母はぞうりをはいた足袋(たび)の足を車に片方のっけて、支那人の運転手と値段の交渉をしていた。

私は母の足袋の足を見ながら、生まれて初めて乗れるかもしれない自動車に興奮して、胸がどきどきした。

母は足を下ろして、私の手を引っぱった。

「高すぎるわ。ヤンチョにするわ」

私はいつまでも、えんじ色の自動車を未練(みれん)がましく振り返った。

トラックから落ちた父が出張から戻って入院したとき、私が覚えているのは、えんじ色の乗れなかった自動車と、母の白い足袋だけである。

父は目が見えなくなって病院から戻ってきた。

ソコヒという言葉を初めてきいた。

父は座敷に板をしいて、半円の木の枕に頭をのっけて、じっとしていた。

父はニシシキ（註）をしていた。

ニシシキは、板の上で寝てダンジキをするのだった。

ダンジキはごはんを食べないことで、水とゲンノショウコとマクニンという薬だけ飲むのだった。

マクニンは真っ青なガラスのビンで、白墨（はくぼく）を溶かしたような真っ白な薬が入っていた。

ビンの口にたれた薬が白くビンについて乾き、こすると白墨の粉のような薬がきれいに取れた。

父が私に、

「マクニン」

と言うと、私は自分が父の役に立てることを誇らしく思った。


じっとしている父にたかるハエを、母は白い馬のしっぽで追いはらっていた。

父はときどき、指を思いきり広げた片手を顔にくっつけるようにして、ゆっくり動かした。

母はその父をじっと見ていた。

私は、母がそんな風にじっと父を見るのを初めて見た。

父が手を広げて顔の前で動かすのを、母はどこにいても同じ目つきでじっと見ていた。

父はどんどんやせていった。

そして、ごろごろ板の上をのたうち回った。

体が白くなってきた。

皮がむけてきたのだ。

朝、板の上で父はころがり、母がほうきで板をはくと、ぼわっと粉の皮が舞いあがった。

母はそれを、ちりとりで取った。

ちりとりの中に、ふわふわした粉がひとつかみほどあった。

父はまた板の上にころがって、じっとしていた。

二十一日のダンジキで、大学病院で見放された父は、めくらにならずにすんだ。


父は黒い丸い眼鏡をかけて、生の野菜をボリボリ食べた。

食卓の上には、輪切りにした赤い大根や白い大根が、どんぶりひと山もあった。

家族中が生の野菜をボリボリ食べた。

ソコヒが治ったので、ニシシキは絶対になり、生の大根も人参も絶対になった。

皮が赤くて中が真っ白な大根が、甘くておいしかった。

*註　西式　ニシシキ　平床(平らな板の上に寝る)・断食・生野菜などを組み合わせた健康法。
一九二〇年代に創始された。

私が赤い大根を取ろうとすると、父は黙ってはしで私の手をはらった。

そして私が食べようとした赤い大根を、ボリボリ食べた。

私は白い大根を食べた。

二十一

小林さんの小父さんが、応接間のソファーに座っていた。

小父さんはカーキ色の軍服を着て、黒いベルトをしめて、腰にガチャガチャいろんなものをつけていた。

肩に金モールの星が盛りあがって、いくつもついていた。

そして顔がぴかぴか光っていた。

「洋子ちゃん、大きくなったなあ」

と言って手を広げた。

手のひらがピンクで大きかった。

「この手の上にのれるかな」

と言った。

私は小父さんの両手の上に、両足をのせた。

グラグラしたが、小父さんは両手の上に立ったまんまの私をのっけて、真っ赤な顔になった。

「小父さんの手はすごいだろう」

と、真っ赤なまんま言った。

顔がもっとぴかぴか光った。

小父さんは兵隊さんだから強いんだと思った私は、いつまでも小父さんにまつわりついて、父から何度も、

「よせ」

と言われた。

もう一回私は小父さんの手の上にのって、グラグラしたいと思った。


母はよそ行きの紫の着物を着て、きれいに化粧をしていた。

広場に子供連れの人がたくさんいた。

兄の幼稚園の友だちとお母さんたちで、みんなきれいな着物を着ていた。

そこにトラックが来た。

トラックの荷台は大きなまな板のようで、わくがなかった。

私達はトラックの荷台に、立ったまま乗った。

ぎゅうぎゅうづめに立ち、私は母の着物のたもとをつかんだ。

そのままトラックは走り出した。

トラックがゆれるたびに、女の人たちはきゃあきゃあ笑った。

私は押しつぶされて何も見えなくて、兄がどこにいるのかも見えなかった。

真っ暗で息が苦しく、トラックがゆれると、そのまま落ちるのではないかと必死に母にしがみつき、母はきゃあきゃあ笑っていた。


椅子がたくさんある真っ暗なところに連れていかれた。

濃いビロードに金のふさがついている、ひだがたくさんある大きな幕が下がっていた。

フランス人形のスカートのようだと思った。

その幕が、しずしずと両側に開いた。

何も見えなかった。

それから少しずつ明るくなると、舞台の上に大きな草が二個、濃いグリーンで立てかけてあった。

それはお寿司のあいだに入っているギザギザの笹の葉と、まったく同じ形をしていた。

その向こうに、きれいな女の人が立っていた。

女の人はなにも言わずに、ギザギザの大きな草の向こうに立っていて、顔が真っ白だった。

何かすごいことがはじまりそうで、私は胸がつまった。

それでも、女の人は少しだけ動いて、すごいことはちっともはじまらなかった。

いつまでたっても、暗い舞台と横を向いた女の人が見えるだけだった。

母が、

「外へ行くと池があるから、遊んでおいで」

と言った。

私はひとりでスタスタあっちこっちのドアを開けて、池のありそうなところをさがした。

一つのドアを開けると、広い庭のようなところに出た。

シーンとしていて、目が開けられないほど明るかった。

白い着物に国防色の戦闘帽をかぶった男の人がいた。

よく見ると、もっと遠くにも白い着物を着た人が見えた。

兵隊さんだと思った。

私は白い着物を着た兵隊さんの近くに行くのはこわいと思った。

急に目の前に白い着物を着た兵隊さんがかぶさってきて、私を抱きあげた。

片方の手は包帯（ほうたい）でぐるぐる巻きになっていて、手がものすごく短くて、大根の頭のように丸くなっていた。

兵隊さんは私を抱いたまましゃがんで、

「何ていう名前？」

ときいた。

私は両手をつっぱって、兵隊さんを押しのけようとした。

この人は私をさらっていくのだ。

「いくつ?」

兵隊さんは私をぎゅうぎゅう抱きしめた。

私はぐるぐる巻きの大根のような手がこわくて、声をあげて泣きだして、両手と両足をつっぱらかした。

兵隊さんの顔がすぐそばにあった。

私はさらに声をあげて泣いた。

兵隊さんは、私を抱いている手をゆるめた。

兵隊さんは包帯を巻いていない手で、私の頭を静かに静かになでた。

私は泣きつづけた。

手も足も地面にはりついて、目の前は白い着物しか見えなかった。

私は誰かにこんなに優しく頭をなでられたことはなかった。

そして一刻も早く、白い着物を着た人のそばから逃れたかった。

私はまた、暗い、椅子のたくさんあるところに戻った。

舞台はまだお寿司のギザギザの草が立っていて、女の人が草の向こうにいた。

私は母のひざにつっぷして、声を出さないで泣いた。

母はわけをきいたが、私はぐるぐる巻きの包帯の人のことを言うことができなかった。


帰りにまた、トラックに乗った。

私は眠くて眠くて、立っていられなかった。

帰りはトラックがゆれても、誰もきゃあきゃあ言わなかった。

母はひっきりなしに私をゆすぶって、

「眠っちゃだめよ。眠っちゃだめよ」

と叫びつづけていた。


「僕たち、兵隊さんのイモンに行ったんだよね。トラックに乗って、イモンに行ったんだよね」

と兄は、父が帰って来ると言った。

二十二

母が突然おしりを左右に振って、家にころげ込むようにして入ってくる。

パンパンにふくらんだ風呂敷包みを床にころがすと、股のあいだに手を押しあてて、便所にかけ込む。

「はあー」

とため息をつきながら母は便所から出てきて、もうおしりなんか振ってもいないし、股に手をつっこんでもいない。

風呂敷包みの結び目は小さなかた結びになっていて、石のようになっている。

グレーでもなく緑色でもない色をした風呂敷には、白い富士山がついていた。

母はペタッと床に横座りになって風呂敷を広げようとするが、なかなかほどけなくて、しまいには顔を風呂敷包みに近づけて、歯で結び目をほどこうとして口をゆがめて、歯をむき出しにする。

私は母と同じ顔になって、自分の歯をギリギリとかみ合わせていた。

風呂敷がほどけると、中身がドタッとくずれて、私も兄も自分に関係のあるものはないかと必死になる。

衛生(えいせい)ボーロが出てくることも、動物の形をしたビスケットが出てくることもあった。

衛生ボーロは口の中でファーと溶けて、私は自分がグニャーとなるみたいに、いい気持ちだった。

動物のビスケットの表面には、ピンクや黄色や水色の砂糖がぬってあるものもあった。

兄と私は、前歯で砂糖をけずりとって、ビスケットだけにして口の中から何度もとり出して、動物の形をしらべた。

ゾウやウサギの形が、外側からどろどろに溶けていった。

私は便所にしゃがんでいた。

下を見ると、うんちの表面がかたまっていた。

その下におしっこがあるのは、うんちをすると、めりめりめり込んでいくのでわかった。

私はうんちをするとき、下をのぞかずにいられなかった。

そして、落っこったらどうしようと思った。

便所に黒いスリッパがあった。

甲の内側が、水色と白のストライプになっていた。

私が片足をあげたとき、スリッパが足からはずれて、便所の中に落っこちた。

スリッパはうんちの上にのっかっていた。

私は便所に腹ばいになり、片手を下におろした。

うんちの上にのっかったスリッパには、とどかなかった。

私は便所を出て、板の間にへたり込み、泣き出した。

家には誰もいなくて、シーンとしていた。

私は床にひれ伏して泣いた。

「ウォー、ウォー」と泣き、そのあいだに「ゴメンナサーイ、ゴメンナサーイ」と叫び、泣きながら、ときどき便所のスリッパを見にいった。

母が腰を振り振り、風呂敷包みをころがして家の中に入ってきて、

「どうしたの」

と足をすり合わせて、股のあいだに手をつっこんできいた。

「スリッパをオベンジョに落としたの。ゴメンナサーイ」

と床にひれ伏して泣きつづけた。

母が笑った。

そして便所に飛び込んだ。

母のおしっこは、いつまでも終わらなかった。


私はたたみの部屋の棚の上にある、白いボール箱を何度も見にいった。

ボール箱の中に、和菓子とケーキが入っていた。

ピンクのクリームがのっかっているケーキが一つあった。

私はその中のグリーンの和菓子を、何度もじっと見た。

グリーンの和菓子は二個あり、緑色の透き通ったあんをぎゅっと手で握った形になっていた。

私はそのグリーンの和菓子のはじを少し食べた。

そして、自分の手でぎゅっと握り直して箱に戻した。

隣のグリーンの和菓子よりも少し小さくなって、表面がベタベタしていた。

私は箱のふたを閉めた。

家の中がシーンとしていた。

母が門を入ってきた。

腰を振って、風呂敷包みを床にころがし、便所に飛び込んだ。

私は母が便所に入っているあいだに、棚の上の箱のふたを開けて、見ずにはいられなかった。

やっぱりグリーンの和菓子は一つ、少し変だった。

そして、急いで風呂敷包みの横に座り込んで、母を待った。

二十三

月見をした。

父の友だちが、夕方からたくさん集まってきた。

泥の塀のかわらの上に、透き通った濃いブルーの空が見えていた。

庭にテーブルを出して、庭で食べた。

火をたいた。

オレンジ色の炎が出て、煙もたくさん出た。

月はなかなか出てこなかった。

私は、月がどこから出てくるのかわからなかった。

私は庭中をかけ回り、

「月はまだか、月はまだか」

としつこくきいた。

泥の塀のかわらの上の空は、濃いブルーのまま次第に暗くなっていた。

突然、泥の塀の上に真っ白い月が出てきた。

月が出てきて、私はとても安心した。

大人たちも安心したのが、私にもわかった。

そのとき、門の鐘（かね）が鳴った。

父が出ていくと、支那人のおまわりさんがいた。

たき火の煙を、火事だと思ったらしかった。

月が泥の塀のかわらから離れて、まん丸く見えて、八角の門の真上にあった。

父はすぐ炎の出ている薪（たきぎ）を消した。

おまわりさんは庭の中に入って、何かしゃべり、みんな、おまわりさんと支那語で何かしゃべって笑っていた。

私は、おまわりさんの帽子についている徽章（きしょう）がきれいなので、帽子の真ん中ばかり見ていた。

風車のようなたくさんの羽根があり、そのひとつひとつがぜんぶ違う色だった。

ピカピカ光るガラスみたいで、青や黄色や白や赤だった。

庭が暗くなっても、上を見ると、空はまだ澄んだ濃い青色をしていた。


たき火のあとの火が炭になって、オレンジ色になっていた。

父はその前にしゃがんで、木の枝で地面をつついていた。

私も火の前にしゃがんでいた。

地面を、四センチぐらいの虫がくねくねはっていた。

「白い虫はうまいんだ」

父は白い虫を火の中にほうり込んだ。

オレンジ色の火の中で、白い虫は身をよじっていた。

よじったまんまの形で動かなくなった。

父は虫をかき出して、それを手のひらにのっけると、口にほうり込んだ。

白い虫がもう一匹いれば、私にもくれるかもしれないと思って、私は腰を曲げて、暗い庭の中を、
地面をにらみつけて歩き回った。

虫はいなかった。

母が、

「ひさえちゃんにさようならを言ってらっしゃい」

と言った。

言いに行こうと思って庭に出たら、ひさえちゃんが門から入ってきた。

ひさえちゃんは、真新しい、赤いぬり下駄をはいていた。

「わたし、あした大連（だいれん）に引越しをするんだよ」

と言って、私はひさえちゃんの赤いぬり下駄を見ていた。

ひさえちゃんは白い足の指をくねくね動かして、足を下駄の奥につっこもうとしていた。

見せびらかすために、わざとくねくねさせているのだと私は思った。

「どうしたの?」

私はしゃがんで、ひさえちゃんの下駄を見た。

下駄はぴかぴか光って、赤いビロードの鼻緒（はなお）がついていた。

「買ってもらったの」

「わたし、あした大連に引越すんだからね。もう会えないよ。きれいだね」

ひさえちゃんは、またくねくねと指を動かした。

「だから、さようなら言いなさいって、お母さんが言ってたよ」

「ふーん」

座ったまま、わたしは一人っ子のもらいっ子じゃないから、こんなきれいな下駄ははけないんだと思った。

ひさえちゃんはしゃがんで、手で下駄を持ってぎゅっとひっぱり、足をもっと奥につっこんだ。

「新しいからきついんだよ」

そして、きどって門を出ていった。

夕焼けで空が赤かった。


荷物が家の中に何もなくなったので、ヤマモトさんの家に泊まりに行った。

私はヤマモトさんの家に初めて行き、ヤマモトさんの家の人を初めて見た。

女学校のお姉さんがいた。

私は大きなお姉さんを見たことがなかったので、お姉さんがめずらしくて、うれしくて、ずっとお姉さんのそばにいた。

夜寝るとき、お姉さんといっしょに寝た。

そばに行くと、母とちがう匂いがして、私はそれがとてもいい匂いのような、気持ち悪い匂いのような気がした。

「内地に帰るとね、すごーくこわいものがあるのよ。ジシンよ」

「ジシンって?」

「地面がグラグラグラグラ動いて、何でも落っこってきて、つぶされて死んじゃうんだから」

私は面白くて仕方なかった。

「たんすも?」

私とお姉さんの横に、黒いたんすがあった。

「たんすもよ」

「じゃあ、たんすの中の洋服も?」

「洋服もよ」

私はゲラゲラゲラゲラ笑い出し、見えるものをぜんぶ指さしてきいた。

そして、ジシンがどんなものだかわからなかったので、ゲラゲラ笑いつづけた。

私はお姉さんのお古の、オレンジ色と白のしまの半袖のセーターをもらった。


次の日の朝、汽車に乗るのでプラットホームにいた。

知らない人がたくさん見送りに来て、汽車はなかなか来なかった。

私よりちょっと大きい女の子がいて、桜のやにを持っていた。

そして、それを人さし指と親指のあいだに少しちぎってはさんで、なめて、くちゃくちゃすると、
指のあいだに綿のような白いものが発生した。

それを左手の小指にふわっふわっとかぶせると、綿のようなものが小指につもっていった。

女の子はそれをながめて、ペロリとなめた。

私は、ほんの少しだけそれが欲しかった。

女の子は、紙に包んであるものを私に見せびらかすようにして開いた。

ころころした桜のやにのかたまりが、四つも五つもかたまって、くっつき合っていた。

きっと私に一つくれるんだと思って、私は息をつめた。

女の子は私を見ながら、桜のやにをいじくって、ほんの少し人さし指にこすりとり、大げさに紙に包んで、ポケットに入れた。

そして私の前で、ペロペロ人さし指をなめて、またくっちゃくっちゃと指を動かし、左手の小指に綿帽子（わたぼうし）をかぶせ、私を横目で見ながらペロリとなめた。


これが私の、北京の最後の記憶である。

あっちの豚　こっちの豚

豚は、ひとりで林の入口にすんでいました。

豚だから、豚は豚小屋にすんでいます。

豚は、おなかがすくと、目をさましてノロノロとおきあがって、林のなかにたべものをさがしにいきます。

ピクニックにきたうさぎやきつねがすてていった、おにぎりやサンドイッチとか、サラダののこりなんかをブーブーいいながらたべます。サラダがたりないときは、そのへんをひとまわりして、やわらかそうな木の葉（このは）をポリポリたべたりしました。

それから、どろんこがあると、ごろごろころげまわって、ブッブッブッとわらったりしました。

それから、日なたにでて、どろだらけのからだをかわかしたり、どろどろのまんま家にかえったりしました。

そうやって、豚はずうっと林の入口の豚小屋でくらしていました。

ある日、トラックがきて、たくさんのどうぶつたちが、豚の知らないきかいをもってきて、林の木をきりたおしていきました。豚は、豚小屋から、林が野原になっていくのをみていました。

どうぶつたちは、そこに何十軒もの赤い屋根や緑の屋根のきれいな家をたてました。

豚は、豚小屋から、きれいな家がたつのをみていました。そして、ねました。

しばらくすると、ひっこしのトラックがきて、いろんなどうぶつたちがひっこしてきました。

豚は豚小屋から、いろんなどうぶつたちがいろんな家でくらしているのをみていました。そして、ねました。

朝になると、子どもたちがランドセルをしょって、給食袋(きゅうしょくぶくろ)をさげて、みんなでならんでどこかにいきます。

それから、背広をきて、かばんをさげたり紙袋をもったおとうさんたちが、ぞろぞろとどこかにいきます。

そのあと、しばふにロープをはって、シーツや下着をせんたくしてほすおかあさんがいます。

午後になると、自転車のかごにラケットをいれて、テニスにいくおかあさんもいました。

豚は、豚小屋から、じっとそれをみて、おなかがすくと、林のなかにたべものをさがしにいきます。林はずいぶんきられたので、いままでよりずっとおくまでいかなくてはなりませんでした。豚はべつに忙しくもないので、のんびりとどこまでもさがしにいきました。

夜になると、たくさんの家に電気がついて、窓からいろんな家のどうぶつたちが食事をしているのがみえました。

豚は、まっくらな家のなかから、あかるいたくさんの窓をみて、それから、豚小屋のどこかにごろりとよこになって、グーグーねむりました。

豚は、たくさんの家があったところが、昔は林だったこともわすれて、いままでと同じように、豚のようにくらしていました。

そのうち、きつねやうさぎの子が豚小屋のそばにきました。そばまでくると、「クーサイ、クーサイ豚小屋ダア」といったり、わざと大きなこえで、「キャー、豚がイタア」といってにげていくようになりました。

豚は、豚小屋のなかからそれをみていました。

豚は、ずっとまえ、うさぎやきつねの子どもがいなかったときのことなどわすれて、まいにち、クーサイ、クーサイといううたをきいていました。

そして、おなかがすくと、林のなかへはいっていきました。

ある日、りっぱな背広をきたきつねの紳士と、真珠のネックレスをつけたうさぎの婦人が、豚小屋にやってきました。うさぎの婦人は香水をつけたハンカチをはなのまえでヒラヒラさせて、きつねの紳士のうしろにかくれるようにしていました。

きつねの紳士は、豚小屋のまえで、「ごめん」といいました。

豚は、「はあ」といって、豚小屋からでてきました。

「あら、こまってしまう」とうさぎの婦人はまっ赤になって、ハンカチを目にあてました。豚が、パンツをはいていなかったからです。

「ここは、だれの土地なのですか」ときつねの紳士はいいました。

豚はポカンとしていました。

「ぼくはずっと、ここにすんでいますが」と豚はいいました。

「だれの土地に？」

「だれって……」

豚はいっしょうけんめいおもいだしました。

「ぼくのおやじのおやじもずっとここにすんでいました。先祖代々ずっとここにいましたよ。昔はもっとたくさんなかまがいましたが、みんな町のほうにいってしまったんですよ。そら、昔はきつねさんの家のところにもなかまの豚の豚小屋がありましたし、うさぎさんの家のところにも豚小屋がありましたよ。今はぼくひとりになりましたがね」

「とにかくこまるんですわ。われわれは文化的な生活をしています。あなたの豚小屋があるために、環境がこわれるんですよ。いまどき、電気もガスもない生活をしているのは豚以下ですよ。きっと町へいった豚は、われわれとおなじような文化的な生活をしているとおもいますね」

「………」

「ひとつわれわれにおまかせいただいて、われわれとおなじような住宅におすみになってはいかがでしょう。そして、きまった職業をおもちになってはたらいてもらいたいもんですな」

「子どもたちに悪い影響をあたえますわ」

豚はポカンとして、

「なんのことかわかりませんね。ぼくには」

といって、どろのついたおなかやあたまをポリポリかきました。

「ずっとこうしてくらしていたんで」

きつねの紳士とうさぎの婦人は、ひそひそとこごえでささやきあうと、かえっていきました。

つぎの日、豚は豚小屋で目をさまし、林のなかにたべるものをさがしにいきました。

太陽にてらされてきらきら光る小川がながれていました。

豚は、つめたい小川にゴロゴロころがって、ブッブッブッとわらいました。

小川からでてくると、豚の毛は銀色にピカピカ光っていました。

豚は銀色に光ったまんま、豚小屋にかえりました。

豚小屋のあったところに、豚小屋はありませんでした。そこには、オレンジ色の屋根のあるまっ白い家がたっていたのです。

げんかんにきつねの紳士がニコニコわらってたっていました。

「おどろきましたか。ここがきょうからの豚さんの家ですよ。いやあ、それに豚さん、きょうは、なんとまっ白で清潔ではありませんか。

なかに洋服も用意してあります。お風呂もあります。いつだってまっ白になれます。いやあ、よかったよかった。どうぞどうぞ」

ときつねの紳士は豚を家のなかにいれました。

豚はだまって家のなかにはいって、ポカンとあたりをみまわし、ドカッとソファーにすわりこんでしまいました。

その日から、豚はパンツとズボンをはいて、ネクタイをしめて、背広もきました。

うさぎの婦人がぜんぶ、いそいそと世話をやきました。うさぎの婦人は、まえからみたり、よこからみたりして、「あらまあ」とか、「ごらんなさいませ、ごりっぱですよ」といったり、「清潔にさえなされば、こんなにりっぱな銀色の毛をもっているどうぶつは、ほかにございませんことよ」と、いったりしました。きつねの紳士も「フム、フム、なるほど」と背広をきた豚をみてうなずきました。

「では、まいりましょうか」

きつねの紳士は黒いカバンを豚にわたすと、家をさっさとでていきました。豚はだまってついていきました。

きつねは、並木道のバス停から、豚をバスにのせました。バスは大きなビルがたくさんならんでいる、大きな街につきました。

豚は、バスをおりるとビルをみあげ、「ホウ」といって「クシャン」とくしゃみをしました。

街は森とはちがうにおいがしていたのです。

「こちらです」

きつねの紳士は大きなビルの一つに豚を案内して、エレベーターにのせました。


夕方、豚はすっかりつかれて家へかえりました。

げんかんがなかからあいて、小さな子豚が二ひき、

「おとうさん、おかえり」

といってとびだしてきました。

豚はびっくりして、目をパチパチしました。

「あなた、おかえりなさい」

子豚のあとから、ころころふとったピンクのエプロンをつけた、豚のおくさんがでむかえました。

「食事になさいますか、シャワーになさる?」

おくさんはききました。

豚は居間のソファーにドタッとこしかけると、目をつぶってうでぐみをしました。

「ねえ、どっちになさる?」

おくさんはカバンをかたづけながらいいます。

豚は目をあけて、じっとおくさんをみて、

「しつれいだが、どなたですか」

とききました。

「あら、いやだわ、あなた。ねーねートン太、パパったらママのこと、どなたですかですって」

といって、コロコロわらいました。

「へーんなとうさん、へーんなとうさん」

二ひきの子豚は豚の背中にとびついたり、ひざにとびのったりして、

「ねー、ごはんすんだら本よんでくれる? このまえのつづき」

といいました。

「このまえのつづき?・?・?」

つぎの日の朝、チリチリチリ……と、豚の耳もとでおとがして、豚はおどろいて目がさめました。目ざまし時計がなっています。

豚は時計をもちあげて、うらがえしたりさかさにしたりしました。

「おとうさん、ごはんだよ」

子豚が、豚のふとんのうえでとびはねながらいいます。

豚はのろのろとおきあがって、ゆうべきたパジャマをぬぎました。

ベッドのよこに、ワイシャツとネクタイと背広がそろえてありました。

ミルクコーヒーとめだまやきと、バタートーストとサラダがテーブルにならんでいます。

おくさんは、エプロンをとりながら、

「ねえあなた、キー子はテストで三番なのよ。トン太はあいかわらず一番よ。あなた、ほめてあげてちょうだい」

豚は、二ひきの子豚をじっとみました。一番？　テスト？　豚はなんのことかわかりません。

「そうか」豚はしかたなくいいました。

「ねえパパ、このちょうしだと、トン大はかくじつだとおもうわ。トン大の医学部だったらいうことなしだわね。お金がかかるけど、パパがんばってね」

二ひきの子豚は、「ゴチソウサマ」とさけぶと、ランドセルをしょって、玄関からとびだしていきました。

「あなた、おそくなりますよ」

豚のおくさんは豚のカバンをもって、門のところまでくると、「気をつけていってらしてね」

といって、豚にカバンをわたすと、門のそばで手をふりました。

バスの停留所で、豚はきつねの紳士にあいました。

「やあ、おはようございます。降るかとおもいましたが、なんとかもちそうですな」

ときつねの紳士はいいました。

豚は「はあ」といって、きつねのうしろにならびました。きつねの紳士は、カサでゴルフのまねをしています。

「あの、あのひとたちはだれですか」

豚はききました。

きつねはきこえなかったのか、

「あすのゴルフに降られちゃ、一大事ですな」

といいました。

「あの、あのひとたちはどこからきたのですか」

きつねの紳士は豚のかたをたたいて、

「あんまりふかくかんがえないことです。いまの幸せをこわさないことです。ハッハッハ、いやあ、おたくのぼっちゃんは秀才でうらやましい」

ときつねがわらったとき、バスがきました。

豚は、街のビルのなかでまいにち赤いボタンと青いボタンをかわるがわるおすのが、仕事でした。

赤いボタンをおすと、テレビの画面に数字がたくさんあらわれ、青いボタンをおすと、数字がズラズラならんだ紙がつくえのしたからするするとでてきます。たまった紙はしぜんにくるくるまるまって、まるいあなからどこかへピューッと、とんでいきます。

九時から五時まで、まいにち豚は、赤いボタンと青いボタンをおしつづけました。

ある日、社長が豚を社長室によびました。

「なれない仕事だとしんぱいしていたが、きみはなかなかよくやってくれた。なにより正確なのでたすかる。きみを昇進(しょうしん)させようとおもう。給料もよくなる。がんばってくれたまえ」

あたらしい仕事は、緑のボタンと紫のボタンをおす仕事でした。

豚は、九時から五時まで、まいにちボタンをおしつづけました。

「ねえ、パパはえらいのよ、会社でいままでよりずっとだいじなお仕事をするようになったの。貯金もどんどんふえていくわ。トン太、お金のことはしんぱいしないで、あなたはいっしょうけんめい勉強すればいいの。パパ、わたしたちとても幸せだとおもうわ。からだに気をつけてね。

それからね、あした、わたしのお誕生日よ。パパなにプレゼントくださる？」

豚は、豚にも誕生日があったのかと、ふしぎそうに豚のおくさんのかおをみました。

「ね、おねがい。となりのおくさんミンクのコートをもっているの。みせびらかすの、ね、ミンクのコート、プレゼントしてくださる？」

「豚が、ミンクのコートをきるのか？」

豚はおどろいていいました。

「あたりまえよ。うさぎのおくさんだってミンクのコートをもっているわ。パパってへんなひと。ほんとうは、もう注文しちゃったのよ」

その夜、豚はベッドのうえであまりねむれませんでした。

「豚がミンクのコートをきてもいいのか？」

豚にはわかりませんでした。

「うさぎがミンクのコートをきてもいいのか」

豚にはわかりませんでした。


豚は、バスの停留所で、きつねの紳士とまいにちかおをあわせました。

「おくさん、ミンクのコートがなかなかお似合いですな。うちの女房もミンクのコートのつぎにはダイヤモンドですよ。いやはや亭主はつらいものですな。はっはっはっ。しかし幸せというやつは、ひととおなじことをやっていないといけませんからな。こつはこれだけです。このかんたんなことをやるのがまた、なかなかたいへんですが、幸せってそういうもんですからな。はっはっはっ」

豚はきつねの紳士のかおをみて、「しかし」といいかけました。

きつねの紳士は、きゅうにふきげんになって、

「豚さん、『しかし』とか『よくかんがえてみますと』とかはいわないほうがいいのです。『しかし』とか『よくかんがえてみますと』とかは、いまの幸せをこわします。よくおわかりになっているでしょう」

というと、ちょうどきたバスに、さっさとのってしまいました。

日曜日になると、豚はぐったりつかれて、いつまでもねていました。

豚のおくさんは、

「パパはお仕事でおつかれだから、ゆっくりやすんでね。どこのパパもおなじですもの。わたしたちはピクニックにいってくるわ」

といって、サンドイッチやサラダをつめたバスケットをもってピクニックにでかけました。

豚は、しーんとした家のなかで、おひるすぎに目をさまします。

きれいなシーツに、白いかべ、かべには絵がかけてあって、窓にはレースのカーテンがかかっています。冷蔵庫のなかには、おなかがすいたらすぐたべられるものがつまっています。

豚は、自動車のうんてんもできるようになり、赤い車も車庫にはいっています。

子どもが夏休みになると、豚も有給休暇をとって、子豚を海水浴につれていきました。はじめて海をみた豚は、海があんまりくさいので、クシャミをしました。豚のおくさんは、大きくいきをすいこんで、

「一年ぶりのいそのかおりね、パパ」

といいました。

子豚は豚にとびついて、

「おとうさん、ずっとまえみたいに背中にのせて、船のところまでつれていってよ」

といいました。

豚は子豚を背中にのせて、海をおよぎましたが、水があんまりくさくてしおからいので、ポロポロなみだがでてきました。

夕飯のあとで子豚が、

「ねえ、ぼくが生まれたとき、ぼく毛はえていた？　なに色の毛だった？」

とききます。

「あら、きまってるじゃない。ほそい金色の毛よ。ねえ、そりゃきれいだったわよね、パパ」

とおくさんがいいました。

「ぼくの赤ちゃんのときの写真ある？」

「ありますとも」

といっておくさんは、とだなからアルバムをなんさつもだしてきました。

「ほら、これが生まれた日よ」

豚のおくさんはテーブルのうえにアルバムをひろげました。

「あっ、ほんとうだ。おとうさんもおかあさんもわらっている」

豚はアルバムをのぞきこみました。生まれたばかりの子豚をだいたおくさんのうしろに、うれしそうに豚がわらっているのです。

ちがう豚ではないかと、豚はかおをくっつけるようにして写真をみました。豚は「ウーム」といったまま、うでぐみをして目をつぶりました。

「ほら、これが入学式よ」

「おとうさんとおなじ背広つくったんだよね」

「そうよ」

豚は目をつぶったまま「ウーム」ともう一どいいました。そうして、目をあけて、一家じゅうがうつっている記念写真をじっとみました。みんなうれしそうにわらっています。

「ウーム」豚はもう一どいいました。


それから、豚はきつねの家をたずねました。

きつねは、ソファーにすわってウイスキーをのみながら、テレビをみていました。きつねのおくさんはよこであみものをしていました。

「やあ、いらっしゃい、豚さんもいっぱいやりますか」

ときつねはいいました。

「どうも」

と豚はきつねのとなりにすわりながら、ウイスキーをのみました。からだじゅうに熱いはりがねがとおって、きゅうに強い豚になったような気がしました。

「じつは」と豚は、しっかりしたこえでいいながら、ポケットから、豚一家がうつっている記念写真をとりだしました。

「ほほう、じつによくとれていますな。トン太くん大きくなりましたね。いやじつにいい写真だ」

「おしえてください。このひとたちはいったいだれなのです。どこからきたのです」

「なにをいっているんですか。あなたのご家族ではありませんか」

「ぼくは、豚小屋にすんでいた豚でした。家族はいませんでした。ぼくはたったひとりでした。きつねさんが、ぼくの豚小屋にあの家をたててくれました。ここにうつっているのは、ぼくではありません」

きつねは、きゅうにこわいかおをして、豚をにらみつけました。

「いいや、豚小屋なんかなかった。ねえ、おまえ、豚小屋ってしっているかい?」

ときつねはおくさんにききました。

「豚小屋? なんのことですの。豚さん、おつかれなのよ。あなた、もう一ぱいさしあげたら」

「ほら、おききになったでしょう。もう十年のおつきあいではないですか。トン太くんが生まれたとき、せいだいなパーティーをうちの庭でやらせていただきましたなあ、たのしかった。それからすぐ、うちのコン太郎が生まれたんでしたね」

豚はじっと、きつねをみつめました。

豚はまず、ネクタイをむしりとり、うわぎをぬぎ、ズボンを抜き、パンツもとると、すっぱだかになって、きつねの家とドアにぶつかって、そとへとびだしていきました。

豚は林のほうへむかって、ものすごいいきおいではしっていきました。林のおくのおくのはるかとおくまで、鉄砲だまのようにはしっていきました。


豚は、林のなかの豚小屋にひとりですんでいました。おなかがすくと目をさまし、林のなかにたべものをさがしにいきます。

ピクニックにきたうさぎやきつねがすてていった、おにぎりとかサンドイッチとかサラダののこりとかを、ブーブーいいながらたべて、サラダがたりないときは、そのへんのやわらかそうな木の葉をポリポリたべました。

だれにもみつからないように用心しながら、どろんこのなかでゴロゴロころげまわって、ブッブッブッとわらったりしました。日なたにでてどろをかわかしたり、どろんこのまま豚小屋にかえっていったりしました。

豚は、豚小屋がだれにもみつからないように、木のしげみのなかにつくっておきました。

そして、太陽がおちてくらくなると、ガーガーいびきをかいてねました。

ある日、豚がたべものをさがしに林のなかにいくと、ピクニックにきた家族づれのこえがきこえました。豚はいそいで大きな木のかげに、かくれました。そしてそうっとのぞいてみました。

豚の一家でした。二ひきの子豚とおくさんと、豚のおとうさんが、わらいながらおべんとうをたべています。

豚は、目をこすりました。豚のおとうさんは、木のかげにかくれている豚と、おなじ豚でした。ネクタイをとってパンツをぬいでにげてきたはずの豚が、トン太のあたまをなでながら、

「トン太、いよいよ中学生だな。いまの調子でがんばるんだぞ」

といっています。

豚のおくさんは、花もようのついたきれいなワンピースをきて、ネックレスをつけて、

「パパ、だいじょうぶよ。ああ、きょうはお天気がよくて、きもちがいいこと」

といっています。

豚は、身動きができなくなって、じっとたっていました。

豚の一家は、おべんとうをたべおわると、四ひきでうたをうたいながら、手をつないで林のなかをちいさくなっていきました。

「こっちのおれはにげてきたのに、あっちのおれは『幸せ』やってるんだ」

豚は、豚の一家がみえなくなってから、豚小屋にかえりました。

豚は、豚小屋のまえにねころんで、じっと空をみています。空には星がたくさん光っています。

豚は、星をみながらねむりました。


豚は、ひっそりと豚小屋でくらし、お天気のいい日はどろんこあそびをして、どろだらけのまま、ひなたぼっこをしました。

そして、ときどき大きな木のかげから、豚の一家がピクニックにくるのをのぞきにいきました。

トン太もキー子もすこしずつ大きくなっていきます。おくさんも、いつもやさしくわらっていました。

豚も、元気なおとうさんです。

「こっちのおれが元気なら、あっちのおれもしんぱいないからな」

豚は木のかげで、ブッブッブッとわらい、それからどろだらけのまま、そのへんの木の葉をポリポリかじりながら、豚小屋にかえりました。

やせた子豚の一日

あるところに、豚の家がありました。
青い屋根の家でした。
庭は草ぼうぼうで、門に「ぶたかわ　ぶたたろう」という表札がかかっています。
表札は一本釘（くぎ）がとれて、風が吹くとぶらぶらします。
この家にはよっぱらいのとうさん豚とやせた子豚がすんでいました。
子豚は女の子でした。
かあさん豚はいませんでした。

となりの家も豚の家でした。

となりの家は赤い屋根の家でした。

庭には花がたくさん咲いています。

門には「ぶたの　ぶたこ」という表札がまっすぐきっちりかかっていて、風が吹いてもぶらぶらしませんでした。

この家には、はたらきもののかあさん豚とふとった子豚がすんでいました。

子豚は男の子でした。

とうさん豚はいませんでした。


「とうさん朝だよ」

やせた子豚はとうさん豚のベッドにきてとうさん豚をおこします。

「朝？　朝のはずはないぜ。ゆうべおれがねたときは夜だったぜ。ゆうべのつづきなんだから、まだゆうべだよ」

とうさん豚はふとんをかぶってなかにもぐりこんでしまいます。

やせた子豚は、

「夜のつづきは朝ダァー」

と、とうさん豚の耳もとでどなりました。

とうさん豚は片目だけあけて、

「おれにことわりもなしに朝になったわけか。気に入らねえな」

といいます。

子豚は台所にいって冷蔵庫をあけます。

冷蔵庫のなかには缶ビールとキャベツが半分ありました。

冷凍庫のなかは氷ばかりです。

子豚は半分のキャベツを半分に切って、ふたつのお皿に入れてテーブルに出します。

「ファー　ファー　ファー」

と、とうさん豚は、おきてきてテーブルを見ると、

「おっ、キャベツ。けっこうですな」

といって冷蔵庫のなかから缶ビールを出します。

そして、プチンとあけるとゴクゴクとのみました。

窓から明るい朝の光がさしこんでいます。

「いい朝じゃないの。ありがたいね、ほっといても朝になる」

やせた子豚はキャベツだけをパリパリたべます。

「とうさん、わたしもっといろいろたべないと大きくなれないよ」

「ふとりすぎってのもかわいくないぜ」

「やせすぎの豚もわたしいやなの」

とうさん豚はしばらくだまっていました。

そしてビールをゴクンとのみほして、

「ビールはいいなあ、もうおなかがいっぱいになっちゃった。これくえよ」

といって、キャベツのお皿を子豚のほうに押しました。

とうさん豚は帽子をかぶって靴のひもをしめなおし、

「いってくるよ。今日の帰りはスーパーで山ほど食い物を買ってくるから、おとなしく待ってなよ」

といって出ていきます。

やせた子豚は「ぶたかわ　ぶたたろう」という表札がぶらさがっている門までとうさんを見送ります。

とうさんのよれよれのズボンと少しこわれかかった靴が見えなくなっても、子豚は見送っていました。

「ぶたの　ぶたこ」さんがまっ白な帽子と赤いハンドバッグを持って出てきました。

ふとった子豚が幼稚園のかばんをさげて、おべんとうの入っているバスケットをもってそのあとから出てきました。

「ぶたの　ぶたこ」さんはやせた子豚を見ると、

「おはよう、よいお天気ね。おとうさまお元気?」

と口紅がまっ赤についた口をあけていいます。

「とうさん？　とってもお元気ですわ、おかげさまで」

「でもお酒はやめなくっちゃいけないわ。あなたも幼稚園に行きたいでしょ、かわいそうに」

といいました。

「おばさん、帽子が少し派手すぎない？」

やせた子豚はそういうと家のなかに入っていきました。


やせた子豚は一日中なんにもすることがないのです。

なんにもすることがないということは、なんでもできるということです。

子豚はどっかにいこうと思いました。どっかにいくのに赤い小さいハンドバッグがあればいいのに。それじゃなかったらどっかゆきの帽子があればいいのに。

やせた子豚にはなにもありません。

「そうだ。もしもおとうさんがうんとお金持ちになったら買ってもらえるように、どの帽子がいいか町にいってきめておこう。赤いハンドバッグだって、そのときになって迷うと困るもの」

やせた子豚は玄関のかぎをかけて、かぎを首からぶらさげると、町のほうに歩いていきました。

町の入口の近くに幼稚園がありました。

幼稚園の庭で豚の子どもたちがレコードに合わせてピョンピョンとびはねています。

やせた子豚は幼稚園のフェンスにつかまってなかをのぞきこみました。

「ぶたの　ぶたこ」さんのうちのふとった子豚もいました。

まんなかに若い女の豚の先生がいて
「ハイ、ハイ、タ、タン、ハイ、ハイ、タ、タン」

と手をうっています。

「だめ、だめ、ぶたおさん。遅れちゃだめ。ハイ、ハイ、タ、タン、ハイ、ハイ、タ、タン、よ」

よろよろ、のろのろとびはねているのは、「ぶたの　ぶたこ」さんちのぶたおさんです。

「だめねえ、ぶたおさん。そっちに立ってよく見てなさい」

ぶたおはそっちにいって立っています。

「ハイ、ハイ、タ、タン、ハイ、ハイ、タ、タン、そうよ、そうよ、みんなとってもじょうず」

先生はうれしそうに一緒にとびはねています。

そして先生はぶたおのことを忘れて、「ハイ、ハイ、タ、タン」といってふりふりのスカートのすそをもってくるくる回っています。

やせた子豚はフェンスから鼻をひきぬいて、

「幼稚園ってなんでもおなじにしなくちゃいけないのね。おとうさんは幼稚園にいったことあるのかなあ」

といいながら町のほうに歩いていきました。

町にはたくさん豚が歩いています。

男の豚は、背広を着てネクタイをしめ、ピカピカの靴をはいて四角いカバンをもって、わき見もしないで歩いていきます。

女の豚はみんな口紅をつけて、お化粧をして、お尻をブルブルゆすってコーヒー店にはいったり、洋服屋さんから大きな紙包みをもって出てきます。

町に子どもはひとりもいません。

やせた子豚は、はじめにハンドバッグ屋さんのショーウィンドーをのぞきこみました。

とかげの皮のハンドバッグと、猫の皮のハンドバッグが並んでいます。

猫の皮のハンドバッグがいちばん高いのです。三毛猫（みけねこ）のハンドバッグがそのなかでもいちばんきれいで、まっ黒やしましまのハンドバッグもありました。

でも赤いハンドバッグはありません。

「わたしは赤くてピカピカ光っているハンドバッグがいいんだけど。わたしはたくさんたくさん赤いハンドバッグがあるところで、どれにしていいかわかんないほど迷いたいんだけど」

やせた子豚はウィンドーに鼻をぐいぐい押しつけてなかを見ながらいいました。

店のなかのきれいな豚のおねえさんがドアのところに出てきました。おねえさんはやせた子豚を見つけると

「そんなきたない鼻をガラスにつけちゃだめよ。ほら、こんなにあとがついちゃった。あっちにいきなさい」

といって、やせた子豚の鼻のあとをタオルでギッギッギッとふきました。

やせた子豚は帽子屋さんにいきました。

ショーウィンドーのなかにたったひとつだけ青い帽子がかざってありました。

青い帽子は帽子なのにつんつん気取って見えました。

店のなかには帽子がたくさんあります。

やせた子豚はなかにはいれません。なかも気取っているからです。

やせた子豚はウィンドーの青い帽子をじーっと見ました。

「これは子ども用じゃないわ」

そのとき帽子屋の店員さんはショーウィンドーの青い帽子をひょいと取ると、店の奥に持っていってしまいました。

ウィンドーのなかはからっぽの家のようにシーンとしています。

「あたらしい帽子ととりかえるのかもしれない」

やせた子豚はじっとウィンドーの前に立っていました。

なかから、さっきまでウィンドーにかざってあった帽子をかぶった豚が出てきました。

となりの「ぶたの　ぶたこ」さんでした。

帽子はウィンドーのなかにあったときはつんつん気取っていたのに、「ぶたの　ぶたこ」さんの頭の上では気取っていませんでした。

でも、「ぶたの　ぶたこ」さんはつんつん気取ってお尻ふりふり歩いていきます。

気取っていたので帽子屋の前のやせた子豚には気がつきませんでした。

やせた子豚は公園のほうに歩いていきました。

「もっとおおきくなってから、ハンドバッグと帽子が買えたとしてもよ、もうそのとき、今わたしが欲しいハンドバッグと帽子を欲しいとは思わないかもしれない。欲しいものは今すぐじゃなくっちゃ役にたたないんだ」


公園にいくと池のまわりにベンチがおいてありました。

ひとつのベンチにふたりずつすわっていました。

ひとりは男でひとりは女でした。

どのベンチもどのベンチもだれもどこも見ていませんでした。

ベンチのふたりは、向きあって手をつないでお互いの顔ばかり見ています。

やせた子豚はひとつのベンチの前にくると「クン」とせきばらいをしました。

ベンチのふたりには「クン」というせきばらいもきこえず、やせた子豚も見えないのでした。

やせた子豚は「クン」「クン」といいながら池をひとまわりしました。

ひとまわりすると最初のベンチのふたりは手をつないだまま前も見ないで歩いていきました。

やせた子豚は、あいたベンチに腰をおろしました。

やせた子豚はちいさかったので、ベンチにすわると足がブラブラします。

ひとりのおばあさん豚が乳母車をおして歩いてきました。

乳母車にはなにものっていませんでした。

おばあさんは、やせた子豚のまえにくると、

「おとなりにすわってもよござんすか」

といいました。

「いいわ」

やせた子豚は、やせたお尻をずらしました。

「どっこいしょ。今日は運がよござんすわ。かわいいおじょうさんとごいっしょになれて」

やせた子豚はもじもじしました。

「わたし、でもちょっとやせすぎてるの」

「そんなことありませんよ。好ききらいがおおいのかしら。なんでも食べたほうがよござんすよ。好ききらいがおおいとおかあさまがお料理するのに苦労なさっているわ。そうでしょ」

やせた子豚は好ききらいなんかなにもないのです。なんでもたくさん食べたいのです。

やせた子豚はお酒の好きなおとうさんと、もうキャベツもはいっていない冷蔵庫を思いだしました。

「そうなの。好ききらいがおおいの」

「いけませんよ。今日からなんでもお食べなさい」

「はい」

やせた子豚は、自分がとってもお金持ちのおじょうさんになったような気がしたので、とてもじょうずに笑えました。

「この子もね、好ききらいがおおくてね。だからやっぱりとてもやせていたのね。毎日一緒に散歩にきてるんだけど、すぐつかれるの。おーよしよし」

おばあさんはだれものっていない乳母車を静かに押したり引いたりしています。

「だれものってないよ」

やせた子豚はおばあさん豚の顔をじっと見ていいました。

「知ってるわよ」

おばあさん豚はいいました。

「気がすむんだから勝手にさせてほしいのよ。おーよしよし」

やせた子豚はベンチからおりて乳母車をのぞきこみました。

乳母車のなかには赤いリボンのついた麦わら帽子とちいさな赤いハンドバッグがおいてありま

した。やせた子豚が夢に見たような帽子とハンドバッグでした。

やせた子豚はおばあさんの顔を見て、それから帽子とハンドバッグをみました。おばあさんもやせた子豚をみていました。

「ねえあなた、その帽子とハンドバッグをもって乳母車にのってくれないかしら」

やせた子豚は赤いリボンのついた麦わら帽子とちいさな赤いハンドバッグをもって家にかえりました。

やせた子豚は帽子をテーブルにのせ、ハンドバッグを帽子の横におきました。

それから手を洗って冷蔵庫のなかを見ました。

なにもありませんでした。

やせた子豚は帽子をかぶってハンドバッグをもって「ぶたかわ　ぶたたろう」という表札のかかっている門のそばに立っておとうさんが帰ってくるのを待ちました。

しばらくすると「ぶたの　ぶたこ」さんがふとった子豚の手を引いて、青い帽子をかぶってお尻をふりふり帰ってきました。

やせた子豚に気がつくと、帽子とハンドバッグをじろじろ見て、黙って玄関のなかにはいっていきました。

やせた子豚はおとうさんを待ちました。

やがておとうさんが遠くに見えてきました。

おとうさんはスーパーの紙袋をさげて、うたをうたいながら帰ってきます。

「おとうさん」

やせた子豚は走りだしました。

「ややや、おじょうさん、これはまたおうつくしい。いかがなされたかな、そのいでたちは。まるでお姫さま……」

「おとうさん、またよっぱらってる」

やせた子豚はスーパーの紙袋をのぞきこみました。ビールとキャベツが一個はいっています。

ふたりは家にはいるとテーブルにお皿を出して夕食の用意をしました。

やせた子豚はキャベツをふたつに切ってお皿にのせました。

おとうさんはビールをコップにいれました。

やせた子豚は帽子をかぶったままキャベツを食べました。

ぼくの鳥あげる

1

小さい男の子はお母さんのお腹から出てきたとき、ひたいにべったりと切手をはりつけていました。

時々は、首にへその緒を巻きつけた赤ん坊が生まれることはありましたが、ひたいに切手をはりつけて生まれてきた赤ん坊は初めてでした。

お医者さんは科学者ですから、見たものを信じないわけにはいきませんでした。

お医者さんは科学者でしたから、本に書いていないものは嘘だと思うことにしていました。

でももしかしたら、新しい大発見でノーベル賞をもらえるかもしれないとも考えました。

そこでお医者さんは看護婦に小さな男の子をわたして、産湯（うぶゆ）をつかわせる前に切手をペロリとはがしてポケットの中にしまいました。

小さな男の子を初めて見たお母さんは、

「わたしの赤ちゃん、わたしの赤ちゃん、まあなんて立派なひたいの赤ちゃんかしら。なんて利口そうなひたいかしら」

と言って、切手がはってあったところにキスをしました。

切手をポケットに入れたお医者さんは診察室に鍵をかけて、ポケットから切手をとり出しました。

切手には見たこともない鳥が描かれていました。

そして、見たこともない字が書いてありました。

お医者さんはじっと切手を見ていましたが、あんまり美しい切手だったので、しばらくのあいだ自分が科学者であることを忘れていました。

科学者であるお医者さんは、あんまり美しいことと、あんまり醜（みにく）いことの区別はしないようにしていました。

あんまり悲しいことと、あんまり嬉しいことの区別もしないようにしていました。

小指をけがしたかわいらしい娘さんだけに親切にはできないでしょう?

ビルから落っこって、ぐちゃぐちゃにつぶれた大工（だいく）さんの足を汚いといって逃げ出すことはでう？

きないでしょう？

かわいい天使のような子供の病気がもう治らないとわかって、毎日泣くこともできないでしょ

お医者さんは、切手から目をはなすことができませんでした。

そのとき、誰かが、ドンドンドアをたたきました。

たたき方で、お医者さんは奥さんだとすぐわかりました。

「あなた、あなた、あけてください。あけないと奥さんに言いつけますよ」

と奥さんは自分で言いました。

お医者さんは急いで切手をポケットにしまって、ドアをあけました。

奥さんの声を聞くと、いつだってお医者さんはとび上がってしまうのでした。

お医者さんは立派なお医者さんでしたから、誰にでも尊敬されていました。

お医者さんにさからう人は、誰もいませんでした。

奥さんだけがお医者さんの言うことに、なんでも反対するのでした。

奥さんは診察室に入ってくると、お医者さんをじろじろ見ました。

お医者さんはどぎまぎしました。

奥さんが疑わしそうな目でお医者さんを見るとき、たいがいお医者さんは疑わしいのでした。

奥さんは科学者よりも正確だったのです。

「あなた、よこしなさい」

と、奥さんは言いました。

お医者さんはポケットに手を入れて、切手を奥さんにわたしました。

奥さんはびっくりしました。

絹のスカーフではなく、切手が出てきたからです。

「へーえ、こんどは変わったお国の女の子なのね」

奥さんは見たこともない字の書いてある切手を見て言いました。

そして見たこともない鳥の絵を見て、とても心配になりました。

その鳥の絵は、どんな高い絹のスカーフの花の絵よりも美しかったからです。

奥さんはあとでしっかりと切手を調べて、女の子を見つけだし、「泥棒猫（どろぼうねこ）！」と言ってピシャリと女の子をたたいてやろうと思いました。

そして、奥さんは切手をハンドバッグに入れると、

「いいかげんにしなさいよ」

と言って、診察室を出ていきました。

2

泥棒は神様から特別な力を与えられていると思わずにはいられませんでした。

すれちがった人が、お金持ちかどうかわからないのに、気がついたときには、お金持ちの上着の内ポケットの中の二つ折りの財布の中のお金だけが、泥棒の手の中にあるのでした。

市長さんは、でっぱったお腹の上に金ぐさりをつけた金時計を見せびらかして、歩いていました。

市庁舎(しちょうしゃ)の大時計が12時を打ったとき、市長さんはもったいぶった手つきで金時計をチョッキのポケットからとり出そうとしました。

でっぱったお腹があるだけでした。

泥棒がちょっと横を歩いたからです。

気取った伯爵(はくしゃく)夫人はパーティーの最中に、ダイヤモンドのネックレスのついていない長い首にさわって、びっくりしました。

このごろひどくなった物忘れに、誰かが気がついたのではないかと思ったのです。

伯爵夫人は、ネックレスをつけてきたことをすっかり忘れていたのです。

給仕(きゅうじ)に化けた泥棒は、靴の中のダイヤモンドのネックレスのせいで、足をひきずりながらシャンパンを配っているのでした。

探偵の事務所に行こうと大急ぎで街を歩いていたお医者さんの奥さんは、泥棒と正面衝突をしてしまいました。

泥棒は、礼儀正しく帽子をとって、

「失礼マダム」

と言ったときは、手の中に見たこともない切手を持っていました。

お医者さんの奥さんがおしりをふりふり遠ざかっていくのを見ながら、泥棒はポカンと切手と奥さんのおしりを見くらべていました。

泥棒は見たこともない切手を見ながら、

「おれも腕が落ちたもんだ、子供のときだってこんなちっちゃなもの泥棒したことなかったのに」

と言いました。

泥棒は字が読めなかったので、切手に書かれている不思議な字を不思議とも思いませんでした。

でも見たこともない美しい鳥の絵は、泥棒をとても不思議な気持ちにさせました。

泥棒は切手を胸のポケットにしまいました。

「ただいま」

泥棒は家に帰ると、お母さんにあいさつをしました。

お母さんは年なんかわからないほどのおばあさんで、ゆり椅子にすわっていました。

「お見せ」

仕事から帰ってきた泥棒を見て、泥棒のお母さんは言いました。

「今日はまるっきりだめだったよ。おれは才能がないんだ」

泥棒は椅子にこしかけると、髪をかきむしってうめきました。

うめきながら、

「今夜のごはんは何？」

と、お母さんに聞きました。

「豚の心臓のまるゆで。お前ぶどう酒は？」

泥棒は、袋の中からぶどう酒を一本とり出しました。

「何、これは？　デパートの売り物じゃないか。値段がついている。こんなことは今どきの中学生の遊びだよ。せめてフランス大使館の酒蔵の一八〇〇年のナポレオンぐらい泥棒できないのかね」

泥棒は、デパートで買ったぶどう酒の栓を抜きながら言いました。栓抜きはエメラルドがはめこんである、アラブの金持ちからいただいたものでした。

「母さんがエジプトのピラミッドの中のルビーの杯（さかずき）をやったのは、いくつのときだった？」

「かれこれ、五十年も前かね。口惜（くや）しいから思い出させないでくれ。わたしは王の棺（かん）おけをやりそこなって、ルビーの杯しかものにできなかったのさ。すごい奴がいてね。棺おけをそっくり持ち出したあと、ピラミッドの上に立ったまま、月までやっちまったのさ。あいつは、自分の才能が怖くなっちゃったんだね。まさか月までやれるとは思わなかったのに、いっとき、世界を真っ暗にしちまった。

あいつがピラミッドの上で月を両手でささげている姿は、それは素敵だった。あのときが、あいつの運命の分かれ目だったね。月をポケットにねじ込んで、次の仕事にかかるべきだったんだよ。月蝕(げっしょく)だって街のものがさわいでいたよ。あいつは大急ぎで月を返しちまったのさ。

それっきり泥棒をやめて、図書館の貸出し係になっちゃった」

「僕の父さんだろ」

「ふん、わたしゃ才能を無駄にする奴はきらいだよ」

お母さんは悲しそうに泥棒を見ました。

「お前は血統からいえばとび切りなのにね」

泥棒は胸のポケットの切手を思い出しましたが、恥ずかしくてお母さんには見せませんでした。切手を入れてある胸のところが、シクシク痛いような悲しいような気持ちがしました。

そして、豚の心臓のまるゆでとデパートのぶどう酒で夕食をすませました。

次の日、泥棒は仕事に行こうと思って家を出ました。

ぐるぐる街を歩きまわりましたが、泥棒の手の中は、家を出てきたときと同じからっぽのままでした。

泥棒は、図書館の前に立っていました。

泥棒は、世界で初めての羊の革でできた聖書を泥棒しようと思ったのです。

図書館に入っていくと、館長さんだけが暗くて広い図書室の中にすわっていました。

泥棒は、館長さんの前に立って言いました。

「貸出し係になりたいんで」

館長さんはめがねを外しながら、

「字は読めますか」

と泥棒に聞きました。

「とんでもない。しかし、わたしのおやじが図書館の貸出し係だったので」

館長さんは静かに首を横にふりました。

「どうしたら、字が読めるようになるんで？」

「ここにある本を読むことから始めるんだね」

泥棒は図書館の中をひとまわりしました。

そして一番立派な本を棚から出しました。

中には字ばかりがぎっしり並んでいました。

泥棒は初めて字をたくさん見て、とても不思議な気持ちになりました。

「この本が読みたいんで」

泥棒は館長さんのところに、その本を持っていきました。

「これはカントという立派な哲学者の、とてもむずかしい本だ。もし君がこの本を読みたいのなら、まず初めに、この本を読みたまえ」

と館長さんは言って、『子供が初めて出合う本』という絵の描いてある本を、泥棒に見せました。鳥の絵がありました。その横に「とり」という字が書いてありました。

立派な本を棚に返しにいこうと思い、もう一度本を開いてみました。

「いつかこの本を読めるようになりたいもんだ」

泥棒は思いました。

字を見ていると、胸がシクシクと苦しいような悲しいような気分になり、泥棒は切手のことを思い出しました。

泥棒は、胸の切手をとり出すと、本の上に置いてみました。

泥棒は切手の不思議な美しい鳥が、不思議な字ととても似合うような気がしたので、切手をはさんだまま本を閉じて、本を本棚に返しました。

「これを借りたいんで」

泥棒は館長さんに言って、『子供が初めて出合う本』という本を借りて、外へ出ました。

3

貧しい学生が図書館に来て本を借りていきました。

学生が重い本をかかえて、日の差さない自分の部屋に入ろうとすると、下宿のおかみさんがどなりました。

「国のおふくろさんに電報を打っておくれかい？」

「ええ、打ちました」

と、学生は答えました。

学生は電報を打っても、お金を送ってくれるお母さんなんかいないのでした。

学生が小さいとき死んでしまっていたのです。

学生は日の差さない自分の部屋の机の前にすわると、勉強を始めました。

そして無いお金のことも、いないお母さんのことも忘れて本を読みました。

学生は知らないことを知ることだけが好きだったのです。

りんご一個買うことができない夜だって、本を読めばアフリカに象を撃ちにいくこともできましたし、象の体重がどれくらいあるかということを知ることもできました。

何千年も昔の学者と話をすることもできました。

偉い学者はお腹のすいたことなど、問題になんかしていませんでした。

偉い学者は本当のことはなんであるかを知ることはとてもむずかしいのだと、教えてくれました。

本当にお腹がすいたらどうしたらいいかとは教えてくれませんでしたし、部屋代をすぐ払えとも言いませんでした。

学生は火のない部屋で図書館から借りてきた本を夢中で読みました。

本当のことを知れば知るほど、むずかしいことがどんどん多くなるような気がしました。

学生はわからないことが増えれば増えるほど、もっと勉強しなくてはと思いました。

学生はかじかんだ手で、ページをめくり続けました。

切手が一枚、本のあいだから出てきました。

見たこともない文字が書いてあり、見たこともない鳥が飛んでいる切手でした。

読めない字を見て、

「もっと勉強しなくてはいけないな」

と、学生は思いました。

そのとき、下宿のおかみさんが部屋に入ってきました。

おかみさんは学生がながめている切手を見ると、

「手紙にはる切手は持っているんだね」

と言うと、切手を学生の手から抜きとりました。

学生は本を読み続けました。

4

おかみさんは、マーケットに買いものに行くために急いでいたので、切手をよくながめたりはしませんでした。

おかみさんは大急ぎで切手を台所の引き出しに入れて、引き出しの中の財布をつかんで、かごをぶらさげてマーケットに行きました。

おかみさんがマーケットに行くと、酔っぱらいのご亭主が帰ってきました。

酔っぱらいのご亭主は、夕方からもう一杯ひっかけたかったので、台所の引き出しからお金を出そうとしました。

お金なんかありませんでした。

引き出しには切手が一枚ありました。

見たこともない字と、見たこともない鳥が描いてありました。

酔っぱらいのご亭主は、その切手をじっと見ました。

酔っぱらいのご亭主は、その切手をポケットに入れると、酒場に出かけました。

酒場では、男たちが陽気にさわいでいました。

「おれは、昔、足が五本ある牛を見たことがあるぜ」

一人の男が言いました。

「どうやって歩くんだね」

もう一人の男が言いました。

「毎日一本ずつたんすの引き出しにしまっておくのさ」

と、初めの男は答えました。

男たちは大笑いをして、

「おやじさん、奴に一杯、おれのおごりだ」

と、もう一人の男が酒場のおやじさんに言いました。

「おれは字を書く犬を飼っていたことがあるぜ」

太った帽子をかぶった男が言いました。

「どうやって字を書くんだね」

男たちの一人が言いました。

「散歩につれていくと、クエスチョンマークのしょんべんをするのさ」

太った帽子をかぶった男が言いました。

「クエスチョンマークは字とは言わないぜ」

男たちはクエスチョンマークは字か字ではないか、議論を始めました。

「うちのオウムは」

オウムなんか飼っていない、酔っぱらいの下宿屋のご亭主は言いました。

「字も絵も描くぜ」

「どうやって」

酔っぱらいの一人が言いました。

酔っぱらいたちは、でたらめの話が大好きだったので、でたらめのゆかいな答えを聞きたがりました。

「証拠を見せてやろう」

下宿屋のご亭主はポケットから切手を出しました。

酔っぱらいたちは、切手をのぞきこみました。

「なるほど、人間が描いたものとは思えない」

「この字は、オウム語よ」

下宿屋のご亭主はでたらめを言いました。

男たちの中に船乗りが一人いました。

船乗りはその切手を手にとって、よく見ようと思いました。

でも酔っぱらっていたので、絵も字もよく見えませんでした。

美しい鳥は、小さな切手の中で空を飛んでいるように見えました。

「たいしたもんだ。コップ三杯の酒ととりかえておくれ」

船乗りは言いました。

「おやすいご用だ」

下宿屋のご亭主は思いっきり酔っぱらうことができました。

5

船乗りは次の日の朝、船に乗って知らない国へ行きました。

そして、知らない国の港町につきました。

知らない国のホテルについて、ポケットに手をつっこむと切手が出てきました。

船乗りは酔っぱらっていなかったので、その切手を見ると、

「すっかりだまされちゃったな」

と、ホテルの机の上にその切手をのせました。

「しかし、きれいな切手だな。この字はいったいどこの国の字なんだろう。こんな鳥は見たこともないな。おれがまだ行ったことのない国もあるのだな」

と、船乗りはつぶやきました。

そのとき、ホテルの女中がほうきとバケツを持って部屋に入ってきました。

そして、窓をあけました。

風が吹いてきて、机の上の切手は床に落ちました。

「だんなさん、掃除のあいだ、外に出ていてくれるかね」

女中さんは、太ったぷくぷくした手でほうきを動かしながら言いました。

「そのへんをひとまわりしてこようかな」

船乗りは、めずらしいお土産(みやげ)があったら小さな娘に何か買ってやろうかなと思いながら、街に出ていきました。

女中さんは集めたごみをバケツに入れて、となりの部屋の掃除をするために、船乗りの部屋を出ました。

女中さんは二十一の部屋の掃除をすませてくたくたになり、バケツのごみを捨てにいきました。

大きなごみ箱の中に、とてもきれいな小さな切手がありました。

女中さんは切手をひろうと、ごみをきれいに指でふきました。

見たこともないきれいな鳥が描かれていて、読めない字が書いてありました。

女中さんは小さな女中部屋に帰ると、切手をじいっと見ました。

女中さんが持っているものの中で、その切手だけがとても美しいもののように思われました。

女中さんは、そまつな小さな木の針箱の中に切手をしまいました。

6

そのうちに戦争が始まりました。

娘たちの恋人や若い夫は、次々に戦争に出かけていきました。

娘たちは好きな若者が戦争に出かけるとき、お守りを若者に持っていきました。

そして、

「きっと死なないで帰ってきてね」

と、涙でぐっしょぐっしょになったほっぺたを、若者に押しつけました。

「死ぬものか」

若者たちは、娘たちの涙を人さし指でふきながら言いました。

「死ぬものか」

と、若者が答えると、死ぬにちがいないと娘たちは思うのでした。

娘たちは、金の指輪や、ガラスの玉や、自分の写真やリボンを、自分の髪の毛と一緒に若者たちに身につけさせました。

虫歯を若者の上着に縫いつけた娘もいました。

女中さんの恋人も兵隊になりました。

女中さんは、金の指輪も写真も持っていませんでした。

虫歯は一本もありませんでした。

針箱をあけると、いつか、ごみ箱の中に落ちていた切手が大事にしまってありました。

女中さんはその切手をていねいに紙にくるんで小さな袋を縫って、髪の毛も切って中に入れました。

そして、明日戦争に出かけていく恋人の胸のポケットに入れました。恋人の青い兵隊の洋服のポケットに切手を入れるとき、女中さんは、

「きっと死なないでね」

と、泣きながら言いました。

「死ぬもんか」

若者は、大きな声で言いました。

「じき帰ってくるからな、帰ってきたら、お前は肉まんじゅう屋のおかみさ。お前はぷくぷくしていて肉まんじゅうみてえだ。おれの作る特別うめえ肉まんじゅうだ。肉まんじゅうみたいに食っちまいてえ」

若者は右手でぷくぷくした女中さんの手を握り、左手でぷっくりしたほっぺたの涙をふきました。

7

若者は戦場に行きました。

上官は、

「敵地を偵察に行く勇気あるものは出てこい」

と、森の中の野営地(やえいち)で言いました。

「あっしが行きやしょう」

肉まんじゅう屋が言いました。

肉まんじゅう屋は勇気があったのではありません。

のん気だったのです。

のん気と勇気は区別がつかないことがあるものです。

肉まんじゅう屋は、すたすた歩いていきました。

とてもよい天気で森の中は鳥の声があちこちでしました。

肉まんじゅう屋はどんどん歩いていきました。

森の中を歩いていくと、向こうからすたすた歩いてくる緑色の洋服を着た兵隊に会いました。

肉まんじゅう屋は、一人で長いこと歩いていたので、誰かに会ったのを嬉しく思いました。

「やあ、いっぷくしようかね」

青い洋服を着た肉まんじゅう屋は言いました。

「ちょうど、そうしたかったところさ」

緑色の洋服を着た兵隊は言いました。

二人は腰を下ろしていっぷくしました。

「戦争が終わったら、わたしゃあ、かわいい嫁さんをもらうってわけさ」

肉まんじゅう屋は言いました。

「おれは、かわいい嫁さんをもらったばかりさ」

緑色の洋服を着た兵隊は言いました。

「そいつあ、よかった」

二人は肩をたたき合って笑いました。

「おれの娘は、肉まんじゅうみてえに食っちまいたいほど、かわいい奴だ。戦争が終わったら食ってやるだ」

「うちの奴のシチューは世界一さ、早くうちの奴のシチューが食いたいもんだ」

緑色の兵隊は言いました。

「どこへ行くのだ」

肉まんじゅう屋は言いました。

「敵の偵察さ」

緑色の兵隊は言いました。

「おれもだ」

肉まんじゅう屋が言いました。

二人は黙ってしまいました。

しーんとして涼しい風が吹いています。

時々、鳥の声がしました。

二人は黙ったままじっと顔を見合わせていました。

「で、兵隊は何人いるね」

「五千人」

肉まんじゅう屋は言いました。

「こっちは、五万人だ」

緑色の兵隊は言いました。

本当は五千人でした。

「大砲は」

肉まんじゅう屋は聞きました。

「五百」

緑色の兵隊は言いました。

本当は五十でした。

二人は黙ってじっと地面を見つめていました。

地面には、ありが行列して歩いていました。

二人の兵隊は、ありの行列をじっと見ていました。

「おまえの食っちまいたい娘にこれをやってくれ」

緑色の兵隊は胸にぶらさげた桃色の貝を肉まんじゅう屋の首にかけました。

肉まんじゅう屋は、

「これをお前のできたてほやほやのかみさんにやってくれ」

と、胸のポケットから小さな袋を出して中をあけました。

肉まんじゅう屋は初めて、美しい切手をながめました。

見たこともない美しい鳥と見たことのない字が描いてあり、それを見ると肉まんじゅう屋は遠いふるさとのぷくぷくした女中さんを、本当にかわいいと思うのでした。

そして、女中さんの髪の毛だけを抜いて、緑色の兵隊の胸のポケットに小さな袋を入れて、ポケットの上をたたきました。

「不思議なもんだな、お前は敵なのに、ただの肉まんじゅう屋じゃないか」

緑色の兵隊は言いました。

「不思議なもんだな、どっちかって言えば、おれはお前と一杯飲みたい気分だ」

肉まんじゅう屋は言いました。

そして、二人は西と東に別れて、もと来た道を戻りました。


緑色の兵隊は、上官のところに戻ると言いました。

「敵方は兵隊五十万、大砲五千、とても勝ち目はありません」

上官は、

「全軍撤退(てったい)!」

と叫ぶと、自分が一番先頭に立って撤退をしました。

撤退の途中で戦争は終わりました。

8

緑色の兵隊が家に帰ると、赤ん坊の泣き声がしました。

兵隊は急にお父さんになったので、なんだかとても恥ずかしい気持ちがしました。

おかみさんは兵隊を見ると、口をポカンとあけて、次に兵隊の首にかじりついて涙をぐしゃぐしゃ流しました。

兵隊が戦争に出かけたときよりも、たくさんの涙が出てきました。

「お前さん、台所の戸を直しておくれ。それから庭の木にこの子のためにブランコを作っておくれ」

「よし来た」

と、兵隊は言って赤ん坊を抱き上げました。

「お前、この子はまだブランコに乗るには早くはないかね」

兵隊はおかみさんに言いました。

「ちっとも早くはないよ、わたしが抱いて乗るんだよ」

そしてその夜、死ぬほどお腹いっぱいのシチューを緑色の兵隊は食べました。

食べ終わると、兵隊は胸から切手をとり出して、

「肉まんじゅう屋が、お前によろしく言っていたよ」

と、切手をおかみさんにわたしました。

おかみさんは、まじまじと切手を見ました。

「なんてきれいな切手だろう。なんて不思議な鳥だろう」

それからもう一度兵隊を見て、

「お前さん本当によく帰ってきてくれたね」

と言うと、兵隊の首にかじりつきました。

そして、

「お前さんはもう兵隊じゃないんだから、その洋服はぬいでおくれ、そしてただの大工の洋服に着がえておくれ」

と言いました。

ただの大工に戻った兵隊は、まず最初にかわいいかわいい木の額縁を作り、その中に不思議な切手を入れました。

そしてそれを寝室の壁にかざりました。

それから、台所の戸を直し、そのあと、庭にブランコを作りました。

9

赤ん坊は女の子でした。

女の子はぐんぐん大きくなりました。

大工さんは毎日女の子にキスをして、仕事に出かけました。

おかみさんはおいしいシチューを作り、大工さんが仕事から帰ってくると、毎日首っ玉に抱きついて、

「ああ、よく帰ってきたね」

と言いました。

大工さんは、

「戦争から帰ってきたわけじゃあるまいし、大げさだな」

と言って、おかみさんの髪をなでるのでした。

女の子はそれをじっと見つめていました。


女の子の家は、丘のふもとにありました。丘のふもとには、貧しい家がびっしり並んでいました。女の子が庭のブランコに乗って遊ぶと、パンツをはいていない小さな男の子や、はだしの女の子が集まってきて、ブランコに乗る順番を待ちました。

女の子は子供たちが集まると、もう乗りたくないほどたくさんブランコに乗って遊んだあとなのに、決してブランコからおりようとしませんでした。

そして気取った顔をして、

「これは父さんが作ってくれたわたしのブランコ。乗りたかったら自分とこの父さんに作ってもらえばいい」

と言いました。

パンツをはいていない男の子は、

「おれんとこの父さんは、洗濯屋だから、ブランコなんか作らなくてもいいのさ。おい、乗せろよ」

と言いました。

「そう、だから、あんたのパンツはいつも洗濯中なのね」

と、女の子はブランコに乗ったまま言いました。

はだしの女の子は、

「わたしの父さんだってずっと昔、ブランコ作ってくれたわよ、だけどかみなりが落ちた日に、木もブランコもまっくろこげになったのよ」

と言いました。

「ついでに靴もね」

と、女の子はブランコに乗ったまま言いました。

大工のおかみさんは台所からそれを見ると、とても悲しくなるのでした。


女の子はスープを飲んだあと、大工さんのひざによじのぼって、大工さんに言います。

「ねえ、父さん、父さんは世界で一番偉いね」

「そんなことはないさ、おれはただの大工さ。ただの大工でも母さんのようなおかみさんを持てたから、世界一の幸せさ。それにお前も世界で一番かわいい」

「わたしも、父さんそっくりの人のおかみさんになるの」

おかみさんは悲しそうに首をふって、

「お前がみんなにブランコを貸してやったらね」

と言います。

女の子は急にカンシャクをおこして大声で泣きだし、

「誰も乗せない、誰も乗せない」

と、足でバタバタ床をふみならすのでした。

女の子がカンシャクをおこして泣き寝入りをしてしまった夜、おかみさんはベッドにすわって泣いていました。

「どうしてあの子は、あんななのかしら、あの子がお腹にいたとき、戦争だったからかしら。あんたはこんなに優しい人なのに」

「あの子はとってもいい子だよ」

「そうよね」

おかみさんは、ベッドの上の小さな小さな額縁の美しい鳥を見つめて言いました。

おかみさんは悲しいとき、いつもその小さな美しい鳥を見つめました。


女の子はもっともっと、大きくなりました。

誰にもブランコを貸さないいまま。

そして女の子は、もうブランコで遊ぶには少し大きくなりすぎていました。

ブランコは誰も乗らないまま、庭の木からぶら下がっていました。

時々風が吹くと、少しだけゆれていました。

10

女の子はある日、丘の上に遊びにいきました。

丘の上には、大きなお屋敷がたくさんあって、お金持ちが住んでいました。

大きなお屋敷から、きれいな洋服を着た女の子が銀色の自転車に乗って坂道を下りていきました。

女の子はじっとそれを見ていました。

そして、大工のおかみさんが洗ってくれた洋服をじっと見ました。

丘の上から海が見えました。


女の子は、家に帰ると鏡を見ました。

鏡の中にはとてもきれいな女の子が、大きな目を見開いて口を結んでうつっていました。

おかみさんは女の子の髪をなで、

「お前がこんなにきれいな娘になってくれて、わたしはとても自慢だよ」

と言いました。

「わたしは、丘の上の家に生まれたかった」

女の子は、そう言うと、ドアを閉めて自分の部屋に入ってしまいました。

「わたしはもっと大きな街に行くわ、大きな街で働いてお金持ちになって幸せになるの」

「わたしはずっと幸せだったのに」

おかみさんは小さな声で言いました。

「でも貧乏だったじゃないの」

女の子は口を結んで、決心していました。

女の子は大きな街へ行く用意を始めました。

用意といっても、小さなトランクにわずかな洋服があるだけでした。

おかみさんは、寝室の壁の小さな小さな額縁を外すと、女の子にわたしました。

「体に気をつけるんだよ。これは父さんと母さんがとても大事にしていたものなんだよ。大きな街で悲しいことがあるかもしれないけど、そんなときのために何か役に立つかもしれない」

女の子は、この古めかしい小さな額縁なんか欲しいと思いませんでした。

でも女の子は、

「父さん、母さん、ありがとう」

と言って、それをトランクに入れました。

でも、よく見ませんでした。

おかみさんは泣いていました。

大工さんは少し年とったおかみさんの髪をなでて、

「お前、この子は戦争に行くわけじゃないんだよ。大人になりに行くんだ」

と言いました。

大工さんもおかみさんも、女の子にキスをしました。

女の子は家を出ていきました。

11

大きな大きな街で、女の子は小さな小さなアパートに住みました。

そして大きなビルの中にある、レストランのウエイトレスになりました。

女の子は一生懸命働きました。

女の子はテーブルからテーブルに、水を運び、お皿を運びました。

そのお皿には、女の子が一度も食べたことのない、名前だけ知っているお料理がのっかっているのでした。

立派な流行の洋服を着た女の人が、その名前だけしか知らないお魚の料理を、半分だけまずそうに食べ残したりしました。

一緒に来た太った男の人は、

「お前、どっか具合が悪いのかい」

と聞きます。

女の人は、

「まずいだけよ」

と言います。

男の人は、

「機嫌を直して、新しいハンドバッグでも買おうか」

と聞いたりします。

お皿を片づけながら、

「どうして、こんな女の人が、お金持ちなのかしら。わたしの方がずっときれいだわ」

と思うのでした。

すばらしくきれいな女の人が、山ほどのビフテキを食べることもありました。

すばらしくきれいな女の人は、一緒に来た男の人が何を聞いても、にこにこ笑って、

「ええ、ええ、どうぞ」

とばかり言っています。

女の子は二つ目のデザートのアイスクリームを運びながら、

「きれいでも、なんてばかな女の人だろう、わたしの方がずっと、利口なのに」

と思います。

そして、くたびれて小さなアパートに帰りました。

12

ある日、レストランに一人の若者が入ってきてサンドイッチを注文しました。

その店で、サンドイッチが一番安かったのです。

若者はすり切れたジーンズと、セーターを着ていました。

そして、とても立派なひたいをしていました。

「スープはよろしいですか」

女の子はわざと言いました。

「いらないよ」

若者は言いました。

「サラダはいかがいたしますか」

女の子は言いました。

「いらないって言っているだろう」

「コーヒーはお持ちいたしますか」

女の子は言いました。

若者は立ち上がって、

「君は僕が貧乏なのを知っていて、わざと言っているんだろ。もう何もいらない。僕が小さかったとき、となりにいた意地悪な女の子にそっくりだ。どこにでもいるんだ、意地の悪い子はね」

と言うと、カバンをつかんで出ていってしまいました。

女の子は急いでドアまで出ましたが、若者の姿はどこにも見えませんでした。


その日、女の子は小さなアパートに帰ると、壁によりかかって目をつぶりました。

誰も乗っていないブランコが風にゆれていました。

そして、父さんが母さんの髪をなでていました。

女の子のいなくなったガランとした家で。

13

女の子は日曜日に、大きなビルの中を歩いていました。

ビルの中には洋服を売る店も、時計を売る店もありました。

本屋も画廊(がろう)もありました。
女の子はきれいな外国から来た洋服を見て、ダイヤモンドのついた時計も見ました。
誰がこんなきれいなものを着るのでしょう。
女の子は誰が着るよりも、その洋服は自分が着たら似合うのに、と思うのでした。
そしてダイヤモンドのついた時計は、その洋服にとても似合うでしょう。
女の子はため息をつきました。
そして画廊に行きました。
絵が並んでいました。
画廊の中は、この世ではない違う世界のようでした。
そこにはたくさんの不思議な鳥が、輝くばかりに飛んでいました。
鳥の絵ばかりでした。
女の子は外国の洋服のことも、ダイヤモンドのことも忘れました。
きらびやかな絹の洋服よりも、光るダイヤモンドよりもその鳥は輝いているのでした。
女の子は、どっかでこの鳥を見たことがあるのかしらと思いました。
女の子は思い出せそうで、思い出すことができないのでした。
女の子は、画廊が閉まるまで鳥の絵を見ていました。
次の日、お休み時間に女の子は鳥の絵を見にいきました。

次の日も、女の子は鳥の絵を見にいきました。

次の日、

「君は、ただ絵を見るだけなのかい」

と言う声がしました。

いつかの若者でした。

「そうよ」

女の子はちょっと若者を見て言いました。

「それはよかったね。買わないなら出ていけっていう、意地悪な女の子がいなくて。君は毎日金のない奴に意地悪をしているのかい」

若者は言いました。

「そうよ」

若者は笑いだしました。

女の子はカッとしました。

「あなただって、ただ絵を見るだけなんでしょ」

「今はね」

若者は答えました。

カッとした女の子は、もう一度鳥の絵を見ました。

鳥の絵を見ると、カッとした気持ちがすーっと消えてしまいます。

「わたし、この絵が好きなの。どうしてだかわからないけど」

女の子は優しい声で言いました。

「僕も」

「わたし、この絵を描いた人知っているみたいな気がするの」

「描いた人は、君なんかに知られたくないと思っているよ」

「どうして」

女の子は鳥の絵を見たまま答えたので、優しい声のまま言いました。

「そいつは金がないからさ。レストランに行ってもサンドイッチだけしか注文しないんでね」

女の子は驚いて、貧しい身なりの若者を見直しました。

そして真っ赤になりました。

14

次の日も、女の子は絵を見にいきました。

たくさんの人が絵を見ています。

「なんてきれいな絵かしら。この絵は売るのかしら」

ミンクのコートを着た人が、絵の前で言いました。

女の子は、知らず知らずのうちに言っていました。

「この絵はわたしが買ったの」

「あら、この絵そんなに安かったの？」

女の人は、女の子のそまつな洋服を見て言いました。

「有名な人じゃないものね」

と言って、女の人は出ていってしまいました。

「すばらしい不思議な絵だな。この絵は売るのかな」

黒い帽子をかぶった男の人が、別の絵の前でつぶやきました。

女の子は急いで言いました。

「この絵はわたしが買ったの」

黒い帽子をかぶった男の人は、女の子を見て言いました。

「残念だな、しかし、うれしいね、わたしとあなたは同じ趣味だったのか。しかし、残念だな」

黒い帽子をかぶった男の人は出ていってしまいました。

女の子は胸がドキドキしました。

それから、首からカメラを下げた新聞社の人が絵の写真を撮り、あたりを見まわしてつぶやきました。

「この絵の作者はいないのかな」

女の子は新聞社の人のそばに行って言いました。

「今、病気なんです」

新聞社の人は、

「それは残念だな。インタビューして夕刊にのせようと思ったのに」

新聞社の人は、残念そうに出ていってしまいました。

15

「やっぱり、一枚も売れなかったな」

若者は、壁から絵を外しながら言いました。

女の子は小さな自分の部屋で泣いていました。

女の子は、どうしてあの若者の絵が他の人のものになるのが嫌だったのか、わかりませんでした。

わたしは本当の意地悪なんだ。

サンドイッチしか食べられない貧しい若者は、あの絵が売れたら、女の子のレストランの一番厚いビフテキを何枚も食べられたでしょう。

着たきりすずめのセーターも、暖かい軽いセーターに着がえられたでしょう。

それに何より、あの若者の美しい絵をたくさんの人が欲しいと思うほど好きになってくれたことは、どんなに若者をはげましたことでしょう。

それに、新聞にあの絵のことと、若者の写真が出たら若者は有名にだってなれたのです。

女の子は壁によりかかって泣いていました。

女の子は両手で目をおさえました。目の奥に小さなブランコが風にもゆれないで木から下がっていました。

そして、少し白髪（しらが）がまじったお母さんの髪をなでているお父さんの姿が見えました。

「お父さん、お母さん」

女の子は、家から出てくるときお母さんが悲しいときに何か役に立つかもしれないと言ってわたしてくれた、小さな額縁のことを思い出しました。

小さな額縁は、女の子のトランクの底に、持ってきて一度も出されないままになっていました。

女の子は、うすい紙をはがして小さな額縁を出して見ました。

小さな額縁の中に小さな切手がありました。

それはなんと若者の描いた絵と似ていたことでしょう。

女の子は若者に、手紙を書こうと思いました。

女の子はいったいなんて書けばよいのかわかりませんでした。

でもこの切手の鳥は、若者のものなのだ、鳥は若者のところに帰りたがっているのだと、女の子には思えました。

女の子は何も書けなかった白い紙を一枚封筒に入れて、封筒の裏に自分の名前と、アパートの住所を書いて、封筒を閉じました。

そして次の日画廊に行って、若者の名前と住んでいるところを聞きました。

女の子は、電車に乗って若者の住む町に行きました。


女の子がバスを降りて公園のそばを通りすぎようとしたとき、

「やあ意地悪なおじょうさん。こんにちは」

という声がしました。

女の子は、驚いて声の方をふりむきました。

若者が、公園のベンチにすわっていました。

「今日は、意地悪は定休日なの?」

女の子は赤くなりました。

女の子は若者のとなりにすわりました。

女の子はハンドバッグをしっかり握って黙っていました。

「どこへ行くの?」

若者は聞きました。

「何しているの?」

女の子は聞きました。

「何もしてないよ。僕はもう何もしないのさ。僕の絵なんか、誰も好きじゃないんでね」

「わたしが好きだわ」

女の子は叫びました。

「わたしは、あなたの絵を誰にもわたしたくないほど、好きだわ。そして、わたしが誰にもわたさなかったのよ」

女の子は、大きな声で泣きだしました。

「神様だって許さないわ。神様だって許さないことを、わたしはしたのよ」

若者はびっくりして、女の子を見ていました。

女の子はハンドバッグの中から、白い封筒を出すと若者にわたしました。

女の子は立ち上がると、バスに乗って自分の街に帰りました。

16

女の子は毎日レストランに行って、お皿を洗い、料理をテーブルに運びました。

女の子は、きれいな女の人がビフテキを三枚食べても、豚みたいによく食べるなどと、思いませんでした。

もう一度若者に会って、それから、もう一度あの鳥の絵を見てみたいとだけ考えました。

ある日、女の子はテーブルにすわっている若者を見ました。

若者は、

「サンドイッチだけ食べられるかい？」

と聞きました。

「もちろんよ」

女の子は真っ赤になって答えました。

そして、もじもじしながら立っていました。

若者は白い封筒を出すと、女の子にわたしました。

封筒には、あの不思議な切手がはってありました。

中の白い紙に、

「僕の鳥を全部君にあげる」

と書いてありました。

「とても不思議だね。君がくれた切手を見たとき、もう僕は鳥の絵を描きたくなくなっちゃった。僕が描いたたくさんの鳥がただ一羽になって、僕のところに戻ってきたみたいだったんだよ」

女の子と若者は、公園のベンチにすわっていました。

「どうしてあの切手が、父さんと母さんのところにあったのかしら」

女の子は切手のことを考えると、若者のひたいをさわりたくなるのでした。

でもどうしてだか、女の子にはわかりませんでした。

「僕は描こうとも思わないのに、頭の中に鳥がたくさん出てきたんだよ。でもね、今は世界中にもっともっと描きたいものがたくさんあるような気がする」

女の子は、若者の鳥でない絵を見てみたいと思いました。

「神様も許さない意地悪なわたしを、あなたはどうして許してくれたの」

「僕よりも、僕の絵を好きになってくれたからさ」

女の子は、若者のひたいにそっとキスをしました。

「今はね、あなたよりあなたが好きよ」

若者は言いました。

「生まれてきたときみたいな気がするよ」

女の子はもう一度、若者のひたいにキスをしました。

もぞもぞしてよ　ゴリラ

わたしは椅子（いす）である。

もう八年もうるさいジャズ喫茶で、じぃーっとしてたのである。行動半径五十センチ。あきあきした。でっかいおしりやとんがった奴、もじもじべったらべったらする奴、貧乏ゆすりをする奴、おならまでするおしりだってあるのである。暗くて狭い。

「どいてよ」

店のマスターがほうきで床をはいていたとき、わたしはぶるっと身震いをして、マスターを蹴（け）飛（と）ばしたのである。

通りに出た。マスターはほうきを持ったままボーッとわたしを見ていた。

「どいて、どいて」

わたしは四本足でどんどん通りを歩いて行った。

「どいて、どいて」

手をつないだ恋人たちにわたしは怒鳴った。若い恋人たちは驚いてつないだ手を高くあげた。

通りゃんせ通りゃんせ。わたしは恋人たちの間をくぐって、青信号の交差点を渡った。

「どいて、どいて」

わたしはどんどん歩いた。

「椅子が歩いて来るよ」

デパートの前で、小さな子どもが叫んだ。

母親は子どもを抱き上げた。

「ひかれないようにするのよ」

犬を連れた乞食(こじき)は、わたしを見つけると、つかまえようとした。わたしに座って乞食をするつもり？　わたしは乞食を蹴飛ばした。犬が吠えたが、追っては来なかった。

サラリーマンが三人、乞食と犬とわたしを見て笑った。わたしも笑った。

わたしはどんどん歩いた。

世界は広い。映画館の前を歩き、坂道を下り、小さな橋を渡った。誰もわたしの邪魔はしなかった。

暗くなったので、わたしは公園に行って休んだ。

「やってみれば、なんでもないんだわ」

涼しい風が吹いて来た。わたしは汗をかいていた。汗をかくことだってできるんだ。

「あーつかれた」

「あーつかれた」

わたしの上にドシンと腰かけたものがある。ゴリラだった。

＊

ぼくは海が見たかっただけだ。

「海を見るんだ」

ぼくは公園の椅子に腰かけて、発音してみた。公園は、すっかり葉の落ちたいちょうの木が足もとを真っ黄色に染めて、パンツを脱いだ少女のようにほっそりとして立っていた。

「わたし、ただの椅子じゃないのよ。ベンチと一緒にしないでね」

ぼくのおしりの下で声がした。

「おお、お、お、これは失礼」

ぼくは立ち上がって、詫(わ)びようとした。

「ああ立たないで、わたしの上にしっかり座って、ぞりぞりぞりぞり。ふふふ、すごくいい気持、すっごく重たい。毛が生えて重たくてあったかい」

ぼくは座り直した。

「海を見るんだ」

ぼくはもう一度言った。

「この道を真っすぐ、どこまでも歩いて行けば、海に出られると思うかい？」

ぼくは、いちょうの木の間から見えるビルの向こうのことを考えた。

「ずっとわたしの上に座っていて。ときどき少し、もぞもぞしてくれたらいいの」

ビルの向こうにまたビルがあっても、その向こうの向こうに海がある。動物園のとなりの檻のペンギンが海を教えてくれた。

「あんなとこ、だだっ広いだけよ、とりとめがないの。雨が降っても嬉しくもない。自分で獲物とるのも、考えてみればせわしないわ。それにね、ここで一番すてきなことは、彼がいつでもそばにいるってことね。死ぬまでよ。海にいたら、どこかに水と一緒に流れて行ってしまうもの。とっても気苦労なものよ」

と言ってペンギンは泣いたのだ。そして男のペンギンのぽってりした背中を撫でに行った。でもペンギンたちを見ていると海が見えるのだ。

銀色の波の上の深い藍色の空。またたいている十字の形の星がいくつか。それから、岩にあたって砕ける波の音。

「座っていてあげたいけど、ぼくは海を見たいんだ」

「現実を見てよ。あなたのおしりの下の現実よ。ああ、立たないで」

ぼくは立ち上がった。毛が椅子に向かってぼわっと立った。

「行くわ、一緒に」

椅子は言った。ぼくたちは砂場のわきを通って、ブランコのうしろを歩いて、通りに出た。そして海に向かって出発した。

*

「ゴリラが逃げたんだって」

少女はブランコに乗って足で地面を蹴りながら言った。

二度目のデートで少女の手をそっと握ることができた少年は、「へー」と言って全然ゴリラのことなど考えなかった。

「さっき、テレビで言っていた。ねー、ゴリラって、四つん這いで歩くの?」

と少女は少年を見上げた。

少女のうしろをゴリラが椅子と一緒に出口に向かって歩いていた。

「二本足でのっしのっしと歩くんだよ」

少年はゴリラがのっしのっしと歩くのを見ながら言った。

「すごい足音たてると思う?」

「動きのわりには静かなんだ。足が特殊な構造になっているんだよ」

少年はゴリラを見なかったことにしようと思った。そして少女のやわらかそうな小さな口もとを見た。少年は幼い日にむしったばら色の花びらを思い出し、ひとさし指で少女の唇をさわりたいと思った。

「やだ。ゴリラが町の中歩いているの、見たことあるわけ?」

少年は遠ざかってゆくゴリラと椅子を見た。ゴリラと椅子は、ビルとビルの間に吸い込まれて見えなくなるところだった。

「見えなくなった」

少年はブランコの鎖(くさり)を両手でつかんで少女がブランコを揺らしているのをとめようとした。少女は笑った。

「見たことないが正しい日本語でーす」

「ゴリラなんか見たことない」

少年はゴリラなんか見たことないと思った。まして椅子連れのゴリラなんか。

少年は少女の唇を見た。唇のまわりにやさしいうぶ毛が生えている。

「キスしたいわけ?」

少女が急に真面目な顔つきになって言った。

「俺、そんな不良じゃないよ」

少年は恐ろしい顔つきになって叫んだ。

「なんだ、そうなのか、つまんない」

なんでとっさにあんなこと言ってしまったんだろうと少年はあわてた。

「わたし、したいんだ。だからこんな暗い公園に来たのになー」

少女は立ち上がりながら言った。

なんか狂っちまったな。二度目のデートから俺そのことしか考えていなかったのに、「変なこと言うなよ」と言っている。

「帰ろうか。ゴリラが来ると困るもん」

少女は少年を見て言った。ゴリラなんか見ないことにしたのに。

「今度ゴリラが来たら、回し蹴りにしてやる」

少年は叫んだ。

「変わってるー。わたし、あなたのこと気にいってるー。明日映画行こう」

少女は、いちょうの木の下でくるくる回りながら言った。少年はボクシングの真似をしながら真っ赤になって叫んだ。

「シュッ、シュッ、シュッ、キングコングなんか見せてみろ、スクリーンにかけ上がって、めっちゃめっちゃにのしてやる」

映画のあと絶対にキスしてやると少年は決心した。

「シュッ、シュッ、シュッ、シュッ」

ブランコがいやいやするように少しだけ揺れていた。

＊

ブランコはその使命と責任をよく果たす教育もしつけも行きとどいている人格者である。

ブランコは、若いころは、子どもが乗りに来ると、落とさないように、静かに揺らしてやった。それが喜びだった。ときどき、元気な女の子が来て、死にもの狂いでブランコを揺すりあげ、ブランコのてっぺんで宙返りをしたりすると、

「やれやれ、女の子のくせに。嫁になんか行けないぞ」

とつぶやいた。

宙返った自分に驚いた女の子が泣き出すと、ブランコは女の子をこらしめるために、右へ左へ上へ下へ斜めに動いて、女の子をブランコから下ろさなかった。女の子が、おしりからブランコを滑り落ちると、ブランコは板で思いきり女の子の頭をひっぱたいた。

「これで、懲りて、女の子らしくなるだろう」

とブランコは思った。

それから赤ん坊を抱いた奥さんがどっしりとブランコに乗って、十年前のニューミュージックを歌ったりすることもあった。

「本当は大人は乗らないのが原則だが」

とブランコは思ったが、赤ん坊のために好ましいだろうと寛大な気持になった。

アベックは断固許さないと思ったが、夕方になると目をつぶった。しかし腹は立てていた。

朝早く、マラソンをする老人がゼーゼーと息を切らしながらブランコに座ることもあった。老人は老人らしく家にいろと思った。ブランコが世の中は原則通りではないと気がついたのは、鎖がさびて板が傷み出してからだった。

考えてみると子どもが仲よくブランコに乗ったことなど、何度あっただろう。

となりのブランコとブランコを子どもたちが思いっきりぶっつけ合っても、ブランコは、大きくなれよ、今のうちに思いっきり悪さをしていろよ、と思った。恋人たちにも優しく揺れてやるようになった。

ある日、公園の前に真っ黒くてピカピカ光るリムジンがとまった。車の中から真っ黒な背広を着てとがった革靴をはいた男たちがどっと降りて来た。ほおに切り傷のある男もいた。

男たちは、公園のフェンスに向かって、並んで放尿をした。

「ヤバいヤマを踏むと小便がよく出るなあ」

とパンチパーマを短く刈り込んだ男が、ズボンの間をしみじみ見ながら言った。

「ブランコがあらあ」

しおから声の中年の男がつぶやいた。

ブランコは黒ずくめの男たちが、かわるがわる背中を押し合うのを優しく助けた。

「親分、ずるいですよ、もう十五は乗りましたぜ」

＊

ピカピカ光るとんがったエナメルの靴は、パンチパーマを短く刈り込んだ十八歳のやくざのアパートの六畳の部屋に住んでいた。

エナメルの靴はテレビの上に敷いた真っ赤なタオルの上で、朝六時に目を覚ます。やくざがふとんの上でラジオ体操を始めるからである。オッ、オッ、オッと十八歳のやくざは、元気よく深呼吸をする。えらいもんだ、一日も休まない、とエナメルの靴は感心する。ラジオ体操がすむと、やくざはパンツのまましゃがんで、セブン－イレブンのビニール袋の中から食パンを一枚取り出し、ちぎって狭いベランダに撒（ま）き、すずめが来るのを待つ。しばらくやくざはガラス越しにベランダをのぞいている。それから、

「オレ、オオレ、オレ、待ったか、待ったか」

と言いながら、エナメルの靴をそっと持ち上げて、ふとんの上にあぐらをかく。そしてガーゼのハンカチで、エナメルの靴をふき始める。エナメルの靴は、染（し）みひとつない顔を優しくふかれて、むにゃむにゃむにゃとのびをする。

「この、畜生（ちくしょう）、よく光っちゃって。よーし、よーし、もっと光れ、それもっと光れ、な、そうだ」

やくざはハーッとエナメルの靴に息を吹きかける。ぼわっと霧がかかって、それからにわかに曇りのないエナメルの靴の視野が開かれて十八歳のやくざの張り切った顔が見える。

エナメルの靴は底もきれいにふかれて、ちりひとつ、ついていない。

「待ってるんだぜ、な。いい子だ」

エナメルの靴は、そうして毎日テレビの上の真っ赤なタオルの上で暮らしていた。ときどきエナメルの靴は黒い背広と一緒に出かけることがあったが、やくざは、軽やかに水たまりを飛びこえ、泥の道をよけて、立ちどまって、エナメルの靴を歩道の鎖に乗っけてクリネックスでほこりを払ってくれた。エナメルの靴は、すんでのところでパーティ用のハイヒールになるところだったが、運命の別れ道でこちらに来たことを神に感謝していた。

ある冬の昼下がりに、エナメルの靴は真っ赤なタオルの上で、うつらうつらしていた。そしてやおら、乱暴に持ち上げられると、畳の上に投げ出され、穴の空いた靴下からはみ出した足が侵入してきた。そして、エナメルの靴はふとんの上を踏みつけ、モルタルアパートの鉄の階段をダッダダッダッと下りて行った。

＊

エナメルの靴は一日で泥だらけになった。泥だらけになったばかりではなく、穴が空いた靴下の男は、エナメルの靴の泥の上にさらに泥をなすりつけたのである。

「馬鹿野郎、こんなとんがっているだけでも目立つのに、光るな」

林の中の湿った枯草の上でひと休みした男は、枯草の上にエナメルの靴を投げ出すと、そばにある枯草をちぎってエナメルの靴をこすった。そして暗闇の中で、セブンスターを出して火をつけた。

「俺もやきが回っちまったよ。よりによって、ヤーさんの靴でねえか。黒い背広は質屋では受けつけないしな。質屋の親父が、『特殊なかたのものは』って言うまで気がつかなかった俺がアホウよ。ゾーッとしたね。若い元気なヤー公と面合わせなかったのが、ありがたいってとこだな」

エナメルの靴はもう二度とパンチパーマの十八歳の少年のラジオ体操を見ることはないのかと考えると、涙が出てきた。

枯草の向こうに桜の枯木が見え、枝の間から星が見えた。

「星かあ、こんな『特殊』な靴はいてたら、すぐ足がつくしな。こう寒くっちゃあなあ」

穴の空いた靴下の男は静かに星を見ていた。そして、足もとの枯葉を一枚つまみ上げて、匂いを嗅いだ。

「桜だな」

しばらくじっとしていた穴の空いた靴下の男は、桜の葉を鼻につけたまま立ち上がった。

一枚の桜の葉は泥だらけのエナメルの靴と共に、男と一緒に林の中の駅に続く道を下って行った。

＊

桜の木は丘の上に立っている。丘は雑木林である。冬になると全ての木は葉を落とし、ただの木である。やせこけた老人のように立っている。冬の真っ暗な夜の中で、木たちは骨ばった腕をからませ合ってじっとしている。風が吹いても枝が揺れるわけではない。枝の間をすり抜ける風たちが勝手に笛のように泣くのである。

「今どき、大した奴だと思わないか」

桜はとなりの楓の木に向かって言った。

「え？　なに？　聞こえない」

楓は桜のはるか下のほうで叫んだ。風がまた強く吹き抜けたのである。

「今どき、大した鼻きだってことさ」

と桜は答えた。

「えっ、なんて言ったの？」

風は走り抜けて静かになり、楓にはよく聞こえたのであるが、そう答えた。

「たいがいの奴は、いや日本人の大部分は、実に鼻が悪いのだ」

「聞こえないなあ」

「おまえは耳が悪いのだ」

「そんなことないよ」

「春になるだろ、俺がぱあーっと咲くだろ、咲いてから気がつくのだ。ああ桜がこんなところにあった。それで俺の下でどんちゃんさわぎをして、忘れるのさ。次の年、花が咲くまで。俺がどんな葉っぱをしているか、見ないんだ」

「それは、葉っぱに個性がないからだろ。ぼくなんか、うすみどり色の若葉のときから、しっかりこう五つに裂けた葉っぱふんばってるから誰も間違えない。赤ん坊の手なんかと比べてさ。人間の赤ん坊の手なんか、ぼくに似ているなんて言ってほしくないよ。造形的にはぼくのほうが完結している。でもぼく、どうでもいいんだ。大したことじゃないものな」

「しかし、あの男は、いい鼻をしていた。腐りかけた俺の葉っぱを嗅いで桜だってわかったんだ。きっと、いい家の出に違いない。なんとなく気品があったよ」

「そうは思わないよ、ただの泥棒じゃないか」

「真冬に俺のこと桜だってわかったんだ」

「おおげさだなあ、くらーい感じ」

「おまえは軽いんだよ」

「議論きらい。深入りは疲れる。君は思い込みが強すぎるんだ。なんだ、君の花の咲きようは。ベートーヴェンの交響楽みたいに踏んばっちゃって。ぼくなんてサティのほうが好みだもんな」

「世の中悪くなる一方だ。しかし、まだあんな鼻のきく奴もいるっていう事実はあるんだ」

「ぼくはね、あいつはただ桜餅（さくらもち）が好きなだけの奴だと思うな。いたよ。いつかピクニックのとき、そこの養老院のばあさん、わたくし桜餅の香りがなによりも好きなんですよって、しその葉、巻いた餅食ってたよ。鼻なんて、そのうち、そうなるのさ」

「おまえととなり合わせに生きているのは、体にこたえる」

「気にしないでよ、ぼくはぼくのスタイルで生きるから」

風は、枯枝の中を吹き抜け、丘を下って行った。

＊

丘を下ると、小さな街だった。小さな街には、小さな鉄道の駅があり、駅のまわりに何軒かの商店があった。風は誰もいない小さな駅のホームを吹き抜け、どっちに行こうかくるくる迷って、駅前のラーメン屋に入った。

「閉めてよ、お客さん」

大きな鍋に湯をなみなみと沸かしながら、ラーメン屋の主人は言った。

「あら、ごめんなさい」

にせもののミンクの半コートを着た、三十八歳の女が、急いでガラス戸を閉めた。風はラーメン屋の中で湯気と一緒くたになって消えた。

「ねえ、この先に床屋(とこや)まだある？」

にせもののミンクの半コートの女は、主人に聞いた。

「バーバーうさぎのことかい」

カウンターに座っていた半てんを着ているごま塩頭の男が答えた。

「そう、そう、バーバーうさぎ。ねえ、ゆで玉子入れてよ。ナルトいらない。まだある？」

「あることはあるよなあ」

ラーメン屋の主人はラーメンの玉を両手で揺すりながらほぐして大鍋の中に落とした。

「ねえ、あそこのてっちゃん元気?」

女はせき込んで聞いた。

「てつか?　お客さん、てつの知り合い?」

ラーメン屋の主人は長いはしで鍋の中をかき回しながら言った。

「てつもなあ」

と半てんのごま塩頭の男はコップ酒を舐(な)めて言った。

「てつもねえ」

ラーメン屋の主人はアルミの耳かきで、どんぶりの中に味の素を入れながら言う。

「どういう知り合いだ」

と半てんのごま塩頭はコップ酒を握ったまま女を見た。

「うん、ちょっと」

女はマニキュアの指を十本からませて、ひじをついて笑った。ひとさし指の先が両方とも少しはげている。

「ちょっとか。ちょっとね」

「ね、元気?　もう、おかみさんもいるんでしょう?」

「おかみさんねえ」

ラーメン屋の主人は、手のついたざるで、ラーメンをざぶんとすくいあげた。

「いるわよね、決まっているわよね」

ラーメン屋は、すくいあげたラーメンをどんぶりに移した。

「あれ、かみさんって言うのかね」

コップ酒のごま塩頭はコップを見たままである。

「ああたんびたんびに、二つだ三つだって赤ん坊産んで。てつんところ何人だ」

「十三人だろ。はいっ、おまちどお」

ラーメン屋の主人は、油っぽいカウンターの上にどんぶりを置いた。

「十三人?」

女は大きな声をあげた。

「おまえ、十三人ってことないだろ、十三人じゃ半ぱ(はん)でねえか、三つ二回だよ」

「そうか、二、二、三、だろ、また三で、二、二じゃねえか」

「それ、二、二、三、三、二、二、だろ」

ごま塩頭はコップを置いて両手で指を折っている。

「それ、十四でねえか」

「十四」

女は口を開けてラーメン屋を見ている。

「てつんとこのおかみ、おかみやってる暇はないだよ、産んで産んで産んでるんだから、全部ふたごだ三つ子だって」

「困ってるだよ。この街の人間なんか減る一方でよ。頭なんか、そんなたっぷりはないんだよ。てつが、頭刈りたくてもよ。もうはさみ持って頭刈ってる時間よりつるはし持ってる時間のほうが多いんじゃないの」

「つるはしって」

「この先に橋ができるんでな、今は海にもぐってんだっけ？」

「いや、トンネルにはっぱかけに行ってるんじゃないの。何しろ十四人にかみさんだもんな」

「あのてつが？　あのおしゃれでかっこつけ屋のてつが？『ポパイ』でモデルしたことだってあるのよ」

「いっときは、てらてら光る上着きて、なんだっけ首にネックレスなんか巻いちゃって、それ、爪なんかも女みてえにエナメル塗っちゃってさ。お客さん、そのころの知り合い？」

　ごま塩頭が女の顔をのぞき込んで聞いた。

　そのとき、ガラス戸がガラッと開いて、八つくらいの女の子が首を突っ込んで叫んだ。

「バーバーうさぎ、ラーメン十六個」

「おいよ。今夜は、とうちゃんいるんだな」

　女の子は返事をしないでピシャリとガラス戸を閉めた

古ぼけたラジオから、「トカイの絵の具にソマラナイデ……ソマラナイデ……」と若い女の子の声が聞こえていた。

〽あなた　最後のわがまま
贈りものをねだるわ
ねえ　涙拭く　木綿の
ハンカチーフ下さい
ハンカチーフ下さい

＊

デパートの屋上の遊園地のコーヒーカップに中学生の女の子が体をぶっつけ合って笑っている。

「バカ、バカ、なおみ、すくいようがナーイ」

「見て見て、これ」

ひとりの女の子が白い大きなハンカチをひらひらさせている。

「だってえ、夢中で、よく見なかったんだもん」

「うちのお父上だって、サンローランのハンカチでーす」

「パクるときはね、始めから狙いをつけておいて、あっち向くんだよねぇー」

「見て、見て、あっち向いてほら、子猫ちゃんのブローチ。あっち向いて、ほら、ハートのペンダントでーす」

「やっこ、ハートのペンダントもう三個もあるのにーい」

「わたしって技術が先行するたちみたい。なおみ、あげる」

「うわあー、ほんとにぃ」

「ねえ、これどうしようか」

女の子は白い木綿のハンカチをひらひらさせた。

「捨ててきなよ。どっかのおじんだったら、ひろうかもよ」

「ね、ね、あそこから落とそう」

セーラー服の女の子たちはコーヒーカップからばらばらとかけ出して、屋上のフェンスにかけ寄った。

「うわっ、たかーい」

女の子たちはのびあがってフェンスから下を見た。

ビルの谷間に灰色の道が川のように流れ、黄色いタクシーや赤い車が、おもちゃのように走っている。

女の子たちは首を折って、ビルの谷間をのぞき込んでいる。

「ねえ、飛び込みたくならない？」

「ギャーッて叫びたくなっちゃう」

「吸い込まれちゃうんだよね」

「せーのーって、ここから手をつないで一緒にひらーって、やっちゃおか」

「もう明日はわたしたちいませーん」

「英語のテストもありませーん」

「やったあ」

「やだ、だめだよ、わたしたちスカートだよ。見えちゃう」

「それは言える」

「二階にパステルカラーのオーバーオールあったじゃん、あれパクろうか」

「まゆみ、何色にする?」

「わたしメロン色」

「えーっ、わたしもあれがいい」

「全部違う色のほうが、きれいよ」

「でもピンクやだあ」

「わたしもピンク似合わない」

「わたしピンクでもいいけど、ママ嫌いなんだもん」

「やっこのママごついもんねぇー。見て、見て、赤いオープンカーが来た」

「かっこいいー」

「ほら、ほら、このハンカチ落とそう」

「早く早く、ひろげて」

「はーい、ひろげました。落としまーす」

四角い真っ白なハンカチは灰色のビルの間を白い鳥のようにただよって行った。

女の子たちは黙って白い鳥のような木綿のハンカチを見ていた。

赤いオープンカーは、灰色の道を通り過ぎて行った。白いハンカチは、もう一度舞いあがり、バレリーナが腕を震わせるように舞い降りて行った。

女の子たちはセーラー服の襟（えり）を四つ並べてフェンスにはりついていた。

＊

ぼくには体いっぱいに空が見えて、体いっぱいに雲も見えた。それから、ビルの中で、ワープロを打っている女の子がぼくを見た。ビルは大きな鏡が一面に張ってあって、鳥のように落ちてゆくぼくが映った。ぼくは体をよじって、百合（ゆり）の花の形になってみたりして、そして、アスファルトの上に広々と両手と両足をひろげた。そのぼくの真っ白な体の上をバスのタイヤが体いっぱい乗っかって行き、そのあと、たくさんの車のタイヤがぼくの体をひいて行った。もうぼくは白くなくなった。ぼくはよごれて、道と同じ色になって車道のわきに押し寄せられて行った。ぼくは鏡を張ってあるビルを見上げたが、ワープロを打っていた女の子のいた窓は真っ黒い穴だった。ビルの鏡は、たくさんのネオンを映していた。鏡は赤くなったり青くなったり、白くなったりした。

赤も青も白も一ぺんに混ざり合うときもあり、その上に真っ黒な空が見えた。激しい車の音がまばらになって、清掃車が、道のわきにじっとしているビニールのはしきれやコカ・コーラの缶をシャベルですくって行き、ぼくはアイスクリームの棒に巻きついて、真っ暗な箱の中に放り込まれた。ぼくの下に死んだ猫がいた。死んだ猫は、コーラの缶と同じ冷たさだった。死んだまま猫は、

「君、なに?」

と聞いた。

「白いハンカチ。鳥みたいで、百合みたいなの」

「ふん。自己証明は自慢することであるってのは本当だな」

と猫は言った。

「ぼく、急に年取っちゃった」

「死にかたには気をつけろよ。どいつもこいつも、見栄(みえ)をはるもんだ。見栄の最後の晴れ舞台は死にかただぜ」

猫とぼくの上に、新聞紙や木の葉や泥が降り積もって行った。

*

広々とした明るい平原だった。

平原のはるか向こうに光る海が見えた。

平原と海の上に空が、かぶさっていた。

死んだ猫とぼくは、並んで太陽に焼かれている。ときどき、風がぼくたちを撫でて行った。

「広い地面だね。アメリカみたい」

ぼくは言った。

「おまえ、これ地面なんかじゃないぜ。全部ごみだよ。全部死んだ奴らでできあがっているんだぜ。おまえ、目がないの?」

死んだ猫はつぶれた目をうすく開いて言った。

「俺たちの下を見てみろよ、冷蔵庫じゃないか。こっちはテレビだぜ、向こうに見えるのは車だぜ。どいつもこいつも見栄はっちゃって」

「よく生きることは、よく死ぬことよ」

テレビが叫んだ。

「わたしブラウン管がガンになったとき、ガンと戦うことにしたの。最後の最後まで、わたしはテレビとして生きたかったのよ、生きるべきよ。わたし、最後の一年半は自分がガンと戦っている様子をずっと自分で記録して放送しつづけたの」

「人さわがせだな、おとなしく引っ込んで静かにしていられなかったのか」

「命って戦うものよ。戦うから輝かしいのよ。それがわたしの使命だと信じていたわ。今でも信じているわ」

死んだ猫は、ぺったんこになった自分の下半身を惚れぼれ見ていた。

「ぼく、真っ白なハンカチだったの。鳥みたいで、百合の花みたいだったの」

ぼくは光る海を見ながら言った。

青い空を白い鳥が、羽をひるがえして横切って行った。

「あっ、鳥。白い鳥だ」

ぼくはうっとりして叫んだ。

「かもめだ」

死んだ猫はカッと目を見開いた。

「俺が死んでいなかったら、あんな奴、いっぱつで首をかっ切ってやる」

「呼んでよ、呼んで。ぼく、白い鳥とおはなししたいの」

「聞こえやしないよ。俺たち死んでるんだからね」

「死んでいるの、ぼくも？」

「あたり前じゃないか、だいたいおまえ、ただのぼろ切れじゃないか」

「ぼくいつ死んだの。全然気がつかなかったよ」

「車にひかれたとき、くたばったんじゃないか」

「そう、ぼくあのとき死んだの」

ぼくはぼくの下のコンクリートのかけらと同じ色になっていた。ぼくは黙って空を見ていた。

「あのとき死んだの」

もう一回ぼくは小さい声で言った。かもめが白く光る翼(つばさ)をひろげて、青い空を横切って行く。

「あのかもめは生きているの？」

「動いている奴はたいがい生きている」

死んだ猫はまぶしそうに光る海を見ながら言う。

「ただ動いているだけでは生きていることにならないわ。その行動に意義があるかどうかよ」

テレビが絶叫した。

「死んでも騒々(そうぞう)しい奴だな。おまえ、騒々しく燃えつきたんだろ。静かにしろよ」

死んだ猫はぶつぶつ言った。

「力いっぱい生きたのよ」

「力いっぱい死んでいるのか」

「ぼく、すごく短く生きたみたい。鳥みたいに、花みたいに。すてきだったなあ、もう一回ぼく、真っ白なハンカチになっても、同じことするの。鳥みたいに、花みたいに」

「おまえが真っ白なハンカチできちんと真っ四角だったときに、会いたかったよ」

死んだ猫は、ぺったんこの下半身を動かしもせずに言った。

「ちょっとだけぼくのこと見て不思議そうな顔した女の人がいたの。不思議そうな顔、ぼく好きだって思ったなあ」

「運命にもてあそばれただけなんて、生きたことにならないのよ」

テレビはまた絶叫した。

「ほっとけよ」

「君、どんな猫だった？」

ぼくはよじれたかたまりのまま言った。

「つまんない普通の猫よ。とりたてて、どうってことなかったよ」

「なにが好きだった？」

「なんでも気に入らなかったし、なんでも結構面白かったよ」

「ここ広くて明るくて、すごく好きだな」

「死んでるって面倒がなくてありがたいことだよ」

死んだ猫は目をつぶった。

白いかもめが、青い空の中で紙を裏返すように翼をひるがえして一直線に降りて来て、スチールのテーブルのひっくり返った足にとまった。そして死んだ猫を首をかしげて見た。かもめの目のまわりは赤い糸が丸くはりついているように見えた。かもめは、死んだ猫の平べったい下半身の上に飛び降り、二本の足をせわしなく動かすと、首をかしげたまま、死んだ猫の目玉を突ついて飲み込んだ。ぼくは驚いてかもめを見ていた。

それから、かもめはよごれたハンカチをくちばしで突ついた。

「ぼく、白い鳥みたいだったの」

突つかれながらぼくは言った。

「わたしと一緒に行く？」

かもめはせわしなくぼろ切れを突ついた。そしてパタパタと翼をひろげて、ゆらりゆらりと飛び、それからスピードをあげた。

「ああぼく、あんなに小さくなって行く」

ぼくは小さなぼろ切れがコンクリートのかけらの上で、見わけがつかないほど小さくなって、やがて溶けて見えなくなって行くのを見ていた。

「目玉がなくなっても俺のまんま死んでら」

死んだ猫が、かもめの胃袋の中で言った。

「ぼく、いわしです」

胃袋の中でいわしの声がした。

かもめはあちらこちら気ままに飛び続けた。無数の命が、かもめと共に生きていた。

＊

「やっと海についた」

ゴリラは夢の島のへりに座って海を見ていた。そばにバラバラになった椅子が転がっていた。

＊

「わたし、初めて、あなたがわたしの上に座ったときから、あなたが好きだったの」

バラバラの椅子は海は見ないで、ゴリラだけを見て言った。

「ありがとう」

ゴリラは椅子の前足二本を撫でながら言った。

「苦労かけちゃったね。ずい分長い旅だったもの」

ゴリラは椅子の背中を引きよせた。

「わたしずっとずっと一緒に歩けて、歩いている間中とっても幸せだったの」

「最初は邪魔だったんだよ。ごめんね」

「知ってたわ、でもいいの。だって夜わたしの上に腰かけて寝てくれたもの。いつだってあなたが目を覚まさなければいいと思ったの」

「君が一緒ですごく安心だったよ。ぼくひとりだったら、ここまで来られなかったと思うよ」

ゴリラは椅子の座板を撫でながら海を見た。

「海が見られて嬉しい？」

椅子は海を見ないでゴリラだけを見て言った。

「わかんないよ。海見てるとだんだん淋(さび)しくなって行くような気がする」

ゴリラは黒い顔の黒い目から涙を流した。椅子はだんだん弱ってきていたのだ。海の匂いがかすかにするころには、もうほとんどひとりでは歩けなくなっていた。

「おんぶしようか」

とゴリラが言うと、

「だいじょうぶ」

と椅子は笑って言ったのだ。

夢の島の入口でゴリラは言った。

「ここで寝よう。明日の昼には、海のへりにつくよ」

「あら、わたしもっと歩けるわ」

椅子は息をとぎらせながら言った。ゴリラはドアがない赤い車のさびたバンパーに寄りかかって椅子を抱き上げた。椅子はゴリラの胸にもたれかかって、ゴリラを見上げようとしたが、見上げる力はなかった。

「おしりの毛より胸の毛のほうが好き。心臓の音がする」

吐息のように椅子はつぶやき、眠った。

朝、夢の島の果てから朝日が昇り始めた。まだ眠っている椅子を抱いて、太陽に向かってゴリラは歩き始めた。

明け方の空に、大きな星がひとつ残っていた。ゴリラは、こわれた本箱や、ひっくり返った三輪車や、折れたドアを踏みつけて、歩いて行った。椅子は少しだけ目を開けて、

「とてもいい気持。夢みたい」

と言い、じっとしていた。

「でも降ろして。自分で歩きたいの」

ゴリラは椅子を抱きしめたいと思ったが、骨が折れるかもしれないと思い、椅子の座板に接吻をした。椅子は震えていた。

「ありがとう。降ろして」

ゴリラは椅子をゴミの山の上にそっと降ろした。波の音が聞こえ、海の匂いがしていた。

「ゆっくりでいいんだよ」

ゴリラは両腕をだらりと下げて、前こごみのまま言った。

椅子は歩き始めた。割れた茶わんの上やビニールのひもの上を椅子は歩いた。

「海だ、海だよ」

ゴリラは叫んだ。太陽は大きくまんまるの玉だった。海はオレンジ色に光っていた。

「海ね」

椅子はゴリラと並んで海を見た。そしてバラバラに崩れたのだ。

ゴリラは椅子の横に腰を下ろして、バラバラになった椅子を撫でながら海を見ている。

ゴリラは振り返って歩いて来た方角を見た。夢の島の平原の向こうに高層ビルが重なって小さく白く光っていた。

「ずいぶん遠かったね」

ゴリラは言った。

「あなた、また戻るの、街へ？」

椅子は言った。

「ひとりで戻ってもしかたないよ」

ゴリラはバラバラに崩れたときの椅子を思い起こす。

「あなたも早く死ねばいいのに」

「うん、そうする。でももう少し海を見ていてもいいだろ」

「わたしのそばで見ていてね」

バラバラの椅子は海を見ないでゴリラだけを見て言った。

「うん、そうする」

ゴリラは椅子を見て、それから海を見た。太陽は高くあがって海は青かった。

掌篇童話 Ⅱ

あかちゃんのかみさま

むかしむかし、せかいじゅうになんにもなかったときのことです。

たったひとりでかみさまがうまれました。

うまれたばかりのかみさまは、あかちゃんでした。

たったひとりのあかちゃんのかみさまは、なんにもなくてだれもいないところでめをあけましたから、なんにもみえませんでした。

とってもさびしかったあかちゃんのかみさまは、いちばんはじめにわんわんなきました。

わんわんわんわんなきました。

ちからいっぱいないたあかちゃんのかみさまは、どんどんあつくなって、まっかになりました。

火の玉のようになって、ほんとうに火の玉になりました。あんまりあつかったので、あかちゃんのかみさまは、えいっとあたまをふると、すっぽんと火の玉があたまからとびでて、とびでた火の玉はたいようになりました。

たいようができたので、このよはあかるくなりました。

なきやんだあかちゃんのかみさまは、うみの中にすわっていました。あんまりないたので、なみだが海になったのです。

あかちゃんのかみさまは海からたちあがって、どんどんあるいてゆきました。

じめんはどろんこのねんどでした。

あかちゃんのかみさまは、どろんこのねんどで、さかなを一ぴきつくりました。さかなは海へとびこんでゆきました。

木をつくると、木はぐんぐんのびて、みどりの葉っぱがしげりました。そしてたくさんのとりがそらにとびだしてゆきました。

　あかちゃんのかみさまはいろんなものをねっしんにつくりました。

　ぶたもつくりました。ねこもいぬも、りんごもバナナも、山も川もお星さまも、ゆきもあめも、にじもばらの花も、ダイヤモンドもだちょうもライオンもつくりました。

　せかいじゅうができました。でもなんだか、あかちゃんのかみさまはつまんないのです。

　あかちゃんのかみさまはだれかとあそびたくなりました。

　そうだ、おんなのこをつくろう。

　あかちゃんのかみさまはとってもいっしょうけんめいにていねいにおんなのこをつくりました。

かわいいおんなのこができました。

　おんなのこは、ぱっちりめをあけると「あんた、だれ？」と、あかちゃんのかみさまにききました。

「ぼく、かみさま、まだ、あかんぼだけど」

「おとうさんと、おかあさんは？」

　おんなのこはききました。

「いないよ。だって、かみさまだもの」

「あらそうなの、わたしにも、あたまのうえにひかるわっぱがある？」と、おんなのこは、あかちゃんのかみさまのあたまのうえをゆびさしていいました。

「ないよ、ただのおんなのこだもの」

「わたしはふつうのおんなのこなの？」

「そうだよ」

「ふつうのおんなのこだったら、おとうさんとおかあさんがいるものだわ」

「ぼくとあそんでいれば、さびしくないだろ」

　あかちゃんのかみさまはいいました。

「だめよ、ぜったいに、おとうさんとおかあさんがいるわ。かみさまだったら、かんたんでしょ」

　あかちゃんのかみさまは、おんなのこにおとうさんとおかあさんをつくったらおとうさんとおかあさんが、おんなのこをつれてうちにかえっちゃうかもしれないとおもいました。

「きみが、おかあさんになればいいんだよ」

あかちゃんのかみさまはいいました。

「じゃあ、わたしとけっこんしなくっちゃあ」

おんなのこはいいました。

「だれと?」

あかちゃんのかみさまはいいました。

「もちろん、あなたとよ」

おんなのこはいいました。

「だって、ぼくかみさまだもの。それにまだ、あかちゃんだもの」

「けっこんできないの?」

「だってきみはふつうのおんなのこだもの」

「じゃあ、ふつうのおとこのこをつくってよ。わたし、けっこんして、あかちゃんをうむわ」

あかちゃんのかみさまは、しくしくなきだしました。

「かみさまのくせに、よわむしね」

おんなのこはいいました。

あかちゃんのかみさまは、しくしくなきながら、おとこのこをつくりはじめました。

「よんさいにしてね。わたしもよんさいだから」

よんさいのおとこのこができました。

おとこのこはめをぱっちりあけると、おんなのこをみて、それからあかちゃんのかみさまをみました。

「おまえ、こんなあかんぼとあそんでいたの」

あかちゃんのかみさまは、やっぱりおとこのこなんかつくらなければよかったとおもいました。

おんなのこはおとこのこの手をとると「あかちゃんのかみさま、どうもありがとう。わたしたちいそいで、けっこんするわ。そのまえにいそいで、おとなになるわ。そして、おとうさんとおかあさんになるわね。あかちゃんができたら、みせにくるわ」といいました。

それから、あかちゃんのかみさまのあたまをなでて、「いつまでも、あかちゃんじゃおかしいわ」といいました。

おとこのことおんなのこは手をつないではしってゆきました。

あかちゃんのかみさまは、はしってゆくおんなのこと、おとこのこをじいっとみていました。

「ぼくしっかりしなくちゃ、かみさまだもの」

そして、あかちゃんのかみさまはゆっくりとおとなのかみさまになりました。ひとりぼっちで。

おかあさんになったおんなのこはたくさんたくさんこどもをうみました。

「おかあさんがよんさいだったときね、そりゃあかわいいかみさまのあかちゃんとあそんだわ。やくそくしたの、あかちゃんができたらみせにいくって。かみさまだもの、みているわね」

おんなのこはあかちゃんがうまれるたびにいいました。

かみさまは、みていました。いつだってみていました。たったひとりで。

ぼく知ってる

「ねえ、ぼくが、初めてぼくに会ったのいつ？」四才の坊やが父さんにきいた。

　父さんは口を少しあけてじぃーっと坊やの顔を見て何にも言わなかった。

「父さん、今、ばかみたいに見えるよ」坊やは父さんを見て言った。

　それから、字が描いてある四角い積木で、五階建てのビルを作り始めた。

　父さんは坊やのシャツとズボンをぬがせた。字が描いてある四角い積木の五階建てのビルがくずれてとび散った。素っぱだかになった坊やを抱きかかえて父さんは走り出した。

「海だぞ、ほら海だ、お前が初めて見る海だ」

　太陽がギラギラ光って、ズズズー、ズズズーと波の音がした。父さんは白いあわが立つ海のへりからザブザブ海の中に入って行った。そして坊やのおしりを海になめさせた。

「オーオーオー」坊やは、父さんにしがみついて笑った。

「知ってるよ、ぼく知ってるよ」三才の坊やはやわらかいおしりをブルンブルンとふって言った。

　父さんは海から出ると坊やを抱いて走り出した。風が吹いて、野原の草がざわざわ動いた。

「ほら、汽車だ、お前が初めて見る汽車だ」

　草原を真二つに割って汽車がゴーゴー音をたてて通った。

「知ってるよ、ぼく知ってるよ」二才の坊やは小さな両手をひらいて言った。

　父さんは坊やを抱いて草原を走りつづけた。草原は、夕焼けになって真っ赤になった。

「ほら夕焼けだ、お前が初めて見る夕焼けだ」

一才の坊やは父さんの胸に抱かれて、

「知ってるよ、ぼく知ってるよ」と両手両足をバタバタ動かして言った。

空がだんだん暗くなってやがて、深い藍色になり星が一つだけ出て来た。おぎゃあ、おぎゃあと坊やは泣いた。

「ほら母さんだ、お前が初めて見る母さんだ」

父さんは、生まれたばかりの坊やを母さんにわたした。おぎゃあ、おぎゃあと生まれたばかりの坊やは泣きながら小さな手で母さんのおっぱいにしがみついて、おっぱいに吸いついた。

「知ってるよ、ぼく知ってるよ」ごくごくおっぱいをのみながら言った。

「赤ちゃん、わたしの赤ちゃん」母さんは小さな赤ちゃんを抱きしめながら、泣いていた。

まっくらになって、あたたかい水がゆらゆらゆれて、坊やは見えなくなった。

見えなくなった坊やを抱いて父さんと母さんは暗い空を泳いで行った。

父さんと母さんは手をつないでどこまでもどこまでも泳いで行った。

「寒いわ」母さんが言ったので父さんと母さんは暗くて静かな空の中でしっかり抱き合って目をつぶって泳いで行った。

目をあけると小さな青い光が粉のように降っていた。

そして遠い遠い空の底に、小さな青い地球が見えた。

光る青い粉はその小さな地球に向かって音もなく静かに降って行った。

父さんと母さんはじっと暗い空の中で小さな地球に降る光の粉を見ていた。

「赤ちゃん、わたしたちの赤ちゃん、生まれて行く生まれて行く」母さんは言った。

「知ってるよ、知ってるよ」小さな光の粉の一つ一つが音もなく静かに答えて小さな地球に向かって降りて行った。

坊やは字が描いてある四角い積木で六階建てのビルを作っている。父さんは言った。

「君が君に初めて会ったのいつだかわかったよ」

坊やは七階建てのビルを作りかけている。

「知ってるよ、ぼくだって」坊やは父さんを見て言った。

「寒かったね」父さんは言った。

「うん」坊やは言った。

「父さん今、全然ばかみたいじゃないね」

スパイ

気のふれているホロホロ鳥が動物園にいる、といううわさだったので、わたしは見にゆきました。

ホロホロ鳥はクマのとなりにたくさんの鳥といっしょにいました。

七面鳥（しちめんちょう）もクジャクもいました。ホロホロ鳥もたくさんいました。ハトも七面鳥といっしょにえさを食べていました。

ハトはパタパタととんでいって見えなくなりました。

「ああ、ハトは動物園のハトじゃないんだ」

たくさんいるホロホロ鳥のうち、どれが気のふれているホロホロ鳥でしょうか。

わたしは近づいてきた七面鳥にきいてみました。

「あの、ちょっと変わっているホロホロ鳥がいるってきいたんだけど」

七面鳥はぶつぶつ赤いつぶのある気味悪い首巻きをぶるぶるふるわせて、

「あいつ」

とめんどくさそうに、一わのホロホロ鳥をくちばしでさして、

「変わってるったって、ただのスパイさ」

「どこの国の?」

わたしはききました。

「神さまんところからきてるのさ。おれはどうせスパイなら、アラブとかよ、ソ連とかよ、まあ、アメリカでもいいけどよ、そのへんのふつうんところにしてほしいの。神さまんとこは、かなわねえや」

七面鳥はいいました。

「どうして神さまはスパイをおよこしになったのかしら」

「そりゃ、おまえ、神さまは、この世のすべてのものをおつくりになっちまったからな、自分がつくったものにまちがいがないかどうか、ときどき調べる責任があるってわけよ。おれはな、神さまだって、まちがえたってしかたないって立場だけどな。おれはまあ寛大なほうだな」

「ホロホロ鳥はどんなことをするの」

「説教するのさ。おれはスパイは報告だけするのが義務だと思うけどよ。このごろは神さまになりかわっちまってるのさ」

「なりかわったって」

「いうことはたった一つよ、『地球は美しい』って。おれは先祖代々動物園育ちでさ、地球なんていわれてもピンとこねえや」

「世界は広いと」

「ちがうの、地球なんて、ちっちゃいもんだって。この宇宙の中でちっちゃな星にすぎないんだとさ。そのちっちゃい地球でクマのおりとかタヌキのお

りとかみみっちいことすんなっていうの。おれなんか、ここでも広すぎるほどなのにさ。でもあいつはほんとうに見たんだって。

なにしろ、神さまは、月から帰るロケットにあいつをのせて、地球に送りこんだんだからさ。となりのクマなんぞすっかりホロホロ鳥にいかれちゃってるよ。

神さまもちかごろこまってるんじゃないの。宇宙にとびだしていこうなんて生き物つくっちゃってさ。それにしてもよ、その生き物がよ、ロケットにのって宇宙から地球見なけりゃ、地球が美しくてちっちゃいってことがわかんねえんだもの。神さまもいたしかゆしってところさ。おれはここでくたばるんだろうな、それが人生ってもんよ」

七面鳥は赤いぶつぶつの首巻きをだらんだらん振って、えさのほうにゆきました。

そしてクジャクのくちばしからえさを横どりしています。

わたしは気のふれているホロホロ鳥を見ました。

ホロホロ鳥は、

「みなさん、おききなさい」

と小さな山のてっぺんでさけんでいます。

だれもホロホロ鳥のいうことをきいていません。

「みなさん、おききなさい」

ホロホロ鳥は声をからしています。

そして、

「みなさ……」といったまま、いねむりをしてしまいました。

となりのおりで、クマがぺたんとすわって空を見上げています。そして「フウーッ」とためいきをついています。

その空を動物園のハトじゃないハトがパタパタとんでいました。

かってなクマ

1　朝だぞう。おきろよ。

森のおくのおくに、クマがすんでいました。クマは、とても朝はやく目がさめました。森の中はしーんとしています。クマはまどをあけました。

「あーあー、朝だ、朝だぞう」

クマは大きな声でいいます。

しーん。

「なにしようかな」

クマは家の中をぐるぐる歩きまわります。ドタドタ。

クマは立ちどまります。

しーん。

「そうだ」

クマは、ドタドタと家を出ました。

まだうすぐらい森の中をドタドタと歩き、となりのリスの家の前にきました。クマはリスの家をのぞきこんで、

「朝だぞう、おきろよ」

とどなりました。

リスは、びっくりして目をさましました。

「どうしたのクマ、何か事件？」

「べつに、朝だからおきなさい」

リスは目ざまし時計を見て、おこり出しました。

「やめてよ。いま何時だと思っているの。まだ、夜中よ。へんなやつ」

そして、ふとんをひっぱりあげて、もぐりこんでしまいました。

「ふ、ふ、ふ、リスはおこしてやったぞ。ねているやつをおこすのおもしろいな」

た。
　クマはドタドタ歩いて、ネズミの家にいきまし
　ネズミはおくさんと二人で手をつないでねてい
ました。
「朝ですよ、朝ですよ。おきなさい」
　ネズミのだんなさんは、片目をあけてまどの外
の空の色を見ると、
「まだ、ほんとの朝じゃない。じょうだんじゃな
い」
　というと、しっかりおくさんをだいてまたねて
しまいました。
「ふ、ふ、ふ。ネズミはおこしてやったぞ」
　クマはまたドタドタ歩いて、タヌキの家にいき
ました。
　タヌキは、まるまってねていました。
「朝だぞう。おきろよ」
　クマはどなりました。タヌキはぴくりとも動か
ずにぐーぐーねています。
「タヌキって、かわいいな。たぬきねいりしてい
る。ふ、ふ、ふ。でもおこしたからな」
　クマは、またドタドタと歩いて、こんどはウサ
ギの家にいきました。
　ウサギの一家は十二ひきか十五ひきか、お母さ
んだって数えまちがえるくらいたくさん子どもが
いるのです。
　クマがウサギの家のまどをこじあけると、ベッ
ドが十四個ならんで、みんなで耳をそろえてねて
いました。
「朝です。おきなさい」
　クマはどなりました。二十八本の耳がいっせい
にぴくぴくうごきました。
　クマはおおいそぎで走り出しました。
「十四ひきもおきてきたら、うるさくてかなわな
い。ぼく、おきろっていいたいだけだもん」
　ウサギの子どもたちは、きょろきょろあたりを
見まわして、声をそろえて「クマがおこしにきた

ゆめをみた」というと、また耳をそろえてねなおしました。

クマはドタドタと森の中を歩いていきました。

クマはニワトリの家の前にきました。

ニワトリの家をのぞこうとすると、やねの上で
「コケコッコー」とニワトリがなきました。

クマはびっくりしてとび上がりました。

「ぼく、おこそうとしたんだ、きみのこと」

とクマはニワトリにどなりました。

ニワトリは「よけいなおせわ」というと、もう一回「コケコッコー」となきました。

クマは、下を向いて歩きながら、

「ふ、ふ、ふ、よけいなおせわだって」

といいました。そして森のおくに向かって歩きつづけました。

小鳥たちが、木から木へチュンチュンなきながらとんでいました。

「おはよう、おはよう」

と小鳥たちはクマに向かってよびかけました。

「ちくしょう。やだな鳥は。もうおきている、くやしいな。まいいや」

クマはもっと森のおくに向かって歩きました。

もこもこした木の下でクマは立ちどまりました。

クマは上を向いて、

「朝だよ、おきろよ」

とどなりました。

フクロウがひくい声でこたえました。

「ぼく、ずっとおきてたもん。朝になったからねるんだもん。おやすみ」

「へんなやつ。まいいか。フクロウだもん」

クマはもっともっと歩いていきました。

「あーあーあー、今日は睡眠不足だ」

というと、クマはゴロリとよこになってぐーぐーねてしまいました。

お日さまが高く上がっていきます。

2　花は、きれいだぞう。

森のおくのおくにクマがすんでいました。クマはある日、目をさますと、まどをあけて深呼吸をしました。

「ふっふっふ、いい天気」

外はお日さまがピカピカ光っています。木の葉もきらきら動いています。

「いいにおい。ふっふっふ」

クマはものおきから、くわとシャベルをもってくると、家の前をたがやしはじめました。

もう汗びっしょりになって一心不乱に土をほりかえしていました。

ウサギが通りかかって、

「なにしてるの？」とききました。

「はたけ」とクマはこたえました。

「もしかしたらニンジン？」ウサギはききました。

「だめ、おしえない」

クマはくわをふりあげながら、ウサギのほうなんか見ないでこたえます。

「ふーん。もうお昼だから、かえろ」

ウサギは家へかえりました。

クマは一日中ごはんも食べないではたけをつくりました。

次の日、クマはたねをまきました。

ネズミがきて、「なに植えてるの」とききました。

「ぼくいそがしいんだ」

クマはネズミを見ないでこたえました。

「もしかしたら、チーズがなる？」

「だめ、おしえない」

ネズミは「ふーん」といってかえっていきました。

次の日、クマは水をやりました。

タヌキがきて「なにしてるの」とききました。

クマは「見ればわかるだろ、水まいてるのさ」

クマは、タヌキを見ないでこたえました。

「なんで水まくの」タヌキはききました。

「だめ、おしえない。おまえ、たねほじくると、あたまから食っちゃうぞ、ふっふっふ」

といってクマはタヌキに水をひっかけました。

タヌキは「へんなやつ」といいながら、かえっていきました。

それからはたけには芽が出てきました。

ニワトリがきてききました。

「なにかなるのかね」

「うるさいな。おまえ、芽をつついたらしょうちしないからな」

といってクマは畑のまわりにさくをつくりました。

みんなは、「クマなんかほっとこう」といってほっときました。

クマは毎日畑へいって「ふっふっふ」とわらって、青い葉っぱの手入れをしていました。

ある日、クマは朝おきると「やったあ」とさけんで、畑にとんでいきました。畑一面、青や赤やピンクや黄色やむらさきの花がいっせいにさいていました。

「ふっふっふ」とクマはわらうと、はさみをもってきて、チョッキンチョッキンと花を切ってしまいました。そして、ぜんぶ花を車にのせました。

「ふっふっふ、ウサギはおどろくぞ」

クマはまだねているウサギの家の前に赤い花をおきました。

それからクマは黄色い花をネズミの家の前におきました。

ネズミはそれを見て「きれいだね、どうもありがとう」といいました。

「ふっふっふ」クマはピンクの花をかかえると、タヌキの家のドアをドンドンとたたいて、「花はきれいだぞう」というと、目をこすっているタヌキにドサッともたせました。

「きれいだね」とタヌキはいいました。

それからクマはニワトリの家にいきました。

そして、青い花で花輪をつくってニワトリの首にかけてやりました。

「なんだか王様みたい」とニワトリは言うと、

「コケコッコー」となきました。

クマはフクロウのいる木の下にきて、「むらさきの花あげる」とさけびました。

フクロウは「ぼくねるの。それに、ぼく花のしゅみはない」というと、しっかり目をつぶってしまいました。

クマはむらさきの花をもってかえり、家にかざりました。

「ふっふっふ、花はきれいだな。みんなよろこんだな。フクロウっていいやつだな、ぼくに花のこしてくれて」

というと、じいっといつまでもむらさきの花を見ていました。

3 だめ。

あるところに森がありました。

森のおくに一ぴきのクマがすんでいました。

ある日、クマは朝おきると、まどをあけて、大きな口をあけて、「あ〜あ〜あ〜」と大きく息をすいこみました。

「きょうも天気か」クマはいいました。それから、

「きのうも天気だった」とクマはいいました。そして、家の中をぐるぐる回りながら考えました。

「おとといも、さきおとといも、さきさきおとといも、天気だった」

クマは台所にいくと、大きなパンを二つとハチミツのつぼを一つと、ドーナツを十二個バスケットに入れて、おべんとうを作りました。それからシャベルとロープと懐中電灯とナイフを身につけ

ました。そしておべんとうのバスケットをもって、家を出ました。

　ネズミの家にくると、ネズミは、せんたくものをほしていました。そしてクマを見ると、「あ、ちょうどいい、きみ、もっと高いところに、このシャツほしてくれる」といいました。

「だめ」とクマはいうと、ネズミの家からスタスタ歩いていきました。

　クマはウサギの家の前まできました。ウサギの一家が、庭で大さわぎをしていました。ウサギの子どもが木のしげみの中から出てこられなくなって、キーキー泣いていました。

　ウサギのお母さんは、「あ、ちょうどいい、クマさん、この子を出してやってちょうだい」といいました。クマは、しげみのまわりを一まわりすると、「だめ」といって、そこにすわりこんで、ドーナツを食べ始めました。

　ウサギのお父さんは、「あなをほって、地面をもぐって出ておいで」といいました。ウサギの子はキーキー泣きながら、あなをほって、まっくろけになって、泣きながら出てきました。

　ウサギの一家はどろだらけのウサギの子をだきしめて、一列にならんで、クマをにらみつけました。クマは六個ドーナツを食べると、「あー、つまんなかった」といって、スタスタ歩き始めました。

　タヌキの家にくると、いつもたぬきねいりをしているタヌキがいません。クマは、「たぬきねいりしてなくちゃ、だめじゃないか」といって、タヌキをさがしにいきました。

　どんどん森のおくにさがしにいきました。するとと大きなあなの中から、「助けてー」と小さい小さいタヌキの声がします。

　クマがのぞきこむと、それは深いあなのまっくらな底にタヌキが落ちて泣いているのでした。

「まってろよ」とクマはいうと、シャベルで地面をほってもっとあなを大きくあけました。そして、懐中電灯で、あなの中をてらしました。しっぽがわなにはさまれて、タヌキは泣いています。

「よし」と、クマはロープを大きな木にくくりつけて、するするとおりると、ナイフでわなを切ってタヌキを助けだしました。「クマ、ありがとう」とタヌキはいいました。タヌキは、「つかれたから、ぼく、たぬきねいりしに帰る」といって帰りました。

クマは、「おれ、うんがいいなあ、もってきた道具、ぜんぶ使えた。ふふふ」といって、あなのそばで、のこりのおべんとうをぜんぶ食べて、家へ帰りました。

絵本テキスト

おじさんのかさ

おじさんは、とっても　りっぱなかさを
もっていました。
くろくて　ほそくて、ぴかぴかひかった
つえのようでした。
おじさんは、でかけるときは　いつも、
かさをもって　でかけました。

すこしくらいのあめは、ぬれたまま
あるきました。
かさが　ぬれるからです。
もうすこしたくさん　あめが　ふると、
あまやどりして、あめが　やむまで
まちました。
かさが　ぬれるからです。

いそぐときは、しっかりだいて、
はしっていきました。
かさが　ぬれるからです。
あめが　やまないときは、
「ちょっと　しつれい、そこまで
いれてください。」
と、しらないひとのかさに　はいりました。
かさが　ぬれるからです。

もっと　もっと　おおぶりのひは、どこへも
でかけないで、うちのなかにいました。
そして、ひどいかぜで　かさが
ひっくりかえった　ひとを　みて、
「ああ　よかった、だいじなかさが、
こわれたかも　しれない。」と　いいました。

あるひ、おじさんは、こうえんで
やすんでいました。
こうえんで　やすむとき、かさのうえに　てを
のっけて、おじさんは　うっとりします。
それから、かさが　よごれていないか、きっちり
たたんであるか、しらべます。
そして、あんしんして、また　うっとりしました。
そのうちに、あめが　すこし　ふってきました。

ちいさなおとこのこが、あまやどりに　はしって
きました。
そして、おじさんの　りっぱなかさを　みて、
「おじさん、あっちに　いくんなら、いっしょに
いれてってよ。」と　いいました。
「おっほん。」
と、おじさんは　いって、すこしうえのほうを
みて、きこえなかったことにしました。

「あら　マーくん、かさが　ないの、いっしょに
かえりましょう。」
ちいさなおとこのこの　ともだちの、
ちいさなおんなのこが　きて、いいました。
「あめが　ふったら　ポンポロロン
あめが　ふったら　ピッチャンチャン。」
ふたりは、おおきなこえで　うたいながら、
あめのなかを　かえっていきました。

「あめが　ふったら　ポンポロロン
あめが　ふったら　ピッチャンチャン。」
ちいさなおとこのこと　ちいさなおんなのこが
とおくにいっても、こえがきこえました。

　　あめが　ふったら　ポンポロロン
　　あめが　ふったら　ピッチャンチャン

おじさんも　つられて、こえをだして
いいました。
「あめが　ふったら　ポンポロロン

あめが　ふったら　ピッチャンチャン。」
おじさんは、たちあがって　いいました。
「ほんとかなあ。」

とうとう　おじさんは、かさを
ひらいてしまいました。

「あめが　ふったら　ポンポロロン……。」
そういいながら、おじさんとかさは
あめのなかに　はいってしまいました。
おじさんの　りっぱなかさに、あめが　あたって、
ポンポロロンと、おとがしました。
「ほんとだ　ほんとだ、あめが　ふったら
ポンポロロンだあ。」
おじさんは、すっかり
うれしくなってしまいました。

ちいさないぬが、ぐしょぬれになったからだを、
ぶるんぶるんと　ふりました。
おじさんも　かさを　くるくる　まわしました。
あめのしずくが　ピュルピュルと　とびました。
おじさんは、まちのほうへ　あるいていきました。
いろんなひとが、ながぐつをはいて
あるいていました。
したのほうで、ピッチャンチャンと、
おとがしました。
「ほんとだ　ほんとだ、あめがふったら
ピッチャンチャンだあー。」
おじさんは、どんどん　あるいていきました。

　あめが　ふったら　ポンポロロン
　あめが　ふったら　ピッチャンチャン
うえからも　したからも
たのしいおとがしました。

おじさんは、げんきよく　うちに　かえりました。

うちに　はいってから、おじさんは　しずかに
かさを　つぼめました。
「ぐっしょり　ぬれたかさも　いいもんだなあ。
だいいち　かさらしいじゃないか。」
りっぱなかさは、りっぱに　ぬれていました。
おじさんは　うっとりしました。

おくさんが　びっくりして、
「あら、かさを　さしたんですか、あめが
ふっているのに。」
と　いいました。
おじさんは　おちゃと　たばこを　のんで、
ときどき　ぬれたかさを　みにいきました。

だってだっての　おばあさん

あるところに、ちいさな　うちが　ありました。
うちの　まわりに　ちいさな　はたけが　あって、
やさいが　うえて　ありました。
げんかんの　そばに、いつも　つりざおと
ちいさな　ながぐつが　ありました。
はんたいがわの　まどの　したに、いすが
ひとつ　ありました。

この　いえには　おばあさんと　1ぴきの
ねこが　すんでいました。
おばあさんは　とても　おばあさんで
98さいでした。
ねこは　げんきな　おとこの　ねこでした。

ねこは　まいにち　ぼうしを　かぶって、
ながぐつを　はいて、つりざおを　もって
さかなつりに　いきました。
ねこは　まいにち、
「おばあちゃんも　さかなつりに　おいでよ」
と　さそいました。
おばあさんは
「だって　わたしは　98だもの、98の
おばあさんが　さかなつりを　したら
にあわないわ」
と　ことわりました。
ねこは　それでも　げんきに　さかなつりに
でかけました。
そして　おばあさんは　まどの　したの　いすに
すわって、はたけで　とれた　まめの　かわを
むいたり、おひるねを　したりしました。

「だって　わたしは　98だもの」
ねこは　まいにち　たくさん　さかなを　つって
かえりました。おばあさんは　さかなつりが
「なんて　おまえは　じょうずなんだろう。およいで　とるのかい、
どこの　かわで　とるのかい」
ねこは
「おばあちゃんも　いっしょに　くれば、ぼくが
さかなを　とるところ　みられるのに」
と　いいました。
さて、きょうは　おばあさんの　99さいの
おたんじょうびです。
おばあさんは、あさから　ケーキを
つくりました。
ねこは　おばあさんの　つくる　ケーキが
だいすきでした。
「おばあちゃん　ケーキを　つくるの

じょうずだね」
「だって　わたしは　おばあちゃんだもの、
おばあちゃんは　ケーキを　つくるのが
じょうずなものよ」

おばあさんは　ねこに　いいました。
「ろうそくを　かってきておくれ。99ほんだよ。
ろうそくを　かぞえなくっちゃ　ほんとうの
おたんじょうびじゃないもの」
ねこは　ろうそくを　かいに　いきました。
いそいで　いそいで　おおいそぎで　いきました。

いい　においが　してきました。
「フン　フン　ケーキは　だいせいこう。
これは　だいせいこうの　におい」
おばあさんは　テーブルの　うえに
おたんじょうびようの　テーブルかけを　かけて
ナイフと　フォークを　だしました。

そのとき　ねこが　おおきな　こえで
なきながら　かえってきました。
ねこは　ひだりてに　やぶれた　ふくろと、
みぎてに　ろうそくを　5ほん　もっていました。
ねこは　あんまり　いそいだので、かわの
なかに　ろうそくを　おとしてきちゃったのです。
ねこは　おばあさんの　かおを　みて、
まえよりも　もっと　おおきな　こえで
なきました。
おばあさんは　がっかりしました。
「5ほんだって　ないより　ましさ。
さあ　ろうそくを　じょうずに　ケーキに
たてておくれ。
5ほんだって　ないより　ましさ」

おばあさんは　あかりを　けして　ろうそくに
ひを　つけました。

あたりが　あかるく　なりました。
「おばあちゃん、かぞえて」と、ねこが
いいました。
「1つ　2つ　3つ　4つ　5つ。ろうそくを
かぞえると、ほんとうに　おたんじょうびの
きぶんに　なるわ」
おばあさんは　もういっかい　かぞえました。
「1さい　2さい　3さい　4さい　5さい。
5さいの　おたんじょうび　おめでとう」
と　じぶんで　じぶんに　おいわいを
いいました。
ねこが　もういちど　かぞえました。
「1さい　2さい　3さい　4さい　5さい。
5さいの　おたんじょうび　おめでとう！
おばあちゃん　ほんとに　5さい？」
「そうよ、だって　ちゃんと　ろうそくが
5ほん　あるもの。ことし　わたし　5さいに
なったのよ」と　いいました。

「ぼくと　おんなじ！」
そして　ふたりは　おいしい　ケーキを　たべて
ねました。

つぎの　あさ、ねこは　ぼうしを　かぶって、
ながぐつを　はいて、さかなつりに
でかけようとしました。
「おばあちゃんも　おいでよ」
おばあさんは
「だって　わたしは　5さいだもの……、
あら　そうね！
5さいだから、さかなつりに　いくわ」
と　いって　おばあさんは　ぼうしを　かぶって、
ながぐつを　はいて、げんきよく　ねこと
いっしょに　でかけました。
のはらは　とても　ひろくて、やさしい　かぜが
ふいていました。

おばあさんは　もう　ながいこと、こんな
とおくまで　きたことが　ありませんでした。
はなが　たくさん　さいていました。
おばあさんは　はなの　においを　くんくん
かぎながら、
「5さいって　なんだか　ちょうちょみたい」
ずいぶん　あるいて　かわに　きました。
ねこは　ぴょんと　かわを　とびこえました。
「おばあちゃんも　おいでよ」
と　ねこは　さそいました。
「だって　わたしは　5さいだもの。
あら　そうね！
5さいだから　わたしも　とぶわ」
おばあさんは　とびました。
おばあさんは　とびました。
5さいの　おばあさんは　94ねんぶりに　かわを
とびこしました。

「5さいって　なんだか　とりみたい」
むこうぎしに　つきました。
そして　もっと　かわしもの　ひろい　かわの
ほうまで　あるきました。
ねこは　ズボンを　ぬいで　かわに
とびこみました。
「ああ　いいきもち、おばあちゃんも　おいでよ」
と　さそいました。
「だって　わたしは　5さいだもの。
あら　そうね！　わたしも　はいるわ」
と　いって　おばあさんも　ながぐつを　ぬいで
かわに　はいりました。
「あら、スカートが　ぬれるわ」
と　いって　おばあさんは　スカートを
もちあげました。
まえかけの　なかに　さかなが　1ぴき

はいっていました。
「あら　わたし、なんて　さかなつりが
じょうずなんだろう。
5さいって　なんだか　さかなみたい」

おばあさんが　たちあがると、まえかけの
ひもが　みずの　なかに　はいりました。
すると　まえかけの　ひもに　1ぴきずつ
さかなが　ぶらさがってきました。
「あら　あら　あら　あら！
わたし　なんて　さかなつりが
じょうずなんだろう」
おばあさんは　すっかり　むちゅうに　なって
さかなを　とりました。
「5さいって　なんだか　ねこみたい」
ねこも　おばあさんも　たくさん　さかなを
とりました。

「ねえ、わたし　どうして　まえから　5さいに
ならなかったのかしら。
らいねんの　おたんじょうびにも　ろうそく
5ほん　かってきておくれ」
と　おばあさんは　いいました。
「でも、おばあちゃん　5さいでも　ケーキ
つくるの　じょうず？」
ねこは　すこし　しんぱいそうに　ききました。

わたしのぼうし

おにいさんは　あおい　リボンの　ついた
ぼうしを　もっていました。
わたしは　あかい　はなの　ついた
ぼうしを　もっていました。
わたしの　ぼうしも、おにいさんの
ぼうしも、すこし　ふるくて、すこし
よごれていました。

わたしは　とんぼとりに　いく　とき、
「おかあさん、ぼうし、ぼうし。」
と　いいました。
おにいさんも、
「おかあさん、ぼうし、ぼうし。」
と　いいました。

どうぶつえんに　いった　とき、ひつじが
わたしの　ぼうしを　かみました。
おにいさんが　ひっぱったので、ぼうしに
ひつじの　はの　あとが　つきました。
「おかあさん、おかあさん、ひつじが
ぼうしを　かみと　まちがえたの。」

デパートに　いった　とき、わたしは
まいごに　なりました。おかあさんと
おにいさんは、わたしの　ぼうしを
みつけたので、ぼうしを　かぶっている
わたしも　みつかりました。

ある日、わたしと　おにいさんと
おかあさんと　おとうさんは、きしゃに
のって、おばさんの　うちへ　いきました。

きしゃは　ひろい　のはらを　はしって
いきました。
まどを　あけて　かぜに　あたりました。
わたしは　もっと　かぜに　あたりたくて、
もう　すこし　あたまを　だしました。

あっというまに　ぼうしが　とんでいって
しまいました。
ぼうしは　ひろい　のはらの　なかで、
ちいさくなっていきました。

わたしは　なきました。
おとうさんが、
「とんでいったのが、おまえでなくて
よかったよ。」
と　いいました。
えきに　ついて、おかあさんは
アイスクリームを　かってくれました。

でも　わたしは　たべませんでした。
そして、まえよりも、もっと
おおきな　こえで　なきました。

つぎの日、おとうさんが　あたらしい
ぼうしを　かってきました。
おにいさんのは、しろくて　あおい
せんの　ある　ぼうしです。
わたしのは、しろくて　あかい　せんの
ある　ぼうしです。
おにいさんは　すぐ　かぶりました。
わたしは　かぶりませんでした。
それは、わたしの　ぼうしのようでは
なかったんですもの。

かいものに　いく　とき、わたしは　ぼうしを
かぶらないで、うしろに　ぶらさげました。
おかあさんは　なんども　ぼうしを

かぶせました。
　わたしは　なんども　ぼうしを
ずらしました。
　だって、わたしの　ぼうしのようでは
ないんですもの。

　おにいさんと　とんぼとりに　いく　ときも、
おかあさんが、「ぼうし、ぼうし。」って、
わたしと　おにいさんに　ぼうしを
かぶせました。
　わたしは　すぐ　ぼうしを　うしろに
ぶらさげてしまいました。
　だって、わたしの　ぼうしのようでは
ないんですもの。

　とても　あつい　日でした。
　わたしの　てっぺんに　おひさまが
とまっているようでした。

「ぼうしを　かぶらないと、びょうきに
なるから。」
と　おにいさんが　いいました。
　わたしは　すわって、ぼうしの　つばの
ところを　かじって　ひっぱりました。
はの　あとが　ついたので、こすると、
すこし　くろくなりました。

　わたしは　びょうきに　なりたく
なかったので、ぼうしを　かぶりました。
　でも　やっぱり　わたしの
ぼうしのようでは　ありませんでした。
　しゃがんだまま　じめんを　みていると、
ありが　たくさん　あるいていました。

「あっ、ちょうちょが　ぼうしに
とまっている。」
　おにいさんが　おおきな　こえで　いったので、

わたしの　あたまの　うえから、ちょうちょが
とびたちました。
　わたしは　そっと　ぼうしに　さわりました。
　とんでいった　ちょうちょが　また
もどってきて、わたしの　まわりを　ひらひら
とびました。

　わたしは　また　ちょうちょが　とまって
くれるように、じっと　すわっていました。
おにいさんも　すわりました。
　いつまでも　すわっていましたが、
ちょうちょは　もう　とまりませんでした。
　それから　わたしは、ぼうしを　かぶって
うちへ　かえりました。
「おかあさん、おかあさん、わたしの
ぼうしに　ちょうちょが　とまったの。
ちょうちょが　はなと　まちがえたの。」

　つぎの日も、わたしと　おにいさんは
とんぼとりに　いきました。
　げんかんで　わたしは、
「おかあさん、ぼうし、ぼうし。」
と　いいました。そして、しっかりと
ぼうしを　かぶりました。
　なんだか、わたしの　ほんとの
ぼうしのようでした。

おぼえていろよ　おおきな木

みごとな　おおきな木が　ありました。
おおきな木のかげの　ちいさないえに、
おじさんが　すんでいました。
はるになったので、おおきな木には　はなが
たくさん　さきました。
ゆうびんやさんが　きて、
「ほんとに　みごとな木だなあ。」
と、木を　みあげました。
「おれには　とんでもない木さ。」
おじさんは　かたを　すくめました。

あさ　おじさんが　ねていると、おおきな木に
ことりが　たくさんあつまって、さえずります。
ピーチク　ピーチク
おじさんは　うるさくて、　ねむって
いられません。
おじさんは、ねまきのまま　とびおきると、木を
けとばしながら　いいました。
「おぼえていろよ。」

おじさんは、木のしたで　おちゃを　のむのが
すきでした。
おちゃを　のんでいると、ちゃわんのなかに
なにか　おちてきました。
ことりのふんでした。
おじさんは、木を　けとばしながら　いいました。
「おぼえていろよ。」

てんきのいい日、おじさんは　せんたくを
します。
でも、おおきな木の　かげになって、

せんたくものは　パリッと　かわきません。
せんたくものを　とりこむとき、おじさんは、
木を　けとばしながら　いいました。
「おぼえていろよ。」

なつになりました。
おじさんは、すずしいこかげで　ハンモックを
つって、ひるねを　しました。
ぐっすり　ねむって　めをさますと、おじさんの
うえに、なんびきも　けむしが
ぶらさがっていました。
とびおきた　おじさんは、木を　けとばしながら
いいました。
「おぼえていろよ。」

あきになると、おおきな木には
おおきなあかいみが　たくさん　なりました。
きんじょの　こどもたちが、あかいみを
ぬすみに　きました。おじさんは　それを
みつけると、おおごえで　どなりました。
「どろぼうねこめ！　おぼえていろよ。」
そして、かごに　なんばいも　なんばいも
あかいみを　とりました。

すこし　さむくなりました。
おおきな木から　はっぱが　おちました。
はいても　はいても、あとから　あとから
おちて　きました。
おじさんは、「よくみていろよ。」といって、
あつめた木のはを　もして、おいもを
やきました。
それでも　木のはは　あとから　あとから
おちてきました。
おいもを　たべながら、おじさんは　木を
みあげて　いいました。
「おぼえていろよ。」

ゆきが　ふりました。
おじさんは、げんかんのまえのみちの　ゆきを
かきました。
おおきな木のうえから、ゆきが　ドタッと
おじさんの　あたまのうえに　おちてきました。
まっかになった　おじさんは、木を
けとばしながら　いいました。
「おぼえていろよ。」
ゆきは　ドタドタと　おじさんのうえに
かぶさって　きました。

「おぼえていろ!!　おぼえていろ!!」
おじさんは　いえのなかに　とびこむと、
おのを　もちだしてきました。
「おぼえていろ!!　おぼえていろ!!」
おじさんは　おおきな木を　きりたおして
しまいました。

「……………………………」
おじさんは、はるになったのが
わかりませんでした。
おおきな木の　はなが　さかなかったからです。
おじさんは、ちぇっ　といって、ちいさな
タンポポを　みました。

おじさんは、あさになったのが
わかりませんでした。
ことりのこえが　しなかったからです。
あさねぼうをした　おじさんは、ちぇっ
といって、すっかり　たかくあがった
たいようを　みました。

おじさんは、おちゃを　いれました。
おちゃが　あっても、こかげが　ないのです。

おじさんは、ちぇっ　といいながら、おちゃを
のみました。

おじさんは、せんたくを　しました。
でも、ロープをかける　えだが　ありません。
おじさんは、ちぇっ　といって、ものほしを
つくりました。
かぜがふくと、ものほしは
たおれてしまいました。

おじさんは、ひるねをしようと　しました。
ハンモックが　あっても、ぶらさげる木が
ないのです。
おじさんは、だまって　ハンモックを
おしいれに　いれました。

あきになっても、あかいみは　なりませんでした。
かごが　あっても、あかいみが　ないのです。

おじさんは、きりかぶをみて、それから　ずっと
うえのほうを　みました。
そらが　あるだけでした。

ほうきが　あっても、木のはが　ないのです。
おいもが　あっても、やく　おちばが
ないのです。
おじさんは、きりかぶをみて、それから
うえの　ほうを　みました。
そらが　あるだけでした。

ゆきが　ふりました。
ゆきは　どんどん　ふりつもり、きりかぶは
すっかり　かくれてしまいました。
ゆうびんやさんは、
「おおきな木がないと、めじるしがなくて
こまるなあ。」と、ブツブツいいました。
おじさんは、なんにもない

しろいじめんをみて、それから　うえを
みました。
そらも　みえませんでした。

ゆきが　とけはじめました。
おじさんは、げんかんに　すわって、
おおきな木の　きりかぶをみて、「ふ——っ。」
といいました。

それから、「す——っ。」と、ためいきを
つきました。

しばらくして、「く——っ。」といいました。

それから、「くっくっくっ。」といって、
きりかぶの　うえに　たおれて、
おおきなこえで　なきました。
おじさんは　きりかぶをなでて、
なきつづけました。
いつまでも　なきつづけました。

おじさんは　なきやんでも、まだずっと　したを
みていました。
よくみると、きりかぶから　ちいさな
あおいめが　でていました。
おじさんは　かおを　くっつけて、まちがいでは
ないかと　よくみました。
やっぱり　あたらしいめでした。

おじさんは　あさ　はやく　おきると、すぐ
あたらしいめのところに　いきました。
そして、みずをやり、しゃがんでよくみ、
それから　ぐるぐる　木のまわりを
まわりました。

あたらしい木は　ぐんぐん　のびて　ゆきました。

１００万回生きたねこ

　１００万年も　しなない　ねこが　いました。
　１００万回も　しんで、１００万回も
生きたのです。
　りっぱな　とらねこでした。
　１００万人の　人が、そのねこを　かわいがり、
１００万人の　人が、そのねこが　しんだとき
なきました。
　ねこは、１回も　なきませんでした。

　あるとき、ねこは　王さまの　ねこでした。
ねこは、王さまなんか　きらいでした。
　王さまは　せんそうが　じょうずで、いつも
せんそうを　していました。そして、ねこを
りっぱな　かごに　いれて、せんそうに
つれていきました。
　ある日、ねこは　とんできた　やに　あたって、
しんでしまいました。
　王さまは、たたかいの　まっさいちゅうに、
ねこを　だいて　なきました。
　王さまは、せんそうを　やめて、おしろに、
帰って　きました。そして、おしろの　にわに
ねこを　うめました。

　あるとき、ねこは　船のりの　ねこでした。
ねこは、海なんか　きらいでした。
　船のりは、せかいじゅうの　海と、
せかいじゅうの　みなとに　ねこを
つれていきました。
　ある日、ねこは、船から　おちてしまいました。
ねこは　およげなかったのです。船のりが
いそいで　あみで　すくいあげると、ねこは

びしょぬれになって、しんでいました。
　船のりは、ぬれた　ぞうきんのようになった
ねこを　だいて、大きな声で　なきました。
そして、遠い　みなと町の　こうえんの
木の下に、ねこを　うめました。

　あるとき、ねこは　サーカスの　手品つかいの
ねこでした。ねこは、サーカスなんか
きらいでした。
　手品つかいは、毎日　ねこを　はこの中に
入れて、のこぎりで　まっぷたつに　しました。
それから　まるのままのねこを　はこから
とりだし、はくしゅかっさいを　うけました。
　ある日、手品つかいは　まちがえて、
ほんとうに　ねこを　まっぷたつに
してしまいました。
　手品つかいは、まっぷたつに　なってしまった
ねこを　両手に　ぶらさげて、大きな声で
なきました。
　だれも　はくしゅかっさいを　しませんでした。
手品つかいは、サーカス小屋の　うらに　ねこを
うめました。

　あるとき、ねこは　どろぼうの　ねこでした。
ねこは、どろぼうなんか　だいきらいでした。
　どろぼうは、ねこと　いっしょに、くらい町を
ねこのように　しずかに　歩きまわりました。
　どろぼうは、いぬのいる　家にだけ
どろぼうに　はいりました。いぬが　ねこに
ほえている　あいだに、どろぼうは　金庫を
こじあけました。
　ある日、ねこは、いぬに
かみころされてしまいました。
　どろぼうは、ぬすんだ　ダイヤモンドと
いっしょに　ねこをだいて、夜の町を
大きな声で　なきながら、歩きました。そして

家に帰って、小さなにわに　ねこを　うめました。

あるとき、ねこは、ひとりぼっちの
おばあさんの　ねこでした。ねこは、
おばあさんなんか　だいきらいでした。
おばあさんは、毎日　ねこをだいて、
小さなまどから　外を　見ていました。
ねこは、一日じゅう　おばあさんの
ひざの上で、ねむっていました。
やがて、ねこは　年をとって　しにました。
よぼよぼの　おばあさんは、よぼよぼの
しんだねこを　だいて、一日じゅう　なきました。
おばあさんは、にわの　木の下に　ねこを
うめました。

あるとき、ねこは　小さな　女の子の
ねこでした。ねこは、子どもなんか
だいきらいでした。

女の子は、ねこを　おんぶしたり、しっかり
だいて　ねたりしました。ないたときは、ねこの
せなかで　なみだを　ふきました。
ある日、ねこは、女の子の　せなかで、
おぶいひもが　首に　まきついて、
しんでしまいました。
ぐらぐらの頭に　なってしまった　ねこを
だいて、女の子は　一日じゅう　なきました。
そして、ねこを　にわの　木の下に　うめました。
ねこは　しぬのなんか　へいきだったのです。

あるとき、ねこは　だれの　ねこでも
ありませんでした。
のらねこだったのです。
ねこは　はじめて　自分の　ねこに
なりました。ねこは　自分が　だいすきでした。
なにしろ、りっぱな　とらねこだったので、
りっぱな　のらねこに　なりました。

どんな　めすねこも、ねこの　およめさんに
なりたがりました。
　大きなさかなを　プレゼントする　ねこも
いました。上等のねずみを　さしだす　ねこも
いました。めずらしい　またたびを
おみやげにする　ねこも　いました。りっぱな
とらもようを　なめてくれる　ねこも　いました。
　ねこは　いいました。
「おれは、１００万回も　しんだんだぜ。
いまさら　おっかしくて！」
　ねこは、だれよりも　自分が
すきだったのです。

　たった　１ぴき、ねこに　見むきも　しない、
白い　うつくしい　ねこが　いました。
　ねこは、白いねこの　そばに　いって、
「おれは　１００万回も　しんだんだぜ！」
と　いいました。
　白いねこは、
「そう。」
と　いったきりでした。
　ねこは、すこし　はらをたてました。なにしろ、
自分が　だいすきでしたからね。
　つぎの日も、つぎの日も　ねこは、白いねこの
ところへ　いって、いいました。
「きみは　まだ　１回も　生きおわって
いないんだろ。」
　白いねこは、
「そう。」
と　いったきりでした。

　ある日、ねこは、白いねこの　前で、
くるくると　３回　ちゅうがえりをして
いいました。
「おれ、サーカスの　ねこだったことも

あるんだぜ。」

　白いねこは、

「そう。」

と　いったきりでした。

「おれは、１００万回も……。」

と　いいかけて、ねこは、

「そばに　いても　いいかい。」

と、白いねこに　たずねました。

　白いねこは、

「ええ。」

と　いいました。

　ねこは、白いねこの　そばに、いつまでも
いました。

　白いねこは、かわいい　子ねこを　たくさん
うみました。
　ねこは、もう、
「おれは、１００万回も……。」

とは、けっして　いいませんでした。
　ねこは、白いねこと　たくさんの　子ねこを、
自分よりも　すきなくらいでした。

　やがて、子ねこたちは　大きくなって、
それぞれ　どこかへ　いきました。
「あいつらも　りっぱな　のらねこに
なったなあ。」
と、ねこは　まんぞくして　いいました。
「ええ。」
と、白いねこは　いいました。そして、
グルグルと、やさしく　のどを　ならしました。
　白いねこは、すこし　おばあさんに
なっていました。ねこは、いっそう　やさしく、
グルグルと　のどを　ならしました。
　ねこは、白いねこと　いっしょに、いつまでも
生きて　いたいと　思いました。

ある日、白いねこは、ねこの　となりで、
しずかに　うごかなく　なっていました。
ねこは、はじめて　なきました。夜になって、
朝になって、また　夜になって、朝になって、
ねこは　１００万回も　なきました。
　朝になって、夜になって、ある日の　お昼に、
ねこは　なきやみました。
ねこは、白いねこの　となりで、しずかに
うごかなく　なりました。

　ねこは　もう、けっして
生きかえりませんでした。

さかな1ぴき　なまのまま

この　いえには、ひとりの　おばあさんと
一ぴきの　ねこが、すんでいました。
ねこは　げんきな　おとこの　ねこでした。
おばあさんは、まどの　したの　いすに
すわって　まめを　むきました。
ねこも　てつだいました。
「ねえ　おばあちゃん、おばあちゃんの
ともだち　だあれ？」
と　ねこは　ききました。
「わたしの　ともだち？　ねこちゃん」
「それから？」
「それから　この　おまめ」
「それから？」

「それから　てんきの　いい　ひは
おてんとさま」
「それから？」
「それから　じぶん」
「ちがうよ、ぼく　ほんとの　ともだちの　こと
きいてるの。
ぼく　ともだち　さがしに　ゆく」
おばあさんは
「きょうの　おひるは　おまえの　すきな
まめごはん」
と　いいました。
「ぼく　ほんとの　ともだち　さがしたら
いっしょに　さかなつりに　ゆく、まいにち」
ねこは　ざるを　おいて　たちあがりました。
「きょうの　よるは、おまえの　すきな
さかなの　しおやき」
と　おばあさんは　いいました。

「ぼく　ほんとの　ともだちが　いたら
ねずみだって　とれるかも　しれない、
まいにち」
おばあさんは　だまっていました。
「ぼく　ともだち　さがしに　ゆく」
ねこは　げんきに　しゅっぱつしました。
おばあさんは　ずっと　まめの　かわを
むいていました。

ねこは　ひろい　のはらを　どこまでも
あるいて　ゆきました。
とても　てんきの　いい　ひでした。

てんきが　よければ　ランラン
ひとりだって　いい　きもち　ランラン
てんきが　わるけりゃ　ランラン
だれかと　なにか　したいよ　ランラン

ねこは　げんき　いっぱいでした。
ねこは　どんどん　あるいて　ゆきました。
みちの　まんなかに　あおい　なわが
まるまって　おちていました。
「あっ　なわが　あった。
そうだ　なわとびしながら　ゆこう。どうせ
たいくつなんだもの」
でも　それは　へびでした。

ねこは　すこし　ぞっとしました。
でも　ねこは　なんでもないような　とても
ふつうの　こえで　いいました。
「いま　ぼくが　いったこと　きいた？」
「いいえ〝あっ　なわが　あった〟なんて
あなた　いいませんでしたよ」
「ああ　よかった。じゃあね。ぼく
いそいでいるから」
ねこは　ほんとうに　じぶんが

いそいでいるような　きが　しました。
「そう　ぼくも　いそいでいるんです。ちょうど
よかった」
と　へびが　いいました。ねこは　とても
こまりました。
「たぶん　ぼく　きみより　ちょっとだけ
いそいでるんだよ」
へびは、
「そう　ざんねんです。せっかく　おしりあいに
なれたのに。ぼく、ともだち
さがしていたもんだから。おさきに　どうぞ」
ねこは　おつかいに　ゆくような　いそぎあしに
なりました。

「ああ　おどろいた。ぼく　ちゃんとした
ともだち、さがしに　きてるんだもの。わざわざ。
あんな　ひもみたいじゃないの」
でも　だれにも　あいませんでした。

のはらの　まんなかに、ちょうど　いいぐあいの
きが　あったので、ねこは　ひとやすみ
することにしました。
「いそいだって　しょうがないや」
ねこは　ぐっすり　ねむりました。
ぐっすり　ねむった　ねこは、いい　きもちで
めを　さましました。
「ああ、いい　きもち。ねむった　あとって
いい　きもち」

すると　そばで　こえが　しました。
「あなたもですか、ぼくもです」
みると　さっきの　へびでした。
ねこは　とても　びっくりして　とても
こまりました。
「さて　しゅっぱつしようか」
と　へびが　いいました。
「おさきに　どうぞ。

ぼく　ねむった　あと、すこし　やすむことに
しているの。それに　すこし、うたを
れんしゅうしなくっちゃ　ならないし」
「そうですか。それは　すてきだ。
ぼく　ききたいなあ」
「きみ　いそいでいるんでしょう」
「そんなこと　おかまいなく。せっかく
おしりあいに　なれたんですから」
ねこは　しかたないので　うたいました。

　てんきが　よければ　ランラン
　ひとりだって　いい　きもち　ランラン
　てんきが　よければ　ランラン
　おひさまなんかが　ともだちさ　ランラン

「そうかなあ、ぼく　そう　おもいませんよ。
てんきが　いい　ひなんか、とくに、ともだちが
いると　うれしいなあ」

ねこは　いそいで　いいました。
「でも　これ　うただから」
「そうですとも　うたですよ」
ねこは　こんどは　きっぱり　いいました。
「ぼく、ちょっと　かんがえごと　しながら
ひとりで　あるこうと　おもうの」
「だいじょうぶ、ぼく　あしおと
たてませんから」
でも　いい　あんばいでした。
ねこが　いそぎあしで　あるくと　へびは
すこし　おくれるのです。
ふりかえると　へびが　うしろの　ほうで
いっしょうけんめい　にょろにょろ　みちを
はってきます。
へびは　いきを　きらせて　いいました。
「ぼく　おくれてしまいますけど、おかまいなく。
おさきに　どうぞ」
ねこは　おおよろこびで、もっと　いそぎあしに
なりました。
ちょうちょが　二ひき　ひらひらと　のはらを
とんでゆきました。
「ちょうちょは　いいなあ、もう　ともだち
いるんだもん」
ねこは　うっかり　たちどまってしまったので
また　おおいそぎで　あるきました。
ねこは　あるきつづけました。
でも　だれにも　あいませんでした。
ねこは　ゆめかと　おもいました。
二ひきの　ねこが　こっちへ
あるいてくるのです。
ねこは　おおいそぎで　ゆきたいけど、やっぱり
ここで　まっていたほうが　いいかしらん。
こうやって　くさの　うえに　こしを　おろして
なにげなく　はなしかけるのが　かんじが

いいんじゃないかしらん。
ねこは、みちばたに、なにげなく　すわり、
しっぽとか　かたの　けが　みだれてないかと、
てで　なでつけました。
二ひきの　ねこは、とても　きれいな
むすめさんの　ねこでした。
ねこは　どきどきしながら　なにげないふうに、
「こんにちは、いい　てんきですねえ」
と　いいました。
むすめさんの　ねこは　二ひきで　かおを
みあわせて　くすくす　わらいました。
「ちょっと、ここに　すわって　おはなし
しませんか。てんきも　いいし」
むすめさんの　ねこは　くすくす　わらって
「みて　あの　きどった　ようす。まだ
こどもの　くせに」
ねこは　まっかに　なりました。
そして　ちいさい　こえで　いいました。

「もう　いいんです。ぼく、ともだち
さがしにきたものだから」
むすめさんの　ねこは　こんどは　かんだかい
こえで　わらいました。
「ともだちですって？
あなた　けっとうしょつきじゃ
ないんじゃない？　わたしたち　いえがらの
わるい　ひとたちとは　つきあえないのよ」
むすめさんの　ねこは　くすくす　わらいながら
いってしまいました。

ねこは　めに　なみだが　もりあがって
まばたきを　すると　おちそうでした。
ねこは　すっかり　めが　かわいてから　そっと
めを　こすりました。
「げんきを　ださなくっちゃ、
あんなのばっかりじゃ　ないかもしれない」
「そうですよ、いえがらを　はなに

かけるなんて、ほかに　かけるものない
ひとです」
ねこの　すぐ　そばで　こえが　しました。
さっきの　へびでした。
「きみ、ぼくが　なかなかったの、みちゃった?」
ねこは　ちいさい　こえで　ききました。
「ぼく　みませんでした。うたでも　うたう?」
「うたわない」
ねこは　のろのろと　たちあがりました。
でも　ねこの　こころは　まだ　じめんに
へばりついているようでした。
ねこは　また　しゃがみこんで　こころと
からだを　いっしょにしました。
へびは、あおい　からだが　てかてか　ひかって
おなかの　しろい　うろこも　ひくひく
うごいています。ねこは　たちあがりました。
そして　へびを　みないで、
「おさきに　しつれい。ぼく　ゆきます」

と　いって　あるきだしました。
「ごえんが　あったら　またね」
へびが　いいました。

あるきだしたとたん　なにかが　ねこを
めがけて　とびかかってきました。
ねこは　おおいそぎで　いま　きた　ほうに
しにものぐるいで　はしりだしました。
「なにかが、ぼくを　たべにきたあ。
なにかが、ぼくを　たべにきたあ」
「きに　のぼりなさい。きに　のぼりなさい」
へびが　ねこに　どなりました。
ねこは、あわてふためいて、ガリガリと　そばの
きに　よじのぼりました。
なにかは「ウォッ　ウォッ」と　きの　まわりを
ぐるぐる　まわりました。
へびは、するすると　きに　のぼってきて、
「もう　だいじょうぶ、なにかは　きに

のぼれません。いまに　へたばります。
やあ、また　ごえんが　あって、ぼく
うれしいです」

ねこは　めを　まんまるくして　なにかが　きの
まわりを　ぐるぐる　まわりながら　へたばって
きえてゆくのを　みていました。
「いやあ　ほんとに、また　ごえんが
ありましたねえ」
へびは　ぶらさがったまま　したの　ほうから
いいました。
「ええ　ほんとに　このたびは　おせわに
なりました」
ねこは　ちいさな　こえで　へびを
みないようにして　いいました。
「ありがたいけど　ぼく　ゆかなくっちゃ。
でも　また　なにかが　いきかえるかも
しれない」

「もう　いきかえりませんよ」
「わかんないじゃないか。なにかだもん」
「なにかだから、いきかえらないんです」
「ふーん」
ねこは　きの　したを　みました。きの
したには　なにも　ありませんでした。
「ねえ、きみ、なにかは　これっきり？」
「いいえ、なにかですもの、なんびきも
いますよ」
へびは、ぽとんと　きの　えだから　じめんに
おちて
「ごえんが　あったらね」
と　いって　にょろにょろ　みちへ
でてゆきました。
ねこも　へびの　あとから　あるいてゆきました。
ねこは　さっきほど　いそいでいない　きぶんに
なりました。
「きみも、ともだちを　さがしに　ゆくの」

ねこは　ききました。
「ええ、ぼく　すこし　ながすぎるのかも
しれない。それに　にょろにょろ
しすぎるんです」
「だって　きみ　へびなんだもん」
「そうです。ぼく　へびですからね」
あたりは　しーんと　していました。
あんまり　しーんと　しているので　ねこは
たちどまりました。

ねこは　あっというまに　とんぼを　つかまえて
「ぼく　いい　ねこだなあ」
と　いいました。
へびも　あっというまに　とんぼを　くちに
くわえて
「ぼ」
と　いうと　とんぼは
とんでいってしまいました。
「……くだって　いい　へびですよ。
ぼく　ここで　ひとやすみして　きょう　もう
かえる」
へびは　そういうと　こんぐらがった
ひもみたいに　なってしまいました。
ねこも　そばに　すわりました。
ねこは　うたを　うたいました。

てんきの　いい　ひは　ランラン
いい　きもち　ランラン……

「なにか　あんまり　いい　きもちじゃない。
ぼくも　かえろうかな」
「かえりましょうか。ぼくたち　ほんとに
ごえんが　ある」
ねこと　へびは、いま　きた　みちを
もどりました。

「きみ　どこに　すんでいるの」
「どこでも」
へびは、にょろにょろ　しながら　いいました。
「ぼく　おばあちゃんちに　すんでいるの」
「あっ、そうだ、きっと　ぼく、きょう　そこに
すむんだ」
ねこは　やっぱり　すこし　こまりました。
「きみの　そこ、ぼくの　おばあちゃんちの
そこと、ちがうんじゃない？」
「ぼくの　そこ、どこの　そこにも　なるんだ。
どうぞ、おかまいなく」
ねこと　へびは　なにかが　きえた　きの
したに　きて、それから　二ひきの
むすめさんの　ねこが　きた　四つかどに　きて、
ねこの　ひるねを　した　ところまで　きました。
そこで　へびは　また　ちろちろと　くちから
したを　だして　かを　たべました。
ねこは　おなかが　すいてきました。

「きみ、かなんか　たべて　おなかいっぱいに
なる？」
「たべないより　ましです」
「そうだ、おばあちゃん　さかなの　しおやき
ごちそうしてくれるって」
「ぼく　やかなくて　いいんだ」
へびが　いいました。

ちいさな　いえと　ちいさな　やさいばたけが
みえてきました。
ねこは　げんきよく
「ただいま」
と　いえに　はいりました。
「おや、おかえり」
おばあさんは、ねこを　うえから　したまで
じろじろ　みました。
「こんやは、おまえの　すきな　さかなの
しおやき。こんやは　かえらないかと　おもった」

おばあさんは、だいどころの　ほうに
ゆきながら、

「なんだい、ずるずるしている　おとは」

ねこは、もじもじして　いいました。

「さかな一ぴきは　やかなくて　いいんだ」

おばあさんは　へびを　みました。

「おまえ　かわった　ともだち　おつれだね」

「ええ、ちょっと、ぼく　ながすぎるんです」

へびは　いいました。

「ながすぎるのは　いいんだけど」

おばあさんは、ねこの　かおと　へびを
じろじろ　みながら　いいました。


「でも、へび、ねずみなんか　とりたいんだって。

、かも　たべるんだよ、たべないより
ましなぐらいだけど」

ねこは　いっしょうけんめい　いいました。

「さかな一ぴき　なまね」

おばあさんは　だいどころの　ほうへ
ゆきながら　いいました。

おばけサーカス

ひろばが　ありました。
ひろばには　まいにち　まっかなたいようが
しずみます。

あるひ　まっかなひろばに　サーカスが
やってきました。

あっというまに　テントが　できました。
テントには　おばけサーカスと
かいてありました。

「ことしの　おばけは　よくできているなあ。
はやく　みたいなあ」

ひろばに　あつまったひとは　いいました。
よるに　なりました。

テントのなかには　ほんものの　おばけが
いました。

おばけの　おとうさんの　だんちょうさんと
おばけの　おかあさんと
おばけの　おじいさんと
おばけの　おばあさんと
おばけの　おにいさんと
おばけの　おねえさんと
おばけの　こどもの　ペロペロが　いました。

「さあ　れんしゅうだ」
おばけのおとうさんが　ムチを　ピシリと
ならして　いいました。

「おれたちが　ほんものだと　ばれないようにな」
ピシリ
「しかし　あんまり　にんげん　そっくりに
やっても　おもしろくない」　ピシリ
「ほどほどにな」　ピシリ
「ほどほどって　いうのがねぇー」
みんなは　きゃっきゃっと　わらいました。
ペロペロが　いちばん　おおきなこえで
わらいました。

まずさいしょに　おばあさんが　ぶるるんと
ふるえました。
二ひきのねこが　ぶたいに　あらわれました。
二ひきのねこは　うつくしいおんがくに
あわせて　かろやかな　ダンスを　しました。
あたりは　バラいろになり　バラいろのなかに
二ひきの　ねこは　きえてゆきました。
ピシリ

「だいたい　よろしい。おばあさん　あんまり
うまく　きえないで　くださいよ」
だんちょうさんが　いいました。

つぎは　おじいさんが　ぶるるんと
ふるえました。
くまの　じてんしゃのりです。
くまのあしは　四ほんから八ぽん
八ぽんから十六ぽんになり　ものすごい
いきおいで　ぶたいを　はしりまわりました。
そして　てんじょうに　かけあがって　そのまま
どこかに　いってしまいました。
あたりが　あかく　なりました。
ピシリ
「だいたい　よろしい。おじいさん　もうすこし
ゆっくり　やって　くださいよ」
だんちょうさんが　いいました。

こんどは　おねえさんが　ぶるるんと
ふるえました。
おねえさんは　なみのうえを　およぐように
ブランコに　のりました。ブランコと
ブランコの　あいだに　にじのはしが
かかりました。おねえさんは　にじに
そまりながら　にじの　はしを　わたりました。
あたりは　まっさおに　なりました。
みんなは　うっとりしました。
ピシリ
「よろしい　よろしい。おおいに　よろしい」

おにいさんが　ぶるるんと　ふるえました。
おにいさんは　りりしいわかものになり
バイオリンを　ひきました。
ぶたいは　もりのなかに　なりました。
たくさんのはとが　もりのなかの
おしろのにわに　とんでゆきました。

みんなは　うっとりと　しています。
だんちょうさんは　ムチを　ピシリと
ならすのを　わすれてしまいました。

こんどは　おかあさんと　ペロペロの
てじなです。
おかあさんは　シルクハットのなかから
ちいさなペロペロを　なんびきも　なんびきも
とりだしました。
「よろしい　よろしい。おおいに　よろしい」
おとうさんは　ピシリピシリと　なんども
ムチを　ふりました。
パチパチパチ
おばけのかぞくは　はくしゅかっさいを
しました。

うれしくて　うれしくて　うれしすぎた
ペロペロは　ぶるぶる　ぶるぶる

ふるえつづけました。
テントのなかは、ペロペロだらけに　なりました。
「やめえ　やめえ　ほどほどにしろ」

おとうさんは　ペロペロを　一ぴき
つかまえると　おもいっきり
ペロペロのおしりを　たたきました。
「きょねんに　くらべれば　じょうできですよ」
おかあさんは　ペロペロを　しっかり　だいて
いいました。

「さいごの　しあげだ。みんな　にんげんに
ばけるんだ」
ピシリ　ピシリ
にんげんの　だんちょうさんの　おとうさん
にんげんの　おかあさん
にんげんの　おにいさん
にんげんの　おねえさん
にんげんの　おじいさん
にんげんの　おばあさん
そして　さいごに　あしだけ　おばけの
ちいさな　にんげんの　こどもが　いました。

おとうさんは　なさけないかおを　しました。

とても　はやいあさ
ひろばは　まっさおに　なります。

まっさおなひろばから　こっそりと　サーカスが
しゅっぱつしました。

たいようが　たかくあがりました。
ひろばに　ひとが　あつまってきました。
ひろばには　なにも　ありませんでした。

「あれは　もしかしたら　ほんとうの

おばけだったのかなあ」
ひろばに　あつまった　ひとは　いいました。

空とぶライオン

ねこと　ライオンは　しんせきだったので、
いっしょに　くらして　いました。
ある　ところに、それは　りっぱな
たてがみと、とおくまで　とどく　いさましい
こえを　した　ライオンが　いました。

その　りっぱな　たてがみを　みたくて、
ねこたちは、まいにち　あつまって　きました。
ライオンは、なにか　ごちそうを　したく
なります。

そこで、「ウォー」と　いさましく　ほえると、
じめんを　けって、えものを　とりに　いきます。

ライオンは、空を　かけのぼるように
みえました。
ねこたちは、「ほうっ」と　ためいきを
つきます。

ライオンは、えものを　とって　くると、
きって、やいて、にて、ソースを　かけて、
ごちそうを　しました。
ねこたちは、めを　まるく　して、ごちそうを
ながめ、よだれと　いっしょに　ごちそうを
たべました。
「さすが　ライオンだ。」

ねこたちは、まいにち　やって　きます。
ライオンは、「ウォー」と　じめんを　けり、
空に　とびあがって、えものを　さがしに
いきました。

ねこたちは、「さすが　ライオンだ。」と、
はに　はさまった　にくを、ようじで
チューチュー　つつきながら、あたりまえの
かおを　しました。
「ぼくの　しゅみは　ひるねでね。」と、
ライオンが　いうと、ねこたちは、どっと
わらいます。
「いやあ、ライオンは、りょうりも
じょうだんも　いちりゅうだね。」
ライオンも、きんいろの　たてがみを
ゆすって、いっしょに　わらいました。

そして、ライオンは、くたくたに　なって
ねむりました。

ある　ひ、いちばん　はじめに　きた　ねこに、
ライオンは、「きょうは　ひるねが
したいんだ。」と、たてがみを　ゆすって

いいました。
ねこは、「あははは……。」と
わらいころげました。
ライオンも、「あははは……。」と　わらい、
「ウォー」と　じめんを　けって、空に
とびあがりました。

その　よ、ライオンは、「つかれた。」と
いって、さめざめと　なきました。

ある　ひ、もう　ライオンは、
おきあがれませんでした。
はじめに　きた　ねこは、ねて　いる
ライオンを　みて、おなかを　かかえて
わらいました。
「ほんとうに、ライオンって　ゆかいだね。
ほんとうに　ひるねを　して　いるかと
おもった。」

ライオンは、「ウォー」と　こえを
ふりしぼり、じめんを　けろうと　し、その
まま　たおれてしまいました。

たおれた　ライオンは、きんいろに　ひかって、
まぶしいくらいでした。
ねこたちは、ライオンを　ゆりうごかしました。
ライオンは、きんいろの　いしに　なって
いました。
「ライオンの　じょうだんは、『ひるねが
しゅみでねえ。』だったね。」
いっぴきの　ねこが　いいました。
ねこたちは、し一んとして　しまいました。

なんじゅうねんも、なんびゃくねんも
たちました。
ライオンは、きんいろの　いしの　まんま

ひるねを　つづけました。
「これは　なに？」
　おかあさんと　てを　つないだ　こねこが
いいます。
「なまけものの　ライオンだよ。
むかしむかしのね。
あんまり　ひるねを　したから、いしに
なっちゃったのさ。」
「これは　なに？」
　べつの　おかあさんと　てを　つないだ
こねこが　いいます。
「むかしむかしね、とても　りっぱな
ライオンが　いたんだって。」
「でも、どうして　ねて　いるの？」
「わからないわ。」
「きっと　つかれたんだ。」
　それを　きくと、きんいろの　いしの
ライオンは、ぶるぶるっと　みぶるいを　し、
「うーん」と　のびを　して、「ウォー」と
ほえました。
「わあ、なんて　りっぱな　ライオン、
なんて　りっぱな　たてがみ、なんて
いさましい　なきごえ、すごいなあ。ねえ、
きみ、しまうまなんか　とれる？」
　こねこは、ライオンに　いいました。
　ライオンは、こねこを　みました。
　そして、「ウォー」と　ほえると、じめんを
けって、空に　かけあがって　いきました。

ともだちはモモー

風がきゅうに吹いてきたので、わたしのぼうしが、ふわりとうきあがりました。

そして、しらない家の庭に、はいってしまいました。


わたしは、その家の玄関のドアを、ドンドンたたきました。

「ごめんください、ごめんください」

わたしは、ドンドンたたきます。


きゅうに、ドアがひらきました。

しわくちゃのおばあさんが、立っていました。

「わたしのぼうしを、とらせてください」


「ああ、ぼうしね」

おばあさんが笑ったので、しわがグニャグニャ動きました。


わたしのぼうしは、庭の、ひくい木と木のあいだにありました。

「あなた、どこの子?」

「むこうの道の、こう行って、すこし行って、またこう行って、そいですぐ」

「ふうーん。おかし食べる?」

「食べてもいい」

「お茶は?」

「のんでもいい」


「おばあさん、鳥ににているね。

わたし、おばあさんとそっくりの鳥、しっているよ。こないだ動物園で見た。

こーんなに首が長くてね、そいで、首にしわがあるの」

「ふうーん。わたしとそっくりの鳥に、あってみたいもんだね」

「おばあさんも、動物園に行くの？」

「子どものころ、よく行ったよ」

「えっ、おばあさん、子どもだったの？

ずっと、おばあさんやってるんじゃないの？」

「いいえ。動物園に行ったときは、小さい女の子だったよ。


あなたがかぶっているような、ぼうしかぶって、レースのついたビロードの洋服きてたのよ。


そしてね、ビロードの小さなハンドバッグを、もっていったのよ。

ハンドバッグの中に、かならずキャラメル一箱、いれていくの。

そしてね、汽車にのって、動物園に行ったの。


わたし、おとうさんに聞くの。

『キャラメル、めしあがる？』

『一つ、いただこうかな』

『どうぞ』

そして、わたしも一つ食べるの。


動物園に行ってね、わたしはゾウだけ見るの。

ゾウがね、ふといくさりにつながれていてね、足のところが、くさりですれて、すこし血がでているの。


わたしはね、ゾウの足だけ見て、泣きだすの。

そして、ゾウがかわいそうだから、もう帰るっていうの。

おとうさんは、

『よしよし、きょうはもう帰ろう』

って。

そして帰りに、海が見えるレストランに行ったわ。
海の見えるレストランで、ハヤシライスを食べて、
帰ってくるの」
「ふうーん。わたしもいっしょに、動物園に行け
ばよかったなあ。
おばあさんのおとうさんと、小さい女の子だった
おばあさんと。
そしてね、海の見えるレストランにも行って、ハ
ヤシライスを食べるの」
「おばあさん、わたしと同じぐらいだった?」
「そう、ちょうど同じぐらい」
「あたまの毛は?」
「三つあみにして、リボンをつけていたよ」
「なんて名まえ?」

「モモっていうんだけど、おとうさんは、モモー
ってよんでいたの」

「わたしも、モモーってよんでいい?」

「ええ、いいわ」

「モモー」

「はーい」

「あした、動物園に行く?」

「かわいそうなゾウを、見にゆくの」

「じゃあ、あしたむかえにくる。ビロードの洋服
きて」

「ええ、いいわ」

三つあみの、すみれ色のリボンをつけた女の子が、
玄関までおくってくれました。

「ありがとう。じゃあ、またあしたね」

「ほら、ぼうしよ。わすれちゃだめ」

「きっとまっててね、モモー」
「きっとまってるわ」

まるで てんで すみません

1 まんまるとまんまる

まんまるとまんまるが　いました。
まんまるとまんまるは　まんまるい
いえのなかを　ころころ　ころげまわって
わらいころげていました。
「ねえねえ　わたしたちって　ほんとに
すてきねえ
むだなところが　なんにもないのよ
ころころころころ」
「わたしたち　かんぺき　っていうのよ

かんぺき　って　めったやたら
あるもんじゃないわよ　ころころころ」

「そうよそうよ　でっぱってるっていえば
どこもかしこも　でっぱっていて」
「ひっこんでるっていえば　どこもかしこも
ひっこんでいて」
「かどって　ほんとに　みっともない」
「あなた　ほんとに　うっとりするほど
ころころよ」
「あなたも　うっとりするほど　つるつるよ」
「ほんと？　ほんと？　わたし　つるつるで
すてき？」
「わたし　ころころで　すてき？」
「すてき」「すてき」
まんまるとまんまるは　ころがりながら
いちにちじゅう　うれしがっているのです。
そして　まんまるいいえから　ころがりでて

あそびにゆきます。
「こんにちは　あそびましょ」
まんまるは　きに　ぶつかって
はねかえりながら　いいます。
「あそぼうって　もう　あっちに
いっちゃっている」
きが　あきれて　いいます。
もうひとつの　まんまるも
「みてみて　わたし　まんまるよ」
と　いいながら　また　きに　ぶつかって
はねかえりながら　あっちに　いってしまいます。
「ようきなのは　いいけど　ああ　おちつきが
なくっちゃね」
きは　ころがっていく　まんまるを　みながら
いいました。

へいに　ぶつかって　はねかえってきた

まんまるは
「あそぼうといっているのに」と
ころがりながら　いいます。
へいは
「じぶんだけで　おもしろがっていりゃあ
いいじゃないか」と　いい
まんまるたちは
「ほらほら　あそべないから
もんくをいっている
あんなに　ひらべったくっちゃね」と　いいます。

きは　しずかに　たっています。
かぜが　ふくと　きは　えだを　ふるわせます。
えだが　へいを　やさしく　くすぐると　へいは
「ちょうど　そこが　かゆいんだよ」と
いいます。
まんまるとまんまるは　かぜが
ふいてくるのさえ　わかりません。

かぜが　まんまるとまんまるを　ころがしても
まんまるたちは　かぜが　おしてくれたとも
おもわないで
「みてみて　わたし　こんなにはやく
ころがれるようになった
ころころころ　わたし　かんぺきを
とおりこしたのよ」
「わたしだって　わたしだって
ころころころころ」
と　にわを　つきぬけてゆきました。

「てんさい　てんさい　まんまるは　てんさい」

と　さけび　わらい　いつまでも
わらいころげます。

そして　さかみちを　ころがりおちてゆきました。

「あーあーあー」

と　きと　へいは　いいます。

「もう　もどってこられないのに」

まんまるとまんまるの　わらうこえが
ちいさくなって　きこえてきます。

いつまでも　いつまでも　わらっています。

2 てんのはなし

てんが　いました。

ちがうてんも　いました。
その　ともだちも　そのまた　おにいさんも
そのまた　おとうとも　そのまた
おじいさんも　てんは　てんでした。
そして　てんは　てんでみんな　じぶんかってで
めだちたがりやで　ねんがらねんじゅう
わめいていました。
「ぼく　ここ」「ぼく　ここ」
「わたし　ここ」「わたし　ここ」

「おまえ　あっちいけ」と　はしりまわり
すこしも　じっとしていませんでした。
でも　そのこえは　だれにも　きこえないのです。
なにしろ　てんでさえ　ほかのてんが
みえないほど　ちいさかったからです。
そんな　ちいさなからだから　おおきなこえが
でるわけないでしょう。

ずっと　ずっと　としとったてんが　あるとき
「むかし　おれ　こんなに
こまかくなかったような　きがする」
と　いって　しんでしまいました。
てんたちは　すっかり
かんがえこんでしまいました。
「ぼくたち　ちいさすぎるんだ」と
ひとりのてんが　いいました。
「だから　だれも　きがついてくれないんだ」
「わたしのこと　ふんづけても　だれも

あやまらないわ」
「みえないほど　ちいさいなんて」
と　いって　おんなのこのてんは
なきだしました。
「あの　じいさんだって　しんだかどうか
わかんないほど　ちいさかったんだぜ」
てんたちは　もう　ぴょんぴょん
とびはねないで　じっとしていました。
そして　となりのてんに　よりかかり
よりかかられたてんは　となりのてんに
よりかかり　そのまた　となりのてんは
となりのてんに　よりかかりました。
つながってしまったてんは　もう
てんではありませんでした。
せんになってしまった　じぶんたちを　みて
「おれたち　せん　だったんだ」と　てんたちは
よろこびました。

でも　やっぱり　てんは　ぴょんぴょん
とびはねたいきもちを
がまんできなかったのです。
そして　また　てんは　ぴょんぴょん
とびはねて　てんで　バラバラになって
「おまえ　あっちにいけ」
「おまえも　あっちにいけ」
と　いって　だれも　きがつかないまま
おおさわぎを　しています。
そして　としをとったてんが　しぬと
おそうしきのときだけ　いっちょくせんに
ならんで　おとなしくしています。

3　さんかくとしかく

さんかくと　しかくが　いっしょに
すんでいました。

さんかくは　いちにちじゅう
ぶりぶりはらを　たてていました。
しかくは　じっと　うごかないで
だまっていました。
あさ　めが　さめると　さんかくが
しかくのうえで　どなります。
「けさは　いやに　さむいじゃないか
ぼくのかどは　とくべつ
とんがっているんだから　かどが　こちこちに
こおっちゃったよ」と　ベッドになっている
しかくから　ずりおちながら　いいます。
「きみは　いちどだって
さんかくになったことが　ないんだから
さんかくが　どんなもんだか
わかっちゃいないのさ」と　いいながら
めだまやきと　トーストと　コーヒーを
つくります。
しかくは　テーブルになって　じっとしています。

「ぼくが　たまごみたいに　まるかったら
いいとおもうよ」と　いいながら　さんかくは
さんかくのくちに　めだまやきを　おしこみます。
「やきすぎちゃったよ　ぼくは　さんかくだから
めだまやきが　じょうずに　できないんだ」
さんかくは　しかくのくちに　めだまやきを
おしこみます。
テーブルになったまんまの　しかくは
「ありがとう　おいしいのに」と　いって
めだまやきを　たべます。
さんかくは　さんかくにきってある　トーストを
しかくのくちに　おしこんで
「トーストは　さんかくにかぎるとおもう？」と
しかくに　ききます。
「あじにかわりはないよ」と　しかくは
こたえます。
「きみは　なんだって　どうでもいいんだ

ほんとうは　きみは　しかくいトーストを
たべるべきだとおもうけどね」
と　さんかくは　いいます。
そして　ふたりで　コーヒーを
はんぶんずつのんで
「ごちそうさま」と　くちをそろえて
いいました。
さんかくは　ぶりぶりしながら　とだなに
おさらを　かたづけます。
そして　かどを　とだなに　ぶつけます。
「ほんとうに　さんかくは　つらいんだ
さむいのが　おわったら　こんどは
いたいんだから」
いちにちじゅう　ぶりぶりおこりながら
さんかくは　あっちに　ぶつかり　こっちに
ぶつかって　うちのなかを　かたづけます。
しかくは　じっと　おとなしくしています。
そして　よるになりました。

さんかくは「ああ　つかれた」と　いって
しかくのうえに　とびのって　ねむりました。

つぎのひの　あさ　さんかくは「ギャアー」と
さけびました。
さんかくは　しかくから　ころげおちて
ころころころころ　かべまで
ころがってしまったのです。
しかくが　おどろいて　めをさまして
いいました。
「きみ　まんまるくなっているよ」「なんだって
まんまるだって？」
さんかくは　しかくのほうに　いこうとしました。
まんまるになった　さんかくは　ころころころと
しかくのところに　いき　はねかえって
ころころころと　とだなに　ぶつかり　また
ころころころと　とぐちのほうへ
ころがってしまいました。

「ぼく　さんかくで　いい　さんかくが
いいんだよう」
と　さんかくは　どなりました。
そして　また　ころころと　しかくのところまで
ころがってきて　とまりました。

さんかくは　べったりと　しかくに
しがみつきました。
「きみ　もう　さんかくに　なっているよ」
しかくが　いいました。
さんかくは　しかくのうえに　よじのぼり
「もういっかい　ねむらしてくれ」と
いいました。

4　まっすぐなせんとぐにゃぐにゃのせん

まっすぐなせんと　ぐにゃぐにゃのせんが
いっしょに　すんでいました。

まっすぐなせんは　ピンピンに　はりきって
いつでも　せっせと　はたらきます。
ぐにゃぐにゃのせんは　ズルズル　だらしなく
おとを　たてて　ファーファーと　あくびを
しながら
「あんた　そんなに　はりきらないでよ
みているだけで　つかれちゃう」と　いいます。
まっすぐなせんは
「どいて　どいて　じゃまですよ　じゃまですよ」
と　キンキンごえを　はりあげて
まっすぐなからだで　ベッドと　まくらを
けとばしながら　まっすぐにして　いすと
テーブルも　キンキンと　けっとばし
まっすぐな　ものほしざおに　とびのって
「まっすぐかしら　まっすぐかしら　いいかしら
いいかしら
すきまはないかしら　すきまはないかしら」

と　ぐにゃぐにゃのせんに　ききます。
と　ぐにゃぐにゃのせんは　こんがらがりながら
「かんぺき　かんぺき　ファーファーファー」
にわに　でてきます。
「あんた　すこし　やすんだら
てんきもいいし　ここに　こんがらがって
ひるねしようよ」
と　こんがらがったまんま　ねむってしまいます。
まっすぐなせんは　ぐにゃぐにゃのせんの
かたほうを　じぶんに　ひっかけて　ピンピンと
はしり
「いちにち　いっかいくらい
しゃっきりしてちょうだい」
と　どなりつけ　ぐにゃぐにゃのせんを
じぶんとおなじ　まっすぐなせんに
してしまいます。

「ほんとうは　あんただって
わたしとおなじくらい　すてきなのよ
ほらほら　ごらんなさい」
まっすぐなせんは　まっすぐになった
ぐにゃぐにゃのせんの　よこに　ぴったりと
くっついて　ほんとうに
まっすぐになったかどうか　しらべようとします。
「やめて　やめて　きゅうくつなのよ」
ぐにゃぐにゃのせんは　おなかを
ぐにゃりとさせて　なみだを　こぼし
ぐにゃぐにゃと　みみずのように
うごきだしてしまいます。
「わたし　あんたみたいな　だらしのないひと
だいきらい
でていってちょうだい　がまんならないわ」
「いいわよ　わたし　ぐにゃぐにゃがっこうに
いくわ」

ぐにゃぐにゃは　ぐにゃぐにゃがっこうに
いきました。
ぐにゃぐにゃがっこうは　もう
ぐにゃぐにゃだらけです。
じぶんかとおもえば　ちがうぐにゃぐにゃ
ちがうぐにゃぐにゃかとおもえば　じぶん
どこからどこまでじぶんか　わからないのです。
ぐにゃぐにゃがっこうは
「わたしは　どれ　わたしは　どれ」
と　みんなが　こんがらがっているのです。
そして　おおきな　けいとのたまのように
なってしまいました。

まっすぐなせんは
「フン　わたしだって　ピンピンがっこうに
いきますからね」
と　いって　ピンピンがっこうに　いきました。
ピンピンがっこうに　いくと　ピンピンのせんが
ぶつかりあい　けとばしあい
「ならんで　ならんで　ならびましょう」
「ならんで　ならんで　ならびましょう」
そして　みんなが　ぴったりならぶと　もう
ピンピンのせんは　まっしかくの
ひらたいかみのように　なってしまいました。
まっすぐなせんたちは
「わたしは　どこ」「ここは　だれ」
「わたしが　いない」「あなたも　いない」
と　いって　みんな　なきだしてしまいました。

ピンピンは　いえにかえる　とちゅうで
ぐにゃぐにゃに　あいました。
ふたりは　だまって　ベッドに　あがり
まっすぐなせんは　ピンピンになって　ねむり
ぐにゃぐにゃのせんは　まっすぐなせんに
からみついて　ねむりました。

つぎのひ　めがさめると
ぐにゃぐにゃは「ファーファー」と　いい
ピンピンは「どいて　どいて　じゃまですよ」
と　いいながら　せっせと　はたらいていました。

サンタクロースはおばあさん

クリスマスが　ちかづくと、
かみさまは、
はりがみを　おだしになります。

サンタクロース募集
トナカイ運転できる人。
55才いじょう。
めんせつ　12月24日
ばしょ　神さまのところ

クリスマスイブの　ひ、かみさまの　いえの
もんの　まえに、たくさんの　ひとが
ぎょうれつします。

むかし、プロレスラーだった　ひと、かいしゃの
しゃちょうだった　ひと、オペラかしゅだった
ひと、バスの　うんてんしゅだった　ひと、
ルンペンだった　ひと、おさかなやさんだった
ひと。
その　なかに　ひとりだけ、おばあさんが
まじっていました。
みんなは　おばあさんを　みると、おおきな
こえで　わらいました。

かみさまは、おばあさんを　みると
びっくりして、
「なにか　おまちがえでは。
わたくしは　サンタクロースを
ぼしゅうしているのだが」
と、おっしゃいました。
「もちろん　サンタクロースですわ」
おばあさんは　おおきな　こえで　こたえます。

「かみさまは　おっしゃっているではありませんか。
ひとは　みな　びょうどうであると。
サンタクロースは　おとこだって、だれが
きめたんですの」

かみさまは　うでぐみを　して
かんがえこんでしまわれました。
「サンタクロースは　じゅうろうどうです。
いちねんの　しごとを　ひとばんで　するのです。
ひとりひとりの　こどもが　なにを
ほしがっているのか、
わからなくてはなりません」
「なんでも　ありませんわ。
おとこの　サンタクロースでも　まぬけな
ひとが　いましたわ。
まごむすめに　きかんしゃを　もってきた
ひとが　いましたもの」

おばあさんは、ふろしきから　あかい　ぼうしを
とりだして、さっさと　サンタクロースの
ようふくを　きてしまいました。

ぎょうれつしていた　ひとたちは、すっかり
かんしんしてしまいました。
「かみさま、いいじゃないですか。
なんだって　さいしょは　だれかが
やるんでさあ」
と、むかし　バスの　うんてんしゅだった
ひとが　いいました。
しばらくして　かみさまは、
「そうかも　しれない」
と、おっしゃいました。
「まあ、それでこそ　かみさまですわ」
おばあさんは、いちばん　おおきな　ふくろを
ずるずる　ひきずってきました。

かみさまの　にわには　トナカイが　すずを
つけて　まっていました。
おばあさんは　その　なかで、いちばん
りっぱな　つのを　はやした　トナカイに
のりこみました。
ベテランの　サンタクロースは、
「これは　きが　あらくて、サンタクロースを
ふりおとすんだよ。
こっちの　おとなしい　トナカイは　どうかね」
と、いいました。
「おや　そう、ちっとも　かまわないわ。
せっかく　サンタクロースに　なるのだもの、
いちばん　りっぱなのが　いいわ」
おばあさんは　いいます。

かみさまは　せいぞろいした　サンタクロースの
まえで、せかいじゅうの　こどもたちの　ために、
おいのりを　なさいました。

トナカイは　いっせいに　すずを　ならして
はしりだしました。
いちばん　さきに　とびだしたのは、
おばあさんの　サンタクロースでした。
たづなを　もった　おばあさんの
サンタクロースは、ふりおとされそうになって
あっというまに　みえなくなりました。
かみさまは　ためいきを　ついて、おばあさんの
ために、もういちど　おいのりを　なさいました。

おばあさんの　サンタクロースは　まちに
つくと、おおいそぎで　かたっぱしから
えんとつに　もぐりこみます。
そして　えんとつから　はいだしてきます。
「どうだい、だいじょうぶかい」
やねの　うえで　であった　ベテランの
サンタクロースが　しんぱいそうに
ききました。

「わたし、うまれつき
サンタクロースだったみたい。
わかるのよ」
「なにが　わかるんだい」
あっというまに　おばあさんは　トナカイと
いっしょに　みえなくなりました。

「わたし　わかるのよ。
このこ、バスじゃなくて　きしゃが　ほしいのよ。
あおい　きしゃが　ほしいのよ。
わたし　わかるのよ。ほんとに　ふしぎ」
おばあさんは、たくさんの　えんとつに
もぐりこみ、たくさんの　えんとつから
はいだしてきました。

まちはずれに　いっけんの　いえが　ありました。
おばあさんは　はやしの　なかに　トナカイを
つなぐと、そうっと　まどに

ちかづいてきました。
ひとりの　おんなのこが　あかい　くつしたを
さげて　ぐっすり　ねむっていました。
「まあまあ、すっかり　おおきくなって。
ようやく　おまえに　あいに　こられたわ。
てんごくに　いってから　ずっと　ずっと
かんがえてたんだよ。ちょっとした　もんだろ」
おばあさんは　じっと　おんなのこの　かおを
みていました。
「あら　そう、そうだったの。わかったわ」

おばあさんは、おおいそぎで　うらの
ものおきに　はいると、ごそごそ　なにかを
さがしていました。
「あったわ、こんな　ところに　あったわ」
おばあさんは、かたてと　かたあしが
ぶらぶらになった　にんぎょうを　もって
はやしの　なかに　はいっていきました。

「てんごくから　もっと　きれいな　あたらしい
にんぎょう　もってきたのに。
でも　わたし、わかっちゃったんだもの、
しかたがないわ」
おばあさんは　いっしんふらんに、こわれた
にんぎょうを　なおしています。
「わかっちゃったんだもの、しかたがないわ」
あばれものの　トナカイが、まちくたびれて
そらへ　かけあがったのにも
きがつきませんでした。
ひがしの　そらが　すこし
あかるくなりはじめました。

すっかり　プレゼントを　くばりおえた
トナカイと　サンタクロースが、かみさまの
いえの　ほうに　むかって　はしっていきます。
「どうして　あんな　ところに

かみさまは　ひとりひとりに　こえを　かけます。
おばあさんの　サンタクロースの　まえで、
かみさまは　かなしそうな　かおを
なさいました。
おばあさんの　ふくろの　なかに　プレゼントが
ひとつ　のこっていたからです。
「はじめの　うちは　こんなもんですよ。
そのうち　だんだん　おぼえますさあ」
ベテランの　サンタクロースたちが、くちぐちに
いいます。
「そうですわ、だんだん　じょうずに
なりますわ。
でも　あのこ　とっても　げんきでしたの」
かみさまは　くびを　ふりふり、
「けがが　なくて　なによりだった」
と、あばれものの　トナカイを　なでながら
おっしゃいました。

たっていたんだい」
ベテランの　サンタクロースは、おばあさんの
「ちょっと　わけが　あってね。でも　もう
サンタクロースに　ききます。
きが　すみましたわ、
とっても　げんきでしたもの」
「そうかい。あんたは　かみさまの　ところに
きて　まもないんだね。おれの　まごなど、
おれと　いっしょに　サンタクロースを
やってるもんな。
もう　だれも　しっている　こどもなど
いなくなってしまったよ。だから　ベテランって
わけだ」

あかるくなった　かみさまの　にわに、
つぎつぎに　サンタクロースが
かえってきました。
「ごくろうさん、ごくろうさん」

クリスマスの　あさに　なりました。
「みてみて、おかあさん、
おばあちゃんの　にんぎょうが　はいっていたわ。
すっかり　けがが　なおっているわ。
なくなったと　おもっていたら、
にゅういんしてたのね。
サンタクロースって　なんでも
しっているんだわ。
わたし　ゆうべ、おいのりしたの、
おばあちゃんの　おにんぎょう　ください、
あの　おにんぎょう　くださいって」
はやしの　なかから、おんなのこの
うれしそうな　こえが　しました。

プロコフィエフのピーターと狼

とってもお天気のよい朝のことでした。
ピーターは、元気よくおきました。
庭からまきばにでる木戸があります。
おじいさんは、「まきばにでてはいけないよ、
おおかみがくるからな」と、まい日ピーターに
いってました。

ピーターは、そうっと庭へでて、そうっと木戸を
あけると、まきばにとびだしてゆきました。
まきばのまんなかに、大きな木がたっています。
木のなかには、ことりがいます。そして、
「おはようピーター、おはようピーター」と、
ないて、ピーターのまわりをクルクルまわります。

あけっぱなしにした木戸から、あひるがでっかいおしりをふりふりでてきました。

あひるは、まきばの池でおよごうと、おもったのです。

あひるをみつけたことりは、あひるの目のまえにとんできて、はねをぱたぱたさせながら、

「あひるのおばさん、どうして、地ベタをドタドタあるくの。はねがあったら、とべばいいのに」と、いうと、スーッと空たかくとびあがってゆきます。


「ふん、およげないくせに」と、いうと、あひるは、ドボンと池のなかにとびこみ、すいすいと、きもちよさそうにおよぎました。

「とんでみなさいよ」

「およいでごらん」

それを見ていたものがあります。


ねこです。

ねこは音もなく、そろーりそろーりあるいてくると、「ふっふっふ、おっちょこちょいのことりめ。おれさまの朝めしにしてやるぞ」

「ねこだ!!」と、ピーターがさけびます。

ことりは、すいーと木のうえににげました。

おじいさんは、木戸があいているのを見るとかんかんにおこりました。

「ピーターのばかめ」

おじいさんは、ピーターをずるずるひきずって庭の木戸のかぎをガチャンとかけて、

「なんどいったらわかるんだ。おおかみがでてきたらどうするんだ」と、どなりました。

「でてこないかもしれないよ」と、ピーターはこたえます。

でも、ほんとうにおおかみはいたのです。

ねこはあわてふためいて、ことりをたべることもわすれ、木にかけあがりました。

「おおかみだあ、おおかみだあ」

あひるも、「たいへんだあ、たいへんだあ」と、池からはいだしてしばふのうえを、にげまわりました。

「たすけてえ、たすけてえ」

池のなかにいればよかったのに。

おおかみは、でっかい口をあけてまっかなしたをひらひらさせて、あひるをのみこんでしまいました。

たったひとくちで。

おおかみは、あひるをのみこんだぐらいで、まんぞくしません。

ギザギザの歯をむきだして、ねこもことりもたべてやろうと、木のまわりを、ぐるぐるまわります。


ことりは木のてっぺんで、ねこは、枝のしげみのなかで、ぶるぶるふるえていました。

庭のなかからピーターは、このようすを、すっかり見ていました。

「ほんとうにおおかみだ」


ピーターは、家のなかにかけこむとふといロープをもちだし、石垣にとびあがりました。

ピーターは、石垣のうえまでのびてきていた枝をつかむと、木にとびうつりました。そして、ロープをしっかり、ふとい枝にむすびつけると、しずかに枝をはってゆきました。

ピーターは、ことりのそばまでゆくと、「きみは、おおかみのあたまのうえをとびまわるんだ。きみにははねがあるけど、おおかみは足しかないんだからね」と、そっといいました。

「わかった、ピーター」

ことりは、さっととびたつと、おおかみのはなのさきを、くるりくるりとまわったり、くびのうらをとびまわりました。

おおかみは、はらをたてて、めちゃくちゃにことりをおいかけます。

でもことりは、それはじょうずに、とびまわったのです。


そのあいだに、ピーターはロープをわにしてそっと、地面におろし、おおかみのしっぽがロープのまんなかにくるのを、じっとまっていました。

とうとうしっぽが、わのまんなかにきたとき、ピーターは、「えいっ」と、ロープをひっぱりあげました。

おおかみは、ちゅうづりになったまま、大あばれします。あばれれば、あばれるほど、ロープはおおかみのしっぽに、くいこんでゆきます。

ピーターは、しっかりとロープを木にしばりつけることができました。


そのとき、かりうどたちが、おおかみのあとをおって、森からでてきました。

「うたないで、うたないで、ぼくがつかまえたの」

ピーターは、かりうどたちに大声でさけびました。

ことりもとくいになって、さけびました。

「わたしがてつだったのよ、わたしがてつだったのよ」

ねこはですって？　ねこはただ、ぶるぶるふるえていただけでしたけれどね。


見てください、このぎょうれつを。

ピーターが、せんとうでさけんでいます。

「動物園にいくんだよ。もうまきばに、おおかみはでてこないよ」って。

ぎょうれつのいちばんあとを、おじいさんがぶつぶついっています。

「でていくなっていったのに。いやしかしたいしたもんだ、おおかみなんかつかまえやがって。でもおれは、でてゆくなっていったんだ。いやいやたいしたもんだ」


でも、よーくきいて。

あひるが、おおかみのおなかのなかで、さわいでいるのが、きこえますか。

「なんて、くらくてせまいところなの。でも、となりのあひるにじまんしてやるわ、〝あなた、おおかみのおなかにいったことある?〟って」

ねこ いると いいなあ

「ねー おかあさん、ねこ ほしいよう」

と、わたしは おかあさんに いった。

もう 100まんかいも いった。

「だめ」おかあさんは 100まんかいも いった。

「だめ、だめ、だめ、だめ」

あ、100まん3かい。

「おかあさんの ごうじょう」

わたしは どなった。

「どっちが」

おかあさんは へいきなかおをして
おせんたくに いった。

おかあさんは　へいきなかおをして、おつかいに
いった。
わたしは、なんにも　することが　なくなった。
ねっころがって、「ねこ　いると　いいなあ」と
ちいさいこえで　いった。

どこかで「ニャー」と、
ねこの　ちいさいこえがした。

わたしは、みみをすました。
そして、そうっと　まどをあけて、にわをみた。
ねこなんか　いなかった。
つまんないなあ。
「ねこ　いると　いいなあ」と、
わたしは、さっきより　すこし
おおきなこえで、いった。

「ニャー」と、
また　ねこのこえがした。
わたしは、げんかんから　くつをはいて、
にわじゅうを　たんけんした。
どこにも、ねこなんか　いなかった。
「ねこ　いると　いいなあ」
わたしは、にわのなかで、
ひとりで　ちゅうぐらいのこえで　いった。

「ニャー」と、
また　ねこのこえがした。

わたしは、みみをすまして、じいーっと
たっていた。
しーんと　していた。
やっぱり　きのせいだ。
「ほんとに、ねこ　いると　いいなあ」と、
わたしは　もう　いっかい　そうっと　いった。

「ニャー」
また　ちいさい　ねこのこえがした。
わたしは、じっと　みみをすました。
しーんと　している。

「ねこ　いると　いいな」

「ねこ　いると　いいな」

「ねこ　いると　いいな」

「ニャー」「ニャー」「ニャー」

あれ？　あれ？　あれ？


「ねこ　いると　いいな」

「ニャー」

「ねこ　いると　いいな」

「ニャー」

「ねこ　いると　いいな」

「ニャー」


そうだ、えをかこう。

まっしろなねこを、いっぴき　かいた。

「ねこ　いると　いいなあ」

「ニャー」

それから、しましまのねこを、もう　いっぴき
かいた。
「ねこ　いると　いいなあ」

「ニャー」「ニャー」

にひきは、おはなし　している。

「ねこ　いると　いいな、いいな」
わたしは　うたいながら、まっくろなねこを
かいた。

「ニャー」「ニャー」「ニャー」

そして、さんびきは、けんかを　はじめた。

ニャーニャーニャー

びっくりしているうちに、かってに、
ぶちのねこも、みけのねこも、でてきて、
めっちゃくちゃに　けんかをする。

ニャーニャーニャーニャー
ニャーニャーニャーニャー

わたしは、わーわー　ないた。
だって、わたしに
かみつく　ねこも　いるんだもん。
あかちゃんうむ　ねこも　いるんだもん。
へやじゅう、ねこだらけ　なんだもん。

「ねこ　どっか　いけ、どっか　いけ」
わたしは、なきながら　どなった。

わたしは、はだしで　そとへ　とびだして、
なきながら　はしった。

「おかあさーん、おかあさーん」

「おかあさーん、おかあさーん」
おかあさんが　みえた。
「どうしたの、どうしたの」
おかあさんは、ぜんぜん、へいきなかお
してなかった。
「どうしたの、どうしたの」といいながら、
おかあさんは、ぎゅうっと、わたしを
だきしめた。

うちに　はいるとき、わたしは

「ねこ　みんな、どっか　いけー」と、どなった。
「もう　だいじょうぶだよ」と、わたしは
おかあさんに　いった。
「へんなこね」と、おかあさんは　いって、
わらった。

「わたし、ねこなんか、いなくても　いいよ」と、
わたしは　おかあさんに　いう。
「そう」おかあさんは　へいきなかおをして、
おりょうりを　つくっている。

でも、いっぴきだけなら　いいかなあ、
とおもって、いっかいだけ　いうの。
「ねこ　いると　いいなあ」って。
そして、まっしろいねこかいて、あそんでいる。

わたし　クリスマスツリー

山のふもとの　ぞうきばやしの中に、
1本の　もみの木が　立っていた。
年とった木が、空から　もみの木に　いった。
「おまえが　こんな　りっぱな　もみの木に
なるなんて。
めがでた　年は、みんなで
しんぱいしたものだった。」
「おじいさん、いつまで　こんなところに
いるの。」
もみの木は　空を見上げて　いった。
「木というものは、しっかり　根をひろげて、
たおれるまで　そこに　いるものだ。」
年とった木が　いった。

どんぐりの　おばさんは　いった。
「わたしの実が　おちると、
ほら、りすの一家は　冬を　こせるのよ。」

「わたしは　いやよ。わたしはね、
クリスマスツリーに　なるの、きれいな町で。」
赤い実を　つけた　つる草は　いった。
「ちょっと　えだを　かしてちょうだい。」
「だめよ、わたしに　からみつかないで。
わたしは、いかなくちゃ　ならないの。
わたしを　さがしに　町の人が　やってくるわ。
ことしこそ　やってくるのよ。」
小鳥たちが　すを　つくろうとした。
「だめよ、だめよ。
わたしは　クリスマスツリーに　なるの、
きれいな町で。」

遠くを　かもつれっしゃが
ガタゴト　通りすぎてゆく　音が　きこえた。
毎日　もみの木は　身をのりだして
耳をすましていた。
「ねえ、だれか　見てきて、かもつれっしゃを
見てきて。」

かけすが　とんでいって、かえってきて、いった。

「りんごを　のせた　れっしゃが　いったよ。」

「もうすぐね、もうすぐだわ。」


ある日、また　もみの木は　さけんだ。

「見てきて、見てきて　ちょうだい。」

かけすが　とんでいって、かえってきて、いった。

「大麦を　のせた　れっしゃが　いったよ。」

「もうすぐだわ、もうすぐなのよ。

わたしは　きれいな町で　クリスマスツリーに
なるの。」

ある日、かけすが　とんできて　いった。
「もみの木を　のせた　れっしゃが　いま
走ってゆくよ。」
「あーあーあー、おいてゆかないで、
おいてゆかないで。
わたしを　きれいな町に　つれてって。」

もみの木は、力まかせに　根っこを　土から
ひきぬいた。
そして、かもつれっしゃの　走っていった
ほうに　むかって、いちもくさんに　かけだした。
「あー、いっちゃだめ、いっちゃだめ。」
みんな　いっせいに　さけんだ。

おかを　こえて、野原を　つっきって、
もみの木は　走った。
「わたしは　クリスマスツリーに　なるの。」

山のてっぺんを　走り、つぎの　山のてっぺんも
走った。
「わたしは　クリスマスツリーに　なるの。」

ようやく　もみの木は、駅の　あかりが　見える
ところまで　きた。
「わたしは、わたしは、クリスマスツリーに
なるの。」

駅に　ついたとき、駅長さんは　あかりを
けして、もう　ねていた。
ホームに　よじのぼって、もみの木は　おいおい
ないた。
「わたしは　きれいな町で　クリスマスツリーに
なるの。」
雪が　ふってきた。

なきつかれた　もみの木は、

とぼとぼ　もときた　道を　もどっていった。
雪は　どんどん　ふりつづいた。
まっしろな　おかを　こえ、野原を　こえて、
もみの木は　根っこを　ひきずって
歩いていった。

雪は　ぞうきばやしにも　ふりつづいた。

遠くから　もみの木が　歩いてくるのを
みんなが　みつけた。

「おーおー、あそこを　歩いてくるのは、
もみの木じゃないか。」

「もどってきたんだ。」

「あー、しんぱいしていたのよ。」

みんなは　口口（くちぐち）に　いった。

もみの木は、自分が　立っていた　ところに、
根っこを　つっこんだ。

年とった木は、空から　さけんだ。

「しっかり　土に　根を　いれるんだ。」

もみの木は　まだ　ないていた。

雪が　ふりやんだ。
「なかないで。」
赤い　つる草は、そうっと　もみの木を　なでて、
からみついた。
りすは、金色の　どんぐりの実を　もみの木に
わけてやった。
小鳥たちは、
「ここで　たまごを　うませてね。」
といった。
いちばん　大きな　星が、
もみの木の　てっぺんで　かがやいた。

「きみは　すばらしい　クリスマスツリーだよ。
見たこともない　すてきな
クリスマスツリーだ。」
年とった木は、空から　ささやいた。

たくさんの　どうぶつたちが　あつまってきた。
「ぼくたちの　クリスマスツリーだ。」
「わたし、クリスマスツリーに　なるために
うまれてきたの。」
もみの木は　小さい声で　いった。
みんなは　しずかに　クリスマスのうたを
うたった。
もみの木も　しずかに　うたを　うたった。

うまれてきた子ども

うまれたくなかったから　うまれなかった
子どもが　いた。
うまれなかった　子どもは、まい日
そのへんを　うろうろしていた。うちゅうの
まんなかで　星の　あいだを　あるきまわった。
星に　ぶつかったって　いたくない。
太陽の　そばに　いったって　あつくない。
なにしろ　うまれなかったんだから、
かんけいない。

ある日、うまれなかった　子どもは、
ちきゅうに　やってきた。どんどん
あるいていった。

の　こえ、やま　こえ、あるいていった。
ライオンが　でてきて　ウォーと　ほえた。
こわくなんかない。
カが　とんできて　さした。かゆくない。
うまれてないから　かんけいない。
トマトの　はたけを　とおって、さかなの
いる　かわを　わたって、どんどん　あるいた。

いぬが　一ぴき、うまれなかった　子どもの
においを　くんくん　かいで、どこまでも
ついてきた。うまれなかった　子どもを
べろべろ　なめた。ぜんぜん
くすぐったくなんかなかった。
うまれてないんだから　かんけいない。

まちに　ついたら、ひとが　ごちゃごちゃ
あるいていた。
しょうぼうじどうしゃが　はしっていた。

おまわりさんが　どろぼうを　つかまえていた。
パンやさんから　パンの　においが
してきたけど、うまれてないから
たべたくもない。
うまれなかった　子どもは、まちの　ひろばに
すわって、かんけいないものを　じろじろ
ながめていた。

ひろばに　いぬを　つれた　おんなの子が
やってきて「こんにちは」と、
うまれなかった　子どもに　あいさつを　した。
かんけいないから、うまれなかった　子どもは、
「こんにちは」なんか　いわないよ。

うまれなかった　子どもの　そばに　いた
いぬが、「わんわん」と、おんなの子が
つれている　いぬに　ほえた。
「やめて　やめて」と　おんなの子は　さけんだ。

二ひきの　いぬは、「わんわんわん」と、
ほえあって　けんかを　はじめた。
うまれなかった　子どもは、じろじろ
ながめていた。
かんけいない。
うまれなかった　子どもに　ついてきた
いぬは、おんなの子の　おしりに　かみついて、
足にも　かみついた。

それを　みて、おんなの子の　いぬは、
うまれなかった　子どもの　うでや　足に
かみついた。
うまれてないから　いたくない。

「おかあさーん、
　おかあさーん」

おかあさんが　とびだしてきた。
「いたいよう」おんなの子は　さけんだ。
「だいじょうぶ」おかあさんは　いった。
そして　おんなの子を　おいかけてきた
いぬを、ぼうで　ゴツンと　たたいた。いぬは
すごすごと、うまれなかった　子どもの　そばに
もどり、しっぽを　まるめて　しょんぼりと
すわった。

かんけいないけど　うまれなかった　子どもは、
おんなの子の　あとを　すたすた　ついていった。
おんなの子の　おかあさんは、おんなの子を
きれいに　あらって、くすりを　つけて、
おしりに　バンソウコウを　ペタリと　はった。

うまれなかった　子どもは、バンソウコウを
ペタリと　はりたくなった。
「バンソウコウ　バンソウコウ」と、

うまれなかった　子どもは　さけんだ。
うまれなかった　子どもは　うまれた。
「おかあさーん」

うまれた　子どもは、足と　うでが　いたくて
ないていた。「おかあさーん、いたいよう」
おかあさんが「だいじょうぶ、だいじょうぶ」と、
はしってきた。うまれてきた　子どもを
しっかり　だいて、きれいに　あらって、
くすりを　つけて、うでに　ペタリと
バンソウコウを　はりつけた。
「ばんざーい」うまれてきた　子どもは、
おかあさんに　だきついた。
おかあさん、やわらかくって、いい　におい。

それから　パンの　においを　かいだ。
「ぼく　おなか　すいた」
と　いって、パンを　むしゃむしゃ　たべた。

さかなを　みて、おいかけて、カに
くわれると　かゆかった。
かぜが　ふくと　ゲラゲラ　わらった。

ひろばで、うまれてきた　子どもは、
むこうから　くる　おんなの子に　手を
あげて　さけんだ。
「ぼくの　バンソウコウのほうが　大きいぞう」

よるに　なると、うまれてきた　子どもは、
ねまきを　きて、おかあさんに　いった。
「もう、ぼく　ねるよ。うまれているの
くたびれるんだ」
おかあさんは　わらった。
そして、うまれてきた　子どもを　しっかり
だいて、おやすみなさいの　キスを　した。
うまれてきた　子どもは、ゆめも　みないで
ぐっすり　ねむった。

ぺこぺこ

「おとうさん、おはなしして」

「どんな　おはなし？」

「ぺこぺこしたやつ」

「ではね、むかしむかし　あるところに、
おうさまがいた。そのおうさまは、ちっとも
いばらなかった。まいにちおきると、
おきさきさまに　ぺこぺこ、けらいに　ぺこぺこ、
にわのくじゃくにも　ぺこぺこ」
「ちょっと　ぺこぺこが　ちがうんだけど」
「ちがうのかい？」
「うん、ぼくが　カンけりしたら、カンが
ぺこぺこになっただろ、ああいうやつ」
「まだ　ぺこぺこのつづきがあるのさ」
「さて　あるひ、おうさまは　ごはんを
たべていた。
おうさまは、ぺこぺことコックに　おじぎした。
おさらのうえのさかなに　ぺこりと
あたまをさげて、〈いただかせていただきます〉と
さかなを　たべはじめた」
「あのさあ、おうさまがぺこぺこすると、
おきさきさまはどうなるの？」
「そりゃあ、きまっているだろ。おうさまが
ぺこぺこすると、おきさきさまは
いばりんぼになって、〈ふん〉というのさ。
けらいも〈ふん〉、さかなも
〈ふん、くいたきゃくえ、ふんだ〉という。
そのとき、だいじんが　どたどたはいってきた。
〈たいへんだ、たいへんだ、これをみろ。

めしくってるばあいじゃないぞ〉と　いっつうの
てがみをもってきた。

ぺこりとだいじんに　おじぎをすると、
おうさまは　てがみをよんだ。
〈いますぐ、せんそうをする。
せんそうをして、おまえのくにを　わしのものに
するぞ、えっへん〉とかいてあった。
おうさまは、あわてずさわがず、
さかなを　きれいにたべると、
ぺこぺこと　ほねにむかって　あたまをさげた。

だいじんは、そのあいだに　たいちょうを
よびつけ、〈せんとうじゅんび　はじめ〉
とどなった。
たいほうは　おしろのやねのうえに
ずらりとならんで、うまも　おしろのにわに
ぞろりとならんで、へいたいも

てっぽうをもって　にれつに　ならんだ。

おうさまは　ゆっくりと　かがみのまえで、
よろいとかぶとをかぶって、かたなももつと、
かがみにむかって　ぺこりとあたまをさげた。
そしてゆっくり、おしろのとうのうえにのぼって、
ぼうえんきょうで　とおくを　ながめた。
とおくから　つちけむりをあげて、いさましく
となりのくにの　ぐんたいがやってきた。

おうさまは　たいちょうにむかって
〈いつものように　ぺこぺこたたかうのだ〉
とさけんだ。たいちょうは　へいたいとうまに
むかって〈ぺこぺこ！　ぺこぺこ！　わかったか
ぺこぺこだ〉とさけんだ。
〈おう〉とへいたいは　いさましくこたえた。
となりのくにのぐんたいは、
おしろをとりかこんだ。

そして　いっせいに、たいほうとてっぽうを
うってきた。
こちらの　たいほうのたまは、いきおいよく
ぶっとぶと、てきのまえで　ぺこりとおっこちる。
へいたいは　ぺこりぺこりとあたまをさげて、
ぺこんとじめんにはいつくばる。

となりのくにのたいほうは、おしろのうえに
どかんどかんと、はなびのようにうちあがったが、
おしろも　ぺこりとおじぎをするので、どこにも
あたらない。

にわの　きだって、てっぽうのたまが
とんでくると　ぺこんと　おじぎをするので、
このはいちまい　おちなかった。

となりのくにのぐんたいは、すっかり　たまを
つかいはたしてしまった。

おうさまは、あたりがしずかになると、ゆっくり
とことこ　となりのおうさまのまえにゆくと、
ぺこりとあたまをさげて
〈ごくろうさんでした。おつかれでしたね〉ぺこり、
〈わたしたちも　つかれました。
おしょくじを　いっしょに　しましょう〉
といった。
となりのおうさまは　〈えへん〉といって、
〈ごちそうになってやろう〉と、
おしろのなかに　はいってきた。
そしてみんなで、おおごちそうをたべた。

となりのおうさまは、いばっていった。
〈われわれの　へいたいは、ひとりもけがにんが
でなかった。わがくには　せんそうが
せかいいちうまいのだ〉
おうさまは　ぺこりとあたまをさげて

〈ほんとうに　よかった〉としずかにいった。

となりのおうさまは、おきさきさまにむかうと、
〈なんとうつくしい　おくがただ。
これをさしあげよう〉
とたまごぐらいの、ダイヤモンドのネックレスを
さしだした。となりのおうさまと　ぐんたいは、
うたをうたいながら　かえっていった。

おきさきさまは、おうさまのくびにかじりついて
〈あなたって　すてき、ふんだ〉といって
キスをしたのさ」
「それから？」
「それから　おきさきさまは、ころがっていた
コーラのカンを〈ふんだ〉といってけとばした」

「それから？」
「それからおうさまも　おしろのにわで、
コーラのぺこぺこのカンで、カンけりをして
あそんだ。おしまい」
「ふんだ、おとうさん、ほんとに
カンけりのカンが　ぺこぺこしたはなしだったね」

ねえ　とうさん

もりの　くまの子は、
あさ　おきて　かおを　あらいました。

かあさんは、ホットケーキを　やいています。

「ぼく、6まいね」

くまの子は、いいます。

「だめ、3まいよ」

かあさんは　いいます。

「はちみつ、おさじ　3ばいね」

「だめ、2はいよ」

かあさんは　いいます。

「とうさん、いつ　かえってくるの」

「もうすぐよ。こぶしのはなが　さいたらね」

「あ、ひとつ　さいている。ほらほら」

「あれは、しろいとりよ」

とうとう　こぶしのはなが　さきました。

とうさんが、リュックサックに　ずっしり
ずっしり　おみやげを　いれて、

「ただいま」と　げんかんに　たっていました。

「とうさん」

くまの子と　とうさんは、しっかりと
だきあいました。

そのあと、とうさんと　かあさんは　しっかりと
キスをしました。

それから、とうさんは　ベッドに　はいると、
うごかない　やまのように　なって、ぐっすり
ねむりました。

「ねえ　とうさん、さんぽに　ゆこう」
くまの子は　いいます。
「よしよし」
とうさんと　くまの子は、もりのなかに
むかって　あるきだします。

「ねえ　とうさん、てを　つないでも　いい？」
くまの子は　いいます。
「よしよし」
ふたりは　てを　つないで、もっと　もっと
もりのなかに　はいってゆきます。

「ねえ　とうさん、かたぐるま　してくれる？」
くまの子は　いいます。
「よしよし」
くまの子は　とうさんの　かたのうえで、
にやにや　わらいます。

「ねえ　とうさん、およいでくれる？」
くまの子は　いいます。
「よしよし」
とうさんは　くまの子を　せなかに　のせて、
およぎます。

「ねえ　とうさん、はしが　ながされてるよ」
くまの子は　いいます。
「よしよし」
とうさんは　おおきな　きを　バキッと　おると、
かわに　はしを　わたしました。

「すごい！　とうさん」

「ねえ　とうさん、ぼく、とうさんの子どもで
うれしいよ。すごく　とうさんらしいもの」
くまの子は　とうさんを　みあげて、いいました。
「おれは　ただ、くまらしいだけさ。

くまだからね」
とうさんは、しずかに　いいました。

そのよる、くまの子は　とうさんと
かあさんのあいだで　ぐっすり　ねむりました。

あさに　なりました。
とうさんと　くまの子は　はを　みがきました。
かおも　あらいました。
かあさんは　ホットケーキを　やいています。

「ぼく、3まいね」くまの子は　いいます。
「あら」と　かあさんは　いいます。
「はちみつ、2はいね」
「あら」と　かあさんは　いいます。
とうさんのおさらには　ホットケーキ　6まい。
はちみつを　たっぷり　3ばい　かけます。
「ぼくね、とうさんに　なってから　6まいに
するの」
くまの子は　いいます。
「でも、バターは　たっぷりね。
ぼく、くまらしくならなくっちゃ
いけないんだ」

編者あとがき

刈谷政則（編集者）

この企画が生まれたのは、二〇〇九年頃だったと思う。

その頃、洋子さんは癌の進行が進んでいて、荻窪の自宅のソファの上で横になっていることが多かったのだが、「刈谷、なにか面白い話ない？」という挨拶代わりの台詞は健在だった。そんなある日、めずらしく「私、あんたに頼みたいことがあるんだけど……」と真面目な顔で言ったのである。「私の全童話集って本を作ってくれない」。

それが始まりだった――。

15年の年月を経てやっと実現したのがこの本である。収録作品を選んだ基準は、「子どもから、読める童話」という一点。その結果、長篇・中篇に掌篇を加え、さらに絵本のテキストも収録することにした。絵本テキストに関しては、説明が必要かもしれない。当初は私の構想にはなかったし、もちろん洋子さんの頭の中にもなかったと思われる。しかし、編集担当者が作ってくれた「テキストだけを集めた原稿」を読んで茫然としたのだった。（絵がなくても）実に面白いのである。「絵本」という完成した文学作品が見事なのは言うまでもないけれど、テキストだけを読んでも「童話」として十分楽しめる。これは佐野洋子という類まれな「物語作者」としての資質ゆえのことだと思う。絵本を未読の読者なら完成品を読んでみたいと思うだろうし、既読の読者なら別の自分なりの絵を想像しながら楽しめるはずだ。それから、掌篇童話に関しては初出不明なものがある。佐野洋子作品を何冊も編集した経験がある私にはよく分かるのだが、雑誌に掲載されたご自分の作品を保存整理などしないのが「洋子流」だったから。

最後に、集中の「北京のこども」（初刊の『こども』を改題）という作品には多少の説明を加えたい。この見事な作品の背景についてである。河出書房新社から「文藝別冊」として刊行されたムック『佐野洋子』に、関川夏央による「大陸育ちの文学者、佐野洋子」という文章が収録されている。

以下少しだけ引用してみる。

「佐野洋子は北京で生まれた。伝統的な四合院（しごういん）住宅で裕福な育ち方をしたのは、父親佐野利一が満鉄調査部勤めだったからだ。（中略）利一は中国農村調査（註）に従事するかたわら、北京大学で講義した。満鉄調査部は当時、文化人類学的調査における世界の最先端だった。そのときの調査は一九五〇年代後半、ぶ厚い何巻分かの本にまとめられ、朝日文化賞を受けた。」（＊引用者註　正式調査名は「中国農村慣行調査」）

少女の瑞々しい視点で描かれた傑作にはこのような時代背景があった。

この作品には今は使われることが少ない「支那」や「乞食」という用語が出てくるが、時代背景が日本軍占領下の中国北京であることを考えて原典のままとした。その他の作品にも現在では不適切と思われる語句が含まれているが、もちろん作者に差別意識などはなく、すでに故人であることも考慮してできる限り発表時のままとした。

二〇二五年一月

初出（初刊）と底本　＊を底本としています。

あのひの音だよ おばあちゃん　初刊　フレーベル館　一九八二年　＊再刊　同上（新装版）二〇〇七年

ふつうのくま　初刊　文化出版局　一九八四年　＊再刊　講談社　一九九四年

わたしが妹だったとき　＊初刊　一九八二年　偕成社

あの庭の扉をあけたとき　初刊　ケイエス企画　一九八七年　＊再刊　偕成社　二〇〇九年

金色の赤ちゃん　初刊　ケイエス企画　一九八七年（『あの庭の扉をあけたとき』に併録）　＊再刊　偕成社　二〇〇九年

わたし いる　初刊　童話屋　一九八七年　＊再刊　講談社文庫　二〇〇二年

みちこのダラダラ日記　＊初刊　理論社　一九九四年

おとうさん おはなしして　初刊　理論社　一九九九年　＊再刊　同上（新装版）二〇一三年

はこ　＊初出　光村図書出版「飛ぶ教室　FINAL　創作特別号」一九九五年

白いちょうちょ　＊初出　財団法人教育設備助成会「月刊ベルマーク」一九七七年

おばあさんと女の子　＊初刊　筑摩書房『佐野洋子 とっておき作品集』二〇二一年（初出不明）

釘　初刊　光文社『ふたつの夏』所収（谷川俊太郎との共著）一九九五年　＊再刊　小学館　二〇一八年（初出は中央公論社「海」臨時増刊号〈子どもの宇宙〉一九八二年）

いまとか あしたとか さっきとか むかしとか　＊初刊　筑摩書房『佐野洋子 とっておき作品集』二〇二一年（初出は新潮文庫『新潮現代童話館1』一九九二年）

北京のこども　初刊　リブロポート『こども』一九八四年　＊改題再刊　小学館　二〇一六年

あっちの豚 こっちの豚　初刊　小峰書店　一九八七年　＊再刊　小学館文庫　二〇一六年

やせた子豚の一日　＊初刊　小学館文庫　二〇一六年（『あっちの豚 こっちの豚』に併録）

ぼくの鳥あげる　初刊　フレーベル館　一九八四年　＊再刊　幻戯書房　二〇一九年

もぞもぞしてよ ゴリラ　初刊　白泉社　一九八八年　＊再刊　小学館文庫　二〇一五年

あかちゃんのかみさま　＊初出　福音館書店「母の友」9月号　一九八六年

ぼく知ってる　＊初出「MESSAGE FROM TOKYO」一九八七年

スパイ　＊初出不明

かってなクマ　＊初刊　筑摩書房『佐野洋子 とっておき作品集』二〇二一年（初出不明）

おじさんのかさ　初刊　銀河社　一九七四年　＊再刊　講談社　一九九二年

だってだってのおばあさん　初刊　フレーベル館　一九七五年　＊再刊　同上（新装版）二〇〇九年

わたしのぼうし　初刊　ポプラ社　一九七六年　＊再刊　同上（新装版）二〇二三年

おぼえていろよ おおきな木　初刊　銀河社　一九七六年　＊再刊　講談社　一九九二年

100万回生きたねこ　＊初刊　講談社　一九七七年

さかな1ぴき なまのまま　初刊　フレーベル館　一九七八年　＊再刊　同上（新装版）二〇〇八年

おばけサーカス　初刊　銀河社　一九八〇年　＊再刊　講談社　二〇一一年

空とぶライオン　初刊　講談社　一九八二年　＊再刊　同上（新装版）一九九三年

ともだちはモモー　＊初刊　リブロポート　一九八三年

まるで てんで すみません　初刊　童話屋『まるで てんで すみません 1・2・3』一九八五年　＊再刊　偕成社　二〇〇六年

サンタクロースはおばあさん　初刊　フレーベル館　一九八八年　＊再刊　同上（新装版）二〇〇七年

プロコフィエフのピーターと狼　＊初刊　評論社　一九九〇年

ねこ いると いいなあ　初刊　小峰書店　一九九〇年　＊再刊　講談社　二〇一六年

わたし クリスマスツリー　初刊　講談社　一九九〇年　＊再刊　同上（新版）二〇二三年

うまれてきた子ども　＊初刊　ポプラ社　一九九〇年

ぺこぺこ　初刊　文化出版局　一九九三年　＊再刊　講談社　二〇二四年

ねえ とうさん　＊初刊　小学館　二〇〇一年

今回『佐野洋子全童話』を編むにあたり誤植・誤用法などは編者の判断で直しを入れました。

佐野洋子（さの・ようこ）

1938年6月28日、北京生まれ。幼少期を北京で過ごす。父・利一は、満鉄調査部に勤務し中国農村調査に従事していた。一家の帰国は敗戦後の1947年2月だった。1962年、武蔵野美術大学デザイン科を卒業後は、絵本・童話から小説・エッセイまで幅広い分野で活躍。

主な作品――**絵本**『おじさんのかさ』（サンケイ児童出版文化賞推薦）、『わたしのぼうし』（講談社出版文化賞絵本賞）、『100万回生きたねこ』、『ねえ とうさん』（日本絵本賞、小学館児童出版文化賞）**童話**『わたしが妹だったとき』（新美南吉児童文学賞）、『ふつうのくま』、『わたしいる』（サンケイ児童出版文化賞）、『みちこのダラダラ日記』、『おとうさん おはなしして』**小説**『右の心臓』、『嘘ばっか』、『コッコロから』**エッセイ**『私はそうは思わない』、『ふつうがえらい』、『神も仏もありませぬ』（小林秀雄賞）、『シズコさん』、『死ぬ気まんまん』など。

2003年紫綬褒章受章、2008年〈絵本作家としての長年の創作活動により〉巌谷小波文芸賞を受賞。2010年11月5日、逝去。享年72。

刈谷政則（かりや・まさのり）

1948年、秋田県生まれ。大和書房、マガジンハウスを経て現在フリー編集者。主な担当作家は、佐野洋子のほか、谷川俊太郎、丸谷才一、今江祥智、山田太一、江國香織など。編著に『谷川俊太郎 絵本★百貨典』（ブルーシープ）など。

佐野洋子全童話

2025年2月　初版
2025年6月　第2刷発行

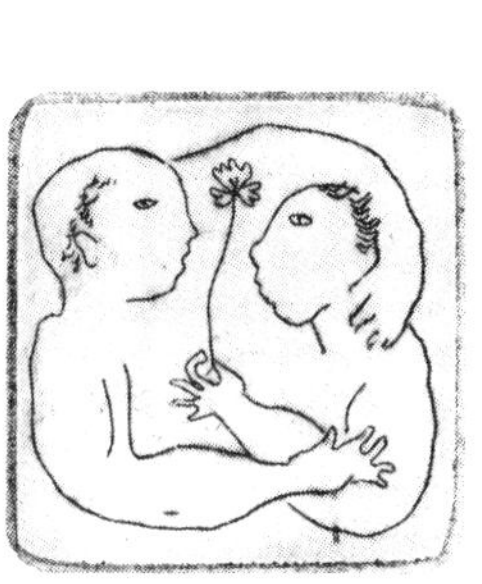

著者　佐野洋子
編者　刈谷政則
協力　オフィス・ジロチョー
発行者　鈴木博喜
編集　芳本律子
発行所　株式会社理論社
〒101-0062 東京都千代田区神田駿河台2-5
電話　営業 03-6264-8890　編集 03-6264-8891
URL　https://www.rironsha.com
印刷・製本　中央精版印刷
本文組版　アジュール

ISBN978-4-652-20663-8 NDC918 四六判 20cm 702p　JASRAC出2409399-502